A Canção do Súcubo

RICHELLE MEAD

A CANÇÃO DO SÚCUBO

Tradução
Martha Argel e
Humberto Moura Neto

1ª reimpressão

Planeta

Edição publicada de acordo com Kensington Publishing Corp., NY, EUA
Título original: *Succubus Blues*

Revisão: Carmen Costa
Capa adaptada a partir do projeto gráfico original de: Kristine Mills-Noble
Ilustração de capa: © Chad Michael Ward

Dados Internacionais de Catalogação na Publicação (CIP)
(Câmara Brasileira do Livro, SP, Brasil)

Mead, Richelle
A Canção do Súcubo / Richelle Mead ; tradução
Martha Argel e Humberto Moura Neto. – São Paulo :
Editora Planeta do Brasil, 2010.

Título original: Succubus blues.
ISBN 978-85-7665-542-8

1. Ficção norte-americana I. Título.

10-06348 CDD-813

Índices para catálogo sistemático:
1. Ficção : Literatura norte-americana 813

2010

Editora Planeta do Brasil Ltda.
Avenida Francisco Matarazzo, 1500 – 3º andar – conj. 32B
Edifício New York
05001-100 – São Paulo-SP
www.essencialivros.com.br
www.editoraplaneta.com.br
vendas@editoraplaneta.com.br

Para meus maravilhosos pais, Richard e Brenda.

Depois de rechear minha infância com
livros de mitologia e romances,
vocês deviam ter imaginado que isto ia acontecer.

Capítulo 1

As estatísticas mostram que a maioria dos mortais vende suas almas por cinco motivos: sexo, dinheiro, poder, vingança e amor. Nesta ordem.

Suponho, então, que eu devia ficar mais tranquila por estar dando uma ajuda com o motivo número um, mas toda a situação só me fazia sentir... bom, vulgar. E vindo de mim, isso não era pouco.

Talvez eu não consiga mais sentir empatia, refleti. *Já faz tempo demais. Quando eu era virgem, as pessoas ainda acreditavam que os cisnes podiam engravidar as moças.*

Ali perto, Hugh esperava, paciente, que eu superasse a minha relutância. Ele enfiou as mãos nos bolsos da calça social bem passada, com o corpanzil recostado em seu Lexus.

– Não entendo qual é o problema. Você faz isso o tempo todo.

Isso não era bem verdade, mas nós dois sabíamos o que ele queria dizer. Ignorando-o, analisei os arredores de forma ostensiva, embora isso não melhorasse meu humor. Os subúrbios sempre me deprimiram. Casas idênticas. Jardins perfeitos. Picapes demais. Em algum lugar, um cão recusava-se a parar de latir.

– Eu não *faço* isso – disse eu, afinal. – Até eu tenho padrões.

Hugh bufou, demonstrando sua opinião quanto a meus padrões.

– Tudo bem, se isto a faz sentir-se melhor, não pense na coisa em termos de danação eterna. Encare como um caso de caridade.

– Um caso de caridade?

– Com certeza.

Ele tirou do bolso seu *palmtop*, com ar prático e profissional, a despeito do contexto tão pouco ortodoxo. Aquilo não devia me surpreender. Hugh era um duende profissional, uma criatura do mal especializada em fazer os mortais venderem suas almas. Um *expert* em contratos e brechas legais, que deixaria qualquer advogado verde de inveja.

Além disso, era meu amigo, o que meio que dava um novo significado ao velho ditado *com amigos assim, quem precisa de inimigos?*.

– Escuta só – continuou ele. – Martin Miller. Sexo masculino, óbvio. Caucasiano. Luterano, não praticante. Trabalha numa loja de *games* no shopping. Vive no porão da casa dos pais.

– Meu Deus.

– Não disse?

– Caridade ou não, ainda assim parece tão... radical. Qual é mesmo a idade dele?

– Trinta e quatro.

– Ui.

– Exato. Se você tivesse essa idade e ainda fosse virgem, também era capaz de tomar medidas desesperadas. – Ele consultou o relógio. – Então, vai fazer ou não?

Com certeza eu estava retardando o encontro de Hugh com alguma gostosa com metade de sua idade – referindo-me, claro, à idade que aparentava. Na verdade, ele beirava um século.

Pousei a bolsa no chão e lancei-lhe um olhar de advertência.

– Vai ficar me devendo essa.

– Vou – ele concordou. Este não era meu trabalho costumeiro, graças a Deus. O duende normalmente "terceirizava" esse tipo de coisa, mas nesta noite tinha tido algum problema de agenda. Não conseguia imaginar quem ele normalmente chamava para fazer isso.

Comecei a andar em direção à casa, mas ele me deteve.

– Georgina?

– Quê?

– Tem... mais uma coisa...

Virei-me para ele, não gostando nada do seu tom de voz.

– Sim?

– Ele, hã, tinha, assim, um pedido especial.

Ergui uma sobrancelha e esperei.

– Olha, ele está, tipo assim, nesse lance do Mal. Então, sabe, parece que se ele vendeu a alma ao diabo – por assim dizer –, então seria lógico que perdesse a virgindade com uma, sei lá, uma diaba ou algo do gênero.

Juro, com essa, até o cachorro parou de latir.

– Você tá brincando.

Hugh não respondeu.

– Eu não sou... Não. De jeito nenhum!

– Ah, vamos lá, Georgina! Uma coisinha à toa! Um detalhe. Um truque de mágica. Por favor! Faz isso por mim? – Ele estava ansioso, persuasivo. Difícil resistir. Como disse, ele era bom em seu ofício. – Eu realmente estou num aperto. Se você pudesse me ajudar... significaria tanto pra mim...

Gemi, incapaz de resistir ao ar patético em seu rosto largo.

– Se alguém ficar sabendo disso...

– Meus lábios estão selados – ele teve a audácia de fazer um gesto de trancar a boca.

Abaixei-me, resignada, e soltei as tiras de meus sapatos.

– Que está fazendo? – perguntou ele.

– Esses são meus Bruno Maglis favoritos. Não quero que sejam absorvidos quando eu me transformar.

– Tá, mas você pode simplesmente transformá-los de volta.

– Aí eles não vão mais ser os mesmos.

– Vão sim. Você pode fazê-los ser o que quiser que sejam. Isto é bobagem.

– Olha aqui – exigi –, você quer ficar aqui discutindo sobre sapatos, ou quer que eu vá transformar seu virgem num homem?

Hugh calou a boca e fez um gesto me mandando para a casa.

Caminhei descalça pelo gramado, a grama fazendo cócegas em meus pés. O pátio traseiro, que dava para o porão, estava aberto como Hugh prometera. Entrei na casa adormecida, torcendo para que não tivessem um cão e perguntando-me, exausta, como pudera chegar a esse ponto tão baixo em minha vida. Acostumando-se à escuridão, meus olhos logo distinguiram os contornos de uma sala confortável de classe média: sofá, televisão, estantes com livros. À esquerda, uma escada levava ao andar de cima, e à direita havia um corredor.

Segui pelo corredor, deixando minha aparência transformar-se enquanto eu caminhava. A sensação era tão familiar que nem precisava me ver para saber o que acontecia. Meu porte *mignon* aumentou em altura, mantendo-se esbelto, mas adquiriu um contorno mais seco e duro. Minha pele ganhou um tom branco cadavérico, sem vestígio algum de seu leve bronzeado. O cabelo, que já chegava ao meio das costas, manteve o comprimento mas escureceu até um preto retinto, e de ondulado e fino passou a liso e grosso. Meus seios, já impressionantes pelos padrões normais, ficaram ainda maiores, rivalizando com os das heroínas de quadrinhos com as quais esse cara com certeza tinha crescido.

Quanto às roupas... bem, lá se foram a calça e a blusa legais da Banana Republic. Em minhas pernas apareceram botas pretas de couro que subiam até a coxa, junto com um *top* frente única combinando, e uma saia com a qual nunca poderia abaixar-me. Asas pontudas, chifres e um chicote completavam o pacote.

– Deus do céu – murmurei, ao ver o efeito geral refletido num espelhinho decorativo. Torci para que nenhuma das diabas locais nunca ficasse sabendo. Elas tinham muita classe.

Dando as costas para o espelho que parecia estar me sacaneando, vislumbrei meu destino no fundo do corredor: uma porta fechada da qual pendia uma placa de HOMENS TRABALHANDO. Pensei ouvir os sons abafados de um *videogame* vindo de lá, mas eles cessaram assim que bati na porta.

Um instante depois, a porta se abriu, e me vi diante de um cara com um metro e setenta, de cabelo loiro-sujo até os ombros, rareando no alto. Uma barriga grande e peluda aflorava por baixo da camiseta de Homer Simpson, e ele tinha na mão um saco de batatas fritas.

O saco caiu no chão quando ele me viu.

– Martin Miller?

– Si-im – ele exclamou.

Estalei o chicote.

– Está pronto para brincar comigo?

Exatos seis minutos depois, deixei a residência dos Miller. Pelo jeito, trinta e quatro anos não ajudavam muito o vigor físico.

– Nossa, essa foi rápida – observou Hugh, vendo-me atravessar o jardim da frente. Estava de novo recostado no carro, fumando um cigarro.

– Nem me fale! Você tem outro desse aí?

Ele sorriu e me passou seu próprio cigarro, enquanto me dava uma geral.

– Você ficaria ofendida se eu dissesse que as asas meio que me dão tesão?

Peguei o cigarro, apertando os olhos para ele enquanto tragava. Examinei ao redor, certificando-me de não haver ninguém por perto, e voltei a minha forma habitual.

– Você realmente está me devendo – lembrei-o, calçando de novo os sapatos.

– Eu sei. Claro, muita gente diria que é você quem me deve. Você conseguiu uma boa dose. Melhor que de costume.

Isso eu não podia negar, mas também não precisava me sentir bem com aquilo. Pobre Martin. *Nerd* ou não, condenar sua alma à danação eterna era um preço muito alto a pagar por meros seis minutos.

– Quer tomar algo? – sugeriu Hugh.

– Não, já é tarde. Vou pra casa. Tenho um livro pra ler.

– Ah, claro. Quando é o grande dia?

– Amanhã – proclamei.

O duende riu de minha idolatria.

– Ele é só um escritor de romances, sabia? Não é nenhum Nietzsche ou Thoreau.

– Ei, um cara não precisa ser surreal nem transcendental para ser um grande escritor. Sei do que estou falando, já vi alguns ao longo dos anos.

Hugh grunhiu diante de meu ar superior, fazendo uma reverência fingida.

– Longe de mim discutir com uma dama a respeito de sua idade.

Dei-lhe um rápido beijo no rosto, e andei dois quarteirões até onde tinha deixado o carro. Estava abrindo a porta quando senti o formigamento quente e familiar que indicava a proximidade de outro imortal. *Vampiro*, reconheci, um milissegundo antes que ele surgisse a meu lado. Caramba, eles são mesmo rápidos.

– Georgina, minha bela, meu doce súcubo, minha deusa das delícias – entoou ele, pondo as mãos sobre o coração de forma dramática.

Que ótimo. Bem o que eu precisava. Duane era possivelmente o imortal mais mala com quem já cruzei. Ele mantinha o cabelo loiro cortado bem rente e, como sempre, demonstrava péssimo gosto nas roupas e no desodorante.

– Vai embora, Duane. Não temos nada que conversar.

– Ah, que é isso? – ele reclamou, a mão projetando-se veloz para segurar a porta que eu tentava abrir. – Desta vez nem pode bancar a tímida. Olha só, você está mesmo radiante. A caçada foi boa, hein?

Fechei a cara com a referência à energia vital de Martin, sabendo que eu devia estar toda envolta nela. Obstinada, tentei abrir na marra a porta que Duane segurava. Impossível.

– Pelo jeito, ele vai ficar dias fora do ar – acrescentou o vampiro, observando-me com atenção. – Mas quem quer que tenha sido, acho que curtiu entrar com tudo, em você e no inferno – ele me deu um sorrisinho contido, apenas deixando entrever os dentes afiados. – Deve ter sido alguém bem bom pra você ficar tão gostosa. Que aconteceu? Pensei que você só trepava com a escória da Terra. Os babacas de carteirinha.

– Mudança de diretrizes. Não queria lhe dar falsas esperanças.

Ele sacudiu a cabeça, aprovador.

– Ah, Georgina, você nunca me desaponta. Você e suas boas tiradas. Mas até aí, sempre achei que as putas usam bem a boca, no trabalho ou fora dele.

– Solte – rosnei, puxando a porta com mais força.

– Por que a pressa? Tenho o direito de saber o que você e o duende estavam fazendo aqui. O lado leste é meu território.

– Não temos que seguir suas regras territoriais, e você sabe disso.

– Ainda assim, a boa educação exige que, se você está na área, pelo menos dê um alô. E, além disso, por que é que *nós* nunca saímos juntos? Você me deve alguns bons momentos. Você passa tempo demais com aqueles outros perdedores.

Os perdedores a que ele se referia eram amigos meus e os únicos vampiros decentes que já vi. A maioria dos vampiros era como Duane, arrogante, sem tato social, obcecada com questões de territorialidade. Não muito diferente de um monte de homens mortais que já conheci.

– Se não me deixar ir embora, vai aprender uma nova definição de "boa educação".

Tudo bem, foi uma frase idiota, de filme ruim de ação, mas foi o melhor que consegui assim de momento. Fiz a voz mais ameaçadora possível, mas era pura bravata e ele sabia disso. Súcubos eram agraciados com os dons do carisma e da mudança de forma; vampiros tinham supervelocidade e força. Isso significava que um de nós se dava melhor nas festas, e o outro podia quebrar o pulso de alguém com um aperto de mão.

– Você está me ameaçando? – Ele me passou a mão no rosto, numa provocação, e fez os pelos de meu pescoço se arrepiarem, mas não de prazer. Eu me contorci. – Que gracinha. E até que é meio excitante. Acho que gostaria de vê-la tomar a ofensiva. Talvez se você se comportar como uma boa menina... *Ai!* Sua vaca!

Já que ele estava com as duas mãos ocupadas, eu aproveitei a chance. Numa transformação rápida, garras afiadas de oito centímetros surgiram na minha mão direita, e passei-as pelo rosto dele. Seus reflexos rápidos não me deixaram ir muito longe com o gesto, mas consegui tirar sangue antes de ele agarrar meu pulso e golpeá-lo contra o carro.

– Qual o problema? Isso não é ofensivo o suficiente para você? – consegui dizer apesar da dor. Mais frases de filmes ruins.

– Muito engraçada, Georgina. Muito mesmo! Vamos ver se vai continuar engraçada depois que eu...

O brilho de faróis iluminou a noite, quando um carro virou a esquina no quarteirão seguinte e veio em nossa direção. Naquela fração de segundo, pude ver a indecisão no rosto de Duane. Nosso *tête-à-tête* com certeza seria notado pelo motorista. Duane podia matar com facilidade um mortal que se intrometesse – bolas, esse era seu ganha-pão –, mas cometer um assassinato enquanto me assediava não ia pegar nada bem entre nossos superiores. Até um babaca como Duane pensaria duas vezes antes de desencadear um processo desse tipo.

– Ainda não terminamos – ciciou ele, soltando meu pulso.

– Ah, acho que terminamos – eu conseguia me sentir mais corajosa agora que a salvação estava a caminho. – A próxima vez que chegar perto de mim vai ser a última.

– Olha como estou tremendo – disse, com um risinho afetado. Seus olhos brilharam na escuridão, e em seguida ele se foi, sumindo na noite justo quando o carro passou por nós. Agradeci a Deus por sei lá que compromisso ou desejo de comer sorvete tirara aquele motorista de casa esta noite.

Sem perder de tempo, entrei no carro e parti, ansiosa por voltar à cidade. Tentei ignorar o tremor de minhas mãos no volante, mas a verdade era que Duane me apavorava. Eu o rejeitara muitas vezes na presença de meus amigos imortais, mas enfrentá-lo sozinha numa rua escura era algo muito diferente, sobretudo considerando que todas as minhas ameaças eram blefes.

Na verdade, eu detestava a violência em todas as formas. Suponho que isto seja o resultado de ter passado por períodos históricos marcados por níveis de crueldade e brutalidade que ninguém no mundo contemporâneo poderia entender. As pessoas gostam de dizer que hoje vivemos tempos violentos, mas elas não têm noção. Claro, séculos atrás havia uma certa satisfação em ver um estuprador ser castrado na hora por seus crimes, sem a novela interminável dos tribunais ou uma liberdade precoce por "bom comportamento". Infelizmente, aqueles que hoje em dia agem como vingadores e justiceiros quase nunca conseguem saber onde estão os limites, de modo que, tendo que escolher, sempre vou preferir a burocracia do sistema judiciário moderno.

Lembrando como imaginara que o motorista fortuito saíra atrás de sorvete, decidi que algo doce me faria bem. Já de volta a Seattle, sã e salva, parei numa loja de conveniências, onde descobri que algum gênio do *marketing* havia criado sorvete com sabor *tiramisu*. *Tiramisu* e sorvete. A criatividade dos mortais nunca deixava de me surpreender.

Quando ia pagar, passei por uma bancada de flores. Eram flores baratas, meio caídas, mas vi um rapaz entrar e examiná-las meio nervoso. No fim, escolheu uns crisântemos da cor do outono e os levou. Meus olhos o seguiram melancólicos, com uma certa inveja da garota que ia ganhá-los.

Como Duane observara, em geral eu me alimentava de perdedores, caras que não me fariam sentir remorso por causar-lhes dano ou por deixá-los inconscientes por alguns dias. Eram do tipo que não mandavam flores e que costumavam evitar por completo qualquer gesto romântico. Quanto aos caras que mandavam flores, bom, eu os evitava. Para seu próprio bem. Não era uma coisa apropriada para um súcubo, mas eu estava farta demais para me preocupar com o que era correto ou não.

Sentindo-me triste e solitária, escolhi um maço de cravos vermelhos, e em seguida paguei por ele e pelo sorvete.

Quando entrei em casa, o telefone estava tocando. Colocando minhas compras na mesa, olhei o identificador de chamadas. *Número desconhecido.*

– Meu amo e senhor – respondi. – Que maneira perfeita de terminar uma noite perfeita.

– Deixe de gracinhas, Georgie. Por que foi encher o saco do Duane?

– Jerome, eu... *o quê?*

– Ele acabou de ligar. Disse que você o estava assediando indevidamente.

– Assediando? A ele? – A indignação aflorou dentro de mim. – Foi ele quem começou! Ele veio pra cima de mim e...

– Você o acertou?

– Eu...

– Acertou?

Suspirei. Jerome era o arquidemônio na hierarquia do mal da grande Seattle, e também meu supervisor. Sua função era gerenciar todos nós, assegurar-se de que cumpríamos nossas tarefas e manter-nos na linha. Mas como qualquer demônio preguiçoso, ele preferia que lhe déssemos tão pouco trabalho quanto possível. Quase dava para sentir sua irritação pela linha telefônica.

– Eu meio que acertei ele. Na verdade foi mais um arranhão.

– Sei. Um arranhão. E além disso, você o ameaçou?

– Bom, sim, acho que sim, se quer ter uma discussão semântica, mas Jerome, qual é? Ele é um vampiro. Eu não posso feri-lo. Você sabe disso!

O arquidemônio hesitou, aparentemente imaginando o resultado de uma batalha frontal entre mim e Duane. Devo ter perdido essa batalha hipotética, porque daí a pouco ouvi Jerome soltar a respiração.

– É. Pode ser. Mas não o provoque mais. Já tenho bastante trabalho no momento e não preciso que as crianças fiquem de briguinha.

– Desde quando você trabalha? – crianças, tá bom.

– Boa noite, Georgie. Não se meta com o Duane outra vez.

Ele desligou. Os demônios não são muito chegados a papo-furado.

Pus o fone no gancho, sentindo-me muito ofendida. Não podia acreditar que Duane tinha ido fofocar sobre mim, e ainda por cima me transformando em vilã. Pior, Jerome parecia ter engolido a história. Pelo menos de início. Isto foi provavelmente o que mais me doeu porque, deixando de lado meus hábitos de súcubo meio folgado, sempre tive com o arquidemônio uma espécie de relação indulgente de peixinho do professor.

Procurando consolo, levei o sorvete para meu quarto, trocando as roupas por um camisão bem solto. Aubrey, minha gata, ergueu-se de onde estivera dormindo, nos pés da cama, e se espreguiçou. Toda branca exceto por alguns borrões pretos na testa, ela me cumprimentou fechando os olhos verdes.

– Não posso ir pra cama – informei-lhe, contendo um bocejo. – Primeiro preciso ler.

Aconcheguei-me, com o sorvete e o livro, relembrando uma vez mais que finalmente conheceria meu escritor favorito na sessão de autógrafos no dia seguinte. As histórias de Seth Mortensen sempre me diziam muito, despertando dentro de mim algo que nem sabia que estava adormecido. Seu último livro, *O Pacto de Glasgow*, não ia diminuir o sentimento de culpa pelo que acontecera com Martin, mas ainda assim preencheu um vazio dolorido dentro de mim. Assombrava-me que os mortais, com suas vidas tão curtas, pudessem criar coisas tão belas.

– Nunca criei nada quando era mortal – contei a Aubrey depois de ler cinco páginas.

Ela se esfregou em mim, ronronando penalizada, e tive apenas a presença de espírito suficiente de colocar o sorvete a salvo antes de cair de novo na cama e adormecer.

Capítulo 2

O telefone me despertou na manhã seguinte. A luz que filtrava pelas cortinas finas era difusa e fraca, e deveria significar que era horrivelmente cedo. Mas em Seattle, no entanto, aquela intensidade de luz podia indicar qualquer coisa desde o nascer do sol até o meio-dia. Depois de quatro toques, dignei-me a atender, sem querer derrubando Aubrey da cama. Ela aterrissou com um *miau* indignado e saiu ofendida, indo fazer sua toalete.

– Alô?

– Oi, Kincaid.

– Não – minha resposta veio rápida e rasteira. – Não vou trabalhar hoje.

– Você nem sabe se eu ia pedir isso!

– Claro que sei. Você não teria outro motivo para ligar tão cedo, e eu não vou topar. É meu dia de folga, Doug.

Doug, o outro subgerente do lugar onde eu trabalhava durante o dia, era um sujeito legal, mas incapaz de fazer cara ou voz de pôquer, nem que sua vida dependesse disso. Na mesma hora, seu tom casual deu lugar ao desespero.

– Hoje todo mundo ligou dizendo que estava doente, e agora estamos numa sinuca de bico. Você tem que vir.

– Bom, eu também estou doente. Vai por mim, você não ia gostar que eu estivesse aí.

Tudo bem, eu não estava exatamente doente, mas ainda emitia uma irradiação residual por ter ficado com Martin. Os mortais não podiam "ver" essa aura como Duane viu, mas iam senti-la e ficariam atraídos por mim, tanto homens como mulheres, sem nem saber por quê. Meu confinamento hoje impediria comportamentos tolos e apaixonados. Na verdade, era um gesto de bondade de minha parte.

– Mentirosa. Você nunca fica doente.

– Doug, eu já estava planejando aparecer para a noite de autógrafos. Se ainda tiver que trabalhar um turno, vou passar o dia inteiro aí. Isso é uma maldade doentia.

– Bem-vinda ao meu mundo, gata. Não temos outra alternativa, não se você se importa de fato com o futuro da loja, não se você se importa de fato com nossos clientes e sua felicidade...

– Estou desligando, hein?

– Então – ele continuou – a questão é, você vai vir pra cá de livre e espontânea vontade, ou eu mesmo vou ter que ir até aí e te arrancar da cama? Pra ser honesto, não me importaria nada com a segunda opção.

Mentalmente revirei os olhos, repreendendo-me pela bilionésima vez por morar a duas quadras do trabalho. Os desvarios de Doug sobre os padecimentos da livraria haviam sido efetivos, como ele sabia que seriam. Eu acalentava a crença equivocada de que o lugar não podia sobreviver sem mim.

– Bom, para não correr risco de me expor a mais nenhuma de suas tentativas de humor espirituoso e de cunho sexual, acho que terei que ir. Mas, Doug... – minha voz ficou séria.

– O quê?

– Não me ponha nas máquinas registradoras nem nada parecido.

Ouvi uma hesitação do outro lado da linha.

– Doug? É sério. Nas caixas principais, não. Não quero ficar perto de um monte de clientes.

– Tudo bem – ele disse, afinal. – Nas caixas principais, não.

– Promete?

– Prometo.

Meia hora depois, saí de casa e andei as duas quadras até a livraria. Nuvens longas e baixas escureciam o céu, e um friozinho pairava no ar, forçando alguns dos pedestres a usarem casacos. Eu escolhera não usar, achando que a calça cáqui e o suéter marrom seriam mais que suficientes. As roupas, assim como o brilho labial e o rímel que eu passara com esmero naquela manhã eram de verdade; eles não eram resultado de meu dom de transformação. Eu curtia a rotina de combinar maquiagem e peças de roupa, embora Hugh tivesse dito que essa era mais uma de minhas esquisitices.

A livraria Emerald City Books & Café era um grande estabelecimento, ocupando quase um quarteirão inteiro no bairro de Queen Anne, em Seattle. Tinha dois pisos, com um café no segundo andar que dava vista para a torre Space Needle. Diante da porta principal, um alegre toldo verde protegia os clientes que aguardavam a abertura da loja. Passei reto por eles e entrei por uma porta lateral, usando minha chave.

Doug me atacou nem bem eu tinha dado dois passos dentro da loja.

– Até que enfim! Nós... – ele se interrompeu e me olhou de novo, examinando-me. – Uau. Você está... muito bonita hoje. Fez algo diferente?

Só tracei um virgem de trinta e quatro anos, pensei.

– Você só está imaginando coisas porque está feliz por eu ter vindo resolver seus problemas de pessoal. Que vou fazer? Trabalhar no estoque?

– Eu, hã, não – Doug fez força para sair de sua confusão mental, ainda me olhando de alto a baixo de uma forma que achei perturbadora. Seu interesse em sair comigo não era nenhum segredo, nem minhas repetidas negativas. – Vamos lá, vou lhe mostrar.

– Eu disse que...

– Não são as caixas principais – ele jurou.

Ele me levou até o balcão de café *espresso*, no segundo andar. O pessoal da livraria quase nunca substituía alguém ali, mas não era impossível de acontecer.

Bruce, o gerente do café, emergiu de onde estivera ajoelhado, atrás do balcão. Sempre me parecia que Bruce e Doug podiam ser irmãos gêmeos, de uma certa forma meio realidade-alternativa-com-mistura-de-raças. Ambos tinham rabos de cavalo longos e espetados, e ambos usavam camisas de flanela o tempo todo, num tributo à era *grunge* da qual nenhum dos dois se recuperara de todo. A diferença principal era o colorido. Doug era nipo-americano, com cabelos pretos e pele perfeita; Bruce era o Senhor Nação Ariana, de cabelo muito loiro e olhos azuis.

– Oi, Doug, Georgina – saudou Bruce. Seus olhos se arregalaram quando me viu. – Nossa, você está demais hoje.

– Doug! Isso é tão ruim quanto. Eu disse que não queria lidar com clientes.

– Você disse que não queria as caixas principais. Não falou nada sobre essa aqui.

Abri a boca para protestar, mas Bruce interrompeu.

– Por favor, Georgina, Alex faltou por doença, e Cindy pediu demissão. – Vendo minha expressão inflexível, ele acrescentou: – Nossas caixas registradoras são quase iguais às de vocês. Vai ser moleza.

– Além do mais – Doug completou, levantando a voz numa imitação convincente de nossa gerente – "os subgerentes devem ser capazes de substituir qualquer um por aqui".

– É, mas o café...

–... também é parte da loja. Escuta, preciso abrir as portas. Bruce vai lhe mostrar o que você precisa fazer. Não esquenta, vai dar tudo certo. – Ele saiu batido, antes que eu pudesse recusar de novo.

– Covarde! – gritei.

– Sério, não vai ser tão ruim assim – reiterou Bruce, sem entender minha angústia. – Você só pega a grana, e eu faço os *espressos*. Vamos praticar com você mesma. Quer um *mocha* de chocolate branco?

– Quero – admiti. Todos os colegas de trabalho sabiam desse meu vício. Em geral eu conseguia consumir três por dia. *Mochas*, não colegas de trabalho.

Bruce me guiou pelas etapas necessárias, mostrando-me como marcar os copos e como encontrar o que precisava para digitar na tela da registradora. Ele tinha razão. Não era tão difícil.

– Você nasceu para isso – garantiu-me depois, ao me passar meu *mocha*.

Grunhi uma resposta e consumi minha cafeína, pensando que seria capaz de encarar qualquer coisa, desde que os *mochas* continuassem vindo.

Além do mais, isto não podia ser tão ruim quanto as caixas principais. O café não devia ter muitos clientes naquele horário.

Eu estava enganada. Minutos depois de abrirmos, já havia uma fila de cinco pessoas.

– *Latte* grande – repeti de volta para a primeira cliente, digitando com cuidado a informação.

– Saindo – disse Bruce, que começou a fazer a bebida antes mesmo que eu conseguisse marcar o copo. Peguei animada o dinheiro da mulher e passei ao pedido seguinte.

– Um *skinny mocha* grande.

– *Skinny* é só outro nome para *diet*, Georgina.

Escrevi D na xícara. Sem problema. Dava para levar.

A freguesa seguinte encostou no balcão e olhou para mim, perplexa por um instante. Voltando a si, sacudiu a cabeça e despejou uma torrente de pedidos.

– Quero um cafezinho comum, um *latte* de baunilha grande *diet*, um *cappuccino* duplo pequeno e um *latte* descafeinado grande.

Então fui eu quem ficou perplexa. Como é que ela conseguia lembrar de tudo aquilo? E, fala sério, quem é que ainda pede cafezinho comum?

A manhã prosseguiu e, apesar de minhas apreensões, logo me senti confiante e comecei a curtir a experiência. Não podia evitar, era assim que eu funcionava e assim que levava a vida. Gostava de experimentar coisas novas, até mesmo algo tão banal como registrar um café *espresso*. As pessoas às vezes agiam de modo bem idiota, mas a maior parte do tempo eu curtia trabalhar com o público. Foi assim que eu tinha ido parar em atendimento ao cliente.

E uma vez que venci a sonolência, meu carisma nato de súcubo entrou em ação. Transformei-me na estrela de meu próprio espetáculo, gracejando e flertando com facilidade. Combinado com o *glamour* derivado de Martin, eu estava irresistível. Isso resultou em inúmeras sugestões de encontros e tentativas de cantada, mas também me salvou da repercussão de eventuais erros. Meus clientes não viam nada de errado em mim.

– Não tem problema, querida – uma senhora garantiu depois de descobrir que eu por descuido pedira para ela um *mocha* de canela grande em vez de *latte* descafeinado *diet*. – Preciso mesmo explorar novas bebidas.

Sorri de volta, cheia de charme, torcendo para que ela não fosse diabética.

Mais tarde, apareceu um cara segurando um exemplar de *O Pacto de Glasgow*, de Seth Mortensen. Foi o primeiro sinal que vi do grandioso evento daquela noite.

– Você veio para a noite de autógrafos? – perguntei, enquanto registrava o chá dele. Eargh! Descafeinado.

Ele me estudou por um longo momento, e preparei-me para uma cantada. Mas em vez disso ele disse, meio tímido:

– Sim, vou estar lá

– Bem, assegure-se de fazer perguntas boas. Não pergunte as mesmas coisas de sempre.

– Como assim?

– Ah, você sabe, o de sempre. "De onde você tira suas ideias?" e "Cady e O'Neill algum dia vão ficar juntos?".

O cara pensou nisso enquanto eu separava o troco. Ele era interessante, de uma forma meio displicente. O cabelo castanho tinha um brilho ruivo-alourado, que era mais perceptível na barba incipiente. Não consegui decidir se ele tinha deixado a barba crescer ou só esquecido de se barbear. De uma forma ou de outra, ela crescera de forma mais ou menos regular e, combinada com a camiseta do Pink Floyd que ele usava, fazia-o parecer uma mistura de lenhador com hippie.

– Não creio que, por serem "as perguntas de sempre", elas sejam menos importantes para quem pergunta – ele se decidiu, afinal, parecendo temeroso por me contradizer. – Para um fã, cada pergunta é nova e única.

Ele deu um passo para o lado para que eu pudesse atender outro freguês. Continuei a conversa enquanto anotava o pedido, não querendo perder a oportunidade de ter uma discussão inteligente a respeito de Seth Mortensen.

– Esqueça os fãs. E o coitado do Seth Mortensen? Ele deve ter vontade de se empalar cada vez que ouve uma pergunta dessas.

– "Empalar" é uma palavra meio forte, não acha?

– De jeito nenhum. O cara é um gênio. Ouvir perguntas idiotas deve deixá-lo entediado até a medula.

Um sorriso de divertimento apareceu-lhe nos lábios, e os olhos castanhos decididos me avaliaram com atenção. Quando percebeu que estava me encarando, desviou o olhar, envergonhado.

– Não. Se ele está fazendo uma turnê, significa que se importa com seus fãs. Ele não se importa com perguntas repetidas.

– Ele não faz a turnê por altruísmo; ele faz porque o pessoal do *marketing* da editora o obriga – retruquei. – O que é uma perda de tempo, por sinal.

Ele ousou olhar-me de novo.

– Sair em turnê é perda de tempo? Você não gostaria de conhecê-lo?

– Eu... bom, sim, é claro que gostaria. É só que... tudo bem. Olha, não me entenda mal, eu venero o chão onde esse cara pisa. Estou ansiosa para vê-lo hoje à noite. Se ele quisesse me levar e me transformar em sua escrava sexual, eu iria, desde que conseguisse cópias das provas finais de seus livros, antes de todo mundo. Mas essa coisa de turnê... Isso toma o tempo dele. Um tempo que seria melhor usado escrevendo o próximo livro. Você já reparou como os livros dele demoram para sair?

– É, reparei, sim.

Nesse momento um cliente voltou para reclamar que tinha recebido xarope de caramelo em vez de calda de caramelo. Fosse o que fosse. Dei uns sorrisos e doces pedidos de desculpa, e logo ele não ligava para a calda de caramelo nem mais nada. Quando se afastou da caixa registradora, o fã de Mortensen também tinha ido.

Quando finalmente terminei o turno, às cinco, Doug me procurou.

– Ouvi coisas interessantes sobre seu desempenho aqui em cima.

– Eu ouço coisas interessantes sobre seu "desempenho" o tempo todo, Doug, mas não faço piadas a respeito.

Trocamos mais algumas gracinhas e por fim ele me liberou para que eu me arrumasse para a sessão de autógrafos, mas não antes que eu o fizesse admitir, humildemente, o quanto me devia por minha ação caridosa de hoje. Entre ele e Hugh, eu estava acumulando créditos por todo canto.

Praticamente corri as duas quadras até em casa, ansiosa por comer algo e decidir o que queria vestir. Minha euforia aumentava. Dentro de mais ou menos uma hora, ia conhecer meu escritor favorito. Se a vida melhorasse, estragava. Cantarolando, subi a escada de dois em dois degraus, e tirei as chaves da bolsa com um floreio que só eu vi ou apreciei.

Quando abri a porta, uma mão me agarrou de repente e me puxou com violência para dentro, para a escuridão de meu apartamento. Dei um berro de surpresa e medo quando me empurraram contra a porta, fechando-a com um estrondo. As luzes se acenderam sem aviso, e um leve cheiro de enxofre permeou o ar. O brilho fez com que eu apertasse os olhos, mas consegui enxergar o suficiente para saber o que acontecia.

O inferno não conhece fúria pior que a de um demônio puto da vida.

Capítulo 3

Bem, a esta altura eu preciso esclarecer que Jerome não se parece com um demônio, não aquele tipo tradicional de pele vermelha e chifres. Talvez ele se pareça, em outro plano de existência, mas assim como Hugh, eu e todos os outros imortais que caminham sobre a Terra, Jerome usava agora uma aparência humana.

Uma, por sinal, que lembrava John Cusack.

É sério. Sem brincadeira. O arquidemônio sempre alegava nem saber quem era o ator, mas nenhum de nós acreditava.

– Ai – disse eu, irritada. – Me larga!

Jerome me soltou, mas seus olhos escuros brilharam perigosamente.

– Você está com boa aparência – disse depois de um instante, parecendo surpreso por admitir isto.

Arrumei meu suéter, alisando-o no ponto onde a mão dele o havia amassado.

– Você tem uma forma engraçada de demonstrar sua admiração.

– Boa mesmo – ele continuou, pensativo. – Se não soubesse, eu diria até que você...

– ... brilha – murmurou uma voz por trás do demônio. – Você brilha, Filha de Lilith, como uma estrela no céu noturno, como um diamante refulgindo na desolação da eternidade.

Estremeci de surpresa. Jerome lançou um olhar duro a quem dissera aquilo, desgostoso por ter seu monólogo interrompido. Eu também olhei feio, desgostosa por ter em meu apartamento um anjo não convidado. Carter limitou-se a sorrir para nós dois.

– Como eu dizia – retoma Jerome –, você parece ter estado com um mortal de boa índole.

– Fiz um favor para Hugh.

– Então não é o início de um hábito novo e mais salutar?

– Não com o salário que você me paga.

Jerome grunhiu, mas era tudo parte de nossa rotina. Ele me criticava por não levar meu trabalho a sério, eu devolvia umas respostinhas espirituosas, e o *status quo* era mantido. Como já disse, eu era meio peixinho do professor.

Mas olhando para ele agora, eu percebia que não haveria mais piadas. O charme que tanto encantara meus clientes de hoje não funcionaria com esses dois. O rosto de Jerome estava tenso e sério, assim como o de Carter, apesar do habitual meio sorriso sarcástico do anjo.

Jerome e Carter passavam muito tempo juntos, sobretudo quando havia álcool na jogada. Isso me desconcertava, já que eles supostamente estavam engajados em algum tipo de grande batalha cósmica. Uma vez perguntei a Jerome se Carter era um anjo caído, e ele respondeu com uma longa gargalhada. Quando se recuperou do ataque de riso, disse que não, que Carter não havia caído. Se tivesse, tecnicamente não seria mais um anjo. Eu não tinha achado a resposta lá muito satisfatória, e no fim concluí que os dois andavam juntos porque não havia mais ninguém nesta área que pudesse manter um relacionamento com seres que existiam desde o início do tempo e da criação. Todo o resto de nós, imortais inferiores, havíamos sido humanos em algum momento; imortais superiores, como Jerome e Carter, não. Meus séculos de vida eram um pontinho em suas linhas temporais.

Fosse qual fosse o motivo de sua presença, eu não gostava de Carter. Ele não era desagradável como Duane, mas tinha sempre um ar de presunção e superioridade. Talvez fosse coisa de anjo. Carter também tinha o senso de humor mais bizarro que eu já vira. Nunca sabia se estava me gozando ou não.

– Então, rapazes, que posso fazer por vocês? – perguntei, jogando a bolsa em cima da bancada. – Tenho que ir a um lugar esta noite.

Jerome me olhou com olhos apertados.

– Quero que me fale sobre Duane.

– O quê? Eu já falei. Ele é um grande babaca.

– Foi por isso que você mandou que o matassem?

– Eu... *O quê?*

Eu estivera mexendo nas coisas dentro do armário, e fiquei paralisada, voltando-me devagar para olhá-los, meio à espera de um gracejo. Os dois rostos estavam sérios, me encarando.

– Morto? Como... como assim, morto?

– Me diz você, Georgie.

Pisquei os olhos, percebendo de repente para onde a coisa estava indo.

– Você está me acusando de matar Duane? Espera aí, isso é uma bobagem. Duane não está morto. Não pode estar.

Jerome começou a andar de um lado para outro, sua voz educada demais.

– Ah, eu lhe garanto, ele está bem morto. Nós o encontramos hoje de manhã, pouco antes do amanhecer.

– E daí? Ele morreu por exposição ao sol? – Era a única forma que eu conhecia de um vampiro morrer.

– Não. Ele morreu por causa da estaca cravada em seu coração.

– Ui.

– Então, está pronta para dizer quem você convenceu a fazer isso, Georgie?

– Eu não convenci ninguém! Eu nem mesmo... Nem estou entendendo que história é essa. Duane não pode estar morto.

– Ontem à noite você admitiu para mim que vocês brigaram.

– Foi.

– E que você o ameaçou.

– É, mas eu estava brincando....

– Creio que ele me contou que você disse algo sobre ele nunca mais se aproximar de você.

– Eu estava com raiva e irritada! Ele estava me assustando. Isto é loucura. Além do mais, *Duane não pode estar morto*.

Em tudo aquilo, era o único ponto de sanidade ao qual podia me agarrar, então continuei repetindo-o, para eles e para mim mesma. Os imortais eram, por definição, imortais. E ponto.

– Você não sabe nada sobre vampiros? – o arquidemônio perguntou, curioso.

– Como o fato de não poderem morrer?

Os olhos de Carter registraram divertimento; Jerome não viu tanta graça.

– Vou perguntar uma última vez, Georgina. Você mandou ou não mandou matar Duane? Só responda à pergunta. Sim ou não?

– Não – eu disse com firmeza.

Jerome olhou para Carter. O anjo me estudou, seu cabelo loiro lambido caindo para a frente, escondendo parte de seu rosto. Então entendi por que é que Carter tinha vindo. Os anjos sempre podem distinguir a verdade da mentira. Por fim, ele acenou com a cabeça para Jerome.

– Que bom que passei no teste – murmurei.

Mas eles já não prestavam atenção em mim.

– Bom – observou Jerome, sombrio. – Acho que sabemos o que isso quer dizer.

– Bom, não sabemos com certeza...

– *Eu* sei.

Carter lhe deu um olhar eloquente, e vários segundos de silêncio se passaram. Sempre suspeitei que os dois se comunicavam mentalmente nessas horas, algo que nós imortais inferiores não podíamos fazer sem ajuda.

– Então Duane está morto de verdade? – perguntei.

– Sim – respondeu Jerome, recordando-se de que eu estava presente. – Bem morto.

– Então quem o matou? Agora que já estabelecemos que não fui eu.

Os dois se entreolharam e deram de ombros, sem responder. Pais negligentes, os dois. Carter puxou um maço de cigarros e acendeu um. Deus do céu, eu detestava quando os dois ficavam assim.

– Um caçador de vampiros – disse Jerome, por fim.

Arregalei os olhos.

– Sério? Como aquela garota na tevê?

– Não exatamente.

– Então, aonde você vai hoje à noite? – perguntou Carter, de forma agradável.

– Vou à noite de autógrafos de Seth Mortensen. E não mude de assunto. Quero saber do caçador de vampiros.

– Você vai transar com ele?

– Eu... o quê? – por um instante pensei que o anjo me perguntava sobre o caçador de vampiros. – Você quer dizer com Seth Mortensen?

Carter soltou a fumaça.

– Claro. Quero dizer, se eu fosse um súcubo obcecado com um escritor mortal, é o que eu faria. Além do mais, o lado de vocês não está sempre querendo mais celebridades?

– Nós já temos celebridades aos montes – disse Jerome em voz baixa.

Transar com Seth Mortensen? Santo Deus. Era a coisa mais absurda que eu já tinha ouvido. Era o fim da picada. Se eu absorvesse a energia vital dele, sabe-se lá quanto tempo levaria para o próximo livro sair.

– Não! Claro que não.

– Então o que você vai fazer para ser notada?

– Notada?

– É. Quero dizer, o cara provavelmente vê hordas de fãs todo dia. Você não quer se destacar de alguma forma?

A surpresa me dominou. Não tinha sequer pensado nisso. Deveria? Minha natureza entediada tornava difícil encontrar prazer em muita coisa hoje em dia. Os livros de Seth Mortensen eram uma de minhas poucas fugas. Será que eu deveria reconhecer isto e tentar estabelecer um vínculo com o criador dos romances? Naquele mesmo dia eu tinha debochado dos fãs medíocres. Estaria a ponto de tornar-me uma?

– Bom... quer dizer, Paige deve apresentar a ele o pessoal da livraria. Aí eu meio que vou me destacar.

– Ah, claro. – Carter apagou o cigarro na pia da cozinha. – Tenho certeza de que ele nunca tem a chance de conhecer os gerentes das livrarias.

Abri a boca para protestar, mas Jerome me interrompeu.

– Já basta – ele deu a Carter outro daqueles olhares eloquentes. – Temos que ir.

– Eu... espera aí! – No fim das contas, Carter conseguira desviar-me do assunto. Eu não podia crer. – Quero saber mais sobre esse caçador de vampiros.

– Tudo o que você precisa saber é que deve tomar cuidado, Georgie. Muito cuidado. E não estou brincando.

Engoli em seco, detectando o tom férreo na voz do demônio.

– Mas não sou uma vampira.

– Não interessa. Esses caçadores às vezes seguem os vampiros, na esperança de encontrar outros. Você poderia ficar envolvida, por associação. Não se exponha. Evite ficar sozinha. Fique na companhia de outros – mortais ou imortais, não importa; de repente você pode continuar seu favor a Hugh e recrutar mais algumas almas para nosso lado.

Revirei os olhos com essa última, enquanto os dois iam até a porta.

– Estou falando sério. Tenha cuidado. Seja discreta. Não se envolva nisso.

– E... – disse Carter com uma piscadela – ... dê um alô a Seth Mortensen por mim.

Com isso, eles saíram, fechando a porta com cuidado atrás de si. Mera formalidade, já que qualquer dos dois poderia ter se teleportado para fora. Ou explodido a porta.

Virei-me para Aubrey. Ela assistira a tudo, cautelosa, desde o encosto do sofá, a cauda movendo-se de forma espasmódica.

– Bom – disse-lhe, minha cabeça rodando. – Que conclusão tiro de tudo isto?

Duane estava mesmo morto? Tudo bem, era um filho da mãe, e eu estava bem pê da vida quando o ameacei na noite anterior, mas nunca quis vê-lo morto *de verdade*. E essa história de caçador de vampiros? Por que é que eu deveria tomar cuidado quando...

– Merda!

Eu acabava de olhar o relógio do micro-ondas. Ele me informava, com indiferença, que eu precisava voltar *já* para a livraria. Tirando Duane da cabeça, corri para o meu quarto e me olhei no espelho. Aubrey me seguiu com mais vagar.

O que é que ia vestir? Poderia ficar do jeito que estava. A combinação de suéter e calça era respeitável e discreta ao mesmo tempo, embora as cores harmonizassem bem demais com meus cabelos castanho-claros. Como uma roupa de bibliotecária. Por acaso eu queria parecer discreta? Talvez. Como dissera a Carter, eu de fato não queria fazer nada que pudesse despertar o interesse romântico de meu escritor favorito.

Ainda assim...

Ainda assim, lembrei o que o anjo dissera quanto a ser notada. Eu não queria ser só mais uma cara na multidão de fãs de Seth Mortensen. Esta era a última parada em sua turnê. Sem dúvida ele tinha visto milhares de fãs no último mês, fãs que se confundiam num mar de rostos insossos, fazendo seus comentários vazios. Eu havia aconselhado o cara no café a ser criativo nas perguntas, e eu pretendia fazer o mesmo com meu visual.

Cinco minutos mais tarde, eu estava de novo diante do espelho, mas desta vez vestindo um *top* roxo e bem cavado, combinado com uma saia florida de *chiffon*. A saia quase cobria minhas coxas e ficava rodada quando eu girava. Teria sido uma ótima roupa para dançar. Calçando sandálias marrons de salto alto, olhei para Aubrey pedindo confirmação.

– O que você acha? *Sexy* demais?

Ela começou a limpar a cauda.

– É *sexy*, sim – concedi –, mas *sexy* com classe. O cabelo ajuda, eu acho.

Tinha prendido os cabelos numa espécie de coque romântico, deixando soltos cachos encaracolados, para emoldurar o rosto e destacar meus olhos. Uma transformação momentânea os deixou um pouco mais verdes que de costume. Mudando de ideia, deixei-os voltar a seu castanho salpicado de dourado e verde.

Aubrey ainda se negava a reconhecer que eu estava demais, e assim peguei meu casaco com estampa pele de cobra, e olhei duro para ela.

– Não me importo com sua opinião. Esta roupa foi um achado.

Deixei o apartamento com meu exemplar de *O Pacto de Glasgow* e voltei ao trabalho, tornando-me impermeável à garoa. Outra vantagem de meus poderes de transformação. Os fãs se agitavam dentro da livraria, ansiosos para ver o homem cujo último livro ainda dominava a lista dos mais vendidos, mesmo após cinco semanas. Esgueirei-me pelo grupo, dirigindo-me às escadas para o segundo andar.

– Os livros juvenis estão ali naquela estante – a voz amistosa de Doug soou perto de mim. – Se precisar de mais alguma coisa, me avise.

Ele deixou o cliente que estava ajudando, me viu e imediatamente deixou cair a pilha de livros que segurava.

Os clientes se afastaram, olhando educadamente enquanto ele se ajoelhava para pegar os livros. Reconheci as capas na hora. Eram edições de bolso dos livros mais antigos de Seth Mortensen.

– Sacrilégio – comentei. – Deixá-los tocar o chão. Agora você vai ter que queimá-los, como uma bandeira.

Ignorando-me, Doug apanhou os livros e me arrastou para longe dos clientes.

– Muito simpático, ir pra casa e vestir algo mais confortável. Cristo do céu, você consegue se abaixar com essa roupa?

– Por que, você acha que esta noite vou precisar me abaixar?

– Depende. Quer dizer, o Warren está aqui, né?

– Pegou pesado, Doug. Bem pesado.

– A culpa é sua, Kincaid. – Ele me deu um olhar relutante e admirado, quando estávamos a ponto de subir as escadas. – Mas a verdade é que você está muito bem.

– Obrigada. Eu queria que Seth Mortensen me notasse.

– Acredite, ele vai notar, a menos que seja *gay*. E, provavelmente, mesmo que seja.

– Não pareço uma puta, pareço?

– Não.

– Nem vulgar?

– Não.

– Tentei ficar *sexy* com classe. O que você acha?

– Acho que chega de inflar o seu ego. Você já sabe qual a sua aparência.

Chegamos ao alto da escada. Um grande número de cadeiras tinha sido colocado ali, ocupando a maior parte da área do café e estendendo-se ainda por parte das seções de livros de jardinagem e de mapas. Paige, gerente da loja e nossa chefe, estava ocupada tentando uma espécie de acrobacia com a fiação do microfone e do sistema de som. Eu não sabia para que este edifício tinha sido usado antes que Emerald City Books viesse para cá, mas não era nada adequado em termos de acústica e grandes grupos.

– Vou ajudar Paige – disse-me Doug, com um cavalheirismo atencioso. Ela estava grávida de três meses. – Eu aconselharia você a não fazer nada que envolva inclinar-se mais do que vinte graus em qualquer direção. Ah, e se alguém desafiar você a encostar os cotovelos atrás das costas, não se deixe enganar.

Dei-lhe um forte cutucão nas costelas, e quase o fiz derrubar os livros de novo.

Bruce, ainda tripulando o balcão do *espresso*, fez meu quarto *mocha* de chocolate branco do dia, e fui tomá-lo na área de livros de geografia, enquanto esperava as coisas rolarem. Relanceando os olhos a meu lado, reconheci o cara com quem antes discutira Seth Mortensen. Ele ainda segurava seu exemplar de *O Pacto de Glasgow*.

– Oi – disse-lhe.

Ele deu um pulo com o som de minha voz, tendo estado absorto com um guia de viagens sobre o Texas.

– Desculpe – falei. – Não quis assustá-lo.

– Eu... não, você n-não me assustou – ele gaguejou. Seus olhos me avaliaram da cabeça aos pés em um rápido olhar, detendo-se muito brevemente nos quadris e seios, mas mais tempo em minha face. – Você mudou de roupa. – Como se percebesse a miríade de implicações por trás dessa constatação, ele acrescentou, apressado: – Não que esteja ruim. Quero dizer que você está boa. Hã, bem, quer dizer...

Cada vez mais embaraçado, ele me deu as costas e tentou, sem muito jeito, recolocar o livro sobre o Texas na estante, de cabeça para baixo. Escondi um sorriso. Esse cara era uma graça. Eu já não encontrava muitos sujeitos tímidos por aí. Os rituais modernos de acasalamento pareciam exigir que os homens se exibissem o máximo possível, e infelizmente as mulheres pareciam de fato cair nessa. Tudo bem, até eu caía nessa às vezes. Mas os caras tímidos também mereciam uma chance, e decidi que um flertezinho inofensivo com ele seria bom para seu ego, enquanto eu esperava que a sessão de autógrafos começasse. Ele provavelmente tinha uma péssima sorte com mulheres.

– Deixe que eu faço isso – ofereci, debruçando-me sobre ele. Minhas mãos tocaram as suas quando peguei o livro, colocando-o com cuidado na prateleira, com a capa para a frente. – Assim.

Dei um passo para trás, como se estivesse admirando minha obra, e assegurei-me de estar bem perto dele, nossos ombros quase tocando-se.

– É importante cuidar das aparências com os livros – expliquei. – A imagem é importante neste ramo.

Ele arriscou me dar um olhar, ainda nervoso, mas recuperou rápido sua compostura.

– Eu vou mais pelo conteúdo.

– Sério? – Ajustei um pouco minha posição, de modo que nos tocamos de novo, a flanela macia de sua camisa roçando minha pele nua. – Porque eu podia jurar que um segundo atrás você estava bem interessado pela aparência externa.

Ele baixou os olhos, mas pude ver um sorriso curvando seus lábios.

– Bem. Algumas coisas são tão chamativas que não podem evitar atrair a atenção para si.

– E isso não o deixa curioso para saber o que há por dentro?

– Em especial, isso me faz querer conseguir algumas cópias das provas finais.

Cópias das provas? O que ele...?

– Seth? Seth, onde... Ah, aí está você.

Paige apareceu no corredor onde estávamos, seguida de Doug. Ela se animou quando me viu, e senti meu estômago revirar, quando juntei dois mais dois. Não. Não podia ser...

– Ah, Georgina. Vejo que já conhece Seth Mortensen.

Capítulo 4

– Me mata, Doug. Me mata agora. Acaba com meu sofrimento.

Minha imortalidade à parte, o sentimento era sincero.

– Meu Deus, Kincaid, o que você disse a ele? – murmurou Doug.

Estávamos de pé, na lateral da plateia de Seth Mortensen, juntamente com outras pessoas. Todos os assentos estavam tomados, o que transformava espaço e visibilidade em itens de luxo. Eu tinha sorte de estar com o pessoal da livraria em nosso setor reservado, que nos dava uma visão livre de Seth enquanto ele lia *O Pacto de Glasgow*. Não que eu quisesse estar em sua linha de visão. De fato, o que preferiria mesmo era nunca mais voltar a ficar cara a cara com ele.

– Bom – disse a Doug, enquanto ficava de olho em Paige para não chamar atenção para nossos cochichos. – Eu tripudiei em cima dos fãs dele, e do tempo que cada livro leva para ser publicado.

Doug me olhou de olhos arregalados; eu excedera suas expectativas.

– Então eu disse, sem saber quem ele era, que seria a escrava sexual de Seth Mortensen para conseguir cópias das provas finais dos livros dele, antes de todo mundo.

Não entrei em detalhes sobre minha cantada improvisada. E pensar que eu havia querido levantar o ego de um sujeito tímido! Deus do céu. Seth Mortensen devia poder levar para a cama uma tiete diferente por noite, se quisesse.

Não que parecesse o tipo. Diante da multidão, ele aparentava o mesmo tipo de nervosismo inicial que demonstrara comigo. Ele ficou mais à vontade assim que começou a ler, porém, aquecendo-se aos poucos e deixando que sua voz se tornasse mais forte ou mais suave, com intensidade e um humor irônico.

– Que tipo de fã é você? – perguntou Doug. – Não sabia como ele era?

– Nunca puseram a foto dele nos livros! Além do mais, achei que ele fosse mais velho. – Calculei que Seth andasse pelos trinta e algo, um pouco mais velho do que eu parecia neste corpo, mas mais jovem do que o escritor quarentão que eu sempre imaginara.

– Mas veja pelo lado bom, Kincaid. Você atingiu seu objetivo: conseguiu que ele te notasse.

Contive um gemido, deixando a cabeça descair de forma patética no ombro de Doug.

Paige virou a cabeça e nos lançou um olhar terrível. Como sempre, nossa gerente estava deslumbrante, usando um conjunto vermelho que destacava sua pele cor de chocolate. Uma discreta protuberância de gravidez aparecia por baixo do casaco, e não pude evitar uma pontada de inveja.

Quando nos contara sobre a gravidez não planejada, ela rira, minimizando o fato.

– Bom, vocês sabem que essas coisas simplesmente acontecem.

Mas eu nunca soube que essas coisas podiam "simplesmente acontecer". Quando era mortal, eu tinha tentado engravidar desesperadamente, sem sucesso, tornando-me em vez disso objeto de piedade e de piadas, disfarçadas mas não muito. A transformação em súcubo havia eliminado qualquer chance remota que me restasse de ter sido mãe, embora na época eu não me desse conta disso. Eu havia sacrificado a capacidade de procriação de meu corpo em troca de juventude e beleza eternas. Um tipo de imortalidade trocado por outro. O passar dos séculos lhe dá tempo suficiente para aceitar o que pode e o que não pode ter, mas ser relembrada disso machuca do mesmo jeito.

Dando a Paige um sorriso que prometia bom comportamento, voltei a atenção para Seth. Ele acabava de terminar a leitura e passou para as perguntas. Como esperado, as primeiras foram *De onde você tira suas ideias?* e *Cady e O'Neill algum dia vão ficar juntos?*.

Ele olhou de relance para meu lado antes de responder, e eu me encolhi, relembrando o comentário sobre ele empalar-se quando tais perguntas fossem feitas. Voltando a atenção para os fãs, ele respondeu muito compenetrado à primeira e esquivou-se à segunda.

Tudo o mais ele respondeu com concisão, muitas vezes de um modo seco e levemente cômico. Ele nunca falava mais do que o necessário, dizendo apenas o suficiente para satisfazer as necessidades de quem perguntava. Estava claro que a multidão o deixava nervoso, e isso me decepcionava um pouco.

Considerando como seus livros eram mordazes e inteligentes, acho que eu esperava que ele falasse em público da mesma forma como escrevia. Eu queria um fluxo confiante e espirituoso de palavras, um carisma que rivalizasse com o meu. Ele teve umas boas tiradas enquanto conversávamos, mais cedo, mas levou um tempo no aquecimento, com eles e comigo.

Tudo bem, era injusto fazer comparações entre nós. Ele não tinha uma habilidade sobrenatural para fascinar os outros, e nem o respaldo de séculos de prática. Ainda assim. Eu nunca tinha imaginado que um sujeito retraído e meio atrapalhado seria capaz de criar meus livros favoritos. Injustiça minha, mas era isso.

– Está correndo tudo bem? – perguntou uma voz a nossas costas.

Olhei para trás e vi Warren, o dono da loja e meu parceiro ocasional de sexo.

– Perfeitamente – respondeu-lhe Paige, com seu jeito seco e eficiente. – Vamos começar a sessão de autógrafos daqui uns quinze minutos.

– Ótimo.

Os olhos dele percorreram de forma casual o resto dos funcionários e então se cravaram em mim. Ele não disse nada, mas enquanto me dissecava com o olhar, eu quase podia sentir suas mãos tirando-me a roupa. Com o tempo, ele passara a esperar que fizéssemos sexo com regularidade, e em geral eu não me opunha, já que ele me garantia uma dose rápida e confiável, embora pequena, de energia e vida. Seu baixo padrão moral eliminava qualquer culpa que eu pudesse sentir por fazer isso.

Depois que as perguntas terminaram, tínhamos que controlar aquele monte de gente e organizar a fila para que todos tivessem seus livros autografados. Ofereci-me para ajudar, mas Doug disse que estava tudo sob controle. Assim, em vez disso fiquei fora do caminho, tentando evitar o contato visual com Seth.

–Vá até minha sala quando tudo isso terminar – murmurou Warren, vindo postar-se a meu lado.

Esta noite ele usava um terno cinza-escuro sob medida e parecia o perfeito empresário importante e sofisticado do ramo literário. A despeito de minha opinião nada lisonjeira sobre um homem que traía, com uma funcionária muito mais jovem, a mulher que era sua esposa havia trinta anos, eu ainda tinha de admitir que ele possuía uma certa atração e charme físico. Mas depois de tudo o que acontecera hoje, eu não estava a fim de ter que me deitar de pernas abertas sobre a mesa dele quando a loja fechasse.

– Não posso – objetei baixinho, ainda observando a fila de autógrafos. – Vou estar ocupada depois.

– Não vai estar, não. Esta noite não tem aula de dança.

– Não – concordei. – Mas vou estar fazendo outra coisa.

– Como o quê?

– Tenho um encontro – a mentira veio com facilidade a meus lábios.

– Não tem.

– Tenho.

– Você nunca sai com cara algum, então não vem com essa agora. O único encontro que você tem é comigo, em minha sala, de preferência de joelhos. – Ele chegou mais perto, falando em minha orelha de modo que eu sentia na pele seu hálito quente: – Por Deus, Georgina. Você está um tesão esta noite, eu podia te comer agora. Você tem ideia do que está fazendo comigo, com essa roupa?

– "Fazendo com você"? Não estou "fazendo" nada. Sabe, são atitudes como essa que fazem com que as mulheres usem véus no mundo todo. Isso é pôr a culpa na vítima.

Ele deu um risinho de satisfação.

– Eu me divirto com você, sabia? Você está de calcinha por baixo disso aí?

– Kincaid, pode vir aqui nos ajudar?

Virei-me e vi Doug de cara amarrada. Fazia sentido. Agora que tinha visto Warren dando em cima de mim, ele queria minha ajuda. Quem disse que já não existiam mais cavalheiros no mundo? Doug era uma das poucas pessoas que sabiam o que rolava entre Warren e mim, e não aprovava. Ainda assim, aproveitei a brecha, mesmo que atrasada, e consegui escapar temporariamente à sanha de Warren, indo ajudar na venda do livro.

Levou quase duas horas para que todos os clientes passassem pela fila e recebessem os autógrafos, e a essa altura faltavam só quinze minutos para a loja fechar. Seth Mortensen parecia um pouco cansado, mas de bom humor. Meu estômago se contorceu quando Paige fez sinal para que os funcionários que não estavam ocupados com o fechamento da loja viessem conversar com ele.

Ela nos apresentou de forma breve.

– Warren Lloyd, proprietário da loja. Doug Sato, subgerente. Bruce Newton, gerente do café. Andy Kraus, vendas. E você já conhece Georgina Kincaid, nossa outra subgerente.

Seth assentia com educação, apertando a mão de todos. Ao chegar em mim, desviei os olhos, esperando que ele seguisse em frente. Quando não o fez, encolhi-me mentalmente, preparando-me para algum comentário sobre nossos contatos anteriores.

– G. K. – foi tudo que disse, porém.

– Hein? – pisquei.

– G. K. – ele repetiu, como se essas letras fizessem perfeito sentido. Quando minha expressão idiota persistiu, ele fez um rápido aceno de cabeça, indicando um dos folhetos promocionais do evento daquela noite. Ele dizia:

> Se nunca ouviu falar de Seth Mortensen, então é óbvio que você não morou neste planeta pelos últimos oito anos. Ele é simplesmente o maior acontecimento da literatura contemporânea de mistério e ficção, e perto dele os concorrentes parecem mais com garranchos em um livro infantil. Mr. Mortensen é o afamado autor de vários títulos que se tornaram *best-sellers*, e escreve tanto livros isolados como os volumes da popularíssima série Cady e O'Neill. *O Pacto de Glasgow* dá sequência às aventuras dos intrépidos investigadores, que desta vez viajam para o exterior, sempre desvendando mistérios arqueológicos e envolvendo-se o tempo todo em diálogos inteligentes e insinuantes, pelos quais nós os adoramos. Rapazes, se não conseguirem localizar suas namoradas esta noite, elas vão estar aqui com *O Pacto de Glasgow*, sonhando que vocês fossem tão gentis como O'Neill.
>
> G. K.

– Você é G. K. Você escreveu a biografia.

Ele me olhou, esperando a confirmação, mas eu não conseguia falar, não conseguia proferir algum agradecimento espirituoso que tentasse aflorar de meus lábios. Estava com medo demais. Depois de meus foras, temia dizer a coisa errada.

Por fim, surpreso com meu silêncio, ele perguntou, hesitante:

– Você é escritora? Está muito bom.

– Não.

– Ah. – Alguns momentos se passaram em um silêncio gélido. – Bom, imagino que algumas pessoas escrevem histórias, outras as vivem.

Aquilo parecia uma provocação, mas mordi a língua para não responder, ainda representando meu recém-assumido papel de difícil e tentando neutralizar a cantada de antes.

Mesmo sem entender a tensão entre Seth e mim, Paige conseguiu captá-la e tentou amenizar a situação.

– Georgina é uma de suas maiores fãs. Ela ficou numa euforia total ao saber que você viria aqui.

– É – acrescentou Doug, com perversidade. – Ela é praticamente uma *escrava* de seus livros. Pergunte-lhe quantas vezes ela leu *O Pacto de Glasgow*.

Lancei-lhe um olhar assassino, mas a atenção de Seth já se voltara de novo para mim, com curiosidade genuína. *Ele está tentando trazer de volta nossa empatia de antes,* percebi com tristeza. Não podia deixar que isso acontecesse.

– Quantas?

Engoli em seco, não querendo responder, mas a pressão de todos aqueles olhos ficou pesada demais.

– Nenhuma. Ainda não terminei de ler – a prática em manter a compostura permitiu-me articular essas palavras com calma e confiança, disfarçando o constrangimento.

Seth parecia confuso. Os demais também; todos me olhavam, devidamente perplexos. Só Doug sabia da história toda.

– Nenhuma? – perguntou Warren, com a testa franzida. – Já não faz um mês que ele foi lançado?

Doug, o filho da mãe, sorriu.

– Conte-lhes o resto. Diga quanto você lê por dia.

Desejei então que o piso se abrisse e me engolisse inteira, para que eu pudesse fugir daquele pesadelo. Como se não fosse ruim o bastante parecer uma vaca arrogante na frente de Seth Mortensen, Doug agora me fazia passar pela vergonha de ter de confessar meu hábito ridículo.

– Cinco – disse eu, por fim. – Leio só cinco páginas por dia.

– Por quê? – perguntou Paige. Pelo visto ela nunca ouvira essa história.

Eu podia sentir meu rosto ficando vermelho. Paige e Warren me encaravam como se eu fosse de outro planeta, enquanto Seth só continuava em silêncio, parecendo distraído com seus próprios pensamentos. Respirei fundo e falei de uma vez só:

– Porque... porque ele é tão bom, e porque a gente só tem uma chance de ler um livro pela primeira vez, e eu quero que dure. A experiência de lê-lo. Senão eu terminaria em um dia, e isso seria... como tomar um pote de sorvete de uma vez só. Sabor demais, terminando rápido demais. Desse jeito, eu posso prolongá-lo. Fazer o livro durar mais. Saboreá-lo. Preciso fazer isso, já que demoram tanto a sair.

Calei-me na hora, percebendo que acabava de insultar a produtividade literária de Seth... de novo. Ele não respondeu a meu comentário, e eu não conseguia decifrar a expressão de seu rosto. Talvez estivesse ponderando sobre o que eu dissera. Uma vez mais, implorei em silêncio que o chão me tragasse e me salvasse daquela humilhação. Ele se recusou obstinadamente.

Doug sorriu para mim, tranquilizador. Ele achava engraçadinho esse meu hábito. Paige pelo visto não achava, e tinha cara de quem compartilhava comigo o desejo de que eu estivesse em algum outro lugar. Ela pigarreou com educação e enveredou por um assunto completamente diferente. Depois disso, mal prestei atenção no que diziam. Tudo que conseguia pensar era que Seth Mortensen devia estar me achando uma maluca errática, e eu mal podia esperar que a noite acabasse.

–... Kincaid pode fazer isso.

O som de meu nome me trouxe de volta depois de vários minutos.

– O quê? – virei-me para Doug, que havia pronunciado aquelas palavras.

– Você não poderia? – ele repetiu.

– Eu poderia o quê?

– Levar Seth para dar uma volta na cidade amanhã – Doug falou cheio de paciência, como para uma criança. – Ajudá-lo a familiarizar-se com a área.

– Meu irmão é ocupado demais – explicou Seth.

O que o irmão dele tinha a ver com isso? E por que ele tinha que se familiarizar com a área?

Hesitei, sem querer admitir que havia saído do ar naquele instante, enquanto chafurdava em autopiedade.

– Se você não quiser... – começou Seth, hesitante.

– É claro que ela quer – Doug me cutucou. – Vamos lá. Saia da sua toca.

Trocamos olhares significativos, dignos de Jerome e Carter.

– Tá, tudo bem. Como quiserem.

Organizamos a logística para que eu me encontrasse com Seth, e perguntei-me em que encrenca teria me metido. Eu não queria mais ser notada. Aliás, teria preferido que ele pudesse me apagar de sua mente para sempre. Ficarmos juntos no dia seguinte, enquanto fazíamos turismo por Seattle, não parecia o melhor jeito de isso acontecer. No mínimo, só ia render mais comportamentos idiotas de minha parte.

A conversa morreu, afinal. Quando estávamos a ponto de nos separar, de repente lembrei algo.

– Hã. Ei, senhor Mortensen. Seth.

Ele se voltou para mim.

– Sim?

Tentei desesperadamente dizer algo que pudesse desfazer o emaranhado confuso de mal-entendidos e constrangimento em que ele e eu havíamos nos metido. Infelizmente, as únicas coisas que me vinham à mente eram "De onde você tira suas ideias?" e "Cady e O'Neill algum dia vão ficar juntos?".

Pondo de lado a idiotice, apenas estendi meu livro para ele.

– Pode me dar seu autógrafo?

Ele o pegou.

– Hã, claro. – Uma pausa. – Eu o trago de volta amanhã.

Ficar sem meu livro por toda aquela noite? Eu já não havia sofrido o suficiente?

– Você não pode simplesmente autografá-lo agora?

Ele encolheu os ombros, impotente, como se fosse algo fora de seu controle.

– Não consigo pensar em nada para escrever.

– Só assine seu nome.

– Eu o trago de volta amanhã – ele repetiu, afastando-se com meu exemplar de *O Pacto de Glasgow*, como se eu não tivesse dito nada. Transtornada, até pensei em correr atrás dele e surrá-lo para pegar o livro de volta, mas Warren de repente me pegou pelo braço.

– Georgina – disse ele de forma agradável, enquanto eu, desconsolada, via meu livro afastando-se –, ainda temos que discutir aquele assunto em minha sala.

Não. De jeito nenhum. Eu não estava nem um pouco a fim de transar depois daquela noite desastrosa. Virando-me devagar para ele, fiz que não com a cabeça.

– Eu já disse, não posso.

– É, já sei, seu encontro fictício.

– Não é fictício. É...

Meus olhos procuravam desesperados por uma saída, enquanto eu falava. Embora nenhum portal mágico aparecesse na seção de culinária, de repente meu olhar cruzou com o de um cara que olhava os livros em línguas estrangeiras. Ele sorriu, curioso com minha atenção, e num impulso tomei uma decisão ousada.

–... com ele. É com ele.

Acenei com a mão para o desconhecido, chamando-o. Como seria de esperar, ele parecia surpreso ao deixar o livro que olhava e vir em nossa direção. Quando chegou, envolvi-o com um braço, com familiaridade, dando-lhe um olhar que no passado foi famoso por fazer reis caírem de joelhos.

– Pronto para ir?

Um leve espanto cruzou por seus olhos, que aliás eram lindos. Um azul-esverdeado intenso. Para meu alívio, ele entrou no jogo e rebateu meu serviço com muita classe.

– Quando quiser. – O braço dele me rodeou, e sua mão pousou em meu quadril com audácia surpreendente. – Teria chegado aqui antes, mas fiquei preso no trânsito.

Esperto. Olhei para Warren.

– Podemos deixar a conversa para depois?

Warren olhou para mim, depois para o cara e de novo para mim.

– Claro. Sim. Com certeza. – Warren tinha um sentimento de posse sobre mim, mas não era forte o suficiente para fazê-lo desafiar um concorrente mais jovem.

Alguns de meus colegas de trabalho também observavam a cena com interesse. Assim como Warren, jamais tinham me visto saindo com alguém. Seth Mortensen ocupava-se em fechar sua maleta de documentos, e não voltou a cruzar o olhar com o meu, dando toda impressão de estar alheio à minha existência. Nem respondeu quando me despedi. Melhor assim, talvez.

Meu "par" e eu deixamos a loja, saindo para a noite fria. A chuva havia parado, mas as nuvens e as luzes da cidade escondiam as estrelas. Olhando-o bem, meio que desejei estarmos saindo de verdade.

Ele era alto, alto de verdade. Tinha bem uns vinte e cinco centímetros a mais que meus diminutos um e sessenta. Seu cabelo era negro e ondulado, penteado para trás, e o rosto tinha um bronzeado profundo, que ressaltava os olhos brilhantes da cor do mar. Ele usava um casaco longo de lã, e uma echarpe com um padrão xadrez preto, vinho e verde.

– Obrigada – disse eu, quando paramos na esquina seguinte. – Você me salvou de uma... situação desagradável.

– O prazer foi todo meu. – Ele me estendeu a mão. – Sou Roman.

– Bonito nome.

– Acho que sim. Ele me faz lembrar algum livro romântico.

– Hã?

– É. Ninguém se chama assim na vida real. Mas em histórias românticas, tem um milhão deles. "Roman, o Quinto Duque de Wellington", "Roman, o Terrível mas Audacioso e Incrivelmente Atraente Pirata dos Altos Mares".

– Ei, acho que eu li esse último. Sou Georgina.

– Posso ver? – Ele apontou com o queixo o crachá de funcionária que pendia de meu pescoço. Deve ter sido uma boa desculpa para dar uma olhada em meu decote. – Essa roupa é o uniforme-padrão para os subgerentes?

– Essa roupa está se tornando um incômodo terrível – observei, pensando nas várias reações que já havia provocado.

– Você pode usar meu casaco. Aonde você quer ir esta noite?

– Aonde eu...? Nós não vamos sair. Já lhe disse, você só me salvou de uma situação desagradável, mais nada.

– Ei, mas mesmo assim isso deve valer algo – ele retrucou. – Um lencinho? Um beijo no rosto? Seu número de telefone?

– Não!

– Ah, qual é. Você não viu como eu fui bom? Nem pisquei quando você me fisgou com aquele seu olhar provocante.

Eu não podia negar-lhe isso.

– Tudo bem. É 555-1200.

– Esse é o número da loja.

– Como você sabe?

Ele apontou o cartaz da Emerald City bem atrás de mim. Ele continha todas as informações de contato da loja.

– É que eu sei ler.

– Uau. Isso coloca você uns dez degraus acima da maioria dos caras que me passam cantadas.

Ele ficou esperançoso.

– Então isso quer dizer que algum dia vamos poder sair juntos?

– Não. Fico muito agradecida por sua ajuda, mas não marco encontros.

– Não considere um encontro, então. Pense mais como... uma convergência de mentes.

O jeito como me olhou sugeria que quisesse conhecer mais do que minha mente. Tive um estremecimento involuntário, que não era de frio. Começava a sentir um calor desconfortável.

Ele desabotoou seu casaco.

– Aqui. Você está congelando. Use-o enquanto eu a levo para casa. Meu carro está logo ali, dobrando a esquina.

– Posso ir caminhando até em casa. – O casaco dele ainda estava quente de seu corpo e tinha um cheiro bom. Uma combinação de CK One com, hã, cheiro de homem. Hmm.

– Então vou acompanhá-la até em casa.

Sua persistência era charmosa, o que era mais um motivo para terminar agora com as coisas. Era bem esse tipo de cara de boa qualidade que eu precisava evitar.

– Vamos lá – implorou Roman quando eu não respondi. – Isso não é pedir muito. Não vou ficar te perseguindo nem nada assim. Só quero acompanhá-la até em casa, uma vez. Então você não vai precisar me ver de novo nunca mais.

– Olha, você mal me conhece... – interrompi-me, reconsiderando o que ele dissera. – Tá legal.

– Tá legal o quê?

– Tá legal, você pode me acompanhar até em casa.

– Sério? – o rosto dele se iluminou.

– É.

Três minutos depois, quando chegamos a meu prédio, ele ergueu as mãos, decepcionado.

– Isso não foi justo. Você mora praticamente na porta ao lado.

– Acompanhar-me até em casa, uma vez. Foi tudo o que você pediu.

Roman sacudiu a cabeça.

– Não é justo. Não é nada justo. Mas... – ele ergueu os olhos, esperançoso, para meu prédio –... pelo menos agora eu sei onde você mora.

– Ei! Você falou que não ia me perseguir.

Ele sorriu, os belíssimos dentes destacando-se muito brancos contra a pele bronzeada.

– Nunca é tarde demais para começar. – Curvando-se, ele beijou minha mão e piscou para mim. – Até que nos encontremos de novo, bela Georgina.

Ele se virou e afastou-se na noite. Observei-o ir embora, ainda sentindo seus lábios em minha pele. Que reviravolta inesperada e intrigante para aquela noite!

Quando ele já não estava mais à vista, virei-me e entrei em meu prédio. Estava na metade da escada quando percebi que ainda usava o casaco dele. Como iria devolver-lhe? *Ele fez de propósito*, compreendi. Havia deixado que eu ficasse com ele.

De repente soube que veria de novo o ardiloso duque Roman. Provavelmente cedo, e não tarde.

Dando uma risadinha satisfeita, continuei rumo a meu apartamento, parando depois de mais alguns passos.

– De novo não – murmurei, exasperada.

Sensações familiares rodopiavam por trás da porta de meu apartamento. Como uma tempestade cintilante. Como o zumbido de abelhas no ar.

Havia um grupo de imortais dentro de minha casa.

Que merda era aquela? Eu ia ter que começar a cobrar ingressos para meu apartamento? Por que todo mundo de repente começou a achar que simplesmente podia ir entrando quando eu não estava lá?

Ocorreu-me então, por um breve instante, que eu *não* tinha sentido a presença de Jerome e Carter, mais cedo. Eles me haviam pegado totalmente de surpresa. Era algo esquisito, mas suas novidades tinham me perturbado tanto que eu não prestara atenção a mais nada.

Da mesma forma, minha ira atual não me permitia refletir sobre aquele detalhe bizarro agora. Eu estava contrariada demais. Pendurando a bolsa em um dos ombros, entrei decidida em minha casa.

Capítulo 5

– Para alguém que acaba de orquestrar um assassinato, sua reação é meio exagerada.

Exagerada? Nas últimas vinte e quatro horas, tive que aguentar virgens, vampiros assustadores, assassinato, acusação e humilhação diante de meu escritor favorito. Eu não achava que voltar para casa e encontrar um apartamento tranquilo era pedir demais. Em vez disso, eu encontrava três intrusos. Três intrusos que eram também meus amigos, veja bem, mas isso não mudava o princípio da coisa.

E é claro que nenhum deles entendia por que eu estava tão aborrecida.

– Vocês estão invadindo minha privacidade! E eu não matei ninguém. Por que todos estão achando isso?

– Porque você mesma disse que o faria – explicou Hugh. O duende estava largado em meu sofá, e sua postura relaxada indicava que, na verdade, podia ser eu quem estava em sua casa. – Ouvi isso de Jerome.

Sentado do outro lado da sala, de frente para ele, nosso amigo Cody me deu um sorriso cordial. Ele era bem jovem para um vampiro, e me fazia pensar no irmão caçula que nunca tive.

– Não se preocupe. Ele estava pedindo. Vamos ficar do seu lado até o fim.

– Mas eu não...

– É nossa ilustre anfitriã que ouço? – gritou Peter, do banheiro. Um instante depois, ele apareceu no corredor. – Você parece bem elegante para uma criminosa de mente brilhante.

– Eu não sou... – as palavras morreram em meus lábios quando o vi. Por um momento, todo pensamento sobre assassinato e invasão de domicílio se apagou de minha mente. – Pelo amor de Deus, Peter. O que aconteceu com seu cabelo?

Constrangido, ele passou a mão pelos espetos pontudos, com um centímetro e meio de comprimento, que cobriam sua cabeça. Eu nem imaginava quanto gel ele devia ter usado para desafiar daquele jeito as leis da física. Pior, as pontas dos espetos eram de um loiro desbotado, contrastando com a cor escura normal de seu cabelo.

– Alguém com quem trabalho me ajudou.

– Alguém que te odeia?

Peter torceu o nariz.

– Você é o súcubo menos charmoso que já encontrei.

– Acho que os espetos ressaltam, hum, o formato de suas sobrancelhas – sugeriu Cody, com diplomacia. – A gente só precisa... de um tempo pra se acostumar.

Sacudi a cabeça. Eu gostava de Peter e Cody. Eram os únicos vampiros com quem já tive amizade, mas isso não os tornava menos irritantes. Entre as neuroses variadas de Peter e o otimismo persistente de Cody, eu às vezes me sentia como o cara, quer dizer, a garota hétero em uma *sitcom*.

– Um *bom* tempo – resmunguei, trazendo da cozinha um banquinho.

– Olha quem fala – devolveu Peter. – Você e sua fantasia com asas e chicote.

Meu queixo caiu, e voltei-me para Hugh com um olhar incrédulo. Ele fechou depressa o catálogo da Victoria's Secret que estivera folheando.

– Georgina...

– Você disse que não contaria! Você selou os lábios e tudo!

– Eu, hã... isso meio que escapou.

– Você estava mesmo usando chifres? – perguntou Peter.

– Tudo bem, já chega. Quero vocês todos fora daqui agora. – Apontei para a porta. – Já passei por coisa suficiente hoje para ainda por cima ter de aguentar vocês.

– Você nem nos falou sobre o contrato para acabar com o Duane. – Cody me olhava com olhos de cachorrinho perdido, implorando. – Estamos morrendo de curiosidade.

– Bom, tecnicamente, foi Duane quem morreu – observou Peter em tom baixo.

– Cuidado com os comentários maliciosos – alertou Hugh. – Você pode ser o próximo.

Eu já estava esperando que saísse vapor de minhas orelhas.

– Pela última vez, eu não matei Duane! Jerome acredita em mim, está bem?

Cody parecia pensativo.

– Mas você o ameaçou...

– Sim. E pelo que me lembro, todos vocês também, em um momento ou outro. Foi só uma coincidência. Não tenho nada a ver com isso e... – Uma coisa me ocorreu de repente. – Por que todos ficam dizendo coisas como "você arranjou a morte dele" ou "mandou alguém matá-lo"? Por que vocês não dizem que *eu mesma* o matei?

– Espera aí... você acabou de dizer que não fez isso.

Peter revirou os olhos para Cody antes de me encarar, e a expressão do vampiro mais velho ficou séria. Claro, "séria" pode significar qualquer coisa, quando acompanhada por um penteado daqueles.

– Ninguém está dizendo que *você* fez, porque você não conseguiria.

– Sobretudo com esses calçados – Hugh apontou com a cabeça para meus sapatos de salto.

– Agradeço a completa falta de confiança em minhas habilidades, mas não é possível que eu o tivesse, sei lá, pegado de surpresa? Hipoteticamente, quer dizer.

Peter sorriu.

– Não teria importado. Imortais inferiores não podem se matar uns aos outros. – Vendo meu olhar atônito, ele acrescentou: – Como pode você não saber disso? Depois de viver tanto tempo?

Havia um tom de provocação em suas palavras. Sempre houve um mistério não declarado entre Peter e mim, relativo a qual de nós dois era, em nosso pequeno círculo, o mais velho mortal-transformado-em-imortal. Nenhum de nós dois admitia de forma aberta nossa idade, e nunca soubéramos de verdade quem vivera mais séculos. Uma noite, depois de uma garrafa de tequila, começamos a jogar um joguinho de "Você lembra quando...". Só conseguimos chegar até a Revolução Industrial antes de apagarmos.

– Ninguém nunca tentou me matar. Quer dizer, então, que todas essas disputas territoriais dos vampiros não dão em nada?

– Bom, não é bem assim – disse ele. – Podemos fazer um estrago considerável, acredite. Mas não, ninguém nunca morre. Com tantas disputas, restariam muito poucos de nós se pudéssemos matar uns aos outros.

Fiquei em silêncio, virando essa revelação de um lado para outro na cabeça.

– Então como... – De repente lembrei-me do que Jerome me contara. – Ah, eles são mortos por caçadores de vampiros.

Peter assentiu.

– Quem são esses caçadores? – perguntei. – Jerome não entrou em detalhes.

Hugh também estava interessado.

– Você quer dizer, como aquela garota na tevê? A loira gostosa?

– Vai ser uma longa noite – Peter lançou a nós dois um olhar cáustico. – Vocês todos precisam de um Curso de Introdução aos Vampiros. Você podia nos oferecer algo para beber, Georgina?

Fiz um aceno impaciente com a mão, na direção da cozinha.

– Pegue o que quiser. Eu quero saber sobre os caçadores de vampiros.

Peter saiu da sala num passo tranquilo, soltando um ganido ao tropeçar em uma das muitas pilhas de livros que eu tinha pela casa. Fiz uma nota mental de comprar uma estante nova. De cara amarrada, ele examinou com desaprovação minha geladeira quase vazia.

– Você precisa mesmo trabalhar sua hospitalidade.

– Peter...

– Bom, eu sempre ouço falar daquele outro súcubo... aquele de Missoula. Como é mesmo o nome dela?

– Donna – informou Hugh.

– Isso, Donna. Ela dá festas incríveis, ouvi dizer. Contrata bufês. Convida todo mundo.

– Se estão a fim de se divertir com todas as dez pessoas de Montana, fiquem à vontade para se mudar para lá. Agora parem de gastar meu tempo.

Ignorando-me, Peter olhou os cravos vermelhos que eu comprara na noite passada. Eu os colocara num vaso perto da pia da cozinha.

– Quem lhe mandou flores?

– Ninguém.

– Você mandou flores para si mesma? – perguntou Cody, a voz trêmula de piedade.

– Não, eu só as comprei. Não é a mesma coisa. Eu não... Escutem aqui, por que estamos falando sobre isso quando existe um suposto assassino de vampiros à solta? Vocês dois estão em perigo?

Por fim, Peter optou por água, mas jogou cervejas para Hugh e Cody.

– Não.

– Não estamos? – Cody pareceu surpreso ao ouvir isso. Seus poucos anos como vampiro faziam dele quase um bebê, se comparado ao resto do grupo. Peter estava lhe ensinando "o ofício", por assim dizer.

– Os caçadores de vampiros são apenas mortais especiais, que nascem com a capacidade de causar danos reais aos vampiros. É claro que, em geral, mortais não podem nos ferir. Não me pergunte como ou por que as coisas são assim. Que eu saiba, não existe um sistema claro. A maioria dos assim chamados caçadores de vampiros passa a vida inteira sem sequer descobrir que tem esse talento. Aqueles que descobrem às vezes decidem fazer disso uma profissão. Eles aparecem de tempos em tempos, pegando um ou outro vampiro, incomodando-nos até que algum vampiro ou demônio mais decidido acabe com eles.

– "Incomodando"? – perguntou Cody, incrédulo. – Mesmo depois do que aconteceu com Duane? Você não está nem um pouco preocupado que essa pessoa venha atrás de você? Atrás de nós?

– Não – disse Peter. – Não estou.

Eu estava tão confusa quanto Cody.

– Por que não?

– Por que essa pessoa, seja homem ou mulher, é um amador total. – Peter olhou para Hugh e para mim. – O que Jerome disse sobre a morte de Duane?

Decidindo que eu mesma precisava de uma bebida, vasculhei o armário de bebidas e fiz uma vodca com limão.

– Ele queria saber se eu o havia matado.

Peter fez um gesto indicando que aquilo era irrelevante.

– Não, sobre a forma como ele morreu.

Hugh franziu o cenho, aparentemente tentando entender a lógica em andamento.

– Ele disse que Duane tinha sido encontrado morto... com uma estaca atravessada no coração.

– Aí está. Percebem?

Peter nos olhou com expectativa. Olhamos de volta, confusos.

– Não entendi – disse eu, por fim.

Peter suspirou, de novo parecendo bem desanimado.

– Se você é um mortal com a habilidade semidivina de matar um vampiro, não tem a mínima importância como o faz. Você pode usar uma arma de fogo, uma faca, um candelabro, o que for. A estaca através do coração é só crendice. Se um mortal normal estaquear um vampiro, não vai conseguir nada, a não ser deixá-lo muito puto. Só ouvimos falar de estaqueamento quando um caçador de vampiros o faz, o que dá à coisa um certo charme supersticioso especial, quando na verdade é tipo aquele lance do ovo durante os equinócios.

– O quê? – Hugh parecia totalmente perdido.

Esfreguei os olhos.

– Na verdade, eu sei do que ele está falando, por mais assustador que seja admitir isso. Há um mito que diz que durante os equinócios é possível equilibrar um ovo sobre suas extremidades. Às vezes funciona, às vezes não, mas a verdade é que você consegue os mesmos resultados em qualquer época do ano. Mas as pessoas só tentam nos equinócios, e por isso é o que elas notam. –

Olhei para Peter. – O que você está tentando dizer é que um caçador de vampiros poderia matar um vampiro de muitas formas, mas como a estaca ganha toda a atenção, tornou-se o método aceito de... "revogação da imortalidade".

– Só na cabeça das pessoas – ele corrigiu. – Na verdade, é bem complicado conseguir atravessar o coração de alguém com uma estaca. É muito mais fácil dar um tiro.

– E então você acha que o caçador é um amador, porque... – Cody deixou no ar, obviamente sem se deixar convencer pela fascinante analogia do ovo.

– Porque qualquer caçador de vampiros que vale seu sal sabe disso e não usaria uma estaca. Essa pessoa é um novato total.

– Primeiro – aconselhei a Peter –, não diga "vale seu sal". Essa expressão está fora de moda, e faz você parecer antiquado. Segundo, talvez esse caçador estivesse tentando parecer da velha guarda, ou algo assim. E mesmo que essa pessoa seja "novata", isso importa de verdade, uma vez que conseguiu pegar Duane?

– Ele era um babaca arrogante. – Peter deu de ombros. – Os vampiros conseguem pressentir os caçadores que estão por perto. Combinado com a inexperiência deste caçador, Duane nunca devia ter sido pego. Ele foi um idiota.

Abri a boca para contestar isso. Eu estaria entre os primeiros a concordar que Duane era arrogante e babaca, mas idiota ele não era. Imortais não podem viver tanto tempo como vivemos e ver as coisas que vemos sem adquirir um conhecimento e um instinto de sobrevivência consideráveis. A gente cresce depressa, pode-se dizer.

Outra questão assumiu a linha de frente de meus pensamentos.

– Esses caçadores podem ferir outros imortais? Ou só vampiros?

– Só vampiros, até onde sei.

Algo não estava batendo entre os comentários de Peter e os de Jerome. Eu não conseguia determinar com exatidão o que me incomodava, e assim guardei as apreensões para mim mesma, enquanto os outros continuavam a papear. O tema caçadores de vampiros logo ficou para trás, assim que eles decidiram, meio desapontados, que eu não tinha contratado ninguém. Cody e Hugh pareciam bem satisfeitos em aceitar a teoria de Peter de que um caçador amador não constituía uma ameaça real.

– Tenham cuidado, vocês dois – alertei os vampiros quando eles estavam se aprontando para sair. – Novato ou não, ainda assim Duane está morto.

– Sim, mamãe – respondeu Peter, sem muito interesse, ao vestir o casaco.

Dei um olhar duro a Cody, e ele pareceu incomodar-se um pouco. Ele era mais fácil de manipular que seu mentor.

– Terei cuidado, Georgina.

– Ligue-me se acontecer algo esquisito.

Cody fez que sim com a cabeça, e Peter revirou os olhos para ele.

– Vamos lá – disse o vampiro mais velho. – Vamos procurar algo para o jantar.

Tive que sorrir. A ideia de um vampiro procurando seu jantar assustaria a maioria das pessoas. Mas eu sabia que Peter e Cody odiavam caçar vítimas humanas. Eles o faziam às vezes, mas nessas ocasiões raramente matavam. A maior parte de seu sustento vinha de aquisições super malpassadas em açougues. Como eu, eles levavam nas coxas suas atribuições infernais.

– Hugh – disse eu, seca, quando ele estava saindo junto com os vampiros. – Uma palavrinha, por favor.

Os vampiros deram a Hugh olhares de solidariedade antes de partirem. O duende fez uma careta, fechando a porta e me encarando.

– Hugh, eu lhe dei a chave para emergências...

– O assassinato de um vampiro não é uma emergência?

– Estou falando sério! Já é ruim o suficiente que Jerome e Carter possam teleportar-se aqui para dentro, sem que você decida abrir minha casa para Deus e o mundo.

– Não acho que Deus tenha sido convidado esta noite.

– E ainda por cima, você vai e lhes conta sobre a roupa de diaba...

– Ah, qual é – ele protestou. – Aquilo foi bom demais para não contar. Além do mais, eles são nossos amigos. Qual o problema?

– O problema é que você disse que não ia contar – rosnei. – Que tipo de amigo é *você*? Ainda mais depois que eu o ajudei na noite passada?

– Cristo do céu, Georgina. Sinto muito. Eu não sabia que você ia se importar tanto.

Passei a mão pelo cabelo.

– Não é só isso. É que... eu não sei. É toda essa coisa com Duane. Andei pensando no que Jerome me falou...

Hugh esperou, dando-me tempo para organizar os pensamentos, pressentindo que eu estava a ponto de dizer algo importante. Minha mente analisava os desenrolares daquela noite, enquanto eu estudava o corpo grande do duende a meu lado. Às vezes ele podia ser tão bobão como os vampiros; eu não sabia se poderia falar-lhe a sério.

– Hugh... como você sabe quando um demônio está mentindo?

Houve uma pausa, e então ele deu uma risadinha, reconhecendo a velha piada.

– Os lábios dele estão se movendo. – Nós nos apoiamos em minha bancada e ele me observou do alto de sua estatura muito maior. – Por quê? Você acha que Jerome está mentindo para nós?

– Sim, acho – seguiu-se outra pausa.

– Então explique.

– Jerome me avisou para tomar cuidado e disse que eu poderia ser confundida com um vampiro.

– Ele me disse a mesma coisa.

– Mas Peter disse que os caçadores de vampiros não podem nos matar.

– Já enfiaram uma estaca através de seu coração? Pode não te matar, mas aposto que você não vai gostar.

– Não tenho a menor dúvida. Mas Jerome afirmou que os caçadores de vampiros seguem suas presas para encontrar outros vampiros. Isso é besteira. Cody e Peter são uma exceção. Você sabe como a maioria dos vampiros é. Eles não ficam juntos. Seguir um em geral não leva a outro.

– É, mas ele disse que esse caçador é um novato.

– Jerome não disse isso. Essa é a teoria de Peter, baseada na estaca.

Hugh deu um resmungo de concordância.

– Tá legal. Então o que você acha que está acontecendo?

– Não sei. Só sei que essas histórias são contraditórias. E Carter parece estar envolvido até o pescoço, como se tivesse algum segredo com Jerome. Por que Carter sequer daria atenção ao que está acontecendo? Em teoria, o lado dele devia aprovar que eliminassem um dos nossos.

– Ele é um anjo. Ele não devia amar todo mundo, inclusive os amaldiçoados? Sobretudo quando os tais amaldiçoados são seus colegas de copo?

– Não sei. Há mais coisa do que estão nos contando... e Jerome parecia tão taxativo quando me pediu para ter cuidado. E com você também, ao que tudo indica.

Ele ficou calado um instante.

– Você é uma garota bonita, Georgina – disse, por fim.

Aquilo me pegou de surpresa. Então, nada de conversa séria.

– Tem certeza de que você tomou só uma cerveja?

– Mas eu me esqueço... – ele continuou, ignorando-me –... de que você é também inteligente. Fico tanto tempo rodeado por mulheres rasas, donas de casa dos subúrbios, querendo peles mais lisas e peitos maiores, sem outra preocupação que não o visual. É fácil ficar nos estereótipos e esquecer que você também tem um cérebro por trás do rosto bonito. Você vê coisas de um modo diferente de todos nós. Com mais clareza, acho. Um jeito de pensar que dá um panorama mais amplo. Talvez seja a idade, sem ofensa.

– Você bebeu demais. Além disso, não sou esperta o bastante para imaginar o que Jerome não está nos contando, a menos... Não existem mesmo por aí caçadores de súcubos ou de duendes, existem?

– Você já ouviu falar de algum?

– Não.

– Eu também não. Mas ouvi falar de caçadores de vampiros, independentemente da cultura *pop*. – Hugh buscou seus cigarros e mudou de ideia, lembrando-se de que eu não gostava que fumassem em meu apartamento. – Não acho que alguém vai enfiar uma estaca em nós, se é o que está te incomodando.

– Mas você concorda que não estão contando pra gente a história toda?

– O que mais você esperaria de Jerome?

– Eu acho... acho que vou ver Erik.

– Ele ainda está vivo?

– Até a última vez que soube, sim.

– É uma boa ideia. Ele sabe mais sobre nós do que nós mesmos.

– Depois te conto o que eu descobrir.

– Não, acho que prefiro ficar sem saber.

– Tudo bem. Para onde vai agora?

– Tenho que fazer umas horinhas extras com uma das secretárias novas, se você me entende. – Ele deu um sorriso sacana. – Vinte aninhos, com peitos que desafiam a gravidade. Isso eu sei. Eu ajudei a instalá-los.

Não pude deixar de rir, a despeito da atmosfera sombria. Hugh, como todos nós, tinha uma profissão quando não estava ajudando a causa do mal e do caos. No caso dele, a linha entre ambas ocupações era um tanto fina: ele era cirurgião plástico.

– Não posso competir com isso.

– Não é verdade. A ciência não pode competir com seus peitos.

– Um elogio vindo de um especialista. Divirta-se.

– Vou me divertir. Tenha cuidado, gatinha.

– Você também.

Ele me deu um beijo rápido na testa e partiu. Fiquei lá, por fim sozinha, olhando minha porta sem de fato vê-la, e pensando o que tudo isso significava. O aviso de Jerome devia ter sido pura precaução, decidi. Como Hugh dissera, ninguém nunca tinha ouvido falar de caçadores de duendes ou de súcubos.

Ainda assim, dei duas voltas na chave e prendi a corrente da porta antes de ir para a cama. Imortal eu podia ser, mas imprudente não era. Bom, pelo menos quando a coisa era séria.

Capítulo 6

Acordei no dia seguinte determinada a visitar Erik e descobrir a verdade sobre os caçadores de vampiros. Então, ao escovar os dentes, lembrei-me da outra crise do dia anterior.

Seth Mortensen.

Praguejando, terminei o que tinha de fazer no banheiro e recebi de Aubrey um olhar de reprovação por minha profanidade. Não havia como saber quanto tempo o passeio levaria. Eu talvez tivesse de esperar até o dia seguinte para ver Erik, e a essa altura o tal caçador de vampiros, ou o que fosse, podia já ter atacado de novo.

Fui para Emerald City, usando a roupa mais desinteressante que consegui imaginar: *jeans* e uma blusa de gola alta, com o cabelo preso atrás de forma severa. Paige, toda sorrisos, veio até mim enquanto eu esperava por Seth no café.

– Leve-o na Foster e na Puget Sound Books durante o passeio – disse-me, em tom conspiratório.

Ainda acordando, tomei um gole do café *mocha* que Bruce acabava de preparar para mim e tentei entender a lógica da coisa. Foster e Puget Sound Books eram nossas concorrentes, mas não as maiores.

– Mas são duas espeluncas.

– Isso mesmo – ela sorriu com seus dentes brancos e perfeitos. – Leve-o lá, deixe que as conheça, e ele vai ficar convencido de que aqui é o melhor lugar aonde pode vir para escrever.

Encarei-a, sentindo-me totalmente por fora. Ou talvez eu ainda estivesse perturbada com o lance de Duane; não era todo dia que alguém tinha sua imortalidade revogada.

– Por que... ele viria escrever aqui?

– Porque ele gosta de pegar o *laptop* e escrever em cafeterias.

– Sim, mas ele mora em Chicago.

– Não mora mais. – Paige sacudiu a cabeça. – Onde você estava na noite passada? Ele está se mudando para cá, para ficar perto da família.

Lembrei-me de Seth ter mencionado o irmão, mas na hora eu estava perdida demais em autocomiseração para prestar atenção.

– Quando?

– Já, pelo que sei. Por isso esta foi a última parada de sua turnê. Ele está na casa do irmão, mas tem planos de encontrar um lugar só seu, logo. – Ela se debruçou mais perto de mim, com um brilho predador nos olhos. – Georgina, se tivermos um escritor famoso como frequentador habitual da loja, vai ser ótimo para nossa imagem.

Francamente, minha preocupação mais imediata não era o lugar onde Seth iria escrever. O que me aterrorizava era saber que num futuro imediato ele não ia se mandar para algum outro fuso horário onde pudesse me esquecer, permitindo que nós dois continuássemos nossas vidas em paz. Daqui em diante, seria possível topar com ele a qualquer momento. Literalmente, se o desejo de Paige se realizasse.

– Não ia atrapalhar a escrita dele se sua presença fosse amplamente conhecida? Fãs insistentes e coisas assim?

– Não vamos deixar que se torne um problema. Podemos aproveitar ao máximo e respeitar a privacidade dele. Cuidado, ele está vindo.

Tomei mais um gole de café, ainda admirada com o funcionamento da mente de Paige. Ela podia ter ideias promocionais que jamais teriam passado por minha cabeça. Warren podia ser quem colocava grana ali, mas era o tino comercial dela que tornara a livraria um sucesso.

– Bom dia – disse Seth, vindo até nossa mesa. Ele usava *jeans*, uma camiseta do Def Leppard e uma jaqueta de veludo marrom. A aparência de seu cabelo não me convencia de que tivesse sido penteado pela manhã.

Paige me deu um olhar penetrante, e eu suspirei.

– Vamos lá.

Seth me seguiu em silêncio para fora, aquela tensão incômoda instalando-se entre nós como uma barreira sólida. Ele não me olhava; eu não olhava para ele. Já estávamos parados na avenida Queen Anne quando me dei conta de que não tinha um plano para hoje, e a conversa se tornou obrigatória.

– Por onde começamos? Ao contrário da Gália, Seattle não se divide só em três partes.

Eu tinha feito a piada para mim mesma, mas Seth riu de repente.

– *Seattle peninsula est* – comentou ele, brincando com meu comentário.

– Não exatamente. Além do mais, isso é São Beda, e não Júlio César.

– Eu sei. Mas não conheço muito latim. – Ele me deu aquele sorriso súbito, meio perplexo, que parecia ser sua marca registrada. – E você?

– O suficiente. – Imaginei como ele reagiria se eu mencionasse minha fluência nos dialetos do latim em vários estágios do Império Romano. Minha resposta vaga deve ter sido interpretada como falta de interesse, pois seu olhar mudou de direção, e mais silêncio caiu entre nós. – Há algo especial que queira ver?

– Na verdade, não.

Na verdade, não. Tudo bem. Legal. Quanto mais cedo isso começasse, mais cedo terminaria, e eu poderia ir procurar Erik.

– Venha comigo.

Quando saímos em meu carro, eu quase tive esperança de que uma conversa decente se estabelecesse naturalmente, a despeito de nosso péssimo começo no dia anterior. Mas enquanto rodávamos, pareceu claro que Seth não tinha intenção nenhuma de bater papo. Lembrei-me de seu nervosismo diante da plateia no dia anterior, e mesmo com alguns funcionários da livraria. Esse cara tinha sérias fobias sociais, deduzi, embora tivesse feito um esforço corajoso para superá-las em nosso flerte inicial. Logo em seguida eu tinha ligado um sinal de *afaste-se*, sem dúvida traumatizando-o pelo resto da vida e destruindo qualquer progresso que ele tivesse feito. Continue assim, Georgina.

Talvez se eu pudesse abordar assuntos fascinantes, ele conseguiria recuperar sua confiança de antes e restabelecer nossa conexão. De uma forma platônica, é claro. Tentei recordar minhas questões profundas da noite anterior. E uma vez mais elas se esquivaram de mim, de forma que voltei-me para temas mundanos.

– Então seu irmão mora aqui?

– Sim.

– Em que lugar?

– Lake Forest Park.

– É uma região ótima. Vai procurar casa por lá?

– Provavelmente não.

– Então você tem alguma outra área em mente?

– Não.

Tá legal, isso não estava levando a lugar algum. Incomodada pelo fato de aquele mestre da palavra escrita ser tão econômico com a palavra falada, decidi, por fim, cortá-lo por completo da conversação. Envolvê-lo dava trabalho demais. Em vez disso, matraqueei afavelmente sem ele, indicando os lugares mais conhecidos: a Pioneer Square, o mercado público de Pike Place, o Troll de Fremont. Eu até lhe mostrei os exemplares menos atraentes de nossa concorrência, seguindo as instruções de Paige. Não dediquei à Space Needle mais do que um breve aceno, porém. Sem dúvida ele havia visto a torre pelas janelas da Emerald City e poderia pagar os preços exorbitantes para visitá-la de perto, se de fato necessitasse de tal experiência turística.

Fomos almoçar no Distrito da Universidade. Ele me acompanhou sem objeções nem comentários até meu restaurante vietnamita favorito. A refeição transcorreu em silêncio depois que interrompi meu falatório, e ambos comemos *noodles*, olhando pela janela vizinha para o vaivém de alunos e carros.

– É um bom lugar.

Fazia já um tempo que Seth não dizia nada, e quase dei um pulo com o som de sua voz.

– É, a gente não dá nada por este lugar mas eles fazem um *pho* genial.

– Não, estou falando do lado de fora. Desta área.

Acompanhei seu aceno indicando a University Way, e a princípio não vi mais que alunos infelizes carregando mochilas de um lado para outro. Então ampliando minha varredura, percebi os outros restaurantezinhos típicos, os cafés e os sebos. Era uma mistura eclética, meio malconservada mas com muito a oferecer para intelectuais esquisitões, e até para escritores famosos e introvertidos.

Olhei para Seth, que me devolveu o olhar, ansioso. Era nosso primeiro contato visual direto no dia todo.

– Há lugares para morar por aqui?

– Claro. Se você quiser dividir a casa com um bando de adolescentes de dezoito anos. – Calei-me, imaginando que aquela opção podia não ser desprovida de atrativos para um cara. – Se quiser algo mais consistente, não é muito barato. Mas acho que Cady e O'Neill garantem que isso não seja um grande problema, não? Podemos dar uma volta e olhar, se quiser.

– Talvez. Mas para ser honesto, antes eu prefiro dar um pulo ali. – Ele apontou para o outro lado da rua, para uma das lojas de livros usados. Seus olhos desviaram-se de volta para mim, inseguros. – Se por você estiver tudo bem.

– Vamos lá.

Eu adorava sebos, mas sempre me sentia um pouco culpada quando entrava em um. Como se fosse uma traidora. Afinal, eu trabalhava o tempo todo no meio de livros brilhantes e novinhos. Podia conseguir um exemplar praticamente do que quisesse, zero em folha. Era como se fosse meio errado sentir um prazer tão visceral por estar entre livros velhos, sentindo o cheiro de papel antigo, mofo e pó. Esses acúmulos de conhecimento, às vezes bem antigos, sempre me recordavam de tempos já passados e de lugares que eu vira, e desencadeavam uma onda de nostalgia. Tais emoções me faziam sentir velha e jovem ao mesmo tempo. Os livro envelheciam e eu não.

Quando entramos, uma gata malhada amarela espreguiçou-se e piscou para nós de seu lugar em cima do balcão. Acariciei suas costas e cumprimentei o velho que estava perto dela. Ele ergueu os olhos dos livros que estava organizando, sorriu para nós e voltou a seu trabalho. Seth olhou ao redor, para as altas estantes à nossa frente, com uma expressão de êxtase no rosto, e de imediato desapareceu entre elas.

Vagueei até a não-ficção, para dar uma olhada nos livros de culinária. Eu crescera cozinhando sem fornos de micro-ondas ou processadores de alimento e tinha decidido que já era hora de deixar meus conhecimentos culinários se ampliarem e incluírem este século.

Meia hora depois, quando finalmente me decidi por um livro de cozinha grega, cheio de ilustrações coloridas, saí em busca de Seth. Encontrei-o na seção infantil, ajoelhado ao lado de uma pilha de livros, totalmente absorto.

Abaixei-me a seu lado.

– O que você achou?

Ele estremeceu de leve, sobressaltado por minha proximidade, e afastou o olhar de seu achado para pousá-lo em mim. Assim de perto, vi que tinha olhos castanho-dourados e que seus cílios eram longos o bastante para deixar com inveja qualquer garota.

– Os livros de fadas de Andrew Lang. – Ele ergueu um livro de bolso intitulado *O Livro Azul das Fadas*. No alto da pilha a seu lado vi outro, chamado *O Livro Laranja das Fadas*, e imaginei que o resto seguia a mesma linha, com diferentes cores. Seth irradiava um êxtase literário, esquecido de sua reticência para comigo. – As reimpressões de 1960. Não são tão valiosas como, digamos, as edições do século dezenove, mas estas eram as que meu pai tinha, e que costumava ler para nós. Mas ele tinha só um ou dois volumes; essa aqui é a série toda. Vou levá-la para ler para minhas sobrinhas.

Folheando as páginas d'*O Livro Vermelho das Fadas*, reconheci os títulos de várias histórias familiares, algumas delas eu nem sabia que ainda eram lembradas. Virei o livro e olhei por dentro da capa, mas não achei o preço.

– Quanto custam?

Seth indicou um pequeno letreiro ao lado da estante onde os encontrara.

– Esse é um preço razoável para pagar por eles? – perguntei.

– É um pouco caro, mas acho que vale a pena, para conseguir todos de uma vez só.

– De modo algum. – Peguei parte dos livros e me levantei. – Vamos passar a perna nele.

– Passar a perna como?

Meus lábios ergueram-se num sorriso.

– Com palavras.

Seth pareceu duvidar, mas o vendedor mostrou-se um alvo fácil. A maioria dos homens acabam capitulando ante uma mulher atraente e carismática, ainda mais ante um súcubo que ainda carrega um brilho residual de força vital. Além do mais, eu tinha aprendido a regatear quando ainda estava no colo de minha mãe. O cara atrás do balcão não teve a menor chance. Quando terminei de negociar, ele de muito bom grado havia dado um desconto de vinte e cinco por cento, e o livro de cozinha viera de brinde.

Voltando para o carro, os braços cheios de livros, Seth não parava de me olhar com assombro.

– Como você fez aquilo? Nunca vi nada igual.

– Muita prática – uma resposta vaga, à altura das dele.

– Obrigado. Queria poder retribuir o favor.

– Imagina... ei, na verdade você pode retribuir, sim. Preciso fazer uma coisa, você se importaria de ir comigo? É numa livraria, mas é uma livraria assustadora.

– Assustadora como?

Cinco minutos depois, estávamos indo falar com meu velho amigo Erik Lancaster. Erik viera refugiar-se na área de Seattle muito antes de mim, e era uma figura bem conhecida de quase todas as entidades imortais dos arredores. Versado em mitologia e no sobrenatural, ele sempre se revelava uma fonte excelente de informações sobre tudo o que fosse paranormal. Se já tinha percebido que alguns de seus melhores clientes nunca envelheciam, era esperto o bastante para não comentar nada.

A única coisa chata de ir falar com Erik era que isso demandava uma visita ao Krystal Starz, um exemplo assombroso de espiritualidade *new age* que deu errado. Eu não duvidava que o lugar fosse bem-intencionado quando abriu, na década de 1980, mas a livraria agora exibia uma tonelada de mercadoria colorida e totalmente comercial, mais carregada no preço do que em qualquer tipo de valor místico. A meu ver, Erik era o único funcionário com interesse e conhecimento verdadeiros sobre temas esotéricos. Seus melhores colegas eram apenas apáticos; os piores, fanáticos e enganadores profissionais.

Ao parar no estacionamento da livraria, surpreendi-me com a quantidade de carros que havia ali. Emerald City podia atrair tanta gente assim para uma sessão de autógrafos, mas parecia estranho ter um evento desses no meio de um dia de semana.

Uma onda pesada de incenso nos envolveu quando entramos, e Seth pareceu estar tão surpreso quanto eu com toda aquela gente e com tantos estímulos.

– Vou levar só um minuto – disse-lhe. – Sinta-se à vontade para olhar por aí. Não que haja muita coisa que vale a pena ver.

Ele se foi, e eu voltei a atenção para um jovem de olhos brilhantes, em pé ao lado da porta e orientando as pessoas.

– Está aqui para a reunião?

– Hã, não – respondi-lhe. – Estou procurando por Erik.

– Erik do quê?

– Lancaster. Um cara mais velho, afro-americano. Ele trabalha aqui.

O jovem empregado balançou a cabeça.

– Não temos nenhum Erik. Não desde que comecei a trabalhar aqui – ele disse isso como se tivesse fundado a loja.

– E quanto tempo faz?

– Dois meses.

Revirei os olhos. Um verdadeiro veterano.

– Há algum gerente com quem eu possa falar?

– Bom, Helena está aqui, mas ela deve estar... Ah, ela está ali. – Ele apontou para o outro lado da loja, onde a mulher em questão apareceu como se tivesse sido conjurada.

Ah, sim, Helena. Ela e eu já havíamos nos esbarrado antes. Cabelo claro, o pescoço repleto de cristais e outros símbolos arcanos, ela postava-se ao lado de uma porta identificada como SALA DE REUNIÃO. Um xale verde-azulado cobria-lhe os ombros esguios, e tentei imaginar sua idade, como sempre. Parecia ter trinta e poucos, mas algo em seu comportamento sugeria que fosse mais velha. Talvez tivesse feito um monte de plásticas. Na verdade, isso combinaria com o resto de sua figura artificial, toda montada.

– Pessoal? Pessoal? – disse ela numa voz em falsete, obviamente fingida, calculada para parecer como um sussurro, mas que podia soar num volume bem alto. Assim, ela parecia rouca, como se estivesse resfriada. – Já vamos começar.

Todo mundo, eu diria que mais ou menos umas trinta pessoas, moveu-se rumo à sala de reunião, e eu fui junto, misturando-me à multidão. Algumas pessoas a meu redor assemelhavam-se a Helena: com roupas temáticas, ou inteiramente pretas ou coloridas demais, com uma exuberância de pentagramas, cristais e *oms*. Outras pareciam pessoas normais, vestidas como eu me vestiria em um dia de trabalho, movendo-se com uma curiosidade cheia de agitação.

Com um sorriso congelado e falso estampado na cara, Helena nos fazia sinal para que entrássemos na sala.

– Bem-vindos, bem-vindos. Sintam a energia. – Quando passei por ela, seu sorriso vacilou. – Conheço você.

– Sim.

O sorriso minguou ainda mais.

– Você é aquela mulher que trabalha naquela livraria grande... aquela livraria grande e comercial. – Algumas pessoas pararam para ouvir nossa conversa, e sem dúvida foi por isso que ela se absteve de mencionar que, da última vez que estive ali, eu dissera que ela era uma hipócrita que vendia mercadoria vagabunda com preços abusivos.

Comparada com certas redes nacionais, não dava para considerar Emerald City como comercial. Mas fiz um muxoxo, concordando.

– É, tenho que admitir, somos parte do problema dos Estados Unidos corporativos. No entanto, temos à venda todos os livros e cartas de tarô que você tem aqui, muitos deles com um desconto especial para quem é membro do Programa de Leitores Frequentes da Emerald City – disse em voz alta essa última parte. Publicidade grátis nunca é demais.

O sorriso murcho de Helena sumiu de vez, bem como parte de sua rouquidão.

– Posso ajudá-la em algo?

– Estou procurando Erik.

– Erik não trabalha mais aqui.

– Para onde ele foi?

– Não tenho liberdade para falar sobre isso.

– Por quê? Você tem medo de que eu vá fazer minhas compras em outra loja? Pode apostar, nunca existiu nenhum risco de que eu comprasse algo aqui.

Ela levou à testa os dedos delicados e estudou-me com expressão séria, os olhos quase vesgos.

– Posso sentir muita escuridão em sua aura. Preta e vermelha – a voz dela se elevou, atraindo a atenção de seus acólitos. – Você teria um grande benefício se fizesse um trabalho de limpeza. Um quartzo fumê ou rutilado também poderia ajudar. Temos à venda exemplares excelentes dos dois. Qualquer um deles poderia clarear sua aura.

Não pude evitar um sorriso de desdém. Eu acreditava em auras e sabia que eram bem reais. Também sabia, porém, que a minha não parecia nada com a aura de um mortal, e que ninguém como Helena seria capaz de vê-la. Aliás, um humano vidente, capaz de observar essas coisas, notaria que, no meio de um grupo de humanos, eu seria a única pessoa sem aura. Ela seria invisível a todos, exceto a alguém como Jerome ou Carter, embora um mortal com especial sensibilidade pudesse sentir sua força, o que o faria acautelar-se, e com razão. Erik era um desses mortais, e por isso me tratava sempre com tanto respeito. Helena não era.

– Uau – arrulhei. – Não posso crer que você conseguiu deduzir tudo isso sem sua câmera aural. – Krystal Starz oferecia, com muito orgulho, uma câmera que fotografava sua aura, por US$9,95. – Eu lhe devo alguma coisa?

Ela deu uma fungada.

– Não preciso de câmera para ver a aura de outras pessoas. Eu sou um Mestre. Além do mais, os espíritos que afluíram para esta reunião me dizem muitas coisas sobre você.

– O que eles dizem? – Meu sorriso aumentou. Em minha longa vida, não tive muito contato com espíritos ou outros seres etéreos, mas eu saberia se algum estivesse presente.

Ela fechou os olhos, a mão novamente na testa, linhas de concentração vincando seu rosto. As pessoas assistiam, maravilhadas.

– Eles me dizem que muita coisa a perturba. Que as dúvidas e a monotonia de sua vida forçam-na a agredir os outros, e que enquanto preferir o caminho da escuridão e da suspeita, você nunca encontrará paz ou luz. – Seus olhos azuis abriram-se, enlevados no êxtase do outro mundo. – Eles querem que você se junte a nós. Sente-se em nosso círculo, sinta seu poder de cura. Os espíritos a ajudarão a ter uma vida melhor.

– Do mesmo jeito que eles a ajudaram a sair da indústria pornográfica?

Ela ficou paralizada, empalidecendo, e por um instante quase me senti mal. Videntes como Erik não eram os únicos a ter uma reputação na comunidade imortal. Malucos como Helena também eram bem conhecidos. Alguém que parece ter sido fã dela à época reconheceu-a de um filme e passou o fato embaraçoso adiante.

– Não sei a que se refere – disse ela, por fim, o rosto lutando para se controlar diante dos seguidores.

– Engano meu. Você me lembra alguém chamada Moana Licka. O jeito como você esfrega os cristais me lembra como ela esfregava... bom, acho que deu para ter uma ideia.

– Está enganada – disse Helena, a voz quase falhando. – Erik não trabalha mais aqui. Por favor, vá embora.

Outra resposta aflorou a meus lábios, mas então, além dela, vi Seth. Ele estava postado logo além da multidão e observava o espetáculo com os demais. Ao vê-lo, de repente me senti uma tonta, e o prazer de humilhar Helena tornou-se barato e vulgar. Envergonhada, ainda consegui manter a cabeça erguida ao reprimir meus comentários e me afastar dela. Seth juntou-se a mim, caminhando a meu lado.

– Me deixa adivinhar – disse eu, seca. – Algumas pessoas escrevem histórias, outras as vivem...

– Acho que você não pode evitar ser uma sensação onde quer que vá.

Pensei que estava sendo sarcástico. Então, olhei para ele e vi sua expressão aberta, sem censura ou malícia. Sua franqueza era tão inesperada que tropecei, enquanto prestava mais atenção nele do que onde pisava. Minha reputação de graciosidade era bem-merecida, e recuperei-me quase de imediato. No entanto, Seth por instinto estendeu a mão para me segurar.

Quando o fez, tive de repente um vislumbre de... de algo. Como naquele momento de conexão, na seção de mapas. Ou como a onda de satisfação que sentia ao ler seus livros. Foi breve e fugaz, como se nunca tivesse acontecido. Ele pareceu tão surpreso quanto eu e soltou meu braço devagar, quase hesitante. Um segundo depois, uma voz atrás de mim quebrou totalmente a magia.

– Perdão? – Voltando-me, vi uma adolescente esguia, com cabelo vermelho bem curto e muitos *piercings* nas orelhas. – Você estava procurando por Erik, não é?

– Sim...

– Sei por onde ele anda. Ele saiu daqui faz uns cinco meses, para montar sua própria loja. Fica em Lake City... Esqueci o nome da loja. Tem um farol de trânsito, com um empório e um restaurante mexicano bem grande.

Acenei com a cabeça.

– Conheço essa área. Vou encontrar. Obrigada. – Olhei-a com curiosidade. – Você trabalha aqui?

– Sim. Erik sempre foi muito legal comigo, e eu prefiro que ele tenha clientes, e não este lugar. Eu teria ido trabalhar para ele, mas ele na verdade não precisa de ajuda, e aí acabei encalhada aqui, com a Maluquete. – Ela apontou com o polegar, por cima do ombro, na direção de Helena.

A garota tinha um jeito sério e prático, diferente da maioria dos funcionários dali. Eu me lembrava agora de tê-la visto ajudando os fregueses quando entrei.

– Por que você trabalha aqui, se não gosta?

– Não sei. Eu gosto de livros, e preciso de grana.

Vasculhei minha bolsa, em busca de um dos cartões de visita que usava tão pouco.

– Aqui. Se estiver a fim de um novo emprego, venha bater um papo comigo.

Ela pegou o cartão, e a surpresa se espalhou por seu rosto.

– Obrigada... acho.

– Obrigada pela informação sobre Erik.

Parei, pensei um pouco mais e tirei outro cartão.

– Se tiver algum amigo, alguém mais que trabalhe aqui e seja como você... Pode lhe entregar isto.

– É legal isso que você fez? – perguntou Seth, mais tarde.

– Não sei. Mas estamos precisando de gente em Emerald City.

Imaginei que uma loja especializada como a de Erik já devia estar fechada àquela hora. Assim, tomei o rumo de Lake Forest Park, para levar Seth de volta à casa do irmão. Confesso que o alívio me invadiu. Estar com o herói da gente era cansativo, sem falar que cada interação entre nós oscilava entre dois polos totalmente opostos. Seria muito mais seguro para mim limitar nossa relação à leitura dos livros dele.

Deixei-o em uma casa bonita, suburbana, com o jardim cheio de brinquedos. Não vi as crianças, para minha decepção. Seth recolheu seu carregamento de livros, deu outro de seus raros sorrisos enquanto me agradecia e desapareceu na casa. Eu já estava quase de volta a Queen Anne quando percebi que havia esquecido de pedir-lhe de volta meu exemplar de *O Pacto de Glasgow*.

Aborrecida, entrei em meu prédio e imediatamente ouvi o porteiro me chamar.

– Senhorita Kincaid?

Fui até lá, e ele me entregou um vaso repleto de flores em tons de roxo e rosa-escuro.

– São para a senhorita.

Aceitei o vaso deliciada, aspirando o aroma mesclado de rosas, íris e lírios japoneses. Não havia cartão. Típico.

– Quem trouxe essas flores?

Ele fez um gesto para além de mim.

– Aquele homem ali.

Capítulo 7

Voltei-me e vi Roman sentado a um canto do pequeno saguão. Estava fantástico com um pulôver de gola alta verde-escuro, e o cabelo penteado para trás. Ele sorriu para mim quando nossos olhos se encontraram, e fui até ele para sentar-me a seu lado.

– Meu Deus, você está mesmo me perseguindo.

– Ora, ora, mas que presunçosa. Eu só vim atrás de meu casaco.

– Ah. – Enrubesci, sentindo-me uma tonta. – Faz tempo que está esperando?

– Não muito. Na verdade, tentei a livraria primeiro, achando que podia ser um pouco menos persecutório.

– É meu dia de folga. – Baixei os olhos para as flores coloridas em meus braços. – Obrigada pelas flores. Você não precisava trazê-las para conseguir seu casaco de volta.

Roman encolheu os ombros, aqueles olhos verde-azulados causando um estrago dentro de mim.

– É verdade, mas achei que poderiam convencê-la a sair para tomar algo esta noite.

Então ele tinha outro motivo.

– Isso de novo não...

– Ei, se quisesse evitar "isso", não devia ter me fisgado ontem de noite. Agora é tarde demais. Você pode muito bem evitar que o sofrimento se prolongue e acabar com isso de uma vez. É como arrancar um esparadrapo. Ou amputar um membro.

– Uau. Quem disse que já não existe mais romantismo no mundo? – A despeito do sarcasmo, as tiradas fáceis de Roman eram uma mudança bem-vinda depois da personalidade vacilante de Seth.

– E então? Isso significa que finalmente vai se render, general? Sério, até agora você combateu com muita bravura tentando esquivar-se de mim.

– Não sei. Você apareceu em minha casa. Não acho que me esquivei tanto assim. – Ele só continuou esperando, ansioso, e meu sorriso sumiu. Suspirei, estudando-o e tentando imaginar suas motivações. – Roman, você parece um cara legal e tudo o mais...

Ele gemeu.

– Não. Não venha com essa pra cima de mim. Nunca é um bom sinal quando uma mulher diz "você é um cara legal". Significa que ela está se preparando para dar um fora.

Sacudi a cabeça.

– É só que não estou interessada em me envolver a sério com ninguém neste momento, só isso.

– Opa, "envolver a sério"? Vai devagar, moça. Não estou pedindo para se casar comigo nem nada do tipo. Eu só quero sair com você em algum momento, talvez ir ao cinema, jantar e tomar algo, só isso. Um beijo no fim da noite se eu tiver sorte. Caramba, se até isso é assustador, podemos só apertar as mãos.

Apoiei a cabeça na parede, e ficamos assim por um momento, cada um de nós medindo o outro. Eu sabia que era perfeitamente possível para homens e mulheres saírem juntos sem que isso implicasse automaticamente sexo, mas em geral meus encontros não eram assim. O instinto me forçava a ir atrás de sexo, e só de olhar para Roman eu sabia que esse impulso poderia ser bem forte, independentemente de qualquer necessidade alimentar de súcubo. Agradavam-me a aparência dele, a forma como se vestia, seu cheiro. Gostava sobretudo de suas tentativas desajeitadas de me paquerar. Infelizmente, eu não podia desligar a absorção destrutiva de súcubo, mesmo que quisesse. Ela ocorreria por vontade própria, e com ele provavelmente seria bem forte. Até o beijo sobre o qual ele gracejava lhe roubaria um pouco de vida.

– Não sei nada sobre você – disse eu por fim, percebendo que ficara em silêncio tempo demais.

Ele deu um sorriso descontraído.

– O que quer saber?

– Bom... não sei. O que você gosta de fazer? Você tem algum emprego? Seu horário deve ser bem flexível para poder ficar me perseguindo o tempo todo.

– O tempo todo, hein? Está sendo presunçosa de novo, mas sim, eu trabalho. Dou aula de linguística em duas faculdades públicas. Fora isso, faço meu próprio horário, corrigindo provas e coisas assim.

– Tá legal. Qual seu sobrenome?

– Smith.

– Não brinca.

– Não brinco.

– Não combina nada com Duque Roman. – Tentei pensar em outro item adequado para um inquérito. – Há quanto tempo vive em Seattle?

– Alguns anos.

– *Hobbies*?

– Tenho alguns. – Ele parou e inclinou a cabeça para mim, quando não fiz mais perguntas. – Mais alguma coisa que queira saber? Talvez eu deva trazer meu histórico escolar da faculdade? Um currículo documentado?

Fiz com a mão um aceno de deixa pra lá.

– Esse tipo de informação inconsequente não tem qualquer serventia para mim. Só preciso saber coisas importantes de fato.

– Tipo?

– Tipo... qual sua música favorita?

Estava evidente que a pergunta o pegou de surpresa, mas ele se recuperou de imediato, como na noite anterior. Adorei isso.

– A última metade de *Abbey Road*, dos Beatles.

– A última metade de *Abbey Road*?

– É, tem um monte de músicas que eles juntaram em uma só...

Interrompi-o com um gesto rápido.

– Tá, tá, eu conheço o álbum.

– E então?

– Então que é uma resposta muito boa. – Fiquei mexendo com meu rabo de cavalo e tentei imaginar como contornar a situação. Ele estava quase me encurralando. – Eu... não. Me desculpa. Não posso. É muito complicado. Nem mesmo um encontro só. Ele levaria a um segundo, e então a outro, e então...

– Você realmente vai lá na frente. E se eu fizesse a promessa superssecreta de escoteiro de nunca mais incomodá-la depois de um primeiro encontro?

– Você concordaria com isso? – perguntei, cética.

– Claro, se você quisesse isso. Mas não acho que vai querer depois de passar uma noite comigo.

Um tom sugestivo em sua voz causou em meu estômago algo que eu não sentia fazia muito tempo. Antes que eu processasse isso por completo, meu celular tocou.

– Desculpe – disse, pegando-o dentro da bolsa. Olhando o identificador de chamadas no visor, reconheci o número de Cody. – Sim?

– Oi, Georgina. Uma coisa esquisita aconteceu ontem de noite...

Deus do céu. Aquilo podia significar qualquer coisa, desde outra morte até Peter raspar a cabeça.

– Espere um segundo.

Fiquei de pé e olhei Roman, enquanto equilibrava o vaso de flores. Ele também se ergueu, parecendo preocupado.

– Está tudo bem?

– Sim... quer dizer, não. Quer dizer, não sei. Olha, Roman, eu preciso subir e receber este telefonema. Agradeço as flores, mas não posso me envolver neste momento. Me desculpa. Não é você, sou eu. Sério.

Ele deu alguns passos em minha direção quando comecei a me afastar.

– Espere. – Ele colocou as mãos nos bolsos e tirou uma caneta e um pedaço de papel. Apressado, escreveu algo e me entregou. Olhei e vi um número de telefone.

– Para quando você mudar de ideia.

– Não vou mudar.

Ele apenas sorriu, inclinou a cabeça de leve e deixou o saguão. Observei-o por um breve instante antes de subir as escadas, ansiosa para ouvir as novidades de Cody. Uma vez em casa, pousei as flores na bancada e levei de novo o celular à orelha.

– Ainda aí?

– Sim. Quem é Roman e por que você usou o velho chavão "não é você, sou eu" com ele?

– Deixa pra lá. O que aconteceu? Mais alguém morreu?

– Não, não. É só que, aconteceu algo, e Peter acha que não foi grande coisa. Hugh disse que você desconfiava que podia estar rolando mais coisa do que imaginamos.

– Me diga o que aconteceu.

– Acho que fomos seguidos na noite passada.

Cody relatou que não muito depois de saírem de minha casa, ele começou a ouvir passos atrás dele e de Peter, na rua. Quando ele se virava para olhar, não via ninguém. Peter não levou aquilo a sério, pois nenhum dos dois tinha sentido a presença de outro ser.

– Talvez vocês não saibam qual a sensação de um caçador de vampiros.

– Mas ainda assim eu devia ter sentido algo. E Peter com certeza teria sentido. Talvez ele esteja certo e tenha sido só minha imaginação. Ou talvez tenha sido um mortal normal, querendo nos assaltar ou algo assim.

Eu duvidava. Não podíamos sentir os mortais da mesma forma como sentíamos os imortais, mas seria difícil demais que um deles conseguisse seguir um vampiro sem ser notado.

– Obrigada por me contar. Você fez a coisa certa.

– Que devo fazer agora?

Um sentimento estranho de ansiedade me invadiu quando pensei em algum doido perseguindo Peter e Cody. Eles podiam ser disfuncionais, mas eu os amava. Eram o mais próximo que eu tinha de uma família. Eu não poderia deixar que nada lhes acontecesse.

– O que Jerome disse. Tenha cuidado. Fique junto com outras pessoas. Avise-me de imediato se alguma coisa acontecer.

– E você?

Pensei em Erik.

– Vou tirar essas coisas a limpo, de uma vez por todas.

Capítulo 8

Paige era toda sorrisos quando cheguei para trabalhar de manhã, no dia seguinte.

– Bom trabalho com Seth Mortensen – ela me disse, levantando os olhos das pilhas de papéis muito bem organizadas sobre sua mesa. A mesa que Doug e eu dividíamos, numa das salas nos fundos da loja, tendia a parecer uma zona de guerra apocalíptica.

– Como assim?

– Convencendo-o a vir escrever aqui.

– Oh? – Pisquei os olhos. Com nossas aventuras sortidas no Distrito da Universidade e na Krystal Starz, eu não chegara a dizer uma palavra sobre ele se tornar nosso escritor residente.

– Eu o vi lá em cima no café agora há pouco. Ele disse que se divertiu ontem.

Saí perplexa da sala dela, pensando se deixara passar algo no dia anterior. Não tinha me parecido um passeio espetacular, mas supus que ele tivesse ficado feliz e agradecido pelo desconto nos livros. Havia acontecido alguma outra coisa digna de nota?

De repente, a lembrança do toque da mão de Seth me assaltou, a estranha onda de choque de familiaridade que ele desencadeara em mim. Não, decidi, aquilo não fora nada. Eu tinha imaginado aquele momento.

Subi para tomar meu *mocha*, ainda intrigada. De fato, Seth estava sentado a um canto, o *laptop* aberto na mesa à sua frente. Ele parecia exatamente o mesmo de ontem, exceto que sua camiseta hoje exibia Jairo, dos Muppets. Seus dedos moviam-se furiosos pelo teclado, os olhos grudados na tela.

– Oi – disse-lhe eu.

– Oi.

Ele não disse mais nada. Nem ergueu os olhos.

– Está trabalhando?

– Sim.

Esperei que dissesse mais alguma coisa, mas nada. Então continuei.

– Então, hã, Paige me disse que você está se mudando para cá.

Ele não respondeu. Eu não sabia nem se tinha me ouvido. De repente, ele levantou a cabeça, os olhos intensos.

– Já esteve no Texas?

Aquilo me pegou de surpresa.

– Claro. Em que parte?

– Austin. Preciso saber como é o tempo por lá.

– Quando? Nesta época do ano?

– Não... Mais na primavera ou no começo do verão.

Vasculhei o cérebro.

– Quente. Chuva e tempestades. Alguma umidade. Fica na margem do corredor dos tornados, sabe?

– Ah. – Seth ficou pensativo, então assentiu e voltou sua atenção para o computador. – Cady vai adorar isso. Obrigado.

Levei um instante para perceber que ele se referia a um de seus personagens. A aversão de Nina Cady ao tempo inclemente era notória.

– Você está... você está... escrevendo algo com Cady e O'Neill? Neste instante?

– Sim – ele respondeu, muito casual, como se estivéssemos discutindo o tempo lá fora. – O próximo livro. Bom, o próximo depois do próximo. O próximo já está na fila de publicação. Já escrevi mais ou menos um quarto deste.

Contemplei assombrada o *laptop*, como se fosse um ídolo dourado sagrado dos dias de antes, capaz de fazer milagres. Fazer chover. Alimentar as massas. Agora eu estava sem palavras. Que a próxima obra-prima estivesse sendo criada bem na minha frente, que eu pudesse dizer qualquer coisa que iria influenciá-la, era demais para aguentar. Engoli com dificuldade, e desviei os olhos do computador, fazendo força para acalmar-me. Afinal de contas, eu não devia ficar agitada por causa de um novo livro quando nem tinha terminado de ler o atual.

– Um livro de Cady e O'Neill. Uau. Isso é mesmo...

– Hã, então, estou meio ocupado aqui. Tenho que me apressar com isso agora. Desculpa.

As palavras me paralisaram.

– O quê? – Eu estava sendo dispensada?

– Podemos conversar depois?

Eu estava sendo dispensada. Estava sendo dispensada sem que ele sequer me olhasse. Minhas faces ficaram vermelhas e quentes.

– E o meu livro? – deixei escapar, sem elegância alguma.

– Hein?

– *O Pacto de Glasgow*. Você o autografou?

– Ah. Isso.

– E...?

– Vou lhe mandar um *e-mail*.

– Vai me mandar... Então você não trouxe meu livro?

Seth sacudiu a cabeça e continuou trabalhando.

– Ah. Tudo bem. – Não entendi a parte do *e-mail*, mas não ia perder meu tempo implorando pela atenção dele. – Bom. Vejo você mais tarde, então. Diga-nos se precisar de algo – minha voz estava dura e fria, mas eu duvidava que ele tivesse percebido.

Tentei não descer furiosa as escadas. O que ele ganhava agindo daquela forma? Ainda mais depois que rodei a cidade com ele no dia anterior. Escritor famoso ou não, ele não tinha o direito de ser estúpido comigo. Eu me sentia humilhada.

Humilhada por quê, por ter sido ignorada?, repreendeu-me uma voz sensata dentro de mim. *Ele não tinha feito uma cena. Só estava ocupado. Além do mais, foi você quem reclamou que ele não escrevia rápido o suficiente.*

Ignorei a voz e voltei ao trabalho, ainda me sentindo irritada. Mas minhas atribuições não permitiram que eu consolasse o ego ferido por muito tempo, e o período da tarde e a falta de pessoal fizeram com que eu ficasse ocupada com as vendas. Só consegui voltar para minha sala, para pegar a bolsa, no fim do expediente.

Quando já estava saindo, vi uma mensagem de Seth na caixa de entrada de meu *e-mail*. Fui até o computador para lê-la.

> Georgina,
>
> Alguma vez você prestou atenção nos corretores de imóveis, o modo como se vestem, o tipo de carro que dirigem? A verdade é mais estranha que a ficção, como dizem. Na noite passada, expressei a meu irmão o interesse em morar no Distrito da Universidade, e ele chamou uma amiga dele que é corretora. Ela chegou em mais ou menos dois minutos crava-

dos, o que não foi nada fácil, já que o escritório dela fica na parte oeste da cidade. Ela dirigia um Jaguar, cuja brancura reluzente só era rivalizada pelo brilho branco-total de seu sorriso de Miss America. Enquanto verbalizava sem parar sobre como era emocionante que eu estivesse aqui, ela trabalhava em um computador, procurando residências adequadas, digitando com unhas longas o suficiente para empalar crianças pequenas. (Viu? Eu me lembrei de como você gosta da palavra "empalar".)

Cada vez que achava uma casa que podia servir, ela ficava excitada de verdade: "Sim... sim. Oh, sim! É isso! É isso! Sim! Sim!". Confesso que, quando tudo terminou, eu me sentia meio vulgar e exausto, como se talvez tivesse de deixar algum dinheiro sobre o travesseiro ou algo assim. Teatralidades dela à parte, acabamos encontrando um belo apartamento não muito longe da universidade, novíssimo. Era caro, como você insinuou, mas acho que é bem o que quero. Mistee – sim, esse é o nome dela – e eu vamos dar uma olhada nele hoje à noite. Tenho algum receio de ver a reação dela se eu fizer uma proposta no ato. Sem dúvida, a ideia da comissão deve levar direto a orgasmos múltiplos (e, pensando bem, sempre achei que é a posição papai-e-mamãe o que impede as mulheres de atingirem a satisfação verdadeira).

De qualquer modo, eu só queria deixá-la a par da situação, uma vez que foi você quem primeiro me mostrou o Distrito da Universidade. Sinto muito por não termos tido uma chance de conversar mais cedo; eu gostaria de interrogá-la quanto aos restaurantes de lá. Ainda não conheço bem a área, e meu irmão e minha cunhada estão ocupados demais com sua vida suburbana para recomendar qualquer restaurante que não sirva pratos infantis.

Bom, acho que devo voltar à escrita, para poder arcar com a supramencionada nova moradia. Cady e O'Neill são amantes impacientes, como você notou mais cedo. Falando nisso, não me esqueci de seu exemplar de *O Pacto de Glasgow*. Eu pretendia escrever nele alguma coisa semioriginal na noite passada, depois de nosso ótimo dia juntos, mas o turbilhão imobiliário me aprisionou. Minhas desculpas. Eu o trarei para você em breve.

Até mais,

Seth

Reli a carta duas vezes. Tinha certeza de que, no curto período desde que conhecera Seth, eu nunca o ouvira dizer em voz alta tantas palavras quanto ele acabava de me escrever. Não apenas isso, eram palavras engraçadas. Divertidas. Como um minilivro de Cady e O'Neill, escrito só para mim. Muito diferente de sua atitude daquela manhã. Se ele tivesse dito em pessoa qualquer coisa remotamente comparável, eu talvez tivesse desmaiado.

– Incrível – murmurei para meu monitor.

Parte de mim sentia-se aplacada pela carta, mas outra parte achava que, ainda assim, ele podia ter sido um pouco mais educado de manhã, ocupado ou não. O resto de mim observava que todas essas "partes de mim" deviam estar fazendo terapia e que, além disso, eu precisava mesmo ir falar com Erik sobre o lance dos caçadores de vampiros. Mandei de volta uma resposta rápida:

> Obrigada pela carta. Suponho que vou passar mais um dia sem o livro. Boa sorte com a corretora, e assegure-se de usar camisinha quando fizer uma oferta. Outros lugares bons onde comer naquela área são o Han & Sons, o Plum Tomato Café e o Lotus Chinese.
>
> Georgina

Deixei a livraria, esquecendo de Seth na mesma hora, feliz por não haver tráfego naquela hora do dia, ainda cedo. Dirigindo até Lake City, achei com facilidade o cruzamento que a garota na Krystal Starz havia indicado. Encontrar a loja foi um desafio maior. Centros de compras e lojas diversas lotavam a área, e li uma infinidade de placas e nomes de lojas na esperança de encontrar algo promissor. Finalmente achei um letreiro pequeno, escuro, num canto afastado de um conjunto de lojas menos frequentado, ARCANA, LTD. Tinha que ser isso.

Estacionei na frente da loja, torcendo para que estivesse aberta. Ninguém afixara o horário de funcionamento na porta, mas ela se abriu sem resistência quando a empurrei. Incenso de sândalo queimava no ar a meu redor quando entrei, e música suave de harpa saía de um pequeno tocador de CD que estava em cima do balcão. Não vi mais ninguém no lugar, e dei uma volta, examinando tudo. Livros de verdade sobre mitologia e religião, não as bobagens vistosas que a Krystal Starz vendia, revestiam as paredes, e vitrines dispostas com cuidado expunham joias artesanais que eu reconhecia terem sido feitas por diferentes artistas locais. Diversos itens ritualísticos, como velas, incenso e estatuetas, preenchiam cada espaço, e a desordem dava ao ambiente uma sensação agradável e meio caseira.

– Senhorita Kincaid. É uma honra vê-la de novo.

Voltei-me, desviando os olhos da estátua de Tara Branca que admirava. Erik entrou na sala, e controlei a surpresa com sua aparência. Quando foi que ele envelheceu tanto? Ele era velho da última vez que o vi, com a pele escura enrugada e o cabelo grisalho, mas não me lembrava dele andando encurvado, ou da aparência encovada ao redor dos olhos. Tentei me lembrar da última vez que nos falamos; eu não tinha percebido que fazia tanto tempo. Cinco anos? Dez? Com os mortais, era fácil perder a conta.

– É bom revê-lo também. Já não é mais tão fácil achá-lo. Tive que ir perguntar na Krystal Starz para descobrir que fim tinha levado.

– Ah. Espero que a experiência não tenha sido muito... desconfortável.

– Nada que eu não pudesse encarar. Além do mais, estou feliz por você ter saído de lá. – Olhei ao redor da loja atravancada, pouco iluminada. – Gostei deste novo lugar.

– Não é muita coisa, e também não rende muito, mas é meu. Foi para isso que economizei, e é onde vou passar meus últimos anos.

Fiz uma careta.

– Não dê uma de melodramático para cima de mim. Você não é tão velho.

O sorriso dele aumentou, a expressão tornando-se um tanto irônica.

– A senhorita tampouco é, senhorita Kincaid. Na verdade, continua tão bela como da primeira vez que a vi. – Ele fez uma pequena mesura, curvando-se mais do que alguém com suas costas deveria. – Como posso ajudá-la?

– Preciso de informação.

– É claro. – Ele acenou para uma mesinha perto do balcão principal, no momento coberta com livros e com um candelabro todo ornamentado. – Sente-se e tome chá comigo, e podemos conversar. A menos que esteja com pressa...

– Não, eu tenho tempo.

Enquanto Erik pegava o chá, tirei as coisas da mesa, empilhando os livros de forma organizada, no chão. Quando ele voltou com a chaleira, falamos sobre amenidades e bebericamos o chá por algum tempo, mas minha cabeça não estava de fato nisso. A inquietação devia estar evidente nos meus dedos, que dançavam ao longo da borda da xícara, e na ponta de meu pé, que batia impaciente.

Por fim, abordei o assunto que me interessava.

– Preciso saber sobre caçadores de vampiros.

Para a maioria das pessoas teria sido um pedido estranho, mas Erik só acenou com a cabeça, à disposição.

– O que, em particular, gostaria de saber?

– Qualquer coisa. Seus hábitos, como reconhecê-los. O que você souber.

Ele se recostou na cadeira, segurando a xícara com delicadeza.

– Pelo que sei, os caçadores de vampiros já nascem assim, não são feitos. Eles têm o "dom", por assim dizer, a habilidade de matar vampiros. – A seguir, ele enumerou outros detalhes, a maioria dos quais batia com o que eu já sabia por meio de Peter.

Pensando no que Cody dissera, quanto à sensação de estar sendo seguido por alguém que não podia ver, perguntei:

– Você sabe se eles têm alguma outra habilidade especial? Podem ficar invisíveis?

– Não que eu saiba. Alguns seres imortais podem, claro, mas não os caçadores de vampiros. Afinal de contas, eles são apenas mortais, a despeito de seu estranho talento.

Assenti, sendo uma das tais criaturas que podiam ficar invisíveis, embora raramente usasse tal poder. Brinquei com a ideia de que o fantasma de Cody pudesse ser um imortal invisível, tentando pregar alguma peça, mas se fosse isso, ainda assim ele teria sentido a "assinatura" que todos portamos e que nos denuncia. Inclusive, ele também teria pressentido um caçador de vampiros mortal. O fato de não ter visto ou sentido nada reforçava a teoria de Peter de que o perseguidor só estava na cabeça de Cody.

– Os caçadores de vampiros podem fazer mal a mais alguém? Demônios... ou outras criaturas imortais?

– É muito difícil causar algum mal significativo a um imortal – ele disse, pensativo. – Alguns cidadãos do bem, como sacerdotes poderosos, podem expulsar demônios, mas não podem lhes causar dano permanente. Da mesma forma, já ouvi falar de mortais capturando seres sobrenaturais, mas fazer mais do que isso... Não digo que seja impossível, mas é que nunca ouvi falar. Pelo meu conhecimento empírico, caçadores de vampiros só podem ferir vampiros. Nada mais.

– Dou mais valor a seu conhecimento empírico do que à maioria dos fatos estabelecidos.

Ele me olhou com curiosidade.

– Mas essa não era a resposta que a senhorita esperava.

– Não sei. É mais ou menos o que já me haviam dito. Eu só achava que podia haver algo mais.

Era bem possível que Jerome estivesse falando a verdade, que este fosse apenas um caso de caçador de vampiros à solta e que seus alertas a Hugh e a mim tivessem sido uma mera cortesia para proteger-nos de inquietações Ainda assim, eu não podia esquecer a sensação de que Jerome escondia informações, e tampouco conseguia acreditar que Cody fosse o tipo de pessoa que imaginava coisas.

Devo ter parecido desorientada, porque Erik fez uma oferta, com o que parecia ser uma certa hesitação.

– Eu poderia averiguar um pouco mais, se quiser. Só porque nunca ouvi falar de algo capaz de fazer mal a outros imortais não significa que esteja fora do reino da existência.

– Eu gostaria muito – assenti. – Obrigada.

– É um privilégio poder ajudar alguém como a senhorita. Se quiser, posso também indagar sobre caçadores de vampiros em geral. – Ele fez uma pausa, escolhendo as palavras com cuidado. – Se alguém assim estiver agindo, alguns sinais devem aparecer em meio à comunidade local relacionada ao oculto. Certos materiais são comprados, perguntas são feitas. Tais seres não passam despercebidos.

Então hesitei. Jerome recomendara que tivéssemos cuidado. Eu tinha a impressão de que ele não ia gostar que alguém decidisse agir como justiceiro, embora vir falar com Erik fosse bem isso. Mas com certeza eu não faria mal nenhum sondando minhas fontes. Obter informação não era o mesmo que ir em pessoa atrás do sujeito.

– Eu agradeceria isso também. Qualquer coisa que puder descobrir pode ser útil. – Terminei meu chá e pousei a xícara vazia – Acho que preciso ir agora.

Ele se levantou junto comigo.

– Obrigado por tomar chá comigo. Ter a companhia de uma mulher como a senhorita em geral é o tipo de coisa que só acontece nos sonhos de um homem.

Ri baixinho da piada velada, que fazia referência à velha história dos súcubos que visitavam os homens adormecidos.

– Seus sonhos estão a salvo, Erik.

Ele devolveu meu sorriso.

– Volte em alguns dias, e conto-lhe o que descobri. Tomaremos chá de novo.

Correndo os olhos pela loja vazia, reparei que nenhum cliente aparecera durante nossa conversa, e senti de repente a necessidade de levar algo.

– Gostaria de comprar um pouco daquele chá.

Ele me lançou um olhar indulgente, seus olhos castanho-escuros divertindo-se como se ele percebesse minha jogada.

– Sempre achei que seria mais adepta do chá preto, ou pelo menos uma admiradora da cafeína.

– Ei, até eu gosto de umas mudanças de vez em quando. Além disso, estava bom, de um ponto de vista herbal, descafeinado.

– Transmitirei seus elogios à minha amiga. Ela faz a mistura e eu vendo para ela.

– Uma amiga, hein?

– Apenas uma amiga, senhorita Kincaid.

Ele foi até uma estante por trás da caixa registradora, onde havia vários tipos de chás. Encostando no balcão para pagar, fiquei olhando algumas das joias por baixo do tampo de vidro. Uma peça em especial chamou-me a atenção, uma gargantilha de três voltas com pérolas de água-doce cor de pêssego, a cada tanto entremeadas a contas de cobre ou de vidro verde-hortelã. Um *ankh* de cobre pendia no centro.

– Isto é de algum dos artesãos locais?

– Um velho amigo em Tacoma o fez. – Erik tirou a gargantilha do estojo e colocou-a no balcão. Passei os dedos sobre as pérolas lisas e delicadas, cada uma levemente irregular. – Ele adicionou uma certa influência egípcia, creio, mas acho que a intenção era evocar o espírito de Afrodite e o mar, e criar algo que antigas sacerdotisas poderiam ter usado.

– Elas não usavam nada tão bonito – murmurei, dando volta à gargantilha e reparando no preço elevado na etiqueta. Peguei-me falando sem pensamentos conscientes. – E muitas cidades da Grécia antiga tinham influência egípcia. Os *ankhs* apareciam nas moedas do Chipre, assim como Afrodite.

Tocar a cruz de cobre me fez recordar de outro colar, um colar que havia muito se perdera na poeira dos tempos. Aquele colar tinha sido mais simples: uma única volta de contas, entalhadas com minúsculos *ankhs*. Mas meu marido a trouxera para mim na manhã de nosso casamento, esgueirando-se até nossa casa logo depois do amanhecer, um gesto ousado que não lhe era característico.

Eu o repreendi pela indiscrição.

– Que está fazendo? Você vai me ver esta tarde... e todos os dias depois disso!

– Eu tinha que dar-lhe isto antes do casamento. – Ele estendeu para mim o colar de contas. – Era de minha mãe. Quero que seja seu, que o use hoje.

Ele se inclinou para a frente, colocando o colar em meu pescoço. Quando seus dedos roçaram minha pele, senti algo quente, um formigamento que percorreu meu corpo. Com a tenra idade de quinze anos, não entendi bem aquela sensação, mas estava ansiosa para explorá-la melhor. Meu eu de hoje, mais calejado, teria reconhecido as primeiras manifestações de desejo sexual, e... bom, havia ali alguma outra coisa. Algo que eu ainda não entendia direito. Uma conexão elétrica, um sentimento de que estávamos presos a algo maior que nós. De que estarmos juntos era inevitável.

– Pronto – disse ele, uma vez que o colar estava bem fechado e meu cabelo de volta ao lugar. – Perfeito!

Ele não disse nada depois. Não precisava. Seus olhos diziam tudo o que eu precisava saber, e estremeci. Até Kyriakos, homem algum me dera sequer uma segunda olhada. Afinal de contas, eu era a filha de Marthanes que era alta demais, aquela de língua afiada, que não pensava antes de falar (a capacidade de mudar de forma acabou resolvendo um dos problemas, mas não o outro). Mas Kyriakos sempre me ouvira e me olhara como se eu fosse alguém melhor, alguém tentadora e desejável como as belas sacerdotisas de Afrodite, que à época continuavam com seus rituais, bem longe dos padres cristãos.

Quis então que ele me tocasse, sem me dar conta da intensidade de meu desejo até que agarrei sua mão, de repente e sem aviso. Coloquei-a em minha cintura e puxei-o para mim. Seus olhos arregalaram-se de surpresa, mas ele não tentou se afastar. Tínhamos quase a mesma altura, tornando fácil que sua boca encontrasse a minha em um beijo apaixonado. Apoiei-me na parede quente de rocha atrás de mim, ficando prensada entre ela e ele. Podia sentir cada parte de seu corpo colada ao meu. Mas ainda não estávamos próximos o suficiente. Nem por sombra.

Os beijos se tornaram mais ardentes, como se nossos lábios por si só pudessem reduzir qualquer terrível distância que houvesse entre nós. Movi sua mão de novo, desta vez para erguer minha saia, na lateral de uma das pernas. A mão dele acariciou a pele macia e, sem precisar encorajamento, deslizou para dentro de minha coxa. Arqueei o corpo de encontro ao dele, quase me esfregando agora, precisando que me tocasse toda.

– Letha? Onde você está?

A voz de minha irmã vinha trazida pelo vento; ela ainda não estava por ali, mas achava-se próxima o suficiente para chegar em breve. Kyriakos e eu nos separamos, ambos arfando, a pulsação acelerada. Ele me olhava como se nunca tivesse me visto antes. O fogo ardia em seu olhar.

– Você já esteve com alguém antes? – ele perguntou, surpreso.

Sacudi a cabeça.

– Como você... Nunca a imaginei fazendo aquilo...

– Eu aprendo depressa.

Ele sorriu e pressionou minha mão contra os lábios.

– Esta noite – ele suspirou. – Esta noite nós...

– Esta noite – concordei.

Ele recuou então, os olhos ainda ardentes.

– Amo você. Você é minha vida.

– Também te amo. – Sorri e fiquei olhando-o enquanto se afastava. Um minuto depois, ouvi minha irmã de novo.

– Letha?

– Senhorita Kincaid?

A voz de Erik tirou-me de minhas lembranças, e de repente eu estava de volta à sua loja, distante da casa havia muito desaparecida de minha família. Olhei em seus olhos indagadores e ergui o colar.

– Também vou levar este.

– Senhorita Kincaid – ele disse, inseguro, com a etiqueta de preço entre os dedos. – A ajuda que lhe dou... Não é necessário... Não custa nada...

– Eu sei – tranquilizei-o. – Eu sei. Apenas some isso em minha conta. E pergunte a seu amigo se pode fazer brincos combinando.

Saí da loja usando a gargantilha, ainda pensando naquela manhã, como havia sido ser tocada pela primeira vez, tocada por alguém que eu amava. Respirei fundo e afastei de minha mente a lembrança. Do mesmo modo como fizera incontáveis vezes.

Capítulo 9

Voltando para Queen Anne, descobri que ainda tinha muita noite pela frente. Infelizmente, não tinha nada para fazer. Um súcubo sem uma vida social. Muito triste. A coisa ficava ainda mais triste pelo fato de que eu poderia ter tido um monte de coisas para fazer, mas havia recusado todas. Doug tinha me convidado para sair várias vezes; sem dúvida hoje ele estava aproveitando seu dia de folga com alguma mulher mais receptiva. Também havia rejeitado Roman, com belos olhos e tudo. Dei um sorriso melancólico, relembrando seu bom humor fácil, o charme rápido e brilhante. Ele poderia ser O'Neill, tornado real a partir dos livros de Seth.

Pensar em Seth fez-me lembrar que ele ainda estava com meu livro, e que eu já ia para meu terceiro dia sem ele. Suspirei, querendo saber o que ia acontecer em seguida, perder-me nas páginas de Cady e O'Neill. Aquele teria sido um bom jeito de passar a noite. O filho da mãe. Ele nunca me devolveria. Eu nunca descobriria o quê...

Com um gemido, de repente quis bater na testa por minha própria estupidez. Eu trabalhava ou não em uma grande livraria? Depois de estacionar o carro, fui caminhando até a Emerald City, e descobri que a grande pilha de *O Pacto de Glasgow* do dia dos autógrafos ainda estava lá. Peguei um exemplar e levei-o para o balcão da frente. Beth, uma das caixas, no momento estava livre.

– Pode desmagnetizá-lo para mim? – pedi-lhe, deslizando o livro pelo balcão.

– Claro – disse ela, passando-o pelo sensor. – Você está usando seu desconto?

– Não estou comprando – sacudi a cabeça. – Só estou pegando emprestado.

– Você pode fazer isso? – Ela me devolveu o livro.

– Claro – menti. – Os gerentes podem fazer isso.

Minutos mais tarde, mostrei meu troféu para Aubrey, que não ficou nada impressionada, e abri a torneira da banheira. Enquanto ela enchia, verifiquei minhas mensagens – nenhuma – e examinei a correspondência que pegara ao entrar. Também não tinha nada de interessante. Satisfeita por nada mais exigir minha atenção, tirei a roupa e afundei nas profundezas líquidas da banheira, com cuidado para não molhar o livro. Aubrey, agachada numa bancada próxima, observava-me com olhos semicerrados, aparentemente imaginando por que alguém se meteria na água por vontade própria, ainda mais por períodos prolongados de tempo.

Imaginei que poderia ler mais que cinco páginas hoje, uma vez que fora privada da leitura pelos últimos dois dias. Quando terminei a décima quinta, descobri que estava a três páginas do próximo capítulo. Seria melhor ir até o fim daquele. Depois que terminei, suspirei e me recostei, sentindo-me decadente e esgotada. Êxtase total. Livros dão muito menos trabalho que orgasmos.

Na manhã seguinte fui trabalhar feliz e descansada. Paige me procurou por volta da hora do almoço, enquanto eu estava sentada na beirada de minha mesa, olhando Doug jogar Campo Minado. Ao vê-la, fiquei em pé de um pulo, e ele apressou-se em fechar o jogo.

Paige ignorou-o, fixando em mim seu olhar.

– Quero que faça algo com Seth Mortensen.

Desconfortável, lembrei-me do comentário sobre ser sua escrava sexual.

– Como o quê?

– Não sei. – Ela fez um meneio despreocupado com a cabeça. – Qualquer coisa. Ele é novo na cidade. Ainda não conhece ninguém, e a vida social dele deve ser deprimente.

Recordando sua fria recepção no dia anterior e as dificuldades de conversação, as notícias não me surpreendiam muito.

– Eu o levei para dar uma volta.

– Não é a mesma coisa.

– E o irmão dele?

– O que é que tem?

– Tenho certeza de que fazem coisas sociais o tempo todo.

– Por que você está relutante? Achei que fosse fã dele.

Eu era, e das maiores, mas estava percebendo que ler seu trabalho e interagir com ele eram coisas bem diferentes. *O Pacto de Glasgow* era incrível, assim como o *e-mail* que ele me mandara. Mas a conversa falada era um pouco... inexistente. Eu não podia dizer isso a Paige, claro, e assim ela e eu fomos e voltamos no assunto durante algum tempo, enquanto Doug assistia com interesse.

Afinal concordei, contra meu melhor arbítrio, temendo até mesmo a perspectiva de fazer-lhe uma proposta, quanto mais de colocá-la em prática.

Quando finalmente me forcei a chegar perto dele, mais tarde, eu estava bem preparada para um outro chega pra lá. Em vez disso, ele desviou a atenção do trabalho e sorriu para mim.

– Oi – disse ele. Seu humor parecia tão melhor que decidi que o dia anterior devia ter sido um acidente de percurso.

– Oi. Como está indo?

– Não tão bem. – Ele bateu com a unha na tela do *laptop*, de leve, apertando os olhos enquanto a olhava. – Eles estão sendo um pouco difíceis. Não consigo encontrar o tom que preciso nessa cena.

O interesse me invadiu. Dias difíceis com Cady e O'Neill. Sempre achei que interagir com esses personagens devia ser uma emoção sem fim. O trabalho perfeito.

– Parece que você precisa de um descanso, então. Paige está preocupada com sua vida social.

Seus olhos castanhos voltaram-se de novo para mim.

– Hã? Como assim?

– Ela acha que você não está saindo o suficiente. Que você ainda não conhece ninguém na cidade.

– Conheço meu irmão e a família. E Mistee – ele fez uma pausa. – E conheço você.

– Isso é ótimo, porque estou a ponto de me tornar sua diretora de cruzeiro.

Os lábios de Seth torceram-se levemente, e então ele sacudiu a cabeça e olhou de volta para a tela.

– É muito gentil, de sua parte e de Paige, mas não é necessário.

Ele não estava me dispensando como no dia anterior, mas ainda assim fiquei meio ofendida por não aceitar minha generosa proposta, ainda mais que a fazia sob pressão.

– Ah, qual é – disse eu. – O que mais vai fazer?

– Escrever.

Eu não podia argumentar contra isso. Escrever aqueles livros era A Obra Divina. Quem era eu para interferir com seu criador? Mas ainda assim... Paige me dera instruções. Era quase como um mandamento sagrado. Um meio-termo brotou em minha cabeça.

– Você poderia fazer algo, sei lá, como uma pesquisa. Para o livro. Dois pássaros com uma pedrada.

– Já fiz toda a pesquisa de que preciso para este livro.

– Que tal, hã, o desenvolvimento dos personagens? Tipo... ir ao planetário. – Cady tinha fascínio por astronomia. Ela com frequência apontava constelações, relacionando-as a alguma história simbólica que guardava analogias com a trama do livro. – Ou... ou... um jogo de hóquei? Você precisa de novas ideias para os jogos de O'Neill. Alguma hora elas vão acabar.

– Não vão não – ele sacudiu a cabeça. – Para começar, nunca estive em um jogo de hóquei

– Eu... o quê? Isso é... não. Verdade?

Ele encolheu os ombros.

– Onde... você consegue as informações então? Os jogos?

– Conheço as regras básicas. Pego pedaços pela internet, e depois eu os costuro.

Fiquei de olhos arregalados, sentindo-me traída. O'Neill era absolutamente obcecado com o Detroit Red Wings. Aquela paixão moldava sua personalidade e refletia-se em suas ações: rápido, hábil e por vezes brutal. Acreditando que Seth seria meticuloso com cada detalhe, era natural haver suposto que ele sabia tudo sobre hóquei, para ter criado uma característica tão marcante de seu protagonista.

Seth me olhava, confuso com a expressão de pasmo que devia estar em meu rosto.

– Nós vamos a um jogo de hóquei – declarei.

– Não, nós...

– Nós vamos a um jogo de hóquei. Espere um segundo.

Corri lá para baixo, chutei Doug da frente de nosso computador e consegui a informação de que precisava. Como eu suspeitava. A temporada dos Thunderbirds acabava de começar.

– Seis e meia – informei a Seth, minutos depois. – Encontre-me na Key Arena, no guichê principal. Eu compro os ingressos.

Ele parecia na dúvida.

– Seis e meia – repeti. – Vai ser ótimo. Vai lhe dar uma folga e fazer com que veja como o jogo é de verdade. Além do mais, você disse que estava com um bloqueio hoje.

Não apenas isso, eu cumpriria minha obrigação para com Paige de um jeito que não exigiria muita conversa. O estádio seria barulhento demais, e estaríamos muito ocupados assistindo ao jogo para precisar falar.

– Não sei onde fica a Key Arena.

– Você pode ir andando daqui. Vá em direção à Space Needle. Ambas fazem parte do Seattle Center.

– Eu...

– Então, a que horas você vai me encontrar? – havia uma nota de advertência em minha voz, desafiando-o a contrariar-me.

– Seis e meia. – Ele fez uma careta.

Depois do trabalho, saí para cuidar de minhas próprias coisas. Não teria nenhuma informação nova quanto ao enigma do caçador de vampiros até voltar a falar com Erik. Infelizmente, os assuntos mundanos ainda tinham sua parcela de exigências, e passei a maior parte da tarde cuidando de coisas, como reabastecer o estoque de comida de gato, café e vodca. E dar uma olhada na nova linha de brilhos labiais na loja de cosméticos. Até me lembrei de comprar uma estante barata, do tipo monte-você-mesmo, para as temíveis pilhas de livros em minha sala.

Minha produtividade não conhecia limites.

Peguei comida indiana para o jantar e consegui chegar na Key Arena às seis e meia em ponto. Não vi Seth em parte alguma, mas ainda não entrei em pânico. Não era fácil orientar-se no Seattle Center; ele devia ainda estar perdido ao redor da Needle, tentando encontrar seu caminho até o estádio.

Comprei os ingressos e sentei-me nos degraus largos de cimento. O ar da noite estava frio, e eu me aconcheguei dentro de meu pesado pulôver de *fleece*, mudando sua forma para deixá-lo mais espesso. Enquanto esperava, fiquei olhando as pessoas. Casais, grupos de rapazes e crianças agitadas convergiam para assistir ao pequeno e combativo time de Seattle. Eram uma vista interessante.

Quando vi que eram dez para a sete, comecei a ficar nervosa. Tínhamos mais dez minutos, e fiquei preocupada com a possibilidade de Seth ter-se perdido de verdade. Peguei o celular e liguei para a loja, imaginando se ele estaria lá. Não, disseram-me, mas Paige tinha o número do celular dele. Tentei-o em seguida, e caiu na caixa postal.

Contrariada, fechei meu telefone e encolhi-me ainda mais em meu próprio abraço para me aquecer. Ainda tínhamos tempo. Além do mais, o fato de Seth não estar na loja era bom. Significava que estava a caminho.

Mas quando deram sete horas e o jogo começou, ele ainda não estava lá. Tentei seu celular de novo, e então olhei ansiosa para os portões. Eu queria ver o começo do jogo. Seth podia nunca ter assistido a um jogo de hóquei, mas eu já, e gostara. O movimento e a energia contínuos prendiam minha atenção mais do que qualquer outro esporte, mesmo que as brigas às vezes fizessem com que eu me contorcesse. Não queria perder isso, mas também odiaria que Seth aparecesse e não soubesse o que fazer por não me achar no lugar combinado.

Esperei mais quinze minutos, ouvindo os sons do jogo ecoando até onde eu estava, antes de finalmente encarar a verdade.

Ele me deixara plantada.

Era algo inimaginável. Não tinha acontecido... em mais de um século. Eu estava mais aturdida do que constrangida ou furiosa pela revelação. A coisa toda era estranha demais para entender.

Não, decidi um instante depois, eu estava enganada. Seth estivera relutante, sim, mas ele não se recusaria a vir, não sem avisar. E talvez... talvez algo ruim tivesse acontecido. Ele podia até ter sido atropelado por um carro. Depois da morte de Duane, ninguém podia prever quando uma tragédia aconteceria.

Ainda assim, até que tivesse mais informações, a única tragédia que eu enfrentava agora era perder o jogo. Liguei para o celular dele de novo, desta vez deixando uma mensagem com meu número e por onde eu andava. Eu sairia para ir buscá-lo, se fosse necessário. Entrei para ver o jogo.

Estar sozinha me fazia sentir que chamava a atenção e me deixava consciente de como era triste a situação em que me encontrava. Havia casais sentados perto de mim, e um grupo de rapazes ficava me olhando, de vez em quando cutucando um deles, que queria vir conversar comigo. Não me perturbava levar cantadas, mas dar a impressão de precisar delas, sim. Eu podia ter optado por não sair com homens, mas isso não queria dizer que não poderia fazê-lo se quisesse. Não gostava que os outros achassem que eu estava desesperada e sozinha. Às vezes eu já sentia isso o suficiente, sem precisar de confirmação externa.

No primeiro intervalo, comprei uma empanada de salsicha para me consolar. Buscando dinheiro na bolsa, encontrei o papelzinho com o telefone de Roman. Fiquei olhando para o número enquanto comia, relembrando a persistência dele e como me sentira mal rejeitando-o. Meu súbito e doloroso estado de abandono desencadeava a necessidade de estar com alguém, de recordar-me que de fato eu podia ter contato social quando precisasse.

O bom-senso me paralisou por um instante quando estava a ponto de ligar, alertando que eu estaria quebrando o voto de muitas décadas de não sair com caras legais. Havia modos mais prudentes de lidar com um ingresso de hóquei sem uso, lembrou-me aquela voz ponderada dentro de mim. Como Hugh, ou os vampiros. Chamar um deles proporcionaria uma interação mais segura.

Mas... eles me tratavam como uma irmã, e, embora eu também os amasse como se fossem minha família, não queria ser uma irmã neste momento. E de qualquer forma, não ia ser nem mesmo um encontro de verdade. Era só uma questão de companhia. Além do mais, as mesmas condições que a situação proporcionava no caso de Seth – a falta de interação – aplicavam-se a Roman. Seria bem seguro. Liguei para o número.

– Alô?

– Estou cansada de segurar seu casaco.

Eu podia ouvir o sorriso dele do outro lado.

– Pensei que já o tivesse jogado fora a essa altura.

– Está maluco? É um Kenneth Cole. De qualquer modo, não foi por isso que liguei.

– É, imaginei.

– Você quer ir a um jogo de hóquei esta noite?

– Quando começa?

– Hã, quarenta minutos atrás.

Uma pausa digna de Seth.

– E só agora você pensou em me convidar?

– Bom... a pessoa que viria comigo meio que não apareceu.

– E então você me convida?

– Bom, você foi tão taxativo quanto a sairmos juntos.

– Sim, mas eu... espera aí. Sou sua segunda opção?

– Não pense nisso dessa forma. Pense mais como, sei lá, você está entrando em cena para fazer o que outra pessoa não conseguiu.

– Como a segunda colocada no concurso de Miss América?

– Olha, você vem ou não?

– Muito tentador, mas estou ocupado agora. E não é só desculpa – outra pausa. – Mas vou dar uma passada em sua casa depois do jogo.

Não, não era assim que a coisa devia ser.

– Vou estar ocupada depois do jogo.

– O que, você e o ausente têm outros planos?

– Eu... não. Tenho que... montar uma estante. Vai demorar um pouco. Trabalho duro, sabe?

– Sou excepcional com trabalhos manuais. Vejo você em duas horas.

– Espera aí, você não pode... – A ligação foi cortada.

Fechei os olhos em um momento de exasperação, abri-os de novo e então voltei a prestar atenção à ação no gelo. O que eu acabava de fazer?

Depois do jogo, voltei furtiva para casa. A euforia de vencer não conseguia sobrepujar o nervosismo por ter Roman em meu apartamento.

– Aubrey – disse eu, ao entrar –, que vou fazer?

Ela bocejou, mostrando suas presas pequeninas. Sacudi a cabeça para ela.

– Não posso me esconder debaixo da cama, como você. Ele não ia cair nessa.

Nós duas demos um pulo quando de repente bateram à porta. Por meio segundo pensei na cama, antes de me dignar a permitir que Roman entrasse. Aubrey estudou-o por um momento e então, aparentemente intimidada pela visão de um deus do sexo em nosso meio, disparou para meu quarto.

Roman, vestido de forma casual, ficou lá parado, carregado com uma embalagem de seis refrigerantes Mountain Dew e dois sacos de Doritos. E uma caixa de cereal.

– Lucky Charms? – perguntei.

– Magicamente deliciosos – ele explicou. – Pré-requisito para qualquer tipo de projeto de construção.

Sacudi a cabeça, ainda espantada com a forma como ele conseguira se infiltrar em meu apartamento.

– Isto não é um encontro.

Ele me deu um olhar escandalizado.

– Claro que não é. Se fosse, eu teria trazido cereais de chocolate.

– Estou falando sério. Não é um encontro – reafirmei.

– Tá, tá, entendi. – Ele colocou tudo na bancada e virou-se para mim. – Então, onde está? Vamos começar com isso.

Soltei a respiração, meio aliviada com seu jeito direto. Sem cantada, sem propostas explícitas. Apenas uma ajuda honesta e cordial. Ele me ajudaria a montar a estante e então iria embora.

Abrimos a caixa enorme, tirando de lá as tábuas e prateleiras, bem como um monte de parafusos. As instruções usavam poucas palavras e continham sobretudo alguns diagramas misteriosos com setas apontando para onde iam certas partes. Depois de vários minutos de análise, por fim decidimos que a grande tábua traseira era o lugar certo por onde começar, e a deitamos no chão, com as prateleiras e paredes laterais em cima. Quando tudo já estava devidamente alinhado, Roman pegou os parafusos, estudando os pontos onde eles fixariam uma peça à outra.

Ele examinou os parafusos, olhou a caixa e então voltou-se para a estante.

– Isto é estranho.

– O quê?

– Acho... em geral essas coisas já vêm com buracos na madeira e também incluem uma ferramenta para colocar os parafusos.

Debrucei-me sobre a madeira. Sem buracos já perfurados. Sem ferramentas.

– Vamos ter que aparafusar nós mesmos.

Ele concordou com a cabeça.

– Eu tenho uma chave de fenda... em algum lugar.

Ele olhou a madeira.

– Não acho que vai funcionar. Acho que precisamos de uma furadeira.

Fiquei impressionada com seu conhecimento técnico.

– Isso eu sei que não tenho.

Fomos às pressas até uma grande loja de utilidades domésticas, entrando dez minutos antes que fechasse. Um vendedor afobado levou-nos até a seção de furadeiras, e se afastou célere, avisando que não tínhamos muito tempo.

Os equipamentos elétricos nos encararam de volta, e olhei para Roman, esperando uma orientação.

– Nem ideia – ele por fim admitiu, depois de um breve silêncio.

– Achei que você era excepcional com "trabalhos manuais".

– É... bom... – Ele se voltou encabulado, uma nova faceta sua. – Foi meio que um exagero.

– Tipo uma mentira?

– Não. Tipo um exagero.

– São a mesma coisa.

– Não, não são.

Deixei de lado a semântica.

– Então por que você disse isso?

Ele abanou a cabeça, pesaroso.

– Em parte porque eu queria vê-la de novo. E também... não sei. Acho que a resposta mais curta é que você disse que tinha algo difícil para fazer. Então eu quis ajudar.

– Sou uma donzela em apuros? – provoquei.

Ele me olhou, sério.

– De modo algum. Mas você é alguém que eu gostaria de conhecer melhor, e queria que notasse que tenho mais em mente do que levar você para a cama.

– Então se eu lhe oferecesse para fazer sexo aqui no corredor, você recusaria? – a pergunta leviana escapou de minha boca antes que pudesse detê-la. Era um mecanismo de defesa, um gracejo para disfarçar o quanto a explicação sincera me deixara confusa. A maioria dos caras queria só me levar para a cama. Eu não tinha muita certeza do que fazer com um que não queria só isso.

Minha tirada conseguiu pôr um fim no momento de seriedade. Roman voltou a seu comportamento confiante e atraente, e quase me arrependi de ter causado a mudança, imaginando o que poderia ter acontecido se não o fizesse.

– Eu teria que recusar a oferta. Temos apenas seis minutos agora. Eles nos expulsariam antes que terminássemos. – Ele desviou a atenção para as furadeiras, com renovado vigor. – E quanto a minhas assim chamadas habilidades manuais – ele acrescentou –, aprendo com uma rapidez incrível, de forma que não estava exagerando. No fim desta noite, serei excepcional.

Mentira.

Depois de escolher uma furadeira ao acaso e voltarmos para casa, Roman pôs-se a alinhar as peças da estante, fixando-as umas às outras. Ele encostou uma das prateleiras na prancha do fundo, ajeitou a furadeira com o parafuso e furou.

A furadeira entrou torta, desviando-se totalmente da prateleira.

– Filho da mãe – ele praguejou.

Aproximei-me e dei um gritinho ao ver o parafuso projetando-se do fundo da estante. Nós o tiramos e ficamos olhando, desolados, para o buraco que restara.

– Provavelmente os livros vão esconder – sugeri.

Ele apertou a boca numa linha resoluta e tentou a façanha novamente. O parafuso fez contato dessa vez, mas ainda torto. Ele o tirou de novo, finalmente inserindo-o corretamente na terceira tentativa.

Infelizmente, o processo repetiu-se à medida que ele prosseguia. Vendo buraco após buraco aparecerem, por fim perguntei se podia tentar. Ele acenou com um gesto de derrota e passou-me a furadeira. Encaixei o parafuso nela, curvei-me e enfiei-o perfeitamente na primeira tentativa.

– Céus! – ele disse. – Sou totalmente supérfluo. Sou a donzela em apuros.

– De modo algum. Você trouxe o cereal.

Terminei de prender as prateleiras. As laterais vieram a seguir. A prancha do fundo tinha marquinhas para ajudar no alinhamento. Com muito cuidado, tentei alinhá-las ao longo das bordas.

Foi impossível, e logo vi por quê. A despeito de minha perfurações perfeitas, as prateleiras estavam desalinhadas, algumas muito para a esquerda, outras para a direita. As laterais não ficavam encostadas nas bordas da prancha de trás.

Roman recostou-se em meu sofá, passando a mão sobre os olhos.

– Meu Deus.

Coloquei na boca um punhado de Lucky Charms e considerei a situação.

– Bom, vamos só alinhá-las da melhor forma que pudermos.

– Essa coisa nunca vai aguentar os livros.

– Tá. Vamos fazer o que der.

Tentamos com a primeira lateral e, embora tenha demorado um pouco e a aparência ficasse horrível, dava para o gasto. Passamos para a seguinte.

– Creio que finalmente tenho que admitir que não sou tão bom nisso – observou ele. – Mas você parece ter jeito para a coisa. Uma faz-tudo de primeira.

– Imagina. Acho que a única coisa para a qual tenho jeito é fazer minimamente as coisas que devo fazer.

– Puxa, que tom mais de mal com a vida. Por quê? Você tem tanta coisa assim que "deve fazer"?

Quase me engasguei ao rir, pensando no que um súcubo deve fazer para sobreviver.

– Pode apostar que sim. Quer dizer, todo mundo tem, não é?

– Sim, é claro, mas você tem que equilibrá-las com as coisas que quer fazer. Não se prenda aos deveres. De outro modo, não há por que estar vivo. A vida se torna uma questão de sobrevivência.

Terminei de colocar um parafuso.

– Você está ficando profundo demais para mim esta noite, Descartes.

– Não brinque. Estou falando sério. O que você realmente quer? Da vida? Para seu futuro? Por exemplo, você planeja trabalhar na livraria para sempre?

– Por um tempo, sim. Por quê? Você acha que há algo errado nisso?

– Não. É que parece meio banal. Como uma forma de preencher o tempo.

Eu sorri.

– Não, definitivamente não é. E mesmo se fosse, posso muito bem apreciar coisas banais.

– Sim, mas tenho visto que a maioria das pessoas acalenta sonhos de alguma atividade mais interessante. Uma que seja louca demais para ser verdadeira. Que é difícil demais, que dá trabalho demais, ou inatingível. O frentista que sonha ser uma estrela do rock. A contadora que queria ter tido aulas de história da arte em vez de estatística. As pessoas deixam de lado seus sonhos, ou porque acham que são impossíveis, ou porque vão realizá-los "algum dia".

Ele havia interrompido o trabalho, seu semblante sério outra vez.

– Então o que você quer, Georgina Kincaid? Qual é seu sonho louco? O que você acha que não pode ter, mas fantasia sobre isso em segredo?

Sinceramente, meu anseio mais profundo era poder ter uma relação normal, amar e ser amada sem complicações sobrenaturais. Uma coisa tão pequena, pensei com tristeza, comparada com os exemplos que ele dera. Não era algo louco, apenas impossível. Eu não sabia se eu queria amor agora como uma compensação pelo casamento mortal que destruíra ou se simplesmente os anos teriam demonstrado que o amor podia dar muito mais satisfação do que ser uma serva permanente da carne. Não que esta última não tivesse seus momentos. Ser desejada e adorada era algo fascinante, e a maioria dos mortais e imortais ansiava por isso. Mas amar e desejar não eram a mesma coisa.

O relacionamento com outros imortais parecia uma escolha lógica, mas os funcionários do inferno revelavam-se candidatos nada ideais para a estabilidade e o compromisso. Eu tivera algumas relações pouco satisfatórias com tais homens ao longo dos anos, e todas deram em nada.

Mas essas explicações não fariam parte de nenhuma conversa que Roman e eu pudéssemos ter no futuro. Assim, em vez disso, confessei minha fantasia secundária, meio que surpresa com a intensidade com que a desejava. As pessoas não costumavam me perguntar o que eu queria da vida. A maioria só perguntava em que posição eu queria ficar.

– Bom, se eu não trabalhasse na livraria, e pode acreditar que estou feliz lá, acho que gostaria de coreografar *shows* de dança em Las Vegas.

A face de Roman abriu-se em um sorriso.

– Então, viu só? É o tipo de coisa excêntrica, fora do comum de que estou falando. – Ele se debruçou para a frente. – E o que a mantém afastada dos peitos de fora e paetês? O risco? O sensacionalismo? O que os outros diriam?

– Não – disse eu, com tristeza. – Simplesmente o fato de que não posso fazê-lo.

– "Não posso" é uma...

– Quero dizer, não posso coreografar porque não consigo escrever uma sequência de passos. Já tentei. Não posso... não posso criar nada, aliás. Nada novo. Não sou do tipo criativo.

Ele fez pouco-caso.

– Não acredito nisso.

– Não, é verdade.

Alguém uma vez me dissera que os imortais não podiam criar, que a criação era a seara dos humanos, que ansiavam deixar uma herança atrás de si, depois de suas curtas existências. Mas eu conhecia imortais que podiam fazê-lo. Peter estava sempre criando surpresas culinárias originais. Hugh usava o corpo humano como uma tela de pintura. Mas eu? Eu tampouco pudera fazê-lo como mortal. A falha era minha.

– Você não imagina como tentei fazer coisas criativas. Aulas de pintura. Lições de música. Sou um fracasso lamentável no pior dos casos, uma copiadora do gênio alheio no melhor.

– Você foi bem hábil com esta montagem.

– É o projeto de outra pessoa, são as instruções de outra pessoa. Nisso eu sou muito boa. Sou esperta. Posso raciocinar. Posso ler as pessoas, interagir com elas perfeitamente. Posso copiar coisas, aprender os movimentos e passos corretos. Meus olhos, por exemplo – apontei para eles. – Posso aplicar maquiagem tão bem ou melhor do que qualquer vendedora das lojas de departamentos. Mas pego todas minhas ideias e cores de outros, de fotos em revistas. Não crio nada que seja meu próprio. O lance de Las Vegas? Eu poderia dançar em um *show* e ser perfeita. Sério. Podia ser a estrela de qualquer musical, desde que seguisse uma coreografia alheia. Mas não consigo escrever nenhum movimento eu mesma, nada que seja importante ou significativo.

– Eu não acredito – ele argumentou. Sua defesa passional me surpreendeu e me deliciou ao mesmo tempo. – Você é animada e alegre. Você é inteligente, e muito. Você tem que se dar uma chance. Comece pequeno, e parta daí.

– É nessa parte que você me diz para acreditar em mim mesma? O céu é o limite?

– Não. Esta é a parte em que digo que está ficando tarde e preciso ir. Sua estante está pronta, e eu tive uma noite adorável.

Ficamos de pé e erguemos a estante, apoiando-a contra a parede da sala. Recuando, nós a estudamos em silêncio. Até Aubrey apareceu para a inspeção.

Cada prateleira estava em um ângulo torto. Uma das laterais alinhava-se quase reta com a borda da prancha dos fundos, e a outra tinha um vão de meio centímetro. Seis buracos eram visíveis no fundo. E o mais inexplicável – toda a estrutura parecia pender levemente para a esquerda.

Comecei a rir. E não podia parar. Depois de um momento de choque, Roman juntou-se a mim.

– Deus do céu – disse eu por fim, limpando as lágrimas. – É a coisa mais horrível que já vi.

Roman abriu a boca para discordar, e então reconsiderou.

– Pode ser. – Ele fez uma continência. – Mas creio que aguentará, capitão.

Fizemos mais alguns comentários engraçados antes que eu o levasse até a porta, lembrando-me de devolver-lhe o casaco. A despeito das piadas, Roman parecia realmente mais desapontado com o fracasso da estante do que eu, como se ele tivesse falhado comigo. Por algum motivo, eu achava isso mais atraente que suas tiradas sempre oportunas ou as deliciosas bravatas. Não que não as apreciasse também. Estudei-o quando nos despedimos, pensando sobre seu "cavalheirismo" e sua opinião passional sobre eu seguir os desejos de meu coração. O nó de medo, que eu sempre levava quando estava com pessoas de quem gostava, suavizou-se um pouco.

– Ei, você não me contou seu sonho louco.

Os olhos verdes sorriram.

– Não tão louco. Apenas tentar marcar aquele encontro com você.

Não tão louco. Como o meu. Companheirismo em vez de fama e *glamour*. Atirei-me de cabeça.

– Bom, então... O que você vai fazer amanhã?

Ele se iluminou.

– Ainda não tenho nada.

– Então dê uma passada na livraria um pouco antes da hora de fechar. Vou dar uma aula de dança. – Haveria muita gente na aula de dança. Seria uma situação segura para nós.

O sorriso dele vacilou só um pouco.

– Uma aula de dança?

– Há algum problema para você? Mudou de planos quanto a sair?

– Bom, não, mas... é como aquela coisa de Las Vegas? Você coberta de *strass*? Porque eu poderia me interessar.

– Não exatamente.

Ele deu de ombros, o carisma em ponto máximo.

– Tudo bem. Deixamos isso para o segundo encontro.

– Não. Não há segundo encontro, lembra? Só um, e acabou. Não vemos mais um ao outro. Você disse isso. Promessa superssecreta de escoteiro... algo assim.

– Aquilo pode ter sido um exagero.

– Não. Seria uma mentira.

– Ah. – Ele piscou para mim. – Acho que os dois não são a mesma coisa, afinal, não é?

– Eu... – minhas palavras sumiram diante daquela lógica.

Ele fez uma de suas reverências marotas, antes de partir.

– Até mais, Georgina.

Voltei para dentro, torcendo para não ter cometido um engano, e encontrei Aubrey sentada em uma das prateleiras.

– Ei, tenha cuidado – avisei. – Não acho que isso é estruturalmente seguro.

Embora fosse tarde, não me sentia cansada. Não depois dessa noite maluca com Roman. Eu estava ligada, a presença dele afetando tanto meu corpo como minha mente. Inspirada, expulsei Aubrey da estante e comecei a transferir as pilhas. Com cada adição de peso, eu esperava que tudo despencasse, mas a coisa aguentou.

Quando cheguei a meus livros de Seth Mortensen, de repente lembrei-me do cataclismo que dera ensejo a toda esta noite. A ira acendeu-se em mim mais uma vez. Eu não ouvira uma só palavra do escritor durante todo o tempo. O lance de ter sido atropelado por um carro ainda podia ser uma possibilidade, mas meus instintos duvidavam. Ele tinha me deixado plantada.

Metade de mim pensou em chutar os livros dele em retaliação, mas eu sabia que jamais poderia fazê-lo. Eu os amava demais. Não havia necessidade de puni-los pelos defeitos de seu criador. Ansiosa, peguei *O Pacto de Glasgow*, subitamente ansiosa para ler minha próxima cota de cinco páginas. Deixei o resto dos livros por arrumar e instalei-me no sofá, com Aubrey a meus pés.

Quando cheguei ao ponto onde devia parar, descobri algo incrível. Cady estava desenvolvendo um interesse romântico neste livro. Isso era inédito. O'Neill, sempre um sedutor irresistível, tinha suas aventuras o tempo todo. Cady permanecia virtuosamente pura, não importava quantas insinuações e piadas sexuais ela e O'Neill lançassem um ou outro. Nada tangível acontecera até agora no livro, mas eu podia ler os sinais inevitáveis do que estava por vir entre ela e o detetive que eles encontraram em Glasgow.

Continuei lendo, incapaz de abandonar a trama na metade. E quanto mais eu lia, mais difícil era parar. Senti uma satisfação secreta e irracional de quebrar a regra das cinco páginas. Como se de algum modo estivesse me vingando de Seth.

A noite avançou. Cady foi para a cama com o cara e O'Neill fugiu de seu normal, ficando ciumento e preocupado, a despeito de seu comportamento charmoso de sempre. Caramba. Ergui-me do sofá, coloquei o pijama e acomodei-me na cama. Aubrey me seguiu. Continuei lendo.

Terminei de ler o livro às quatro da manhã, olhos vermelhos de sono e exausta. Cady se encontrou com o cara mais algumas vezes enquanto ela e O'Neill investigavam o mistério – tão cativante como sempre, mas de repente menos interessante se comparado com os desenrolares interpessoais – e então ela e o escocês se separaram. Ela e O'Neill voltaram para Washington, D.C., e o *status quo* restabeleceu-se.

Respirei fundo e coloquei o livro no chão, sem saber o que pensar, sobretudo por estar tão cansada. Ainda assim, num esforço valente, levantei-me da cama, encontrei meu *laptop* e entrei em meu *e-mail* da Emerald City. Mandei a Seth uma mensagem lacônica: *Cady se divertiu. O que tem por trás disso?* Então, como uma lembrança tardia: *Aliás, o jogo de hóquei foi ótimo.*

Satisfeita por ter expressado minha opinião, adormeci rápido... apenas para ser acordada horas depois por meu despertador.

Capítulo 10

Deus do céu. O que eu tinha na cabeça? Precisava trabalhar hoje. Não apenas isso, precisava trabalhar dentro de dez minutos. Não teria tempo para me vestir e maquiar "de verdade". Com um suspiro, mudei minha forma, e meu roupão deu lugar a uma calça cinza e uma blusa cor de marfim, com o cabelo e a maquiagem de súbito em sua imaculada perfeição de sempre. Escovar os dentes e colocar perfume não podiam ser "de mentira", e depois de cumprir tais tarefas, peguei a bolsa e saí correndo.

Quando cheguei ao saguão, o porteiro me chamou.

– Tem algo para você. – Ele me entregou um pacote achatado.

Ainda preocupada com a hora, rasguei depressa o papel de embrulho e contive uma exclamação. *Kit de Pintura por Número em Veludo Preto* estava escrito na embalagem. Um subtítulo anunciava: *Crie Sua Própria Obra-Prima! Contém Tudo que Você Precisa Para Pintar como Um Artista de Verdade!* A "obra-prima" que eu podia criar exibia uma paisagem desértica com um cacto gigante de um lado e um coiote uivando do outro. Uma águia planava no céu, e uma cabeça sem corpo, fantasmagórica, de um americano nativo flutuava por ali. Um estereótipo terrível e vulgar.

Um bilhete tinha sido colado nele com fita adesiva. *Comece pequeno,* dizia a nota. *Amor, Roman.* A escrita era tão perfeita que parecia irreal.

Eu ainda estava rindo quando cheguei ao trabalho. Em minha sala, acomodei-me diante do computador e encontrei uma segunda surpresa matinal: outro *e-mail* de Seth. Tinha sido mandado às cinco da manhã.

> Georgina,
>
> Alguns anos atrás, enquanto escrevia *Deuses de Ouro*, conheci uma mulher quando fazia um curso sobre arqueologia da América do Sul.

Não sei como é para as mulheres; talvez para nós, homens, talvez nem sempre seja igual. Mas para mim, quando encontro alguém por quem me sinto atraído, o tempo parece deter-se. Os planetas se alinham, e eu paro de respirar. Os próprios anjos descem para sentar-se sobre meus ombros, sussurrando promessas de amor e devoção enquanto criaturas menos celestiais sussurram promessas de uma natureza mais terrena, mais básica. Acho que faz parte de ser homem.

De qualquer forma, isso foi o que aconteceu com essa mulher. Nós nos apaixonamos perdidamente, e por muito tempo fomos e voltamos. Em alguns dias, não conseguíamos ficar separados por mais de um minuto, e então, logo depois, meses se passavam sem que tivéssemos qualquer tipo de contato. Tenho que confessar, este último comportamento era mais culpa minha do que dela. Eu já disse que Cady e O'Neill são exigentes. Durante as fases em que estava envolvido demais com a escrita, eu não era capaz de pensar em nada ou fazer qualquer coisa que não dissesse respeito ao livro. Sabia que isso a magoava. Sabia que ela era o tipo de pessoa que queria se estabelecer e constituir família, vivendo uma vida tranquila e devotada. Eu não era esse tipo de pessoa, sequer estou certo se sou hoje em dia, mas gostava da ideia de ter alguém por perto, alguém em que pudesse confiar e que pudesse chamar quando *eu* finalmente estivesse pronto para ficarmos juntos. Não era justo com ela, deixá-la sempre no ar daquela forma. Eu devia ter terminado com aquilo logo no início, mas era egoísta demais e a situação estava confortável demais para mim.

Um dia, depois de meses sem falar com ela, telefonei-lhe e, para meu espanto, ouvi um homem atender. Quando ela pegou o fone, contou-me que havia encontrado outra pessoa e que não poderia mais me ver. Dizer que fiquei chocado é pouco. Comecei a divagar, falando e falando sobre o quanto eu gostava dela, como ela não podia jogar fora o que tinha. Ela aguentou muito bem, considerando que eu devia estar soando como um lunático, mas no fim, ela arrematou a conversa dizendo que eu não devia ter suposto que ela esperaria para sempre. Ela tinha sua própria vida para viver.

O motivo pelo qual compartilho este embaraçoso episódio do cânone de Seth Mortensen é duplo. Primeiro, preciso pedir desculpas pelo que aconteceu na noite passada. A despeito de minha rabugice, eu pretendia de fato ir a seu encontro. Duas horas antes do jogo, corri até em casa para comer algo e de repente pensei numa solução para o problema que esteve me bloqueando o dia inteiro. Sentei-me para escrever, planejando ficar só uma hora nisso. Como você pode estar supondo agora, levou bem mais tempo. Fiquei tão envolvido que esqueci por completo do jogo... e de você. Não ouvi meu telefone tocar. Eu não tinha consciência de nada, obcecado em passar a história para o papel, ou antes, para a tela.

Este, temo, é um problema que tenho com frequência. Aconteceu com minha ex, acontece com minha família e, infelizmente, aconteceu com você. Nunca pergunte a meu irmão sobre como quase perdi o casamento dele. Os mundos e pessoas dentro de minha cabeça estão tão vivos que perco o contato com o mundo real. Às vezes não consigo me convencer de que o mundo de Cady e O'Neill não é o verdadeiro. Não tenho a intenção de magoar as pessoas e sempre me sinto muito mal depois, mas é um defeito que não consigo contornar.

Nada disso justifica tê-la abandonado na noite passada, mas espero que possa lhe mostrar um pouco de minha desequilibrada visão de mundo. Por favor entenda como estou chateado com isso.

Meu segundo motivo para este relato é abordar seu comentário sobre Cady "divertir-se". Pensando sobre ela e O'Neill, decidi que Cady também não era o tipo de pessoa que ficaria esperando para sempre. Bom, não me entenda mal: não acho que Cady e minha ex-namorada tenham muita coisa em comum. Cady não está sonhando em morar nos subúrbios e escolher cortinas com O'Neill. Mas ela é uma mulher inteligente e passional, que ama a vida e quer vivê-la. Muita gente ficou incomodada ao vê-la abandonar o papel devotado e casto de fiel parceira de O'Neill, mas acho que ela tinha de fazê-lo. Vamos admitir: O'Neill a subestima, e ele precisava acordar. Agora, isso significa que eles finalmente estão no caminho de ficarem juntos, como tantos leitores pedem? Claro, como o criador deles, meus lábios estão selados, mas posso dizer isto: tenho muitos outros livros com eles em mente, e os leitores tendem a perder o interesse quando os protagonistas se envolvem.

Seth

P. S. Aliás, comprei o apartamento. Mistee ficou tão excitada que me agarrou ali mesmo, e fizemos amor em cima das bancadas de granito.

P. P. S. Tudo bem, inventei essa última parte. Como disse, sou homem, e escritor.

Com os olhos ainda pesados de sono, fiquei remoendo as informações que a carta transmitia. Seth tivera um namoro sério. Uau. Isso não devia me surpreender, sobretudo considerando as cenas de sexo que ele escrevia. Quero dizer, ele não podia simplesmente imaginar tudo aquilo. Ainda assim, era difícil imaginar o introspectivo Seth participando em todas as relações sociais em geral exigidas por um relacionamento de longa duração.

E havia ainda a outra parte dos motivos dele para não ter ido. Que pensar deles? Ele estava certo em dizer que seu arroubo de inspiração não era desculpa para o que fizera. A explicação tirou um pouco da mágoa, porém, e fez com que eu o mudasse de categoria, de grosseiro para apenas descortês. Não, talvez descortês fosse duro demais. Disperso, era isso. Talvez ser disperso não fosse tão ruim, refleti, uma vez que ignorar o mundo real lhe permitia trabalhar no mundo escrito. Eu não saberia dizer.

Pensei nessas coisas pelo resto da manhã, a fúria da noite anterior arrefecendo com o correr do tempo e com minhas especulações sobre a mente de um escritor brilhante. Pela hora do almoço, percebi que eu já havia superado o incidente do jogo. Ele não fora negligente de propósito, e no fim das contas minha noite acabou não sendo tão ruim assim.

No fim da tarde, Warren apareceu como quem não quer nada.

– Não – respondi de imediato, reconhecendo o olhar em seu rosto. Eu odiava sua presunção, mas ela sempre me atraía de uma forma bizarra. – Estou com um humor péssimo.

– Vou fazer você se sentir melhor.

– Já disse, hoje estou puta da vida.

– Gosto de você puta. – O instinto alimentar de súcubo começou a se agitar. Engoli em seco, incomodada por minha própria fraqueza.

– E estou mesmo ocupada. Tem... coisas... que preciso fazer... que devia... – minhas desculpas soavam pouco convincentes, porém, e Warren pareceu notar.

Ele veio até mim e ajoelhou-se ao lado de minha cadeira, passando a mão por minha coxa. Eu usava uma calça fina de seda, e a sensação dos dedos que me acariciavam através do material suave era quase mais sensual do que se fosse na pele nua.

– Como foi seu encontro na outra noite? – ele murmurou, movendo a boca até minha orelha e depois até o pescoço.

Inclinei a cabeça, obediente, contra a vontade, gostando da forma como sua boca se tornava mais feroz em minha pele, seus dentes me provocando. Ele estava muito longe de ser um namorado, mas ainda era o mais próximo que eu tinha de uma relação consistente. Aquilo tinha seu valor.

– Bom.

– Vocês treparam?

– Não. Eu dormi sozinha, infelizmente.

– Bom.

– Mas ele vai vir aqui de novo esta noite. Para a aula de dança.

– Sério? – Warren desabotoou os dois botões de cima de minha blusa, revelando o sutiã rendado rosa-claro. Seus dedos contornaram um de meus peitos, descendo pela curva interna até o ponto onde ele encontrava o outro. Então ele moveu a mão por sobre esse peito, brincando com o mamilo através da renda. Fechei os olhos, surpresa com a forma como meu desejo se inflamava. Depois de ajudar Hugh a fechar o contrato com Martin, não achei que fosse precisar de outra dose tão cedo. Mas a fome se agitava de forma suave dentro de mim, mesclada com o desejo. Instinto puro. – Podemos apresentá-lo a Maria.

Maria era a esposa de Warren. A ideia de passar Roman adiante para ela era muito engraçada.

– Você parece estar com ciúmes – provoquei. Puxei Warren para mim, e ele reagiu empurrando-me para cima da mesa. Abaixei as mãos para abrir sua calça.

– Estou – ele grunhiu. Debruçando-se, ele abaixou o sutiã para expor meus peitos e levou a boca até um dos mamilos. Ele hesitou. – Tem certeza de que não trepou com ele?

– Acho que me lembraria de algo assim.

Uma batida na porta soou, e Warren pulou para longe de mim, levantando a calça.

– Merda.

Também me sentei e voltei para minha cadeira. Com os olhos de Warren fixos na porta, rapidamente usei um pouco de mudança de forma para me arrumar e abotoar a blusa. Avaliando que já estávamos decentes, falei:

– Entre.

Seth abriu a porta.

Travei a mandíbula, para evitar que meu queixo caísse de espanto.

– Oi – disse Seth, os olhos indo e vindo entre Warren e mim. – Não quis interromper.

– Não, não, não interrompeu – Warren lhe garantiu, engatando o modo relações públicas. – Estávamos só fazendo uma reunião rápida.

– Nada muito importante – acrescentei. Warren me deu um olhar engraçado.

– Oh – disse Seth, que ainda parecia querer sair correndo. – Só passei para saber se, quem sabe... você gostaria de almoçar. Eu... lhe mandei um *e-mail* sobre o que aconteceu.

– Sim, eu o li. Obrigada.

Sorri para ele, na esperança de comunicar-lhe sem palavras que estava perdoado. O olhar de preocupação em seu rosto era de partir o coração, e eu tinha certeza de que na noite passada sua consciência sofrera mais que meu ego.

– Excelente ideia – ribombou Warren. – Que tal irmos todos almoçar juntos? Georgina e eu podemos conversar mais tarde.

– Não posso ir.

Recordei-o sobre nossa falta de pessoal, e como precisavam de mim para cobrir as ausências. Ele franziu o cenho quando terminei.

– Por que ainda não contratamos alguém?

– Estou providenciando.

No fim, Warren levou Seth para comer, algo que pareceu incomodar bastante o escritor, e eu fiquei sozinha, sentindo-me abandonada. Acho que eu teria gostado de ouvir o que mais Seth tinha a dizer sobre a escrita dominando sua vida. Eu podia até ter gostado de transar com Warren. Nenhum dos dois aconteceu. Ah, as injustiças do universo.

Mas aparentemente eu ainda tinha um favor cármico a receber. Lá pelas quatro, Tammi, a garota de cabelos vermelhos da Krystal Starz, apareceu para resolver meu problema de pessoal. Como eu sugerira, ela trouxe uma amiga junto. Depois de uma breve entrevista, fiquei satisfeita quanto à competência de ambas. Contratei-as na hora, contente por riscar uma tarefa de minha lista.

Quando a loja por fim fechou, as poucas horas de sono começaram a pesar de verdade. Eu não estava no clima de dar aulas de dança.

Percebendo que precisava me trocar, fechei a porta de minha sala e pela segunda vez no dia transformei minhas roupas. Como sempre, eu sentia como se trapaceasse. Para dançar, escolhi um vestido sem mangas, justo no corpo e de saia rodada, ideal para rodopios. Em tons mesclados cor de pêssego e laranja, eu torcia para que levantasse meu astral. Torcia também para que ninguém se lembrasse que eu não havia trazido uma muda de roupas ao chegar de manhã.

Nos alto-falantes, ouvi um dos caixas anunciar que a loja estava fechada, na mesma hora em que bateram de novo à porta. Falei para entrarem, imaginando se seria Seth de novo, mas desta vez era Cody.

– Oi – disse eu, forçando um sorriso. – Está pronto?

Eu havia ensinado Cody a dançar *swing* fazia mais ou menos um ano, e ele tinha aprendido de forma extraordinária, talvez em parte devido a seus reflexos vampíricos. Como resultado, eu o recrutara, contra sua vontade, como coprofessor para estas aulas improvisadas para os funcionários. Ele sempre afirmava não ser bom, mas nas duas aulas que já tinham sido dadas, ele demonstrara uma eficiência incrível.

– O quê? Dançar? Claro. Sem problemas.

Olhei ao redor, certificando-me de estarmos sozinhos.

– Mais alguma ocorrência esquisita?

Ele sacudiu a cabeça, que os cabelos loiros emolduravam como a juba de um leão.

– Não. Tudo tem andado bem tranquilo. Quem sabe eu estava exagerando.

– Melhor prevenir que remediar – aconselhei, sentindo-me como o estereótipo da avó de alguém. – O que você vai fazer depois daqui?

– Vou me encontrar com Peter em um bar no centro. Quer vir junto?

– Claro. – Estaríamos mais seguros em grupo.

A porta se abriu, e Seth colocou a cabeça para dentro.

– Oi... ah, me desculpe – ele gaguejou, ao ver Cody. – Não quis interromper.

– Não, não – disse eu, acenando para que entrasse. – Só estamos conversando. – Dei a Seth um olhar curioso. – Que faz ainda por aqui? Vai ficar para a aula?

– Hã, bom eu, quer dizer, Warren me convidou para ficar, mas acho que não vou dançar. Se estiver tudo bem.

– Não vai dançar? Então que vai fazer, ficar olhando? – perguntei. – Como se fosse um *voyeur* ou algo assim?

Seth me deu um olhar perspicaz, pela primeira vez em muito tempo lembrando o sujeito que escrevera as observações cômicas sobre corretores de imóveis e antigas namoradas. O cara com quem certa vez eu flertara de forma canhestra.

– Não estou tão desesperado. Ainda não, de qualquer modo. Mas vai ser mais seguro se eu não dançar. Para todos ao meu redor.

– Era o que eu dizia até que ela me fez tentar – observou Cody, batendo em meu ombro. – Espere só até que esteja nas mãos capazes de Georgina. Você nunca mais será o mesmo.

Antes que qualquer um de nós pudesse reagir ao comentário insinuante, Doug apareceu por trás de Seth, vestido como sua porção banda grunge em vez da porção subgerente.

– E aí, vamos começar a festa ou não? Voltei pra cá hoje só por causa da aula, Kincaid. É melhor fazer a viagem valer a pena. Oi, Cody.

– Oi, Doug.

– Oi, Seth.

– Oi, Doug.

Eu gemi.

– Tá legal. Vamos lá.

Saímos em bloco para o café, onde as mesas estavam sendo afastadas, abrindo espaço para nós. Apresentei Cody e Seth pelo caminho. Eles apertaram as mãos brevemente, e o jovem vampiro me olhou de forma significativa, quando percebeu quem devia ser esse Seth.

– Tem certeza de que não vai dançar? – perguntei ao escritor, ainda intrigada por sua obstinação.

– Não. É que não parece muito certo.

– É, bom, depois do dia de merda que tive, bancar a professora aqui também não parece muito certo pra mim, mas vamos todos sobreviver. Faz cara de alegre e manda ver, o.k.?

Seth fez cara de quem não sabia nada, só me dando um sorrisinho divertido. Daí um instante, o sorriso começou a sumir.

– Você disse que recebeu o *e-mail*.... Você achou... você...

– Está tudo bem. Esquece. – Os peculiares hábitos sociais dele podiam não combinar com os meus, mas eu não aguentava mais vê-lo preocupado quanto à noite passada. – Sério. – Pousei a mão em seu braço, dei-lhe meu sorriso Helena de Troia, e então voltei a atenção para a cena lá no andar de cima.

A maior parte do pessoal com quem eu trabalhara durante o dia estava por ali, junto com outras pessoas que haviam vindo para a aula, como Doug. Warren e sua esposa também aguardavam, da mesma forma que Roman.

Ao me ver, ele se aproximou com um sorriso, e senti uma leve onda de desejo me percorrer, independentemente de qualquer apetite de súcubo. Tão atraente como sempre, ele usava calça preta e uma camisa verde-azulada, que reluzia como seus olhos.

– Encontro em grupo, hein?

– Para minha segurança. Sempre achei melhor ter algumas dúzias de acompanhantes por perto.

– Com esse vestido, vai precisar de mais algumas dúzias – ele alertou num tom de voz baixo, os olhos me examinando da cabeça aos pés.

Enrubesci, afastando-me dele alguns passos.

– Vai ter que esperar sua vez, como todos os demais.

Voltando-me, sem querer encontrei o olhar de Seth. Ele obviamente entreouvira a breve conversa. Fiquei ainda mais vermelha, e fugi de ambos, indo para o meio do salão, Cody atrás de mim.

Fazendo a tal da "cara alegre", afastei da cabeça meu longo dia e sorri diante dos apupos e assobios de meus colegas.

– Tá legal, gente, vamos começar. Doug está com um pouco de pressa, e quer terminar com isso o mais rápido possível. Sei que é bem o estilo dele, em vários aspectos, sobretudo no romântico. – Isso gerou várias manifestações da plateia, positivas e negativas, e também um gesto obsceno da parte de Doug.

Reapresentei-lhes Cody, que ficava menos à vontade que eu com toda aquela atenção, e comecei a avaliar o grupo. Tínhamos mais mulheres que homens, como sempre, e grande variação nos graus de habilidade. Dividi as duplas da forma mais adequada, colocando as mulheres que dançavam melhor com outras mulheres, pois eu tinha certeza de que poderiam dançar a parte masculina e depois mudar. Eu não tinha a mesma confiança em todos; alguns deles ainda lutavam para acompanhar o ritmo.

Comecei revendo a aula anterior, e liguei a música, fazendo todos treinarem os passos básicos. Cody e eu monitorávamos, fazendo pequenos ajustes e dando sugestões. Minha tensão do longo dia foi desaparecendo à medida que eu lidava com todo mundo. Eu adorava dançar o *swing*, tinha gostado do ritmo desde que surgiu, no começo do século vinte, e ficara encantada com seu retorno recente. Eu sabia que ia sair da moda de novo, e esse era um dos motivos pelos quais eu queria passar o conhecimento para outros.

Sem saber qual o nível de habilidade de Roman, coloquei-o com Paige, que dançava bem. Depois de observá-los por cerca de um minuto, sacudi a cabeça e me aproximei.

– Seu trapaceiro – ralhei com ele. – Você fingiu que estava nervoso quanto a dançar, mas na verdade é um profissional.

– Já dancei algumas vezes – ele admitiu, com modéstia, conduzindo Paige por uma volta que eu ainda não lhes ensinara.

– Pare com isso. Vou separar vocês. Suas habilidades são necessárias em outros lugares.

– Ah, puxa vida – suplicou Paige. – Me deixe ficar com ele. Já era hora de ter por aqui um homem que sabe o que faz.

Roman me deu uma olhada.

– Foi ela quem disse, não eu.

Virei meus olhos para os céus e fiz com que trocassem de parceiros.

Depois de um pouco mais de orientação, fiquei satisfeita com o desempenho do grupo todo, e achei que não ia mudar muito. Decidindo seguir adiante, em seguida Cody e eu ensinamos a eles alguns passos de *lindy hop*. Não foi surpresa que o caos logo se estabelecesse. Os mais habilidosos no grupo pegaram os movimentos na hora, aqueles que tinham dificuldade antes continuaram a ter e alguns dos que tinham ido bem nos passos e voltas básicos agora se perderam por completo.

Cody e eu nos movíamos entre os dançarinos, fazendo controle de danos, oferecendo palavras de sabedoria.

– Mantenha a tensão em seu pulso, Beth. Mas não demais. Não vá se machucar.

– Conte, droga! Conte! A batida ainda é a mesma que antes.

– Fique de frente para sua parceira... Não a perca de vista.

Meu papel de professora me absorvia, e eu estava curtindo. Quem se preocupava com caçadores de vampiros e a eterna luta do bem e do mal?

Vi Seth sentado a um canto, como havia prometido.

– Ei, *voyeur*, ainda quer só olhar? – provoquei, sem fôlego e agitada por correr de um lado para o outro na pista de dança improvisada.

Ele sacudiu a cabeça, um tênue sorriso em suas feições enquanto me estudava.

– Muita coisa para ver daqui.

Levantando da cadeira, ele se inclinou para a frente, de um jeito muito natural, surpreendendo-me ao estender a mão e erguer a alça de meu vestido, que havia deslizado de meu ombro e caído no braço.

– Assim – declarou. – Perfeito.

Minha pele se arrepiou com o toque de seus dedos, quentes e suaves. Por um instante, uma expressão que eu ainda não havia visto cruzou sua face. Ela fazia com que ele se parecesse menos com o escritor distraído que eu viera a conhecer e mais com um... bom, *homem*. Uma expressão de apreciação. De avaliação. Talvez até predatória. O olhar se foi tão rápido como surgira, mas eu ainda me sentia surpresa e confusa.

– Fique de olho nessa alça – avisou Seth, com suavidade. – Faça com que ele se esforce para merecer isso. – Ele apontou com a cabeça para um grupo de dançarinos, e acompanhei o movimento para ver Roman conduzindo uma das baristas através de um passo complexo.

Apreciei os movimentos graciosos dele por um momento, antes de voltar-me de novo para Seth.

– Não é tão difícil. Eu posso lhe ensinar. – Estendi-lhe a mão, num convite.

Parecia que ele aceitaria, mas no último segundo ele sacudiu a cabeça.

– Eu faria papel de bobo.

– Ah, sim, e ficar aí sentado sozinho, enquanto todo mundo dança *e* temos poucos homens... Bom, isso não faz com que você pareça nem um pouco bobo?!

Ele deu uma risadinha.

– Talvez.

Como nenhuma explicação se seguiu, encolhi os ombros e voltei à pista de dança, continuando com minha orientação. Cody e eu acrescentamos mais alguns passos novos, fizemos com que praticassem e por fim ficamos de lado, admirando nossos alunos.

– Você acha que eles ficarão em forma para o Moondance? – ele perguntou.

O Moondance Lounge era um clube de dança que todos os meses tinha uma noite dedicada à dança *swing*. Achávamos que a apresentação deste grupo lá seria o triunfo final de nossas aulas.

– Mais uma aula, acho. Então podemos levá-los para dançar em público.

Um braço me pegou ao redor da cintura, levando-me para a pista de dança. Recuperei o equilíbrio depressa, entrando no compasso de Roman quando ele me rodopiou em um giro complexo. Algumas pessoas pararam para olhar.

– É a minha vez de ser o peixinho da professora – ele me censurou. – Mal a vi durante toda a noite; não acho que isso conte como um encontro.

Deixei que me conduzisse curiosa em saber o quão bom realmente era.

– Você está sempre mudando o que quer – reclamei. – Primeiro você só queria sair, agora você quer é ficar sozinho comigo. Você tem que escolher uma linha e manter-se nela. Seja mais específico.

– Ah, entendo. Ninguém tinha me avisado. – Ele me conduziu por um volteio elaborado, e eu o segui de forma impecável, ganhando dele um olhar relutante de aprovação. – Acho que não existe um Manual de Instrução Georgina Kincaid por aí, que me ajude a evitar no futuro esses equívocos embaraçosos.

– Estão à venda no andar de baixo.

– Ah, é? – Ele começou a improvisar passos, e gostei do desafio de adivinhar o que ele faria a seguir. – Há uma página sobre como cortejar a bela Georgina?

– Página? Caramba, tem um capítulo inteiro.

– Leitura obrigatória, suponho.

– Sem sombra de dúvida. Ei, obrigada pela pintura por números.

– Vou querer vê-la em sua parede da próxima vez que for visitá-la.

– Com aquele horrível estereótipo dos nativos americanos? Da próxima vez você vai vê-la na lista dos mais procurados da união dos direitos humanos.

Ele me lançou num rodopio que terminou cheio de floreios, para o prazer de todos os demais. Fazia tempo que eles tinham parado de dançar para assistir ao espetáculo que eu proporcionava. Eu estava meio constrangida, mas deixei isso de lado, saboreando o momento, e peguei a mão de Roman para fazer uma reverência teatral, sob o aplauso de meus colegas.

– Preparem-se – anunciei. – Porque esse vai ser o teste da semana que vem.

Os aplausos e risadas continuaram, mas quando minguaram e o grupo se dispersou para ir embora, Roman continuou segurando minha mão, os dedos entrelaçados aos meus. Não me importei. Circulamos pelo salão, falando disso e daquilo e nos despedindo.

– Quer tomar algo? – ele me perguntou, quando ficamos a sós por um instante.

Voltei-me para ele, bem perto, estudando suas feições maravilhosas. No ambiente agora aquecido, eu sentia o cheiro de sua transpiração, mesclado com colônia, e isso me fazia querer afundar a cara em seu pescoço.

– Eu quero... – comecei devagar, imaginando se álcool e puro desejo animal seriam uma combinação sábia tendo por perto alguém com quem eu queria evitar ir para a cama.

Olhando para além dele, encontrei o olhar de Cody. Ele conversava animado com Seth, o que me pareceu estranho. De repente, lembrei-me da promessa que fizera pouco antes, de encontrar-me com os vampiros no bar.

– Droga – resmunguei. – Acho que não posso. – Ainda segurando a mão de Roman, levei-o até Cody e Seth. Eles interromperam a conversa.

– Eu me senti excluído – brincou Cody. – Vi você fazer umas coisas agora mesmo que nunca me ensinou.

– Você devia ter feito como lição de casa. – Inclinei a cabeça, pensando. – Você já conhece Roman, Cody? Ou você, Seth? – Fiz rápidas apresentações, e todos eles apertaram as mãos, à moda masculina.

Depois disso, Roman acomodou a mão confortavelmente em minha cintura.

– Estou tentando convencer Georgina a beber algo comigo. Mas acho que ela está se fazendo de difícil.

– Não acho que esteja – sorriu Cody.

Lancei um olhar de desculpas a Roman.

– Eu disse a Cody que iria encontrá-lo e a outro amigo esta noite.

O jovem vampiro fez um gesto dispensando-me.

– Esquece. Vai se divertir.

– É, mas... – interrompi-me e troquei com ele um olhar eloquente, *à la* Jerome e Carter. Não queria que Cody saísse sozinho, correndo o risco de tornar-se alvo do caçador de vampiros, mas não poderia dizer isso na frente dos outros. – Pegue um táxi – disse-lhe, por fim. – Não vá caminhando.

– Tá legal – respondeu ele, de modo automático. Automático demais.

– Estou falando sério – avisei.

– Sim, sim – ele resmungou. – Você quer chamá-lo pra mim?

Revirei os olhos para ele, e então me lembrei de repente da presença de Seth. Sentindo-me meio constrangida com ele parado ali, enquanto todos fazíamos planos, fiquei pensando se devia convidá-lo para vir conosco ou mandá-lo com Cody.

Como se lesse minha mente, ele declarou, abruptamente:

– Bom, vejo vocês mais tarde. – Ele se virou e partiu antes que algum de nós pudesse responder.

– Ele é maluco ou algo assim? – perguntou Cody depois de um instante.

– Acho que ele só é desse jeito – expliquei, sem saber se algum dia chegaria a entender o escritor.

– Esquisito. – Roman voltou-se para mim. – Pronta para irmos?

Seth saiu rápido de minha mente. Roman e eu fomos caminhando até um pequeno restaurante do outro lado da rua, e sentamos juntos no assento em um dos lados da mesa. Pedi minha vodca com limão, e ele pediu conhaque.

Quando nossas bebidas chegaram, ele perguntou:

– Devo ficar com ciúmes de alguém que estava lá?

Dei uma risadinha.

– Você não me conhece o suficiente nem tem algum direito sobre mim para ficar se preocupando com ciúmes. Vai com calma.

– É, pode ser – ele concordou. – Mas escritores famosos e parceiros de dança jovens e gentis são com certeza ótimas companhias.

– Cody não é tão jovem assim.

– Jovem o suficiente. É um amigo próximo?

– Próximo o suficiente. Não no aspecto romântico, se é o que você ainda está querendo insinuar. – Roman e eu estávamos sentados bem próximos, e lhe dei um cutucão de brincadeira nas costelas. – Pare de se preocupar com meus amigos. Vamos falar de outras coisas. Conte-me sobre o mundo da linguística.

Eu dissera aquilo meio de brincadeira, mas ele obedeceu, explicando sua especialidade, por ironia línguas clássicas. Roman sabia muito sobre o assunto, discorrendo sobre ele com a mesma agudeza e inteligência que usava em suas cantadas. Segui com interesse suas explanações, desfrutando da oportunidade de conversar sobre tópicos que poucas outras pessoas conheciam. Infelizmente, tive que restringir minha participação, para que ele não percebesse o quanto eu sabia sobre o assunto. Seria meio esquisito que uma gerente de livraria soubesse mais sobre um campo do conhecimento do que alguém que fez nele toda uma carreira.

Durante todo seu papo envolvente, Roman e eu ficamos em contato, braços, mãos e pernas tocando-se. Ele não tentou me beijar, e fiquei agradecida por isso, pois seria entrar em terreno perigoso. Aquele era de fato o encontro ideal para mim: uma conversa bem-humorada e estimulante, e também todo o contato físico com que um súcubo poderia lidar em segurança. A conversa e o flerte transcorreram sem esforço, como se lêssemos um roteiro.

Nosso drinque terminou num piscar de olhos, e antes que eu percebesse, já estávamos do lado de fora, despedindo-nos e fazendo planos para um novo encontro. Esbocei um protesto, mas ambos percebemos como foi débil. Ele alegou que eu lhe devia uma saída de verdade, sem acompanhantes. Em pé ali com ele, aquecida por sua presença, surpreendi-me ao me dar conta do quanto necessitava daquele encontro. O problema de poupar os caras legais é que eu sempre terminava sozinha. Erguendo os olhos para Roman, decidi então que desejava adiar ficar sozinha de novo, ao menos um pouquinho.

Assim, concordei em sairmos de novo, ignorando as sirenes mentais que essa decisão disparou. A face dele se iluminou, e achei que ele finalmente tentaria me beijar na boca. Meu coração bateu forte com essa possibilidade, assustado e ansioso.

Mas minha ladainha neurótica do outro dia, sobre manter a distância, pelo visto deu resultado. Ele apenas segurou minha mão, por fim roçando os lábios em meu rosto, num beijo que quase não era um beijo. Ele saiu andando pelas ruas de Queen Anne, e logo depois percorri a meia quadra que me separava de meu apartamento.

Quando cheguei a minha porta, encontrei nela um bilhete pregado com fita adesiva. Meu nome, escrito à tinta numa caligrafia muito bonita, estendia-se pela superfície. Um arrepio frio de apreensão percorreu-me. A nota dizia:

> Você é uma mulher bonita, Georgina. Bonita o suficiente, creio, para atentar até mesmo os anjos, e fazê-los cair, algo que já não acontece com a frequência que deveria. Beleza como a sua não requer esforço algum, porém, quando você pode mudá-la da forma que quiser. Seu grande amigo, infelizmente, não tem o mesmo privilégio, o que é muito triste depois do que aconteceu hoje. Por sorte, ele trabalha na profissão certa para corrigir qualquer dano a sua aparência.

Fiquei olhando para o bilhete como se pudesse me morder. Não tinha nenhum nome, claro. Arrancando-o da porta, entrei correndo em meu apartamento e peguei o telefone. Liguei para o número de Hugh, sem hesitar. Com as referências a "grande" e a "profissão certa", ele era o único a quem a nota podia estar se referindo.

O telefone dele tocou e tocou antes de uma secretária eletrônica atender. Aborrecida, liguei para seu celular.

Depois de três toques, uma voz feminina desconhecida atendeu.

– Posso falar com Hugh Mitchell?

Houve uma longa pausa.

– Ele... não pode falar neste momento. Quem é, por favor?

– Aqui é Georgina Kincaid. Sou amiga dele.

– Já ouvi ele falando de você, Georgina. Aqui é Samantha.

O nome não me dizia nada, e eu também não tinha paciência para essas enrolações.

– Bom, posso, por favor, falar com ele, então?

– Não – a voz dela parecia tensa, perturbada. – Georgina, aconteceu algo ruim hoje...

Capítulo 11

Hospitais são lugares sinistros, frios e estéreis. Uma recordação palpável da natureza tênue dos mortais. A ideia de que Hugh estava aqui me dava náuseas, mas reprimi esse sentimento o melhor que pude, enquanto seguia pelos corredores rumo ao quarto cujo número Samantha me dera.

Ao chegar lá, encontrei Hugh deitado tranquilo em uma cama, seu corpo enorme vestido com uma camisola, a pele cheia de hematomas e bandagens. Uma mulher loira estava sentada ao lado da cama, segurando-lhe a mão. Ela virou-se, surpresa, quando entrei no quarto.

– Georgina – disse Hugh, dando-me um sorriso fraco. – Legal ter aparecido.

A loira, que devia ser Samantha, me examinou, inquieta. Esguia, com grandes olhos de gazela, ela apertou a mão de Hugh com mais força, e imaginei que essa devia ser a tal do consultório que tinha vinte anos. Seus peitos nada naturais atestavam o fato.

– Está tudo bem – ele a tranquilizou. – Esta é minha amiga Georgina. Georgina, Samantha.

– Oi – disse a ela, estendendo minha mão. Ela a apertou. A dela estava fria, e percebi que seu nervosismo não era por encontrar-me, mas sim uma preocupação geral pelo que havia acontecido a Hugh. Era tocante.

– Querida, você poderia nos deixar a sós por um instante? Quem sabe ir tomar um café na lanchonete? – ele lhe falava com suavidade e paciência, um tom que raramente usava conosco em noitadas nos bares.

Samantha voltou-se para Hugh, ansiosa.

– Não quero deixá-lo sozinho.

– Não vou estar sozinho. Georgina e eu precisamos conversar. Além do mais, ela é, hã, uma faixa preta. Nada vai me acontecer.

Fiz uma careta para ele por trás das costas dela, enquanto ela pensava.

– Suponho que esteja tudo bem. Você pode ligar para meu celular se precisar de mim, está bem? Volto daqui a pouco.

– É claro – ele prometeu, beijando-lhe a mão.

– Vou sentir sua falta.

– Vou sentir a sua ainda mais.

Ela se levantou, me deu outro olhar vacilante e saiu pela porta.

Observei-a indo embora antes de sentar-me em sua cadeira, junto a Hugh.

– Que coisa mais doce. Acho que vai me dar cáries.

– Não precisa ser amarga. Só porque você não pode criar vínculos significativos com os mortais.

O gracejo dele doeu bem mais do que deveria, mas devia ser porque Roman ainda estava em minha cabeça.

– Além do mais – ele continuou –, ela está um pouco transtornada com o que aconteceu hoje

– É, posso imaginar. Jesus, olhe para você.

Examinei seus ferimentos com mais detalhe. Alguns pontos apareciam por baixo de bandagens e manchas escuras floresciam aqui e ali.

– Podia ser pior.

– Podia? – Fiquei pensando. Eu nunca havia visto um imortal com tantos ferimentos.

– Claro. Primeiro, eu poderia estar morto, e não estou. Segundo, vou me curar, do mesmo modo como você o faz. Você devia ter me visto esta tarde, quando me trouxeram. O complicado agora é sair daqui antes que alguém perceba como estou me recuperando depressa.

– Jerome já está sabendo disto?

– Claro. Liguei-lhe mais cedo, mas ele já havia sentido. Estou esperando que apareça a qualquer momento. Ele ligou para você?

– Não exatamente – admiti, hesitante em falar do bilhete naquele momento. – O que aconteceu? Quando você foi atacado?

– Não me lembro de muitos detalhes. – Hugh encolheu levemente os ombros, uma manobra delicada para quem está deitado. Suspeitei que ele já havia contado a mesma história para várias pessoas. – Saí para tomar um café. Eu era o único no estacionamento, e enquanto estava indo para meu carro, uma... pessoa, eu acho, deu um salto em cima de mim e me atacou. Sem aviso.

– Você acha?

Ele franziu o cenho.

– Não consegui vê-lo direito. Mas ele era grande, isso eu pude perceber. E forte, forte de verdade. Muito mais forte do que eu teria imaginado.

O próprio Hugh não era um fracote. Tudo bem, ele não malhava e nem fazia muita atividade física, mas ele tinha um porte grande, e muita densidade para preencher esse porte.

– Por que ele parou? – perguntei. – Alguém encontrou vocês?

– Não, não sei por que ele parou. Ele estava me batendo e me fustigando num instante, e no seguinte, ele sumiu. Demorou uns quinze minutos antes que alguém aparecesse e me ajudasse.

– Você diz "ele" o tempo todo. Acha que foi um homem?

Ele tentou encolher os ombros de novo.

– Não sei de fato. Foi só uma impressão. Podia ter sido uma loira gostosa, pelo que sei.

– É mesmo? Será que preciso interrogar Samantha?

– Você não devia estar interrogando ninguém, de acordo com Jerome. Você chegou a falar com Erik?

– Sim. Ele está atrás de algumas coisas para mim. Ele também confirmou que caçadores de vampiros não podem matar a mim ou a você, e que ele nunca ouviu falar de nada que pudesse.

Hugh ficou pensativo.

– Essa pessoa não me matou.

– Você acha que ele estava tentando?

– Ele certamente estava tentando fazer algo. Acho que se pudesse me matar, teria feito isso.

– Mas ele não podia – uma voz atrás de mim observou –, porque, como eu disse, caçadores de vampiros podem apenas incomodá-los, mas não matar.

Voltei-me, assustada ao ouvir a voz de Jerome. Assustou-me mais ainda ver Carter com ele.

– Jerome é ótimo para bancar o advogado do diabo – brincou o anjo.

– O que faz aqui, Georgina? – perguntou o demônio, com frieza.

Meu queixo caiu, e demorei um momento para conseguir falar.

– Como... como você faz isso?

Carter estava parado lá, tão malvestido como sempre. Enquanto Doug e Bruce pareciam estar em uma banda de música grunge, o anjo dava a impressão de ter sido expulso da banda. Ele me deu um sorriso torto.

– Fazer o quê? Um trocadilho inteligente sobre o *status* demoníaco de Jerome? É que eu sempre tenho alguns prontos, e...

– Não. Isso não. Não posso senti-lo... Não sinto sua presença... – Eu podia ver Carter com meus olhos, mas não podia sentir a poderosa assinatura, ou aura, o que fosse, que em geral irradiava de um imortal. Voltando-me de repente para Jerome, percebi que com ele acontecia o mesmo. – Nem a sua. Não consigo sentir nenhum de vocês. Na outra noite também não consegui.

Anjo e demônio trocaram um olhar sobre minha cabeça.

– Nós podemos disfarçá-la – disse Carter, por fim.

– Como, tipo um interruptor de luz, ou algo assim? Vocês podem ligá-la e desligá-la?

– É um pouco mais complicado.

– Bom, isso é novidade para mim. A gente também pode? Hugh e eu?

– Não – Jerome e Carter responderam juntos. Jerome prosseguiu: – Só imortais superiores podem fazê-lo.

Hugh tentou debilmente sentar-se.

– Por que... estão fazendo isso?

– Você não respondeu a minha pergunta, Georgie – observou Jerome, obviamente fugindo do assunto. Ele relanceou os olhos para o duende. – Eu lhe disse para não contar a mais ninguém.

– Não contei. Ela só apareceu.

Jerome voltou a atenção para mim, e tirei da bolsa o bilhete misterioso. Passei-o para ele, e o demônio o leu, com o rosto inexpressivo, antes de entregá-lo a Carter. Quando o anjo terminou, ele e Jerome se entreolharam, daquele jeito irritante que costumavam fazer. Jerome guardou o bilhete no bolso interno de seu paletó.

– Ei, isso aí é meu.

– Não é mais.

– Não me diga que você vai continuar com essa lengalenga de caçador de vampiros – retruquei.

Os olhos escuros de Jerome estreitaram-se astutos, enquanto ele me olhava.

– E por que não? Essa pessoa confundiu Hugh com um vampiro, mas como você já observou, senhorita detetive Nancy Drew, Hugh não pode ser morto.

– Acho que essa pessoa sabia que Hugh não era um vampiro.

– Ah, é? E por que acha isso?

– O bilhete. A pessoa que o escreveu menciona minha mudança de forma. Ele sabe que sou um súcubo. Ele provavelmente sabe que Hugh é um duende.

– Foi por saber que você é um súcubo que ele não a atacou. Ele sabe que não pode matá-la. Ele não tinha certeza quanto a Hugh, porém, e então arriscou.

– Com uma faca. – De novo me lembrei: *Como você sabe que um demônio está mentindo? Seus lábios estão se movendo.* – Achei que a história era que este era um caçador de vampiros amador, indo atrás das pessoas com uma estaca porque não tinha noção das coisas. Em vez disso, essa pessoa de algum modo sabe a meu respeito e atacou Hugh com uma faca.

Carter conteve um bocejo e entrou no jogo de Jerome.

– Talvez essa pessoa esteja aprendendo. Sabe, expandindo suas opções de armas. Afinal de contas, ninguém continua amador por muito tempo. Até os caçadores de vampiros novatos, em algum momento, têm que aprender.

Apresentei um detalhe que ninguém havia mencionado até então.

– E até as crianças sabem que vampiros não saem de dia. A que horas você foi atacado, Hugh?

Um olhar estranho cruzou a face do duende.

– No final da tarde. Quando havia sol.

Olhei exultante para Jerome.

– Essa pessoa sabia que Hugh não era um vampiro.

Jerome apoiou-se numa parede, parecendo imperturbável enquanto tirava fiapos inexistentes de sua calça. Hoje ele parecia mais com John Cusack do que nunca.

– E? Mortais têm ilusões de grandeza. Ele mata um vampiro e decide fazer sua parte na luta contra o resto das forças do mal que habitam esta cidade. Isso não muda nada.

– Não acho que tenha sido um mortal.

Tanto Jerome como Carter, que olhavam para outras coisas no quarto, viraram a cabeça de repente para me encarar.

– Hein?

Engoli em seco, um pouco intimidada por aquele escrutínio.

– Quero dizer... vocês são a prova de que os imortais superiores podem andar por aí sem serem detectados, e ninguém conseguiu captar nada desse cara. Além do mais, vejam o estrago em Hugh. Erik disse que nenhum mortal pode causar dano substancial... – interrompi-me, percebendo meu erro.

Carter riu baixinho.

– Caramba, Georgie – Jerome retesou-se na hora. – Eu lhe disse para deixar isso por nossa conta. Com quem mais você falou?

O que quer que Jerome tivesse usado para ocultar-se desapareceu, e de repente pude sentir todo o poder que o circundava. Fazia-me lembrar de algum filme de ficção científica em que uma porta se abre para o espaço sideral, e todas as coisas são sugadas para fora por conta do vácuo. Tudo na sala parecia estar sendo atraído para Jerome, para o poder e a força que ele irradiava. Para minha percepção imortal, ele se tornou uma fogueira fulgurante de terror e energia.

Retraí-me de encontro à cama de Hugh, resistindo ao impulso de encobrir meus olhos. O duende colocou a mão em meu braço, mas eu não sabia se era para reconfortar a mim ou a si próprio.

– Ninguém. Juro, com mais ninguém. Eu só fiz algumas perguntas a Erik...

Carter deu um passo na direção do demônio furioso, seu rosto com uma calma angelical.

– Calminha aí. Você está emitindo um sinal para cada ser imortal num raio de quinze quilômetros.

Os olhos de Jerome continuaram fixos em mim, focalizando-me com tal intensidade que pela primeira vez em séculos senti medo de verdade. Então, como o interruptor de luz de minha piada, tudo desapareceu. De uma hora para a outra, Jerome estava diante de mim totalmente incógnito para todas as intenções e propósitos arcanos. Como um mortal. Ele soltou a respiração e esfregou um ponto entre os olhos.

– Georgina – disse, por fim. – Ao contrário do que você acredita, esta não é uma tentativa deliberada de irritá-la. Por favor, pare de se opor a mim. Fazemos o que fazemos por um motivo. Do fundo do coração, nós estamos de fato levando em conta seu próprio bem.

Minha natureza espírito de porco quis perguntar se demônios tinham coração, mas uma coisa me pareceu mais importante.

– Por que "nós"? Suponho que esteja se referindo a ele. – Apontei Carter com a cabeça. – O que poderia envolver tanto um demônio como um anjo, e fazê-los saírem se esgueirando por aí, escondendo sua presença? Vocês estão com medo de algo?

– Esgueirando? – Carter soou, com uma indignação jovial.

– Por favor, Georgie – entoou Jerome, a paciência obviamente chegando ao limite. – Não se meta. Se quer ajudar de fato, evite situações perigosas, como já aconselhei. Não posso forçá-la a permanecer sempre com quem possa protegê-la, mas se insistir em ser um estorvo, posso encontrar um lugar conveniente onde depositar você até que isso tudo termine. Não há "lados" nesta história, e você só corre o risco de se meter em assuntos que não entende.

Involuntariamente apertei a mão de Hugh, buscando algum apoio. Não queria nem pensar que tipo de "lugar conveniente" Jerome tinha em mente.

– Estamos entendidos? – perguntou o demônio, com suavidade.

Fiz que sim.

– Ótimo. Você vai me ajudar muito se ficar a salvo. Já tenho coisa demais para me preocupar sem ter que acrescentar você à lista.

Acenei de novo com a cabeça, não confiando em mim mesma para falar em voz alta. Sua pequena exibição tivera o efeito pretendido de me intimidar por algum tempo, embora minha porção irritante soubesse que eu seria incapaz de "não me meter", assim que saísse dali. Mas era melhor guardar para mim esse conhecimento.

– Isso é tudo, Georgie – acrescentou Jerome. Entendi a dispensada.

– Levo você até o elevador – ofereceu-se Carter.

– Não, obrigada. – Mas o anjo veio atrás de mim, do mesmo jeito.

– E então, como estão as coisas com Seth Mortensen?

– Bem.

– Só bem?

– Só bem.

– Ouvi dizer que ele está morando aqui agora. E que passa muito tempo na Emerald City.

Olhei-o de lado.

– Onde ouviu isso?

Ele apenas sorriu.

– E então? Me conta – disse ele.

– Não há nada para contar – retruquei, sem saber sequer por que eu falava disso. – Conversei com ele algumas vezes, levei-o para dar uma volta pela cidade. A gente não combinou muito. Não conseguimos nos comunicar.

– Por que não? – quis saber Carter.

– Ele é um caladão empedernido. Não fala muito. Só observa. Além do mais, não quero encorajá-lo.

– E aí você aumenta o silêncio dele.

Encolhi os ombros e apertei o botão do elevador.

– Acho que sei de um livro que pode ajudar. Vou procurar e depois te empresto.

– Não, obrigada.

– Não faça pouco caso. Ele vai melhorar a eficiência da comunicação com Seth. Eu o vi num programa de entrevistas.

– Você não está me ouvindo? Eu não quero melhorar nada.

– Ah – disse Carter, com ar sagaz. – Você não gosta de caras caladões.

– Eu... não, não é isso. Não tenho nenhum problema com caras caladões.

– Então por que não gosta de Seth?

– Eu gosto dele! Droga, pare com isso.

– Tudo bem sentir-se assim. – O anjo me deu um sorriso rápido. – Quer dizer, a evidência pregressa mostra que você tem tendência de ir atrás de caras vistosos e paqueradores.

– O que isso quer dizer? – De imediato pensei em minha atração por Roman.

Os olhos de Carter faiscaram de malícia. Estávamos agora na porta de saída do hospital.

– Eu não sei. Diga-me você, Letha.

Eu quase havia chegado à porta, mas o comentário me deteve.

– Onde você ouviu esse nome?

– Tenho minhas fontes.

Uma imensa névoa emocional cresceu em meu peito, algo que não consegui identificar de todo. Ela se situava em algum ponto entre o ódio e o desespero, não se encaixando de verdade em nenhum deles. Mais e mais foi se inflamando dentro de mim, fazendo-me querer urrar diante de Carter e da expressão astuta e confiante em seu rosto. Quis esmurrá-lo ou transformar-me em algo horrível. Não sabia onde ele descobrira aquele nome, mas isso despertou dentro de mim algum monstro que estava adormecido.

Ele continuava me olhando com frieza, sem dúvida lendo meus pensamentos.

Lentamente, tomei consciência do mundo ao meu redor. Os corredores frios. As visitas nervosas. Os funcionários eficientes. Acalmei minha respiração e fixei no anjo um olhar duro.

– Não me chame assim nunca mais. Nunca.

Ele deu de ombros, ainda sorrindo.

– Foi mal.

Girei nos calcanhares com presteza, e me afastei dele. Saí correndo para meu carro e só percebi que estava dirigindo quando já estava na metade da ponte, as lágrimas escorrendo dos cantos de meus olhos.

Capítulo 12

– Cara, se Jerome tivesse ameaçado me depositar em algum lugar, eu não sairia por aí bisbilhotando.

– Não estou bisbilhotando. Estou só especulando.

Peter sacudiu a cabeça e abriu uma cerveja. Eu estava com ele e Cody, na cozinha deles, no dia seguinte ao ataque a Hugh. Uma pizza de presunto e abacaxi acabara de chegar, e Cody e eu a atacamos, enquanto o outro vampiro só olhava.

– Por que você não pode aceitar o que isso é de fato? Jerome está dizendo a verdade. É um caçador de vampiros.

– Não. Sem chance. Nada está encaixando. Nem a forma ridícula como Jerome e Carter estão agindo. Nem o ataque a Hugh. Nem a droga daquele bilhete que recebi.

– Achei que você recebesse bilhetinhos esquisitos o tempo todo. "Meu coração está sangrando por você, Georgina", escrito com sangue de verdade. Coisas assim.

– É, nada como automutilação para fazer uma garota ficar ligada – murmurei. Tomei um gole de Mountain Dew e voltei para minha pizza. No que se referia a cafeína e açúcar, Mountain Dew era quase tão bom quanto um de meus *mochas*. – Ei, por que você não está comendo?

Peter ergueu sua garrafa de cerveja, à guisa de explicação.

– Estou de dieta.

Olhei o rótulo. *Cerveja Low Carb Golden Village.*

Imobilizei-me, no meio da mordida. Baixo carboidrato?

– Peter... você é um vampiro. Você não está, por definição, numa dieta de baixo carboidrato?

– Não adianta – Cody deu uma risadinha, falando pela primeira vez. – Já tive essa discussão com ele. Ele não escuta.

– Você não ia entender. – Peter olhou nossa pizza com tristeza. – Você pode fazer seu corpo parecer como você quiser.

– É, mas... – Olhei para Cody. – Ele pode mesmo engordar? Os corpos dos imortais não são, sei lá, imutáveis? Ou atemporais? Ou algo assim?

– Você deve saber mais do que eu – ele disse.

– Nós comemos outras coisas. – Peter esfregou o estômago, constrangido. – Não é só sangue. As coisas se somam.

Essa era com certeza a coisa mais esquisita que eu ouvia desde a morte de Duane.

– Pare com isso, Peter. Você está sendo ridículo. Seu próximo passo vai ser visitar a clínica de Hugh pedindo uma lipoaspiração.

Ele ficou empolgado.

– Você acha que isso ajudaria?

– Não! Você está bem. Você parece o mesmo que sempre foi.

– Não sei. Cody tem recebido toda a atenção quando saímos. Talvez eu devesse deixar esses espinhos mais loiros.

Abstive-me de comentar que Peter se tornara vampiro com quase quarenta e já com entradas pronunciadas no cabelo. Cody tinha sido bem mais jovem, mal chegando aos vinte, e tinha uma bela aparência, com cabelos castanho-claros, leoninos. Os imortais que anteriormente foram humanos permaneciam com a idade e aparência de quando adquiriram a imortalidade. Se os dois vampiros ainda frequentavam casas noturnas e bares estudantis, eu não duvidava que Cody tivesse mais sorte.

– Estamos perdendo tempo – exclamei, querendo desviar o assunto dessa questão da aparência de Peter. – Quero tentar saber quem atacou Hugh.

– Cristo do céu, você tem uma mente obsessiva – ele retrucou. – Por que não pode apenas esperar para saber?

Boa pergunta. Eu não sabia por quê. Algo dentro de mim ficava me cutucando para que descobrisse a verdade e fizesse o possível para proteger meus amigos e eu mesma. Simplesmente não podia ficar parada olhando.

– Não pode ter sido um mortal. Não do jeito que Hugh descreveu o ataque.

– É, mas nenhum imortal poderia ter matado Duane. Eu já lhe disse isso.

– Nenhum imortal *inferior* – observei. – Mas um imortal superior...

– Oh-oh, agora você está forçando a barra – riu Peter. – Está achando que tem algum demônio vingativo por aí?

– Com certeza um demônio seria capaz.

– É, mas não teria os motivos.

– Não nece...

Uma sensação engraçada de repente se espalhou por mim, um formigamento suave e cristalino. Me vieram à mente o cheiro do lilás, o tilintar de sininhos. Olhei alarmada para os vampiros.

– Mas o quê... – começou Cody, mas Peter já ia em direção à porta. A assinatura que todos sentíamos era parecida com a de Carter em certos aspectos, mas mais leve e suave. Menos poderosa.

Um anjo da guarda.

Peter abriu a porta, e lá estava Lucinda, empertigada, os braços apertados ao redor de um livro.

Quase engasguei. Fazia sentido. Como regra geral, eu não interagia com muitos anjos na área, à exceção de Carter, por conta de sua relação com Jerome. Ainda assim, eu sabia quem morava no pedaço, e conhecia Lucinda. Ela não era um anjo de verdade, como Carter. Anjos da guarda eram mais ou menos o equivalente celestial de Hugh: ex-mortais que serviam e cumpriam tarefas por toda a eternidade.

Eu não duvidava que Lucinda fizesse todo tipo de boas ações, diariamente. Ela devia trabalhar em centros que distribuíam sopão para pobres e ler para órfãos no tempo livre. Mas sempre que chegava perto de nós, ela se transformava numa pentelha insuportável. Peter compartilhava minha opinião.

– Sim? – perguntou ele, com frieza.

– Olá, Peter. Seu cabelo está... interessante hoje – observou ela, diplomática, sem se afastar da porta. – Posso entrar?

Peter fez uma careta pelo comentário sobre o cabelo, mas havia incorporado instintos demais de bom anfitrião para não convidá-la a entrar. Ele podia me gozar por ter *hobbies* mortais, mas o vampiro tinha um meticuloso senso de decoro e etiqueta, que beirava a transtorno obsessivo-compulsivo.

Ela entrou, recatada em sua saia xadrez até o tornozelo e suéter de gola alta. Seu cabelo loiro curto curvava-se embaixo, num chanel perfeito.

Comigo era outra história. Com meu decote cavado, *jeans* ultra-apertados e saltos altíssimos, eu podia muito bem me deitar no chão e abrir as pernas. O olhar pudico que ela me lançou deixava bem claro que ela pensava a mesma coisa.

– Encantada em ver todos vocês de novo – o tom dela era rígido, formal. – Estou aqui para entregar algo a pedido do senhor Carter.

– Senhor Carter? – perguntou Cody. – Esse é o sobrenome dele? Sempre achei que fosse o primeiro nome.

– Acho que ele só tem um nome – especulei. – Como Cher ou Madonna.

Lucinda não se manifestou sobre nossos comentários. Em vez disso, ela só me estendeu um livro. *Homens são de Marte, mulheres são de Vênus: um guia prático para melhorar a comunicação e conseguir o que você quer nos relacionamentos.*

– Que diabo é isso? – exclamou Peter. – Acho que vi esse livro em um programa de entrevistas.

De repente lembrei-me da conversa com Carter no hospital, e como ele afirmara ter um livro que me ajudaria com Seth. Lancei-o na bancada, com desinteresse.

– Carter e seu humor de merda em ação.

Lucinda ficou vermelha como um pimentão.

– Como pode usar uma linguagem assim, desse jeito tão leviano? Você parece que está... parece que está num vestiário!

Alisei minha camiseta de alcinhas.

– Sem chance. Eu nunca usaria isto em um vestiário.

– É, e nem tem as cores do time – disse Peter.

Não pude resistir a sacanear o anjo da guarda.

– Se estivesse num vestiário, eu estaria usando uma sainha curta de líder de torcida. Sem nada por baixo.

Peter continuou rebatendo meus passes.

– E você faria aquela coreografia, não é? Aquela com as mãos apoiadas na parede do chuveiro e a bunda arrebitada?

– Essa sou eu – concordei. – Sempre pronta a dar tudo de mim para o time.

Até Cody enrubesceu com nossa grosseria. Lucinda estava quase roxa.

– Vocês... vocês não têm senso de decência. Absolutamente nenhum.

– Ah, tudo bem – disse-lhe eu. – Lá no retiro espiritual, ou onde quer que você e o resto do coro costumem se encontrar, você deve usar uma versão mais curtinha dessa saia o tempo todo. Com meias brancas. Aposto que os outros anjos curtem o visual de colegial.

Se Lucinda fosse uma de minhas amigas, um comentário como esse teria gerado apenas mais sarcasmo e comentários maliciosos. O anjo da guarda, porém, empertigou-se e preferiu fazer uma cara inexpressiva, toda virtuosa.

– Nós não nos portamos dessa forma indecente uns com os outros – declarou. – *Nós* agimos com decoro. *Nós* tratamos uns aos outros com respeito. *Nós* não nos voltamos uns contra os outros.

Este último comentário veio com uma breve olhada em minha direção.

– A troco de que foi isso?

Ela jogou para trás o cabelo, o pouco que tinha.

– Ah, acho que você sabe. Está todo mundo falando de sua pequena ação de justiceira. Primeiro aquele vampiro, depois o duende. Nada mais que vocês façam vai me surpreender.

Dessa vez minha face fiou vermelha.

– Mas que merda você está dizendo? Já provei faz tempo que não tenho nada a ver com o que aconteceu com Duane. E Hugh... Isso é estúpido, ele é meu amigo.

– O que a amizade significa entre vocês? Ele é tão ruim quanto você. Pelo que ouvi, ele se divertiu muito contando para quem quisesse ouvir sobre sua roupinha com chicote e chifres. Ah, e aliás, se você não se importa que eu diga, acho que essa foi a coisa mais degradante que já ouvi. Até mesmo para um súcubo. – Ela lançou um olhar em direção ao livro que eu jogara na bancada. – Vou dizer ao senhor Carter que você, hã, recebeu o livro.

Com isso, ela se virou e saiu, fechando a porta atrás de si.

– Cadela beata – resmunguei. – E de qualquer modo, quantas pessoas sabem sobre essa história da diaba?

– Esqueça-a – disse Peter. – Ela não é ninguém. E é um anjo. Nunca se sabe o que eles podem fazer.

Fiz uma careta. E então, a ficha caiu. Eu não podia acreditar que não tivesse pensado nisso antes. Talvez Lucinda merecesse mais algum crédito.

– É isso!

– O que foi? – resmungou Cody com a boca cheia de pizza quase fria.

– Um anjo matou Duane e atacou Hugh! É perfeito. Você tinha razão ao dizer que um demônio não teria motivo para atacar o nosso lado. Mas e um anjo? Por que não? Quero dizer, um anjo de verdade, não um anjo da guarda como Lucinda.

Peter sacudiu a cabeça.

– Um anjo poderia fazer algo assim, mas isso seria café pequeno. A grande batalha cósmica do bem contra o mal é muito mais ampla do que simples partidas de um contra um. Você sabe disso. Abater um agente do mal por vez seria um desperdício de recursos.

Cody pensou no assunto.

– E se for um anjo renegado? Alguém que não segue as regras do jogo.

Peter e eu nos voltamos para o vampiro mais jovem, surpresos. Até agora, ele meio que evitara nossas especulações.

– Isso não existe – seu mentor rebateu. – Existe, Georgina?

Senti os olhos de ambos os vampiros voltarem-se para mim, esperando minha opinião.

– Jerome diz que não existem anjos maus. Quando ficam maus, eles se tornam demônios e deixam de ser anjos.

– Bom, isso mata sua teoria. Um anjo fazendo algo ruim cairia, e não seria mais um anjo. Assim, Jerome saberia sobre ele.

Franzi o cenho, ainda intrigada pelo uso que Cody fizera das palavra "renegado" em vez de "caído".

– Talvez o pecado dos anjos seja como o pecado humano... nem sempre é "ruim" se a pessoa acha que está fazendo "o bem". Assim, esse anjo ainda não teria caído.

Pensamos nisso por um instante. Os humanos agem o tempo todo com a ilusão de que de fato existe um conjunto preciso de regras sobre o que é pecado ou não, regras que você pode quebrar sem nem mesmo perceber. Na verdade, a maior parte das pessoas sabe quando faz algo errado. Elas sentem isso. O pecado é muito mais subjetivo que objetivo. Na época dos puritanos, corromper almas não era muito difícil para um súcubo, uma vez que quase tudo que fosse sexual ou gerasse prazer era considerado errado por esses homens. Hoje em dia, a maior parte das pessoas não vê o sexo pré-marital como errado, de forma que pecado algum é cometido. Ao longo dos anos, os súcubos têm sido forçados a tornar-se mais criativos se querem obter uma dose de energia e *também* corromper uma alma.

Assim, por essa lógica, seria possível a um anjo renegado que acreditasse estar fazendo o bem não penetrar no reino do pecado. Se não havia pecado, não poderia haver queda. Ou poderia? O conceito como um todo exauria a mente, e Peter parecia pensar da mesma forma.

– Então qual a diferença? O que faz um anjo cair? Estamos apostando muito num detalhe técnico.

Eu podia ter concordado, até que me lembrei de algo.

– O bilhete.

– Bilhete? – perguntou Cody.

– O bilhete que estava em minha porta. Ele dizia que eu era bonita o suficiente para atentar um anjo e fazê-lo cair.

– Bom, você realmente parece bem. – Quando ergui uma sobrancelha, Peter disse, a contragosto: – Tá legal, isso parece meio suspeito... mas quase suspeito demais. Por que alguém deixaria um cartão de visitas tão escancarado?

Cody quase pulou de sua cadeira.

– É algum anjo psicótico que gosta de joguinhos mentais. Como naqueles filmes em que os assassinos entalham pistas nos corpos das vítimas, para ficarem vendo a polícia resolver o quebra-cabeça.

Estremeci com essa imagem, ao repassar tudo o que sabia sobre anjos em geral, que de fato era nada. Ao contrário de nosso lado, os poderes do bem não tinham uma hierarquia obscura de supervisores, nem redes de contatos, apesar das histórias sobre querubins e serafins. Afinal de contas, fomos nós que inventamos a média gerência, e não eles. Sempre tive a impressão de que a maior parte dos anjos e agentes do bem atuavam como detetives particulares ou agentes de campo, levando a cabo as várias missões angelicais num sistema bem frouxo de organização. Um cenário tão aberto poderia dar ampla chance a alguém de seguir alguma agenda secreta.

O envolvimento angelical também explicaria todos os subterfúgios, pensei. O lado deles estava envergonhado. Muito típico, na verdade. Pouca coisa existia que ainda pudesse envergonhar nosso lado. Eles, porém, teriam horror a admitir que um deles havia se tornado um fora da lei, e Carter, sendo tão amiguinho de Jerome, convencera o demônio a ficar calado sobre o assunto. Todo seu sarcasmo e a zombaria para cima de mim não eram mais que fracas tentativas de salvar sua cara.

Quanto mais eu pensava nessa teoria improvável, mais gostava dela. Um anjo descontente, querendo ser heroico, decidiu tornar-se um justiceiro e combater as forças do mal. A teoria do anjo renegado explicava como qualquer um de nós poderia constituir um alvo, e também lançava luz sobre o porquê de ninguém sentir esse ser, agora que sabíamos que os imortais superiores podiam esconder sua presença.

Isso me levou a perguntar-me por que Jerome e Carter também estavam mascarando sua presença. Estariam eles tentando pegar desprevenido esse anjo? Isso, e...

– Por que essa pessoa deixou Hugh viver, então? – Olhei de um vampiro para o outro. – Um anjo poderia acabar com qualquer um de nós. Hugh disse que não estava ganhando a briga e que ninguém a interrompeu. O atacante só se cansou e caiu fora. Por quê? Por que matar Duane mas não Hugh? Ou eu, aliás, já que essa pessoa sabe o que sou.

– Porque Duane era um babaca? – sugeriu Peter.

– Personalidade à parte, todos nós pendemos igualmente para o lado do mal. Hugh talvez ainda mais.

De fato, Hugh estava em plena forma, do ponto de vista dos imortais. O duende já não tinha a inexperiência de um noviço, como Cody, e nem estava entediado e cansado do mundo, como Peter e eu. Hugh sabia o suficiente para ser bom em sua função, e na verdade gostava do que fazia. Ele deveria ser um alvo de primeira para qualquer justiceiro angélico querendo transformar o mundo num lugar melhor.

Cody concordava com Peter.

– É. Do mal ou não, é mais fácil gostar de alguns de nós do que de outros. Talvez um anjo pudesse respeitar isso.

– Duvido que um anjo gostasse de qualquer um de nós...

Interrompi-me. Um anjo gostava de nós. Um anjo passava muito tempo conosco. Um anjo que nos últimos tempos parecia estar em todo canto onde Jerome estivesse enquanto os ataques aconteciam. Um anjo que nos conhecia em pessoa, que sabia de todos nossos hábitos e fraquezas. Que modo melhor havia de rastrear-nos e estudar-nos do que infiltrar-se em nosso grupo de bar e fingir ser nosso amigo?

A ideia era tão explosiva, tão perigosa, que me senti mal só de dar forma ao pensamento. Eu certamente não poderia dizer essas coisas em voz alta. Não ainda. Cody e Peter não tinham acreditado muito na teoria do anjo. Duvido que embarcassem se eu começasse a acusar Carter.

– Você está bem, Georgina? – perguntou Cody quando meu silêncio se prolongou.

– Sim... sim... estou bem. – Vi as horas num relógio na cozinha, e saltei de minha cadeira, a cabeça ainda rodando. – Merda. Tenho que voltar a Queen Anne.

– Por quê? – perguntou Peter.

– Tenho um encontro.

– Com quem? – Cody me deu um sorriso malicioso, e eu enrubesci.

– Roman.

Peter voltou-se para seu aprendiz.

– Qual é esse?

– O cara que é bom dançarino. Georgina estava dando em cima dele.

– Não estava. Gosto demais dele para fazer isso.

Eles riram. Enquanto eu apanhava meu casaco, Peter me fez uma pergunta.

– Ei, será que uma hora dessas você pode me fazer um favor?

– O quê? – Minha mente ainda estava ocupada com o mistério que nos rodeava. Isso, e Roman. Ele e eu já havíamos nos falado pelo telefone algumas vezes desde nosso último encontro, e surpreendia-me cada vez mais perceber o quanto combinávamos.

– Bom, você sabe que os salões de beleza agora têm programas de computador que mostram como você fica com diferentes cores e cortes de cabelo. Eu estava pensando se você podia fazer o mesmo. Você podia se transformar em mim e me mostrar como eu ficaria com diferentes estilos de cabelo.

O silêncio pairou na sala por um minuto inteiro, enquanto Cody e eu o encarávamos.

– Peter – disse-lhe eu, por fim. – Essa é a ideia mais idiota que já ouvi.

– Não sei. – Cody coçou o queixo. – Para ele, até que não é tão ruim.

– Temos problemas demais para resolver nesse momento – adverti, sem paciência para agradar Peter com delicadezas. – Não vou gastar energia com sua vaidade.

– Por favor – suplicou Peter. – Você ainda está cheia da energia daquele ótimo cara virgem. Você pode gastar um pouco dela.

Sacudi a cabeça, pendurando a bolsa no ombro.

– Curso de Introdução aos Súcubos. Quanto mais distante de minha forma natural, mais energia a transformação consome. Mudanças transgênero são um pé no saco; as transespécies são ainda piores. Brincar de salão de beleza com você queimaria a maior parte de minha reserva, e tenho coisas melhores em que usá-la. – Olhei-o de forma severa. – Você precisa de um aconselhamento urgente quanto a imagem corporal e insegurança, meu amigo.

Cody me olhou com um interesse renovado.

– Transespécie? Você poderia, tipo, virar um monstro do Gila? Ou uma bolacha-da-areia, ou algo assim?

– Boa noite, rapazes. Estou caindo fora.

Enquanto eu saía, pude entreouvir Peter e Cody debatendo o que gastaria mais energia, transformar-me em um mamífero bem pequeno ou num réptil do tamanho de uma pessoa.

Vampiros. Sério, às vezes eles são como crianças.

Dirigi até em casa em tempo recorde. Lembrei-me de transformar meus saltos altos em sandálias e cheguei à porta de meu prédio quando Roman também chegava.

Vê-lo tirou de minha cabeça qualquer resto de pensamento sobre anjos e conspirações.

Ele me dissera para usar uma roupa casual nesta noite, e embora tivesse feito o mesmo, ainda assim conseguiu que *jeans* e camiseta de manga longa parecessem moda de passarela. Aparentemente tive o mesmo efeito nele, porque ele me envolveu em um enorme abraço de urso e beijou-me a face.

– Oi, linda – murmurou em minha orelha, prolongando o abraço um pouco além do necessário.

– Olá. – Desemaranhei meu corpo do seu e levantei o rosto para lhe dar um sorriso.

– Você é tão baixinha – ele observou, pousando a mão em minha face. – É engraçadinho.

Aqueles olhos ameaçavam engolir-me, e desviei o olhar antes de fazer alguma besteira.

– Vamos lá. – Parei. – Hã, aonde a gente vai?

Ele me levou até seu carro, parado um pouco adiante, na mesma rua.

– Como você parece ser tão boa com os pés, pensei em irmos a algum lugar onde possa testar sua coordenação motora.

– Como um quarto de motel?

– Droga. Sou tão óbvio assim?

Vários minutos mais tarde, estacionamos diante de um estabelecimento dilapidado, com um luminoso de néon que piscava, anunciando PISTA DE BOLICHE DO BURT. Fiquei olhando, com evidente aversão, incapaz de esconder o que sentia.

– Essa é a sua ideia de um encontro? Uma pista de boliche? E nem mesmo é uma das mais bonitas.

Roman não pareceu preocupado com minha falta de entusiasmo.

– Quando foi a última vez que você jogou boliche?

Eu suspeitava que havia sido por volta da década de 1970.

– Faz muito tempo.

– Exatamente. Sabe – ele falou, num tom familiar, enquanto entrávamos e íamos até o balcão –, eu já entendi você. Você afirma não querer se envolver a sério com ninguém, mas ainda assim tenho a impressão de que você sai bastante. Tamanho quarenta e quatro, por favor.

– Trinta e sete.

A balconista deu a cada um de nós um par de sapatos de aparência desagradável, e senti alívio com o fato de que germes não representavam qualquer ameaça para mim. Roman pagou e ela indicou nossa pista.

– De qualquer modo, como eu ia dizendo, a despeito de suas intenções, acho que você acaba tendo muito encontros. Não sei como não o faria, com a atenção que atrai.

– O que você está querendo dizer? – Sentei-me junto a nossa pista e tirei minhas confortáveis sandálias Birkenstock, ainda olhando com desconfiança os sapatos alugados.

Roman parou de amarrar seus sapatos e me deu um olhar longo e firme.

– Ah, qual é, você não pode ser tão tapada. Os homens a olham o tempo todo. Eu percebo quando estou com você. Andando na livraria, indo para aquele bar na outra noite. Até aqui, neste lugar. Só de vir do balcão para cá, vi pelo menos três caras pararem para olhar.

– Você vai chegar a algum lugar com essa conversa?

– No fim, vou. – Ele ficou em pé, e fomos até a prateleira comunitária de bolas de boliche. – Com toda essa atenção, os caras devem cantar você o tempo todo, e às vezes você deve ceder, do jeito que fez comigo. Certo?

– Acho que sim.

Ele interrompeu a seleção de bolas e me deu outro daqueles olhares que examinavam minha alma e me tiravam o fôlego.

– Então me fale sobre o último cara com quem saiu.

– O último cara? – Por algum motivo, eu achava que Martin Miller não contava.

– O último cara. E me refiro a sair de verdade, não um encontro casual do tipo tomar algo. Um encontro em que o cara deu o melhor de si para planejar um itinerário que ele esperava que terminasse na cama.

Testei o peso de uma bola com espirais verdes e laranja fosforescente, enquanto tentava me lembrar.

– Uma ópera – disse eu, por fim. – E jantar no Santa Lucia.

– Um bom programa. E antes disso?

– Deus do céu, você é abelhudo. Hã, deixa ver... acho que foi a inauguração de uma exposição de arte.

– Sem dúvida seguida de um jantar em algum restaurante com garçons cheios de pose que diziam "obrigado" depois que você escolhia algo, certo?

– Acho que sim.

– Como eu pensava. – Ele apoiou uma bola azul escura na curva do braço. – É por isso que você tem resistência a encontros e não quer ter nada sério com ninguém. Você é um prêmio tão valioso que encontros luxuosos e cinco estrelas são a consequência esperada. São comuns. Os homens tentam fazer de tudo por você, mas depois de algum tempo, você se entedia com eles. – Seus olhos brilhavam, maliciosos. – Portanto, vou me diferenciar desses perdedores levando você a lugares que seus pezinhos elitistas nunca sonhariam em tocar. O sal da terra. De volta ao básico. Do modo como os encontros devem ser: duas pessoas, mais preocupadas uma com a outra do que com o cenário sofisticado.

Caminhei a seu lado, de volta para nossa pista.

– Você levou um tempo danado para dizer que acha que eu quero fazer programas decadentes.

– Você não quer?

– Não.

– Então por que está comigo?

Passei os olhos por sua aparência maravilhosa e pensei na conversa que tivéramos noites atrás sobre línguas clássicas. Aparência e intelecto. Difícil coisa melhor.

– Você não é lá muito decadente.

Ele sorriu e mudou de assunto.

– Foi essa que escolheu?

Baixei os olhos para o colorido psicodélico da bola.

– É. Essa noite já está ficando bem surreal. Achei que podia tornar a experiência mais completa. Quem sabe depois a gente use algum ácido.

Os olhos de Roman brilharam, divertidos, e ele acenou com a cabeça para a pista.

– Vamos ver o que você pode fazer com isso aí.

Caminhei hesitante, tentando me lembrar como era a coisa. Nas outras pistas, de um lado e de outro, eu via outros jogadores caminhando e jogando a bola com naturalidade. Dando de ombros, detive-me na linha, recuei o braço e joguei. A bola saiu num voo irregular, planou por cerca de um metro e meio, chocou-se contra a pista com um *créc* forte e de imediato caiu na canaleta. Roman veio até meu lado e observamos em silêncio a bola completando seu percurso.

– Você sempre maltrata as bolas desse jeito? – ele perguntou, por fim.

– A maioria dos homens não reclama.

– Imagino que não. Desta vez, tente fazer contato com o chão antes de largá-la.

Dei-lhe um olhar duro.

– Você não é um daqueles caras que gozam quando mostram às mulheres como fazem as coisas muito melhor que elas, é?

– Não. Só estou oferecendo um palpite amigo.

Minha bola voltou, e segui suas instruções. O impacto da bola foi mais suave, mas ainda assim ela caiu na canaleta.

– Tudo bem. Mostre-me o que *você* pode fazer – resmunguei, sentando-me irritada em uma cadeira.

Roman caminhou até a pista, movimentos graciosos e fluidos como os de um gato. A bola partiu de sua mão como água de um jarro, rolando suavemente pela pista e derrubando nove pinos. Quando a bola retornou, ele a atirou sem esforço uma vez mais e derrubou o obstinado décimo pino.

– Esta vai ser uma longa noite.

– Anime-se. – Ele me fez um carinho no queixo. – Vou te ajudar. Tente de novo e mire um pouco mais para a esquerda. Vou trazer umas cervejas para nós.

Atirei a bola mais para a esquerda e só consegui que rolasse para a canaleta esquerda. Na segunda jogada, tentei maior moderação e consegui derrubar o pino da extrema esquerda. Dei um gritinho de alegria, a despeito de mim mesma.

– Muito bem – incentivou-me Roman, colocando duas canecas de cerveja barata sobre a mesa. Fazia mais de uma década que eu não bebia nada que não tivesse saído de uma microdestilaria. – É tudo uma questão de ir aos pouquinhos.

Isso com certeza se confirmou à medida que a noite avançava. Minha contagem de pinos cresceu aos poucos, embora eu logo desenvolvesse o péssimo hábito de criar um *split* na primeira jogada, derrubando os pinos do meio e deixando em pé os das pontas. Não demonstrei habilidade nenhuma para derrubar os restantes, apesar das explicações de Roman. Para seu crédito, ele dava bons palpites, não agressivos, e algumas instruções envolvendo as mãos.

– Seu braço fica assim, e o resto do corpo inclina-se assim – explicou ele, em pé atrás de mim com uma das mãos em meu quadril e a outra em meu pulso. Minha pele aquecia-se com seu toque, e eu ficava imaginando se suas ações derivavam de altruísmo ou se eram uma desculpa para colocar as mãos em mim. Eu exercitava essas técnicas com regularidade em meu trabalho de súcubo. Ela enlouquecia os homens, e agora eu via por quê.

Pretexto ou não, não pedi que parasse.

Atingi meu máximo no segundo *game*, até fazendo um *strike*, embora minha performance declinasse no terceiro *round*, quando a cerveja e a fadiga começaram a agir. Percebendo isso, Roman deu por encerrada nossa aventura esportiva, qualificando meu progresso como impressionante.

– Agora teremos que ir a alguma espelunca para jantar, para manter viva a fantasia de encontro decadente ideal que você está conseguindo realizar?

Ele me rodeou com o braço enquanto caminhávamos até o carro.

– Acho que isso vai depender de você ter sucumbido ou não a meu charme maquiavélico.

– Se eu disser sim, você me leva a algum lugar bom? Às vezes, os lugares mais chiques funcionam, sabia?

Para minha satisfação, terminamos em um restaurante japonês caro. Sem pressa, saboreamos tanto a comida quanto a conversa, e de novo o conhecimento e a presteza de Roman me impressionaram. Desta vez, discutimos temas atuais, trocando opiniões sobre cultura e notícias recentes, coisas de que gostávamos, coisas que nos enlouqueciam etc. etc. Descobri que Roman tinha viajado muito e tinha ideias firmes sobre política mundial.

– Este país está tão apaixonado por si mesmo – ele reclamou, bebericando saquê. – É como um grande espelho. Ele fica sentado o dia todo, olhando para si mesmo. Quando se digna a olhar em outra direção, é só para dizer aos outros "façam isso" ou "sejam como eu". Nossas políticas militar e econômica intimidam as pessoas do lado de fora de nossas fronteiras e, do lado de dentro, os grupos conservadores intimidam outros cidadãos. Odeio isso.

Eu o ouvia com interesse, intrigada com essa faceta de um cara em geral calmo e tranquilo.

– Então faça algo a respeito. Ou vá embora.

Ele sacudiu a cabeça.

– Falou como uma cidadã acomodada. A velha política do "ame-o ou deixe-o". Infelizmente, cortar suas raízes é muito mais do que só isso, e é difícil. – Recostando-se, ele forçou uma certa leveza, com um sorrisinho. – E eu faço algo, aqui e agora. Pequenos atos. Minha própria batalha contra o *status quo*, sabe? Vou a manifestações, às vezes. Recuso-me a comprar produtos com mão de obra do Terceiro Mundo.

– Evita peles de animais? Come comida orgânica?

– Isso também – ele deu uma risadinha.

– Engraçado – disse eu, depois de um instante de silêncio. Algo havia me ocorrido.

– O quê?

– Todo esse tempo, nós conversamos sobre coisas de agora. Não compartilhamos infâncias traumáticas, os dias de escola, os ex, nada assim.

– O que há de engraçado nisso?

– Na verdade nada. É só que o processo de acasalamento humano em geral parece levar as pessoas a compartilharem suas histórias.

– Você quer fazer isso?

– Não. – Na verdade eu detestava essa parte dos encontros. Eu sempre tinha que editar meu passado. Eu odiava mentir e ter que me lembrar das histórias que inventava.

– Acho que o passado nos perturba o suficiente sem ter que se intrometer no presente. Prefiro olhar para a frente, e não para trás.

Estudei-o com curiosidade.

– O seu passado o perturba?

– Muito. Luto todos os dias para não deixar que meu passado me domine. Às vezes eu ganho, às vezes quem ganha é ele.

Só Deus sabia que comigo acontecia o mesmo. Era estranho falar com alguém sobre isso, alguém que sentia o mesmo. Fiquei imaginando quantas pessoas no mundo rodavam por aí com uma bagagem invisível, escondendo-a dos outros. Mesmo enquanto arrumava essa bagagem, eu sempre a mantive escondida. Tinha uma necessidade premente de manter as aparências, daí a tal "cara alegre". Eu sorri e acenei com a cabeça ao passar pelos piores momentos de minha vida, e quando essa reação superficial não foi suficiente, eu finalmente fugi, mesmo que isso tenha me custado a alma.

Dei um leve sorriso.

– Que bom. Estou feliz por termos ficado no presente.

Ele brincou com a ponta de meu nariz.

– Eu também. Inclusive, meu presente está parecendo muito bom neste exato momento. Talvez meu futuro também, se eu continuar minando sua resolução.

– Não force a barra.

– Ei, qual é? Admita. Você acha interessante minha indignação contra as forças vigentes. Talvez até erótica.

– Acho que "divertida" seria uma palavra melhor. Se você quer indignação, devia passar algum tempo com Doug, que trabalha comigo. Vocês parecem ter muito em comum. De dia, ele assume uma aparência melhor e finge que é um respeitável subgerente. De noite, é o vocalista de uma banda maluca, expressando seu descontentamento contra a sociedade por meio da música.

Os olhos de Roman brilharam com interesse.

– Ele se apresenta por aqui?

– Sim. Ele vai estar na Cervejaria Old Greenlake neste sábado. Eu e mais alguns colegas nossos vamos.

– Ah, é? A que horas devo encontrá-la?

– Não me lembro de ter convidado você.

– Não lembra? Pois eu podia jurar que você acabou de dizer um dia e um local. Para mim, soou como um convite passivo. Sabe, do tipo que seria minha obrigação dizer "você se importaria se eu fosse junto" e você diria "claro, sem problemas". Eu só pulei algumas etapas.

– Você é muito eficiente – observei.

– Então... você se importaria se eu fosse junto?

– Roman – gemi –, não podemos continuar saindo. Foi gostoso no começo, mas era para ser só um único encontro. Já fomos além disso. O pessoal na livraria já acha que você é meu namorado. – Casey e Beth haviam comentado, pouco tempo antes, que "gato" eu conseguira.

– Eles acham? – Ele pareceu bem feliz com isso.

– Não estou brincando. Estou falando sério quando digo que não quero ter nada com ninguém agora.

E, no entanto, eu não estava falando sério. Não no fundo de meu coração. Já fazia séculos que eu me afastava de qualquer tipo de relacionamento estável com outra pessoa, e doía. Mesmo em meus dias de glória como súcubo, quando eu cultivara de propósito relacionamentos com sujeitos legais, eu os deixava de imediato e desaparecia depois de fazermos sexo. Em alguns aspectos, minha vida agora era ainda mais difícil. Eu evitava a culpa de roubar a energia vital de homens bons, mas por outro lado nunca pude ter uma companhia de verdade. Ninguém que gostasse exclusivamente de mim. Claro, eu tinha amigos, mas eles tinham suas próprias vidas, e aqueles que chegavam perto demais, como Doug, tinham que ser afastados de novo, para seu próprio bem.

– Você não acredita em encontros casuais? Ou mesmo na amizade entre homem e mulher?

– Não – respondi, decidida. – Não acredito.

– E quanto aos outros homens em sua vida? O tal de Doug? O professor de dança? Até mesmo o escritor? Você é amiga deles, não é?

– Bom, sim, mas é diferente. Eu não me sinto atraída...

Engoli as palavras, mas era tarde demais. O rosto de Roman iluminou-se com esperança e prazer. Ele se debruçou para mim, tocando meu rosto com a mão.

Engoli com dificuldade, aterrorizada e extasiada com a proximidade dele. A cerveja e o saquê me deixavam zonza de corpo e mente, e fiz uma promessa mental de não beber da próxima vez que saíssemos. Não que fôssemos sair de novo... certo? O álcool confundia meus sentidos, tornava mais difícil distinguir entre o instinto de alimentação do súcubo e o desejo puro e animal. Qualquer um deles era perigoso com ele por perto.

Ainda assim... naquele momento, o desejo não era o problema de fato. O problema era ele. Estar com ele. Falar com ele. Ter alguém em minha vida de novo. Alguém que gostava de mim. Alguém que me entendia. Alguém com quem eu podia contar. E que podia contar comigo.

– A que hora devo encontrá-la? – ele murmurou.

Baixei os olhos, sentindo calor de repente.

– O *show* vai ser bem tarde...

A mão dele deslizou de meu rosto para a nuca, enrolando-se em meu cabelo e puxando meu rosto para o dele.

– Quer se encontrar antes?

– Não devíamos – minhas palavras pareciam arrastadas e longas, como se eu estivesse nadando em melado.

Roman debruçou-se e beijou minha orelha.

– Vou estar em sua casa às sete.

– Sete – repeti.

Seus lábios moveram-se para beijar o ponto de minha face mais próximo da orelha, então o centro da face e depois logo abaixo da boca. Os lábios pairaram muito perto dos meus; todo meu corpo concentrava-se nessa proximidade. Eu podia sentir o calor de sua boca, como se ela tivesse sua própria aura particular. Tudo se movia em câmera lenta. Eu queria que ele me beijasse, queria que me consumisse com seus lábios e sua língua. Queria e temia, mas não tinha forças para tomar qualquer atitude.

– Posso trazer-lhes mais alguma coisa?

A voz levemente constrangida da garçonete estilhaçou meu torpor, trazendo-me de volta à razão, relembrando-me o que aconteceria a Roman mesmo com um beijo. Não seria muita coisa, era verdade, mas era o suficiente. Libertei-me de suas mãos e sacudi a cabeça.

– Mais nada. Só a conta.

Roman e eu falamos pouco depois disso. Ele me levou de carro para casa e não fez mais nenhuma tentativa quando me levou até a porta, apenas sorrindo com suavidade ao acariciar-me o queixo de novo, e lembrar-me de que ele passaria às sete no sábado.

Fui para a cama inquieta e ansiando por sexo. O álcool me fez adormecer com facilidade, mas quando acordei de manhã, deitada na cama num estado sonolento, ainda podia me lembrar como fora ter seus lábios tão perto dos meus. O anseio cheio de desejo retornou, ainda mais intenso.

– Isso não é bom – reclamei a Aubrey, saindo da cama.

Eu tinha três horas antes de ir trabalhar, e sabia que precisaria de fazer algo além de sonhar acordada com Roman. Lembrando que não havia voltado a falar com Erik, decidi fazer-lhe uma visita. Em meu entender, a teoria do caçador de vampiros estava mais ou menos obsoleta, mas ele podia ter encontrado alguma outra coisa útil. Eu também podia perguntar-lhe sobre anjos caídos.

Levando em conta toda a ameaça de "depósito", eu talvez devesse ter sentido um pouco mais de receio em retornar a Arcana, Ltd. No entanto, eu me sentia mais ou menos segura. Uma coisa que eu sabia sobre o arquidemônio era que ele não era uma pessoa matutina. Ele não precisava de descanso de fato, é claro, mas era um privilégio mortal que ele adotara com entusiasmo. Eu imaginava que ele ainda dormisse, onde quer que estivesse, sem meios de saber o que eu planejava fazer.

Vesti-me e tomei café da manhã, e logo estava rodando rumo a Lake City. Desta vez achei a loja sem dificuldade, mais uma vez ficando penalizada por sua aparência desolada e pelo estacionamento vazio. No entanto, quando entrei, vi um vulto escuro debruçado sobre os livros a um canto, alto demais para ser Erik. A ideia de que Erik tivesse mais clientes fez uma onda de prazer me percorrer, até que o vulto se endireitou e me fitou com olhos cinzentos e uma expressão sardônica.

– Olá, Georgina.

Engoli em seco

– Olá, Carter.

Capítulo 13

Carter pegou um livro e folheou-o a esmo. O cabelo loiro ralo estava coberto por um boné de beisebol ao contrário, e sua camisa de flanela parecia já ter visto dias melhores.

– Procurando por adereços de altar? – ele me perguntou, sem erguer os olhos. – Ou quem sabe está aqui para dar uma renovada na sua astrologia?

– Não é da sua conta por que estou aqui – retruquei, nervosa demais por vê-lo para conseguir pensar algo espirituoso ou mesmo plausível.

Os olhos cinzentos ergueram-se.

– Jerome sabe que você está aqui?

– Também não é de sua conta. Por quê? Você vai me dedurar?

Minhas palavras saíram valentes, embora parte de mim estivesse pensando que, se de fato era Carter quem estava por trás dos ataques, eu teria muito mais com que me preocupar do que a ira de Jerome.

– Talvez. – Ele fechou o livro, segurando-o entre as palmas das mãos. – É claro, desconfio que, como uma diversão a longo prazo, será bem mais interessante para mim se ficar quieto e deixar que seus planos prossigam sem interrupção.

– Não sei de que "planos" você está falando. Uma garota não pode sair para fazer compras sem ser submetida a um interrogatório? Eu não estou pentelhando você para saber por que está aqui.

A verdade era que eu estava doida para saber o que ele fazia ali. Não me surpreendeu saber que ele conhecia Erik, pois todos nos conhecíamos, mas encontrá-lo aqui, tendo em vista tudo o que vinha acontecendo, só aumentava minhas suspeitas.

– Eu? – Ele levantou o livro que estivera olhando. *Aprenda magia sozinho em 30 dias ou menos.* – Preciso compensar o tempo perdido.

– Engraçadinho – reconheci.

– Elogios vindos de uma especialista. Estou honrado. Já lhe dei tempo suficiente para inventar um álibi tão esperto quanto? – Ele pousou o livro.

– Senhorita Kincaid! – Erik entrou na sala antes que eu pudesse responder. – Estou feliz em vê-la. Meu amigo acaba de entregar os brincos que pediu.

Fiquei olhando, confusa por um instante, e então lembrei-me do colar de pérolas, e dos brincos que por impulso eu encomendara.

– Que bom que ele conseguiu fazê-los tão depressa.

– Bela recuperação – reconheceu Carter, em voz baixa.

Eu o ignorei.

Erik abriu para mim uma caixinha, e olhei dentro. Três minúsculas fileiras de pérolas de água-doce, como as do colar, pendiam da delicada armação de cobre de cada brinco.

– São lindos – disse-lhe eu. Estava sendo sincera. – Agradeça a seu amigo. Vão ficar ótimos com um vestido que tenho.

– Deve ser um alívio – observou Carter, olhando Erik registrar os brincos no balcão. – Ter os acessórios adequados, quero dizer. Cody me disse que você está tendo um monte de encontros ultimamente. Não acho que tenha lido o livro que lhe mandei.

Entreguei a Erik meu cartão de crédito. Cody tinha visto meu séquito masculino na aula de dança, mas só ontem eu lhe contara sobre o encontro com Roman.

– Quando você falou com Cody?

– Na noite passada.

– Engraçado. Eu também. E eis aqui você hoje. Você está me seguindo?

Os olhos de Carter brilharam, divertidos.

– Cheguei aqui primeiro. Talvez você esteja me seguindo. Talvez esteja começando a curtir esse lance de encontros e quer descobrir um jeito astucioso de dar em cima de mim.

Assinei o recibo do cartão de crédito e o devolvi a Erik, que estava em silêncio, só ouvindo.

– Desculpe. Eu gosto que meus homens tenham um pouco mais de vida.

Carter deu uma risadinha com minha piada. Sexo com outros imortais não me fornecia energia alguma.

– Georgina, às vezes acho que valeria a pena segui-la, só para ouvir as coisas que diz.

Erik ergueu os olhos. Se sentia algum desconforto por estar em meio ao fogo cruzado de dois imortais, ele não demonstrava.

– Bem, quem sabe gostaria de juntar-se a nós para o chá, senhor Carter. A senhorita ia ficar, não é, senhorita Kincaid?

Dei a Erik um de meus melhores sorrisos.

– Sim, claro.

– Senhor Carter?

– Obrigado, mas não. Tenho coisas a fazer e, pelo que entendo, Georgina trabalha melhor com um homem por vez. Foi ótimo vê-lo, como sempre, Erik. Obrigado pela conversa. Quanto a você, Georgina... bom, estou certo de que vou revê-la em breve.

Algo nessas palavras me causou um calafrio. Precisei de toda determinação para manter a voz calma quando o chamei.

– Carter?

Suas mãos tocavam a porta. Detendo-se, ele olhou para trás e arqueou uma sobrancelha.

– Jerome sabe que *você* está aqui?

Um sorriso travesso espelhou-se lentamente pelo rosto do anjo.

– E você, vai me dedurar, Georgina? E eu achando que estávamos fazendo tanto progresso. Talvez devêssemos ter prolongado um pouco mais nosso papo-furado. Você podia ter me perguntado se eu achava que o tempo ia mudar logo, eu podia ter comentado como você está bonita hoje etc. etc. Sabe como é.

Pisquei os olhos. Desta vez, suas palavras me lembraram o bilhete em minha porta.

Você é uma mulher bonita, Georgina. Bonita o suficiente, creio, para atentar até mesmo os anjos, e fazê-los cair...

Estaria ele me dando mais pistas? Brincando comigo, como Cody havia sugerido? Ou eu estava vendo coisas demais nisso tudo? Será que ele era ainda apenas o Carter irritante, cruz de minha existência, atormentando-me como sempre? Honestamente, eu não sabia, mas ainda acreditava que, de todos os anjos que podiam eliminar imortais do mal nesta cidade, Carter era o que mais oportunidades tinha.

– E o quão bonita estou, então? – minha voz tremeu um pouco. – Bonita o suficiente para fazê-lo cair?

Os lábios do anjo se torceram.

– Sabia que você ia dar em cima de mim. Até mais, Georgina, Erik. – Ele abriu a porta e se foi.

Fiquei parada, olhando seu vulto afastar-se.

– O que ele estava fazendo aqui?

Erik pousou na mesinha uma bandeja com duas xícaras.

– Vamos lá, senhorita Kincaid. Eu mantenho seus segredos. Não pode imaginar que eu fizesse menos que isso por ele.

– Não, acho que não.

E tampouco, pensei enquanto o velho ia buscar a chaleira, queria arriscar colocá-lo em perigo por envolver-se em assuntos de imortais. Bom, pelo menos envolver-se mais do que já estava.

Ele voltou daí a pouco e serviu chá para nós dois.

– Comecei a preparar o chá pouco antes de sua chegada. Fico feliz por estar aqui para tomá-lo comigo.

Experimentei o chá. Outra mistura herbal.

– Como se chama este?

– Desejo.

– Apropriado – observei. Anjos e conspirações à parte, eu ainda tinha fome por Roman. – Conseguiu descobrir algo?

– Não, lamento. Perguntei por aí e não descobri nada sobre caçadores de vampiros, e nem consegui indicações de que houvesse algum na área.

– Isso não me surpreende. – Tomei um pouco de chá. – Acho que é outra coisa que está rolando.

Ele não disse nada, prudente como sempre.

– Sei que não vai dizer por que ele estava aqui, e entendo que... – fiz uma pausa, avaliando como seria melhor colocar aquilo. – Mas o que... o que pensa sobre ele? Isto é, de Carter. Ele tem feito algo estranho ou que parecesse, sei lá, suspeito? Dissimulado?

Erik me deu um olhar brincalhão.

– Perdão, mas tenho muitos clientes, a senhorita inclusive, que se encaixam nessa descrição.

Sem dúvida era uma forma suave de colocar a coisa.

– Bom, então, sei lá. Você confia nele?

– No senhor Carter? – A surpresa se instalou em seu rosto. – Conheço-o há mais tempo do que a conheço. Se algum desses clientes "suspeitos e dissimulados" pode merecer alguma confiança, ele certamente é o primeiro da fila. Eu colocaria minha vida em suas mãos.

Não era surpresa. Se Carter podia enganar Jerome, ele com certeza enganaria um mortal também.

– Você sabe algo sobre anjos caídos? – perguntei, mudando de assunto.

– Eu imaginaria que já estivesse familiarizada com o assunto, senhorita Kincaid.

Fiquei pensando se ele se referia à companhia em que eu andava ou ao velho mito de que súcubos eram demônios. Apenas para constar, não somos.

– Nunca pergunte a um devoto se quiser aprender algo sobre a história de uma religião. Guarde suas perguntas para estudiosos independentes.

– Verdade. – Ele sorriu, pensativo enquanto levava a xícara aos lábios. – Bom, com certeza já sabe que os demônios são anjos que deram as costas à vontade divina. Eles se rebelaram, ou como se diz com mais frequência, "caíram". Em geral, Lúcifer é tido como o primeiro, e outros partiram junto com ele.

– Mas isso foi no começo, certo? Uma migração em massa para o outro lado. – Franzi o cenho, ainda pensando nos detalhes técnicos sobre quando se deu a queda dos anjos. – E depois? Foi a única vez que isso aconteceu? Só daquela vez?

Erik sacudiu a cabeça.

– Minha impressão é que isso ainda pode acontecer, e que aconteceu no passado. Existem até mesmo documentos que sugerem...

A porta se abriu, e um casal jovem entrou. Erik ergueu-se e sorriu para eles.

– Você tem algum livro sobre tarô? – a garota perguntou. – Para principiantes?

Como não ia ter? Erik tinha uma parede inteira deles. A interrupção me frustrou, mas eu não queria estragar a chance de que fizesse uma venda. Indiquei o casal com um gesto e tomei o resto de meu chá. Ele os levou até a respectiva seção, explicando com entusiasmo certos títulos e pedindo mais detalhes sobre suas necessidades.

Peguei meu casaco e minha bolsa, junto com uma caixa do chá Desejo. Erik me observou enquanto eu colocava uma nota de dez dólares sobre o balcão.

– Fique com o troco – disse-lhe.

Fazendo uma pausa na discussão com o casal, ele me fez um comentário.

– Dê uma olhada... Deixe-me ver, creio que é o começo de Gênesis 6... Versículo 2 ou 4, talvez. Pode haver ali algo útil para você.

– Gênesis? Na Bíblia? – Ele concordou com a cabeça, e eu olhei ao redor, para as estantes cheias de livros. – Onde ela está?

– Não a tenho para vender, senhorita Kincaid. Suspeito que seus próprios recursos sejam mais do que suficientes.

Ele voltou para seus clientes, e eu parti, espantada que um homem pudesse citar versículos bíblicos de cabeça mas não tivesse um exemplar da Bíblia à mão. Mas ele estava certo sobre eu ter amplos recursos, e de qualquer forma meu turno começaria em breve.

Dirigi de volta para Queen Anne e encontrei lotado o estacionamento da rua. Pegando dentro do porta-luvas minha permissão, pendurei-a no retrovisor e entrei no minúsculo estacionamento particular no beco atrás da livraria. Tantos funcionários queriam usá-lo que eu o evitava sempre que podia.

Enquanto caminhava até a loja, avistei dois carros parados um de frente para o outro, e um vulto de cabelos vermelhos debruçado sobre eles. Tammi. Eu gostava muito da adolescente, mas ela tinha tendência a falar demais. Não querendo retardar minha pesquisa bíblica, escondi-me nas sombras e transformei-me em um homem anônimo que ela não reconheceria. Mal recebi um olhar quando passei por ela, que conseguiu fazer o carro pegar.

Mudei de novo para meu corpo normal quando estava fora de vista. Uma falta de ar momentânea me atingiu, sumindo tão rápido como chegara. A mudança de forma para o sexo oposto sempre me custava caro, e era por isso que eu resistira à ideia boba de Peter sobre os estilos de penteado. Eu devia ter acabado de gastar o equivalente a vários dias da energia obtida com Martin. Ainda teria mais umas duas semanas, pelo menos, mas já sentia uma leve manifestação da necessidade de me alimentar como súcubo, sem dúvida despertada pelo anseio permanente por Roman.

A livraria tinha a agitação normal de um dia de semana quando cheguei. De imediato, fui até a seção de religião. Eu já tinha orientado as pessoas até lá várias vezes; já tinha até ido buscar alguns títulos. O que nunca tinha feito era prestar atenção à quantidade de Bíblias que existia.

– Jesus – murmurei, contemplando as várias traduções. Havia Bíblias tanto para homens quanto para mulheres, Bíblias para adolescentes, Bíblias ilustradas, Bíblias com letras grandes, Bíblias com relevos a ouro. Por fim, encontrei a Bíblia do Rei Tiago. Sabia muito pouco sobre ela, mas pelo menos reconhecia o título.

Tirando-a da prateleira, folheei até Gênesis 6 e li a passagem de Erik:

> E aconteceu que, como os homens começaram a multiplicar-se sobre a face da terra, e lhes nasceram filhas, viram os filhos de Deus que as filhas dos homens eram formosas; e tomaram para si mulheres de todas as que escolheram.
>
> Então, disse o SENHOR: "Não contenderá o meu Espírito para sempre com o homem, porque ele também é carne; porém os seus dias serão cento e vinte anos".

> Havia, naqueles dias, gigantes na terra; e também depois, quando os filhos de Deus se relacionaram com as filhas dos homens e delas geraram filhos; estes eram os valentes que houve na Antiguidade, os varões de fama.

Ah, sim, isso deixava tudo claríssimo.

Reli a passagem algumas vezes mais, na esperança de conseguir extrair mais alguma coisa. Por fim decidi que Erik devia ter indicado o capítulo errado. Ele estava distraído, afinal de contas. Essa passagem, pelo que eu via, não tinha nada a ver com anjos, com a queda ou mesmo com a batalha cósmica entre o bem e o mal. No entanto, parecia ser sobre a procriação humana. Não era necessário um estudioso da Bíblia para perceber o que significava "os filhos de Deus se relacionaram com as filhas dos homens", sobretudo quando os filhos vinham na frase seguinte. O sexo havia vendido livros nos velhos tempos, como fazia hoje em dia. Fiquei pensando se Erik havia me indicado aquela passagem de brincadeira.

– Está em busca de uma religião?

Primeiro vi uma camiseta com o Pac-Man, e então o rosto curioso de Seth.

– Já encontrei e perdi faz tempo, temo dizer. – Fechei o livro quando ele se ajoelhou a meu lado. – Só estou pesquisando algo. Como estão Cady e O'Neill hoje?

– Indo bem com seu caso mais recente. – Ele sorriu com carinho, e me vi estudando o castanho-âmbar de seus olhos. Eu havia trocado mais alguns *e-mails* com ele nos últimos dias e me deliciado com meus minilivros, embora nossa conversação falada tenha melhorado muito pouco. – Acabei de terminar um capítulo e precisava de um descanso. Caminhar um pouco, tomar alguma coisa.

– Sem cafeína, suponho. – Eu havia descoberto que Seth não tomava bebidas cafeinadas, o que me parecia assustador e pouco natural.

– Isso. Sem cafeína.

– Você não devia evitá-la. Talvez aumentasse seu ritmo de escrita.

– Ah, sim, claro. Você acha que meus livros demoram muito a sair.

Dei um gemido, lembrando-me do dia em que o conhecera.

– Acho que minhas palavras saíram um pouco apressadas demais naquele primeiro dia.

– De modo algum. Você foi brilhante. Nunca vou me esquecer.

Sua máscara enigmática caiu por um instante, como acontecera durante a aula de dança, e uma vez mais vi o interesse masculino e a aprovação cruzarem sua expressão. Abaixada ao lado dele, tive de novo aquela sensação de naturalidade, como em geral tinha com Doug ou com meus amigos imortais. Algo caloroso e tranquilizador. Como se Seth e eu nos conhecêssemos desde sempre. De certo modo, talvez eu o conhecesse, por meio de seus livros.

E contudo, ao mesmo tempo, estar tão perto dele era também desconcertante. Perturbador. Comecei a notar coisas como os músculos delineados em seus braços e a forma como o cabelo castanho revolto emoldurava seu rosto. Mesmo o brilho dourado da luz nos pelos faciais e a forma de seus lábios me chamavam a atenção. Afastando os olhos, senti uma pontada de sede por energia vital, e reprimi a vontade de estender a mão e tocar sua face. A mudança de forma que fizera lá fora havia causado mais dano do que eu imaginava. Ainda não precisava de uma recarga total de energia, mas o instinto de súcubo estava ficando irritável. Eu precisaria saciá-lo em breve, mas com certeza não com Seth.

Levantei-me apressada, ainda segurando a Bíblia, querendo me afastar dele. Ele também se ergueu.

– Bom – comecei, sem jeito, quando nenhum de nós disse nada por alguns instantes. – Preciso trabalhar.

Ele assentiu, o interesse em sua face transformando-se em apreensão.

– Eu...

– Hmm?

Engolindo em seco, ele desviou o olhar e então pousou-o de novo em mim, os olhos agora cheios de determinação.

– Então, vou a uma festa no domingo, e fiquei pensando que, se... se você talvez não estivesse ocupada ou não estivesse trabalhando, talvez pudesse, quer dizer, talvez quisesse ir comigo.

Fiquei olhando para ele, emudecida. Seth Mortensen tinha acabado de me convidar para sair? E nem havíamos... nem havíamos mantido uma conversa coerente uma vez sequer? Somando-se ao fato de que de repente eu notara como ele era atraente, o mundo inteiro pareceu virar de lado. Pior ainda, eu queria aceitar. Algo em Seth de repente parecia natural e correto, mesmo que não fosse a montanha-russa de euforia que eu sentia com Roman. Em algum ponto desta relação desastrada e bizarra, eu começara a gostar de verdade do escritor, independentemente de seus livros.

Mas eu não podia aceitar. Eu sabia que não podia. Amaldiçoei-me por minhas cantadas iniciais; pelo visto, tinham ficado gravadas nele, a despeito de meus esforços para neutralizá-las e permanecer platônica. Parte de mim angustiou-se, parte gostou. Eu inteira sabia o que fazer.

– Não – respondi, seca e ainda atordoada.

– Ah.

Eu não tinha escolha. De modo algum podia deixar que Seth ficasse atraído por mim. De modo algum eu podia arriscar com meu escritor favorito qualquer coisa que não fosse uma amizade à distância de um braço.

Percebendo que havia sido grosseira, tentei depressa consertar. Eu devia ter dito que precisaria trabalhar, mas em vez disso comecei a balbuciar uma variante do que dissera a Doug ao longo dos anos.

– Sabe, não estou realmente interessada em sair ou me envolver com ninguém. Não é nada pessoal, quer dizer, a festa parece uma ótima ideia e tudo o mais, mas não posso aceitar. Eu nunca aceito convites como esse, na verdade. Como disse, não é pessoal. Só é mais fácil não ficar envolvida. Não marcar encontros. Hã, nunca.

Seth estudou-me por um longo tempo, pensativo, e de repente lembrei-me daquela primeira noite, quando ele ficou exatamente daquele jeito enquanto eu explicava minha regra das cinco páginas com seus livros.

– Ah. Certo – disse ele por fim. – Mas... você não está saindo com aquele cara? Aquele bem alto, de cabelo preto?

– Não. Não estamos juntos. Não de verdade. Somos só, hã, amigos. Mais ou menos.

– Ah – repetiu Seth. – Amigos não vão juntos a festas, então?

– Não – hesitei, desejando de repente ter dado uma resposta diferente. – Eles podem tomar café juntos às vezes. Aqui na livraria.

– Eu não bebo café.

Sua voz soou cortante. Senti como se tivesse sido esbofeteada. Ficamos lá imóveis, naquele que deve ter sido um dos cinco momentos mais desconfortáveis de minha vida. O silêncio entre nós prolongou-se. Por mim, repeti minha desculpa esfarrapada.

– Tenho que voltar ao trabalho.

– Tudo bem. Vejo você por aí.

Só amigos, só amigos. Quantas vezes eu havia usado essa fala? Quantas vezes a mentira tinha sido mais fácil do que encarar a verdade? Eu a usara até com meu marido, tanto tempo antes, de novo me escondendo da realidade de algo que eu não queria admitir, quando as coisas azedaram entre nós.

– Só amigos? – repetira Kyriakos, os olhos escuros fixos em mim.

– É claro. Ele é seu amigo também, você sabe. Ele só me faz companhia quando você está longe, só isso. É solitário ficar sem você.

Mas nunca contei a meu marido a frequência com que seu amigo Ariston vinha me visitar, ou como sempre conseguíamos achar uma desculpa para nos tocarmos. Um roçar casual aqui e ali. Sua mão ajudando-me. Ou o dia que ainda estava marcado a fogo em minha memória, quando ele passou o braço diante de mim para pegar uma garrafa e sua mão roçou meu seio. Soltei uma exclamação involuntária, e ele demorou-se uma batida de coração antes de continuar o que estava fazendo.

E não contei a Kyriakos que Ariston me fazia sentir como me sentira nos primeiros dias de nosso casamento, como se eu fosse inteligente, bela e desejável. Ariston me cumulava com a atenção que um dia Kyriakos me dera; Ariston adorava as tiradas rápidas que me criaram problemas quando era uma donzela solteira.

Quanto a Kyriakos... bem, eu supunha que ele também amasse essas coisas, mas ele já não demonstrava tanto. Seu pai o fazia trabalhar mais e mais horas por dia, e quando ele por fim voltava para casa, desabava na cama ou buscava a solidão de sua flauta. Eu odiava aquela flauta... Odiava e amava. Eu abominava que ela merecesse a atenção dele mais que eu.

Ainda assim, algumas noites, quando me sentava lá fora para ouvi-lo tocar, impressionavam-me sua destreza e sua habilidade para criar tanta doçura.

Mas isso não mudava o fato de que eu mais dormia intocada que outra coisa. Quando lhe disse que daquele jeito eu nunca ficaria grávida, ele riu e me disse que tínhamos todo o tempo do mundo para ter filhos. Isso me perturbou, porque eu acreditava, honesta e irracionalmente, que ter um bebê ia de algum modo consertar as coisas entre nós. Eu queria ter um filho, sentia falta do que sentira ao ter nos braços minhas irmãs mais novas. Eu amava a franqueza e a inocência das crianças, e gostava de pensar que poderia ajudar uma delas a se tornar uma boa pessoa. Nada me parecia tão doce naqueles dias do que limpar machucados, segurar mãos pequeninas e contar histórias. Além do mais, eu havia alcançado um ponto em que precisava saber se *conseguiria* ter um filho. Três anos de casamento, e eu via como os outros começavam a cochichar que a pobre Letha talvez fosse estéril. Eu odiava a piedade afetada, enjoativa de tão açucarada.

Eu devia ter contado a Kyriakos tudo que estava em minha mente, até o último detalhe. Mas ele era tão doce, e trabalhava tanto para nos prover, que eu não podia nem pensar nisso. Não queria abalar o contentamento que preenchia de forma tão ostensiva nosso lar, apenas por minha autogratificação e necessidade de atenção. Além do mais, ele de modo algum ignorava meu corpo. Com um pouco de incentivo, eu às vezes conseguia que respondesse a meu desejo. Nós nos uniríamos no meio da noite então, seu corpo movendo-se sobre o meu com a mesma paixão que ele usava em sua música.

No entanto, havia dias em que, olhando para Ariston, eu tinha a sensação de que ele não precisaria de incentivo algum. E, à medida que passavam os dias vazios, sem Kyriakos, aquilo começou a significar algo.

Só amigos, só amigos. Parada lá na livraria, observando Seth afastando-se, eu meio que imaginava como é que alguém ainda podia usar essa frase. Mas eu sabia por que, é claro. Ela era usada porque as pessoas ainda acreditavam nela. Ou pelo menos queriam acreditar.

Quando voltei lá para baixo, sentindo-me triste, irritada e idiota ao mesmo tempo, deparei-me com uma cena que certamente ia tornar meu dia ainda mais esquisito: Helena, da Krystal Starz, estava postada diante das caixas registradoras, gesticulando como louca para as operadoras.

Helena aqui. Em meu território.

Engolindo minha confusão mental a respeito de Seth, fui até lá com meu melhor ar gerencial, ainda carregando a Bíblia.

– Posso ajudá-la em algo?

Helena rodopiou, fazendo os cristais ao redor de seu pescoço tilintarem ao se chocarem uns contra os outros.

– É ela... é essa aí. Foi ela quem roubou minhas funcionárias.

Olhei atrás do balcão. Casey e Beth estavam lá, parecendo aliviadas por me verem. Tammi e sua amiga Janice deviam estar em algum outro lugar da loja, o que era muito bom. Melhor mantê-las fora disso. Mantive a voz calma, sabendo que havia clientes olhando.

– Tenho certeza de que não sei a que se refere.

– Não venha com essa pra cima de mim! Você sabe direitinho a que me refiro. Você entrou em minha loja, fez uma cena e então aliciou minhas funcionárias. Elas nos largaram sem aviso!

– Algumas pessoas se apresentaram para trabalhar aqui recentemente – respondi com suavidade. – Não tenho como controlar onde trabalhavam antes. Como subgerente, porém, posso compreender o inconveniente do abandono de emprego sem aviso prévio por um funcionário.

– Pare com isso! – exclamou Helena, que não lembrava em nada a diva calma e controlada da semana anterior. – Acha que não consigo ver através de suas mentiras? Você caminha cercada pela escuridão, sua aura está orlada de fogo!

– O que está pegando fogo?

Doug e Warren apareceram, pelo visto atraídos pelo espetáculo cada vez mais animado.

– Ela – anunciou Helena, apontando-me e usando sua voz rouca *new age*.

Warren me olhou curioso, como se de fato verificasse se eu estava em chamas.

– Georgina?

– Ela roubou minhas funcionárias. Foi entrando em minha loja e simplesmente tirou-as de lá. Eu poderia abrir um processo, sabia? Quando eu disser a meus advogados...

– Quais funcionárias?

– Tammi e Janice.

Eu me retesei, esperando para ver o que este último acontecimento desencadearia. Apesar de seus muitos defeitos, Warren tinha um senso impecável de serviço ao cliente e profissionalismo. Preocupava-me o que poderia seguir-se se minha predação fosse investigada mais a fundo.

Ele franziu o cenho, parecendo tentar casar faces e nomes.

– Espera aí, não foi uma delas que fez meu carro pegar hoje?

– Foi Tammi.

Ele bufou com desdém.

– Nós não vamos devolvê-las.

Helena ficou vermelha como uma beterraba.

– Você não pode...

– Senhora, sinto muito por seu inconveniente, mas não posso voltar atrás com funcionários que já assinaram os documentos de contratação conosco e que não desejam mais trabalhar em sua loja. Sempre há rotatividade no comércio. Estou certo que em breve encontrará alguém.

Ela se virou para mim, ainda apontando.

– Não vou esquecer. Mesmo que não consiga lhe dar o troco por isso, o universo vai cobrar por sua natureza cruel e distorcida. Você vai morrer miserável e sozinha. Sem amor. Sem amigos. Sem filhos. Sua vida não terá valido para nada.

Amor e bondade *new age*, pois sim. Não me importava com os comentários dela sobre morrer, mas as outras palavras machucaram. *Miserável e sozinha. Sem amor. Sem amigos. Sem filhos.*

Warren, porém, não tinha tais preocupações a meu respeito.

– Senhora, Georgina seria a última pessoa que eu acusaria de ter natureza "cruel" ou uma vida sem sentido. Ela mantém este lugar nos eixos, e eu confio por completo no julgamento dela, inclusive na contratação de suas ex-funcionárias. Agora, a menos que queira fazer alguma compra, devo pedir que se retire, antes que eu seja forçado a chamar as autoridades.

Helena vociferou mais algumas maldições e desgraças para nós, sem dúvida divertindo os clientes que estavam na fila. Para minha surpresa, Warren aguentou firme. Ele em geral se esforçava para tornar amigáveis as relações com os consumidores e fazer o melhor possível mesmo que à custa de seus funcionários. Hoje ele não parecia disposto a abrir concessões a ninguém. Era reconfortante.

Quando Helena partiu, ele foi para sua sala sem uma palavra, e Doug e eu ficamos lá. O espanto deu lugar rapidinho às piadas.

– As coisas que você provoca, Kincaid.

– O quê? Não vem me jogar a culpa, não.

– Está brincando? Essa feiticeira maluca nunca apareceu antes que você começasse a trabalhar aqui.

– Como você sabe? Eu comecei antes que você. – Olhando meu relógio, pensei em algo. – Hoje você ainda fica por aqui mais um tempo, não é?

– Sim. Para sua sorte. Por quê?

– Por nada. – Afastei-me dele e fui até os escritórios nos fundos. Em vez de virar à esquerda para minha sala, porém, virei à direita e entrei na de Warren.

Ele estava a sua mesa, arrumando a pasta, preparando-se para ir embora agora que seu carro estava pronto.

– Não me diga que ela voltou.

– Não. – Fechei a porta atrás de mim. Isso o fez erguer os olhos. – Eu só queria agradecer-lhe.

Warren me lançou um olhar perspicaz.

– Expulsar clientes irracionais é parte de meu trabalho.

– É, mas da última vez não recebi nenhum elogio. Eu tive que me desculpar.

Ele deu de ombros, pensando no incidente que ocorrera um ano antes.

– Bom, aquilo foi diferente. Você chamou uma senhora de idade de neófita nazista hipócrita e patológica.

– Ela era.

– Se você está dizendo. – Seus olhos ainda vigiavam cada movimento meu.

Fui até ele, e pus a Bíblia sobre sua mesa. Com ele ainda sentado na poltrona, fiquei a cavalo sobre seu colo, e minha saia vermelha justa subiu até em cima, revelando a renda que orlava o alto das meias pretas sete oitavos. Debrucei-me para beijá-lo, no princípio apenas passando meus dentes sobre seus lábios, provocando-o, e de repente pressionando minha boca com força. Ele retribuiu o beijo com igual fervor, as mãos automaticamente deslizando pela parte de trás de minhas coxas para circundar minha bunda.

– Meu Deus – ele suspirou quando nos separamos um pouco. Uma de suas mãos subiu até minha face, e a outra brincou com o fio dental que eu usava sob a saia. Seus dedos percorreram a borda rendada da calcinha e então se introduziram em mim, primeiro testando com delicadeza e então deslizando inteiros para dentro. Eu já estava molhada por conta do desejo súbito, e respirei fundo enquanto saboreava as estocadas longas e suaves. Warren me olhava com aprovação. – Por que isso?

– Por que o quê? Nós fazemos isso o tempo todo.

– Você nunca começa.

– Já lhe disse, estou agradecida.

Aquilo era mesmo verdade. Eu havia achado adorável sua defesa. E ainda, eu ardia de tesão por Roman e agora talvez por Seth, e de súbito achava Warren conveniente, diante do despertar da incontrolável fome de súcubo.

A mão próxima a minha face ajeitou uma mecha de cabelo, e ele ficou pensativo, embora não parasse com o que fazia entre minhas pernas.

– Georgina... espero que... espero que você saiba que o que fazemos aqui não afeta de forma alguma seu emprego. Você não tem obrigação... Não há perigo de perder seu cargo aqui...

Ri alto, surpresa por tanta consideração tão inesperada.

– Eu sei disso.

– Estou falando sério...

– Sei disso – repeti, prendendo seu lábio inferior entre meus dentes. – Não fique sentimental de repente – rosnei. – Não estou aqui para isso.

Novamente ele não se interrompeu, e deixei-me afundar no prazer do contato. A sensação de sua língua em minha boca, suas mãos audaciosas explorando meu corpo. Depois de uma longa manhã de frustração sexual, eu precisava disso, vindo de quem quer que fosse. Ele desabotoou minha blusa e jogou-a no chão, onde ela formou uma pilha de seda negra. Minha saia e a calcinha seguiram-na, deixando-me só de meias negras até a coxa, sutiã e saltos altos. Todos pretos.

Ele acomodou o corpo, ainda na cadeira, para que eu pudesse tirar sua calça. Vendo-o ali, longo, ereto e rígido, fez com que eu afastasse sua mão de dentro de mim. Os dedos já não me satisfaziam. Apertei mais as pernas ao redor de seus quadris, tanto quanto a cadeira permitia. Então, sem nenhum aviso, abaixei o corpo com força, enterrando-o dentro de mim. Arqueei as costas, permitindo que ele me penetrasse mais fundo, e então comecei a fazer movimentos firmes e repetidos. Olhando para baixo, podia vê-lo deslizando para dentro e para fora de mim. Não havia nenhum som na sala, salvo o de carne contra carne e nossa respiração pesada.

Com a penetração veio uma onda de sentimentos e sensações, provenientes dele, que não eram os sentimentos e sensações físicos. Como uma alma menos nobre, sua energia e presença não me arremessaram do outro lado da sala, como acontecera com Martin. A absorção dos súcubos dependia do caráter da vítima. Almas fortes e de moral cediam mais para o súcubo, e arrebatavam do sujeito uma bela porção de vida. Os homens corruptos perdiam menos, e as consequências eram menos graves. Independentemente de sua energia e fibra moral, eu captava fragmentos dos pensamentos e emoções de Warren, enquanto o cavalgava. Era normal. Eles vinham junto com a força vital.

O que dominava sua mente com certeza era o desejo. Também havia o orgulho confiante por estar com uma mulher mais jovem e atraente. Excitação. Surpresa. Ele não tinha muitos remorsos por trair a esposa, e isso contribuía para o baixo nível de energia fornecido, e mesmo a afeição fugaz que ele demonstrara por mim deu lugar ao tesão puro. *Tão gostosa. Tão molhada. Adoro como ela me cavalga. Tomara que ela goze e goze em cima de mim...*

Acabei gozando mesmo. Meus movimentos tornavam-se mais violentos e intensos, e nossos corpos se chocavam um contra o outro. Os músculos de minhas pernas contraíram-se. O pescoço arqueou-se para trás. Os peitos estavam quentes e transpirados sob as mãos dele, que os agarravam. O orgasmo reverberou através de mim. Os espasmos de prazer foram se atenuando, enquanto minha respiração aos poucos voltava ao normal.

E a dose de energia não tinha sido nada má. Ela se infiltrara em mim devagar, enquanto a excitação crescia, no início semelhante a finos filamentos cintilantes. Perto do fim, porém, tornara-se vigorosa e refulgente, jorrando dentro de mim, revigorando minha vida, alimentando minha imortalidade num clímax glorioso que rivalizava com o corporal.

Quando nos vestimos de novo, aprontei-me para sair. Fosse a perda de energia pequena ou não, Warren sempre se sentia exausto e acabado depois de ficarmos juntos. Ele achava que era o resultado de sua idade defrontando-se com uma mulher mais jovem e mais ativa. Eu não fazia nada para mudar essa ideia, mas em geral tentava sair com discrição, para que ele não se envergonhasse diante de mim por sua fadiga. Eu sabia que ele ficava incomodado por achar que não estava a minha altura.

– Georgina? – ele me chamou quando eu ia para a porta. – Por que está carregando uma Bíblia? Não está tentando converter os clientes, está?

– Ah, isto. Só estou pesquisando algo para um amigo. Na verdade, é bem apropriado. É sobre sexo.

Ele limpou o suor da testa.

– Depois de anos e anos de igreja, acho que me lembraria de qualquer cena boa de sexo.

– Bom, não é tanto uma cena de sexo. Está mais para uma descrição clínica da procriação.

– Ah. Tem bastante disso.

Num impulso, fui até ele e abri no Gênesis 6.

– Vê? – Apontei os versículos apropriados. – Todas essas menções dos homens pegando as mulheres. Eles dizem isso tipo três vezes.

Warren estudou o livro franzindo o cenho, e lembrei-me de que ele não fundara a livraria sem um currículo substancial de estudo literário.

– Bom... Está repetido aqui porque quando o texto diz "os homens começaram a multiplicar-se sobre a face da terra" ele se refere aos homens humanos.

Ergui os olhos bruscamente.

– O que você quer dizer com "humanos"?

– Aqui. Os "filhos de Deus" não são homens humanos. Eles são anjos.

– O quê? – Se eu estivesse com o livro na mão, teria deixado cair. – Tem certeza?

– Positivo. Como eu disse, anos de missas. Eles usam esse termo ao longo de toda a Bíblia. – Ele folheou até chegar a Jó. – Vê? Aqui está de novo "E vindo um dia em que os filhos de Deus vieram apresentar-se perante o Senhor, veio também Satanás entre eles". Este trecho se refere aos anjos. Neste caso, anjos caídos.

Engoli com dificuldade.

– O que... o que eles estavam fazendo no Gênesis, então? Com as "filhas dos homens"? Eles... os anjos estavam fazendo sexo com as mulheres humanas?

– Bom, ele diz que as mulheres eram "formosas". É difícil culpá-los, hein? – Ele me varreu com um olhar de aprovação. – Eu não sei. Não é um tópico muito discutido na igreja, como estou certo que você pode imaginar. Em geral é dada ênfase ao pecado e à culpa dos humanos, mas eu ignorei essa parte.

Continuei de olhos pregados no livro, passada, mas mesmo assim transbordando de ideias e teorias. Warren me olhou com curiosidade quando não respondi a seu gracejo.

– Isso a ajuda de algum modo?

– Sim – disse eu, recuperando-me. – Ajuda muito.

Eu o surpreendi com um beijo suave nos lábios, peguei a Bíblia e saí.

Capítulo 14

– Você nos chamou aqui para falar de pornografia bíblica?

Desinteressado, Hugh afastou-se dos vampiros e de mim, reunidos ao redor da mesa de minha cozinha. Mal se via qualquer mancha roxa nele. Colocando um cigarro nos lábios, o duende tirou um isqueiro do bolso do casaco.

– Não fume aqui – avisei.

– Qual o problema? Vai me dizer que você não fumou durante a maior parte do século vinte?

– Não estou dizendo isso. Mas não fumo mais. Além disso, faz mal a Aubrey.

A gata, sentada em uma de minhas bancadas, interrompeu o banho ao ouvir seu nome, e olhou para Hugh com desconfiança. Ele a encarou de volta, e deu uma longa tragada no cigarro antes de apagá-lo no tampo da bancada, perto dela. Ela voltou a sua higiene, e ele ficou andando de um lado para o outro no apartamento.

A meu lado, Cody debruçava-se sobre a mesa, estudando a Bíblia que eu lhes mostrava. – Não entendo como esses caras podem ser mesmo anjos. "Filhos de Deus" parece um termo genérico para os humanos. Quero dizer, em teoria não devíamos todos ser filhos de Deus?

– Exceto aqueles aqui reunidos, claro – falou Hugh da sala. E então: – Jesus Cristo! Onde você conseguiu esta estante? Hiroshima?

– Em teoria, sim – concordei, ignorando o duende e respondendo à pergunta de Cody. Eu havia feito um bocado de leitura bíblica desde minhas primeiras descobertas, naquele mesmo dia, e já estava meio cansada de olhar para aquele livro. – Mas Warren está certo. Esse termo é usado o tempo todo para referir-se aos anjos. Além do mais, as mulheres não são chamadas de "filhas de Deus". São chamadas de "filhas dos homens". Elas são humanas, mas seus maridos não são.

– Poderia ser só o bom e velho sexismo à moda antiga. – Peter por fim decidira-se e raspara a cabeça. Não achei o visual nem um pouco atraente, considerando a forma de sua cabeça. – Não seria um conceito novo na Bíblia, de modo algum.

– Não, eu acho que Georgina está certa – disse Hugh, voltando até nós. – Quer dizer, sabemos que algo fez os anjos caírem. Luxúria é uma razão tão boa quanto qualquer outra, e dá de dez em gula ou preguiça.

– E aonde isso nos leva? – Peter quis saber. – Qual a relação com caçador de não-apenas-vampiros?

– Aqui – apontei o versículo 6:4. – Ele diz: "Havia, naqueles dias, gigantes na terra; e também depois, quando os filhos de Deus se relacionaram com as filhas dos homens e delas geraram filhos; estes eram os valentes que houve na Antiguidade, os varões de fama". As palavras-chave são "naqueles dias" e "também depois". Isto responde a nossa pergunta quanto aos anjos ainda caírem. Sim, caem.

Cody concordava com a cabeça, enquanto eu falava.

– O que apoia sua teoria de que um deles está tentando cair neste momento.

– Mas acho que não será só a luxúria que vai desencadear a queda – observou Hugh. – Acho que agressão e espancamento vão fazer isso antes.

– A menos que seja luxúria por Georgina – sugeriu Peter, seco. – Ele parece achar você bonita o suficiente.

Algo estranho me chamou a atenção na observação de Hugh.

– Mas será que agressão e espancamento contam mesmo? Sobretudo se forem contra vampiros e duendes. O outro lado pode não aprovar, mas não estou convencida de que exterminar os agentes do mal necessariamente transformaria um anjo num demônio.

– A evidência pregressa sugere que o outro lado não é exatamente... flexível com os transgressores – observou o duende.

– E o nosso é? – especulou Peter.

Cody me deu um olhar penetrante.

– Você está refutando sua própria teoria?

– Não, não. Só estou reavaliando agora a questão da queda, só isso. O lance de "renegado" deve ser mais acurado.

– Mas o bilhete mencionava a queda de anjos – observou Hugh. – Com certeza isso quer dizer algo. Tipo uma pista concreta e não só uma tentativa ruim de humor.

Pensei no bilhete. Sim, Hugh estava certo. Eu tinha certeza de que o conteúdo da nota desempenhava um papel nisto tudo. Eu só não conseguia captar seu significado.

– Humor ruim é de se esperar para um anjo – Peter recordou-nos. – Pelo menos se Carter é alguma indicação.

Hesitei por um momento, nervosa quanto a apresentar minha teoria secundária. Mas todos eles pareciam estar considerando a ideia do anjo, e pensei que era agora ou nunca.

– Vocês acham... vocês acham que é possível que Carter possa ser quem está por trás disso tudo?

Três pares de olhos se voltaram para mim, atônitos.

Hugh foi o primeiro a falar

– O quê? Você está maluca? Sei que vocês se estranham um monte, mas, Cristo, se você acha que...

– Carter é um de nós – concordou Cody, taxativo.

– Eu sei, eu sei. – Passei então a explicar o raciocínio por trás de minha acusação, mencionando o modo estranho como ele me seguiu, e a conversa que tivemos na loja de Erik.

O silêncio caiu.

– Tudo é bem estranho – disse Peter, por fim. – Mas ainda não me convence. Não pode ser Carter.

– Não pode ser Carter – concordou Hugh.

– Ah, estou entendendo. Todo mundo aceita rapidinho culpar-me por Duane, mas não Carter, o perfeito? – Minha fúria aumentou com a solidariedade automática deles, com a ideia de que Carter estaria acima de censura. – Então por que ele costuma ficar em nossa companhia? Já ouviram falar de algum outro anjo que faça algo parecido?

– Somos amigos dele – disse Cody.

– E somos mais divertidos – acrescentou Hugh.

– Vocês podem acreditar nisso se quiserem, mas eu não consigo. Ir de bar em bar com um demônio e seus asseclas é um cenário perfeito para uma traição. Ele tem estado nos espionando. Vocês estão sendo influenciados só porque ele é um ótimo parceiro de copo.

– E você não acha, Georgina – alertou Peter –, que pode haver ao menos uma leve possibilidade de que seja *você* quem está sendo influenciada? Admito que essa teoria maluca do anjo faz mais e mais sentido à medida que o tempo passa, mas de onde saiu esse lance de Carter?

– É – disse Hugh. – Parece que você colocou ele no meio sem nenhum bom motivo. Todos sabem que vocês não se dão bem.

Olhei incrédula para aqueles três pares de olhos irritados.

– Tenho um monte de bons motivos. Como explicam que ele estivesse na loja de Erik?

O duende sacudiu a cabeça.

– Todos nós conhecemos Erik. Carter podia estar lá pelos mesmos motivos que você.

– E as coisas que ele disse?

– O que ele disse de fato? – perguntou Peter. – Ele chegou a dizer: "Ei, Georgina, espero que tenha recebido meu bilhete"? É tudo muito frágil.

– Olhem, não estou dizendo que tenho alguma evidência sólida, é só que as circunstâncias...

– Preciso ir – interrompeu Cody, pondo-se de pé.

Dei-lhe um olhar gélido. Será que eu os irritara tanto assim?

– Compreendo se vocês não concordam comigo, mas não precisa ir embora.

– Não, tem algo que eu preciso fazer.

Peter revirou os olhos.

– Você não é a única que anda saindo ultimamente, Georgina. Cody não quer admitir, mas acho que ele está escondendo uma mulher em algum lugar por aí.

– Uma mulher viva? – perguntou Hugh, impressionado.

Cody vestiu seu casaco.

– Vocês não sabem nada.

– Bom, tenha cuidado – avisei, de modo automático.

A tensão se desfez de imediato, e ninguém mais parecia bravo comigo por suspeitar de Carter. Estava claro, porém, que não acreditavam em mim. Eles estavam descartando minhas ideias como se faz com os medos irracionais ou o amigo imaginário de uma criança.

Os vampiros partiram juntos, e Hugh se foi logo em seguida. Fui para a cama ainda tentando colocar as peças no lugar. O autor da nota havia feito uma referência a anjos que caíam por mulheres bonitas; devia significar algo. Ainda assim, eu não conseguia encaixar isso com os bizarros ataques a Duane e Hugh, que tinham muito mais a ver com violência e brutalidade do que com beleza e luxúria.

Quando cheguei para trabalhar no dia seguinte, a caixa de entrada de meu *e-mail* revelou uma nova mensagem de Seth, e tive receio de que fosse uma continuação de sua proposta de encontro do dia anterior. Em vez disso, ele só respondia a minha última mensagem, dando sequência a um papo sobre as observações dele sobre a região noroeste do país. O estilo e a voz da mensagem eram divertidos como sempre, e davam a impressão de que ele não ficara chateado, e talvez nem tivesse percebido minha bizarra recusa.

Confirmei tudo isso quando subi para tomar café. Seth estava sentado em seu canto habitual, digitando, indiferente ao fato de ser sábado. Parei e disse bom dia, recebendo de volta uma resposta distraída típica dele. Ele não mencionou o convite para a festa, não parecia chateado, e inclusive parecia não ligar nem um pouco. Imaginei que eu devia estar grata por ele recuperar-se tão depressa, por não estar remoendo-se ou de coração partido por minha causa, mas meu egoísmo me fazia sentir um pouco decepcionada. Eu não me importaria de ter deixado nele uma impressão um pouco mais forte, que provocasse algum pesar por minha recusa. Doug e Roman, por exemplo, não haviam permitido que uma recusa os detivesse. Que criatura caprichosa eu era.

Pensar em ambos fez-me lembrar que encontraria Roman mais tarde para ir ao *show* de Doug. Sentia-me meio embriagada ao pensar que veria Roman de novo, embora essa sensação estivesse mesclada à apreensão. Não gostava que ele tivesse sobre mim um tal efeito, que eu não havia conseguido, até o momento, demonstrar capacidade alguma de rejeitar suas investidas. Chegaríamos a um ponto crítico qualquer dia desses, e eu temia o desenlace. Suspeitava que, quando esse dia chegasse, eu iria desejar que Roman tivesse desistido de me perseguir com a facilidade com que Seth parecia tê-lo feito.

Tais preocupações desapareceram de minha mente naquela noite, quando fiz Roman entrar em meu apartamento. Ele estava muito bem-vestido, todo em elegantes tons de azul e cinza-prateado, cada fio de cabelo e dobra de tecido em seu perfeito lugar. Ele me deu um de seus sorrisos devastadores, e tive que garantir que meus joelhos não iam começar a tremer, como uma colegial.

– Você sabe que o *show* vai ser de um tipo pós-grunge, *punk rock* meio *ska*. Quase todo mundo vai estar de *jeans* e camiseta. Talvez um pouco de couro aqui e ali.

– A maioria dos bons encontros termina em couro. – Seus olhos percorreram o apartamento, detendo-se brevemente na estante. – Mas você não disse que o *show* começava tarde?

– Sim, às onze.

– Isso nos deixa com quatro horas para matar, meu amor. Você vai ter que se trocar.

Baixei os olhos para meus *jeans* pretos e regata vermelha.

– Isto não serve?

– Isso aí faz maravilhas por suas pernas, admito, mas acho que você poderia colocar uma saia ou vestido. Algo como o que usou na aula de *swing*, só que mais... lascivo.

– Tenho certeza absoluta de que nunca ouvi o termo "lascivo" aplicado a qualquer peça de meu guarda-roupa.

– Acho difícil de acreditar. – Ele apontou para o corredor do apartamento. – Vá, o tempo está passando.

Dez minutos depois, voltei em um vestido azul-escuro bem justo, feito de crepe de seda. Tinha alças bem finas e uma barra assimétrica, com pontas e babados, que subiam bem alto do lado esquerdo. Eu desatara o rabo de cavalo e tinha o cabelo solto sobre os ombros.

Roman ergueu a vista, interrompendo uma comunicação profunda, olho a olho, com Aubrey.

– Lascivo. – Ele apontou para a Bíblia do Rei Tiago, sobre minha mesinha de centro. Estava aberta, como se ele a tivesse folheado.

– Você nunca me pareceu do tipo que vai à igreja.

Tanto Seth quanto Warren tinham feito piadas parecidas. Aquilo estava arruinando minha reputação.

– É só algo que andei pesquisando. Teve uma utilidade moderada.

Roman ficou em pé e se espreguiçou.

– Talvez porque seja uma das piores traduções que existe.

Lembrei da ampla variedade de Bíblias.

– Há alguma melhor, que você recomende?

Ele encolheu os ombros.

– Não sou nenhum especialista, mas você deve conseguir mais informações em alguma versão voltada para a pesquisa, não para uso devocional. Uma edição anotada. Das que são usadas em cursos universitários.

Armazenei a informação, imaginando se os versículos misteriosos ainda podiam ter mais a revelar. Por ora, eu tinha um encontro a enfrentar.

Acabamos em um restaurante mexicano, pequeno e escondido, onde eu nunca estivera. Os garçons falavam espanhol – e Roman também, descobri – e a comida não havia sido suavizada para americanos. Quando duas margaritas apareceram em nossa mesa, percebi que Roman havia pedido uma para mim.

– Não quero beber esta noite. – Lembrei-me como havia ficado maluca da última vez que saímos.

Ele ficou me encarando como se eu acabasse de declarar que pararia de respirar só para variar.

– Está brincando. Este lugar faz as melhores margaritas ao norte do Rio Grande.

– Quero ficar sóbria esta noite.

– Uma só não vai matá-la. Tome junto com a comida, e não vai nem notar. – Fiquei em silêncio. – Pelo amor de Deus, Georgina, experimente só o sal. Uma provadinha e ele te pega.

Com relutância, passei a língua pela borda do copo. Isso desencadeou uma vontade de provar a tequila que só rivalizava com minha ânsia de súcubo por sexo. Desistindo, contra a vontade, tomei um golinho. Era fantástico.

A comida também, o que não era de surpreender, e terminei tomando não uma, mas duas margaritas. Roman estava certo sobre a bebida junto com a comida, por sorte, e só fiquei um pouquinho zonza. Não me sentia fora de controle, e sabia que podia lidar com as coisas até começar a ficar sóbria.

– Mais duas horas – disse-lhe ao sairmos do restaurante. – Tem mais alguma coisa em mente?

– Claro que sim. – Ele acenou com a cabeça para o outro lado da rua, e segui seu movimento. Um lugar chamado *Miguel*.

– Já ouvi falar desse lugar. – Vasculhei o cérebro. – Espera aí, dançam salsa lá, não é?

– É. Você já tentou?

– Não.

– O quê? Pensei que você fosse a rainha da dança.

– Ainda não me cansei de dançar *swing*.

Na verdade, eu morria de vontade de tentar a salsa. Como no caso dos livros de Seth Mortensen, porém, eu não gostava de gastar uma coisa boa rápido demais. Eu ainda gostava de dançar *swing*, e queria desfrutá-lo até o fim, antes de mudar de dança. Uma vida longa tende a fazer com que você saboreie mais as coisas.

– Bom, agora você vai ser obrigada a ser multitarefa. – Pegando minha mão, ele me fez atravessar a rua.

Tentei protestar, mas não poderia de fato explicar a ele meu raciocínio, e assim, como no caso das margaritas, cedi com facilidade.

A casa estava quente e lotada, e a música era ótima. Meus pés começaram a marcar o ritmo enquanto Roman pagava a entrada e me levava para a pista de dança. Como no *swing*, ele revelou-se um *expert* em salsa, e depois de praticar um pouco peguei os passos com facilidade. Podia não ter demonstrado muito talento para fazer frente às margaritas, mas havia séculos que eu dançava. A habilidade estava entranhada em mim.

Descobri que a salsa era muito mais sensual que o *swing*. Não que o *swing* não fosse sensual, veja bem, mas a salsa tinha algo sombrio e sinuoso. Era impossível não concentrar-se na proximidade do corpo de seu parceiro, no modo como os quadris se moviam juntos. Agora eu sabia o que Roman quisera dizer com lascivo.

Depois de meia hora, fizemos uma pausa, e ele me levou até o bar.

– *Mojitos*, agora – ele me disse, erguendo dois dedos para o *barman*. – Para manter o tema latino da noite.

– Eu não posso...

Mas os *mojitos* apareceram sem meu consentimento, e no fim eram uma delícia. Nós os tomamos mais depressa do que deveríamos, para podermos voltar para a pista.

Na hora em que devíamos sair para o *show* de Doug, a música pós-grunge, *punk rock* meio *ska* já não parecia tão boa. Estava eufórica por ter dançado, quente e suada, e havia tomado outro *mojito*, seguido de uma tequila. Sabia que havia encontrado na salsa uma nova paixão, e amaldiçoei Roman em silêncio pelo que provavelmente iria se transformar num vício, apesar de ter curtido tanto a experiência. Ao dançar, o corpo dele movia-se com uma graça sedutora, roçando no meu de um modo que me deixava trêmula, cheia de desejo.

Saímos cambaleantes para a rua, de mãos dadas, ofegando e rindo. O mundo girava de leve ao meu redor, e decidi que tinha sido oportuno termos saído naquela hora. Meus controles haviam deixado de funcionar em níveis normais.

– Tá legal, onde foi que estacionamos?

– Você deve estar brincando – eu lhe disse, puxando-o para dar a volta à esquina, onde eu podia ver o brilho suave de um carro amarelo. – Temos que tomar um táxi.

– Qual é, não estou tão mal assim.

Mas ele teve o bom-senso de não protestar mais, e tomamos o táxi até a destilaria em Greenlake. Pessoas entravam e saíam do edifício; houve duas outras apresentações antes do grupo de Doug. Como eu temia, nossos trajes elegantes de dança pareciam irremediavelmente deslocados entre as roupas surradas da garotada, mas isso já não parecia tão terrível como quando Roman me pegara em casa.

– Não se deixe envolver em joguinhos de moda – ele alertou, enquanto abríamos caminho para dentro da destilaria lotada. – Esses garotos devem achar que somos conformistas velhos e informantes da polícia, ou algo assim, mas na verdade eles também são conformistas à sua maneira. Eles são conformistas na não conformidade.

– Ah, não. Você não começa a falar de política quando fica bêbado, começa? – Eu olhava ao redor, procurando pelo pessoal da livraria, torcendo para que tivessem garantido uma mesa.

– Não, não. Eu só fico cansado das pessoas sempre tentando se encaixar em um molde, tentando traçar alguma linha, não importa se à direita ou à esquerda. Tenho orgulho de ser a pessoa mais bem-vestida nesta sala. Faça suas próprias regras, é o que digo.

Consegui localizar Beth e arrastei Roman para o outro lado da sala. Outros nativos da livraria estavam sentados à mesa com ela: Casey, Andy, Bruce... e Seth. Meu estômago afundou.

– Bonito vestido – disse Bruce.

– Guardamos um lugar para você. – Casey indicou uma cadeira. – Eu não sabia que ia trazer um... amigo.

A questão da cadeira não me preocupava muito. Tudo o que podia sentir eram os olhos de Seth em mim, sua face pensativa mas neutra. Enrubescendo, senti-me como uma completa idiota, e desejei dar meia-volta e partir. Depois de rejeitá-lo com minha lengalenga estúpida sobre não marcar encontros, cá estava eu, de mãos dadas com Roman, bêbada como um gambá. Nem podia imaginar o que Seth devia pensar de mim agora.

– Não tem problema – declarou Roman, sem perceber minhas emoções em ebulição, e nada perturbado pela atenção divertida de meus colegas. Ele se sentou na cadeira e me puxou para seu colo. – Vamos dividir.

Andy foi até o bar, trazendo cervejas para todos menos Seth, que preferia se abster, como fazia com a cafeína. Roman e eu contamos onde havíamos estado, louvando a salsa como o novo maior passatempo do mundo e gerando pedidos de todos para que eu começasse com uma segunda leva de aulas de dança.

A banda de Doug logo subiu ao palco, e todos nós aplaudimos apropriadamente à visão de Doug-o-subgerente transformado em Doug-o-vocalista do grupo Admissão Noturna. A cerveja continuou vindo, e, embora continuar bebendo fosse talvez a coisa mais estúpida que eu podia fazer, já passara do ponto em que conseguiria parar. Além do mais, eu tinha coisas demais com que me preocupar. Como evitar cruzar o olhar com Seth, até agora silencioso. E saborear a sensação de estar em cima de Roman, seu peito contra minhas costas e os braços ao redor de minha cintura. O queixo dele apoiava-se em meu ombro, dando-lhe livre acesso para sussurrar em minha orelha e de vez em quando passear os lábios por meu pescoço. A dureza que sentia debaixo de minhas coxas sugeria que eu não era a única que desfrutava a situação.

Doug veio falar conosco durante um intervalo, banhado em suor mas completamente eufórico. Ele examinou a cena, eu emplastrada em Roman.

– Você está um pouco bem-vestida demais, não está, Kincaid? – ele reconsiderou. – Ou de menos. Difícil dizer.

– Olha quem fala – devolvi, terminando minha segunda... ou terceira... cerveja.

Doug usava uma calça apertada de vinil vermelho, coturnos e um longo casaco de veludo roxo, aberto para exibir seu peito. Uma cartola caindo aos pedaços equilibrava-se orgulhosa em sua cabeça.

– Sou parte da diversão, gata.

– Eu também, gato.

Algumas pessoas riram. A expressão de Doug foi de desaprovação, mas ele não me disse nada, em vez disso comentando com Beth quanta gente havia vindo para o *show*.

Entrei naquele estado monomaníaco obsessivo que muitas vezes acompanha uma bebedeira, e me emaranhei em minhas próprias percepções, que zumbiam e rodopiavam em minha cabeça. A conversa e os ruídos a meu redor reduziram-se a uma vibração indistinta, com faces e cores se diluindo-se em um cenário irrelevante, separado de minha existência. De fato, tudo o que eu sentia de verdade era Roman. Cada nervo em mim urrava, e eu desejava que as mãos que descansavam em meu estômago subissem para tocar meus seios. Eu já podia sentir meus mamilos endurecerem sob o tecido fino, e imaginei como seria virar-me e cavalgá-lo como fizera com Warren...

– Banheiro – exclamei de repente, erguendo-me do colo de Roman sem qualquer elegância. Era estranho como a bexiga de alguém podia passar de tolerável para insuportável tão depressa. – Onde é o banheiro aqui?

Os outros me olharam de um jeito esquisito, ou assim me pareceu.

– Lá atrás – apontou Casey, sua voz soando muito longe, a despeito da proximidade. – Você está bem?

– Estou. – Ergui uma alça que escorregara. – Só preciso usar o banheiro. – *E afastar-me de Roman,* acrescentei em silêncio, *para poder pensar nas coisas com clareza*. Não que esta última proeza tivesse alguma possibilidade de ocorrer em meu atual estado.

Roman começou a se erguer, tão bêbado e desajeitado como eu.

– Vou com você...

– Eu vou – apressou-se em oferecer Doug. – Preciso ir lá atrás antes da próxima parte do *show*.

Pegando-me pelo braço, ele me levou por entre as pessoas até um corredor menos lotado, nos fundos. Eu cambaleava ligeiramente, e ele teve de ir mais devagar para me ajudar.

– Quanto você bebeu?

– Antes ou depois de chegar aqui?

– Puta merda. Você está chapada.

– Algum problema?

– Nenhum. Como você acha que passo a maioria das minhas noites de folga?

Paramos do lado de fora do banheiro das mulheres.

– Aposto que Seth acha que sou uma alcoólatra.

– Por que pensaria isso?

– Ele não bebe. É um puta de um puritano. Ele com essa merda de não tomar cafeína nem álcool.

Os olhos escuros de Doug faiscaram de surpresa com meu palavreado.

– Nem todos os abstêmios desprezam quem bebe, sabia? Além do mais, não é com Seth que estou preocupado. Estou mais preocupado com aquele Senhor Mão Boba lá.

Pisquei os olhos, confusa.

– Você quer dizer Roman?

– Você mudou muito, de recusar-se a sair com alguém para praticamente transar em público.

– E? – reagi, exaltada. – Não posso estar com alguém? Não tenho direito a fazer algo que, só para variar, é algo que realmente quero fazer, não algo que tenho que fazer? – minhas palavras carregavam muito mais verdades amargas – e volume – do que eu pretendia.

– Claro que tem – ele contemporizou. – Mas você não está sendo você mesma esta noite. Você vai fazer algo estúpido de verdade se não tomar cuidado. Algo que vai lamentar mais tarde. Você devia pedir a Casey ou Beth para levá-la para casa...

– Ah, mas você é o máximo – exclamei. Eu sabia que estava sendo irracional, que nunca me voltaria contra Doug se estivesse sóbria, mas não conseguia deter-me. – Só porque eu não quis sair com você, só porque escolhi trepar com Warren ou algum outro, então você tem que interferir e manter-me pura e intocada. Se eu não posso ser sua, então não posso ser de ninguém, é isso?

Doug empalideceu, e algumas pessoas que passavam nos encararam.

– Deus do céu, Georgina, não...

– Você é um hipócrita de merda – berrei para ele. – Você não tem direito nenhum de me dizer o que fazer, seu babaca!

– Eu não... não...

Não escutei o que mais ele tinha a dizer. Dando-lhe as costas, precipitei-me no banheiro feminino, o único lugar onde eu podia escapar dos homens. Depois de terminar, fui lavar as mãos e olhei-me no espelho. Eu parecia chapada? Minhas faces estavam rosadas, algumas das ondas de meu cabelo estavam um pouco mais escorridas do que no início da noite. E eu transpirava. Não estava chapada demais, decidi. Podia ser muito pior.

Eu hesitava em sair do banheiro, temendo que Doug estivesse me esperando. Não queria falar com ele. Outra mulher entrou e acendeu um cigarro, e eu filei um dela, fumando-o inteiro, agachada a um canto para matar o tempo. Ao ouvir a banda voltando a tocar, soube que estava a salvo.

Saí do banheiro e dei de cara com Roman.

– Você está bem? – ele perguntou, suas mãos me segurando ao redor da cintura para me equilibrar. – Fiquei preocupado quando não voltou.

– É... estou bem... Hã, não, eu não sei – admiti, apoiando-me nele, envolvendo-o com os braços. – Não sei o que está acontecendo. Eu me sinto tão estranha.

– Está tudo bem – ele me disse, passando a mão em minhas costas. – Tudo vai ficar bem. Você precisa ir embora? Tem algo que eu possa fazer?

– Eu... não sei... – Afastei-me um pouco, erguendo a face para olhá-lo nos olhos. As profundezas verde-azuladas estavam me afogando, e de repente eu não ligava mais.

Não sei quem começou, pode ter sido qualquer um dos dois, mas de repente estávamos nos beijando, ali no meio do corredor, os braços prendendo um ao outro com força, lábios e línguas trabalhando com fúria. O álcool amplificava minha resposta física, mas amortecia a percepção que eu tinha da absorção energética de súcubo. Mas ela ainda devia estar agindo, a despeito de minha inabilidade em senti-la, porque Roman de repente se afastou de mim, parecendo consternado.

– Estranho... – Ele colocou uma das mãos na testa. – De repente... estou zonzo. – Ele hesitou por um momento, e então deixou isso de lado, puxando-me para ele de novo. Como todos os outros. Eles nunca se davam conta de que era eu fazendo aquilo, era eu quem lhes fazia mal, e ainda voltavam para mais.

A pausa dele foi o que eu precisava para ganhar algum diminuto senso de clareza em meio a meu nevoeiro bêbado. Que havia feito? No que me permitira transformar-me esta noite? Cada interação com Roman me fizera ultrapassar um novo limite. Primeiro eu disse que não sairíamos. Então eu nos limitara a encontros controlados. Esta noite eu jurara que não beberia, e agora mal conseguia ficar em pé de tanto álcool. Beijar era outro tabu que eu acabara de quebrar. E isso apenas levaria ao inevitável...

Em minha imaginação, eu podia nos ver depois do sexo. Roman estaria largado, pálido e exausto, drenado de sua vida. Sua energia circularia por mim como uma corrente elétrica, e ele me olharia, fraco e confuso, incapaz de compreender o que já não tinha mais. Dependendo de quanto eu tivesse roubado dele, ele perderia anos de sua vida. Havia casos de súcubos descuidados que chegavam a matar suas vítimas, ao beberem vida demais, rápido demais.

– Não... não... não...

Empurrei-o para longe de mim, não desejando ver aquele futuro realizar-se, mas seu braço ainda me retinha. Olhando para além dele, de repente vi Seth vindo pelo corredor. Ele se imobilizou ao ver-nos, mas eu estava preocupada demais para dar-lhe qualquer atenção.

Estava a um triz de beijar Roman de novo, de levá-lo para algum lugar, qualquer um, onde pudéssemos ficar sozinhos e nus, onde eu pudesse fazer tudo que fantasiara fazer com ele. Outro beijo... outro beijo e eu não seria capaz de parar. Eu queria isso demais. Eu queria estar com alguém que *eu* quisesse. Só uma vez, depois de tantos anos.

E era esse exatamente o motivo de não poder fazê-lo.

– Georgina... – começou Roman, confuso, suas mãos ainda me segurando.

– Por favor – implorei, minha voz um sussurro. – Solte-me. Por favor, solte-me. Você tem que me soltar.

– O que há de errado? Não entendo.

– Por favor, solte-me – repeti. – Solte-me! – o volume repentino de minha voz me assustou, injetando-me uma dose suficiente de vontade para conseguir escapar de suas mãos. Ele tentou me segurar de novo, chamando meu nome, mas recuei. Eu parecia histérica, Roman me olhava como se eu fosse uma doida. – Não me toque. Não... me... toque!

Minha fúria dirigia-se muito mais contra mim mesma e contra minha vida do que contra ele. Uma ira e uma frustração terríveis, amplificadas pelo álcool, corriam através de mim, dirigidas ao universo. O mundo não era justo. Não era justo que algumas pessoas tivessem vidas perfeitas. Que belas civilizações tivessem que transformar-se em pó. Que alguns bebês nascessem com apenas um punhado de respirações. Que eu estivesse encurralada neste arremedo cruel de existência. Uma eternidade fazendo amor sem amor.

– Georgina...

– Não me toque. Nunca mais. Por favor – sussurrei com aspereza, e então fiz a única coisa que me restava. Fugir. Dei-lhe as costas e corri pelo corredor, para longe de Roman, para longe de Seth, para longe da plateia. Não sabia para onde ia, mas fugir me manteria segura. Manteria Roman seguro. Eu podia não ser capaz de curar minha própria dor, mas podia evitar causar-lhe mais.

Minha falta de coordenação e meu desespero fizeram com que me chocasse com várias pessoas, que respondiam à minha loucura com graus variados de educação. Estaria Roman atrás de mim? Eu não sabia. Ele havia bebido pelo menos tanto quanto eu; sua coordenação não devia estar muito melhor que a minha. Se eu conseguisse ficar sozinha um instante, poderia mudar de forma ou ficar invisível e cair fora dali...

Atravessei uma porta, e uma lufada do ar frio da noite me envolveu de repente. Arfando, olhei ao redor. Achava-me no estacionamento dos fundos. Estava lotado de carros, e havia por ali algumas pessoas fumando baseado, a maioria sem me dar a mínima. A porta pela qual eu saíra se abriu, e voltei-me, esperando ver Roman. Em seu lugar, vi Seth, que parecia ansioso.

– Fique longe de mim – avisei.

Ele ergueu as mãos, as palmas para a frente num gesto tranquilizador, enquanto aproximava-se devagar de mim. – Você está bem?

Dei dois passos para trás, tentando abrir minha bolsa.

– Estou bem. Só tenho que... tenho que sair daqui... me afastar dele. – Peguei o celular, na intenção de chamar um dos vampiros. Ele escorregou de minhas mãos, desviou-se das tentativas de segurá-lo e caiu no asfalto com um *créc* doentio. – Ah, merda.

Ajoelhando-me, peguei o aparelho e olhei desconsolada os sinais sem sentido no visor.

– Merda – repeti.

Seth ajoelhou-se a meu lado.

– O que posso fazer?

Ergui os olhos para ele, sua face flutuando em minha vista embaralhada.

– Tenho que sair daqui. Tenho que me afastar dele.

– Tá legal. Vamos. Vou levar você para casa.

Seth pegou-me pelo braço, e fiquei com a vaga lembrança de ter sido conduzida por algumas quadras até um carro escuro. Ele me ajudou a entrar e nos tirou dali. Recostando-me para trás, mergulhei nos movimentos do carro, deixando que me dominasse, a inércia indo para a frente e para trás, para a frente e para trás, para a frente e para trás...

– Encosta.

– O quê?

– Encosta o carro agora!

Ele o fez, e eu abri a porta, livrando-me do conteúdo de meu estômago do lado de fora, na rua. Quando terminei, Seth esperou um instante antes de perguntar:

– Tudo bem se continuarmos?

– Sim.

Mas uns minutos depois, obriguei-o a parar de novo e repeti o processo.

– Andar... andar de carro está me matando – exclamei uma vez que estávamos de novo a caminho. – Não posso ficar no carro. O movimento...

As sobrancelhas de Seth franziram-se, e ele de repente fez uma curva violenta para a direita, que quase me fez vomitar dentro do carro.

– Desculpa – disse ele.

Rodamos mais alguns minutos, e eu estava a ponto de pedir-lhe que encostasse de novo quando o carro parou. Ele me ajudou a sair, e olhei ao redor, não reconhecendo o prédio diante de nós. – Onde estamos?

– Na minha casa.

Ele me fez entrar, direto para o banheiro onde de imediato prestei minhas homenagens ao vaso sanitário, de novo liberando mais líquido do que achava que existisse em mim. Tinha consciência, como a uma grande distância, de Seth atrás de mim, tirando meu cabelo fora do caminho. Vagamente, lembrei-me de que imortais superiores como Jerome e Carter podiam controlar o grau como eram afetados pelo álcool, e escolher ficarem sóbrios de repente. Malditos.

Não sei quanto tempo fiquei lá ajoelhada, antes que Seth me ajudasse, suavemente, a me levantar.

– Consegue ficar de pé?

– Acho que sim.

– Tem... hã... no seu cabelo e no vestido. Acho que você vai querer se trocar.

Baixei os olhos para o crepe azul e suspirei.

– Lascivo.

– O quê?

– Nada. – Comecei a abaixar as alças do vestido, para poder tirá-lo. As sobrancelhas de Seth ergueram-se, e ele me deu as costas, rápido.

– O que você está fazendo? – ele perguntou, forçando um tom normal.

– Preciso tomar uma ducha.

Nua, cambaleei para diante e abri a água. Seth, ainda sem me olhar, retirou-se até a porta. – Você não vai cair, nem nada disso?

– Espero que não.

Entrei debaixo do chuveiro, dando um gritinho com a água quente. Apoiei-me na parede azulejada e deixei que a ducha forte me lavasse à força, voltando à lucidez de imediato com o choque. Erguendo os olhos, vi que Seth se fora, e que a porta do banheiro estava fechada. Suspirei e cerrei os olhos, querendo cair de joelhos e desmaiar. Parada lá, pensei de novo sobre Roman, e como tinha sido bom beijá-lo. Não sabia o que ele pensaria de mim agora, não depois da forma como eu agira.

Quando fechei a água, a porta do banheiro abriu-se, só uma fresta.

– Georgina? Use isto aqui.

Ele me passou uma toalha e uma camiseta extragrande, antes que a porta fosse fechada de novo. Sequei-me e vesti a camiseta. Era vermelha e tinha uma foto do Black Sabbath. Bacana.

A atividade cobrou seu preço, porém, e uma onda de náusea me dominou de novo.

– Não – gemi, indo para o vaso.

A porta se abriu.

– Você está bem? – Seth entrou e mais uma vez afastou para trás meu cabelo. Esperei, mas nada veio. Por fim, coloquei-me em pé, hesitante.

– Estou bem. Preciso me deitar.

Ele me conduziu para fora do banheiro e para um quarto com uma cama *queen size* desarrumada. Colapsei nela, dando graças por estar na horizontal e estacionária, mesmo que o quarto continuasse a girar. Ele se sentou devagar na beira da cama, olhando-me inseguro.

– Sinto muito por isto – disse-lhe. – Desculpa por você ter que fazer... tudo isso.

– Está tudo bem

Fechei os olhos.

– Relacionamentos são uma droga. É por isso que não saio com os caras. Você só magoa as pessoas.

– A maioria das coisas boas vêm com o risco de algo ruim – observou ele, filosoficamente.

Lembrei-me da carta que ele me mandara, sobre a namorada de muito tempo que ele havia negligenciado por conta da escrita.

– Você faria de novo? – perguntei. – Sair com aquela garota? Mesmo que soubesse que as coisas aconteceriam exatamente do mesmo modo?

Uma pausa.

– Sim.

– Eu não.

– Não o quê?

Abri os olhos e olhei-o.

– Fui casada, no passado – Era o tipo de admissão de bêbado que a gente faz com plena consciência de que nunca teria dito aquilo se estivesse sóbrio. – Você sabia?

– Não.

– Ninguém sabe.

– Não funcionou, então? – perguntou Seth depois que não falei nada por um minuto.

Não pude evitar uma risada amarga. Não funcionou? Foi algo muito pior. Eu fora fraca e tola, cedendo aos mesmos anseios físicos que quase tinham acabado em desastre com Roman. Mas com Ariston não poderia ter alegado bebedeira. Eu estivera totalmente sóbria e, para ser sincera, acho que tinha estado planejando tudo por muito tempo. Ambos tínhamos.

Ele viera um dia para mais uma visita, mas desta vez não falamos muito. Acho que já não queríamos mais apenas conversar. Estávamos inquietos, caminhando pela sala e ficando em pé, dizendo coisas sem importância às quais na verdade nenhum de nós dava ouvidos. Minha atenção voltava-se para sua presença física, para seu corpo e para os poderosos músculos dos braços e pernas. O ar estava tão denso com tensão sexual que era incrível que ainda pudéssemos nos mover.

Fui até a janela, e fiquei olhando para o nada, enquanto ouvia-o caminhando pelo resto da casa. Um momento depois, ele voltou, dessa vez ficando em pé atrás de mim. Suas mãos de repente pousaram em meus ombros, o primeiro toque proposital que ele jamais me dera. Seus dedos queimavam-me como um ferro de marcar, e estremeci, fazendo-o segurar com ainda mais força, enquanto ele se aproximava mais de mim.

– Letha – ele disse em minha orelha –, você sabe... sabe que penso em você o tempo todo. Penso em como seria... estar com você.

– Você está comigo agora.

– Sabe que não é o que quero dizer.

Ele me virou e me olhou de frente, e seu olhar era como óleo quente escorrendo sobre meu corpo, suave e cálido. Passando a mão por meu pescoço, ele segurou meu rosto por um instante. Ele se inclinou e sua boca pairou logo acima da minha. Então, sua língua projetou-se e correu com suavidade sobre meus lábios, na mais tênue das carícias. Abri os lábios e fiz um movimento para a frente, querendo mais, mas ele se afastou com um sorrisinho. Uma de suas mãos moveu-se para meu ombro, para o fecho que mantinha meu vestido no lugar, e abriu-o. O tecido deslizou por meu corpo, amontoando-se no chão ao meu redor, e fiquei nua diante dele.

Seus olhos brilhavam, observando cada detalhe meu. Deveria ter-me sentido constrangida ou tímida, mas não. Senti-me maravilhosa. Desejada. Adorada. Querida. Poderosa.

– Eu faria qualquer coisa, qualquer coisa para ter você neste instante – ele sussurrou. Suas mãos moveram-se de meus ombros para baixo, para os lados de meus seios, para minha cintura e então para meus quadris. Minha mãe sempre dissera que meus quadris eram estreitos demais, mas sob as mãos dele, pareciam-me exuberantes e sensuais. – Eu mataria por você. Iria aos confins da Terra por você. Faria qualquer coisa que você pedisse. Qualquer coisa, apenas para sentir seu corpo contra o meu e suas pernas ao meu redor.

– Ninguém nunca me disse nada assim – eu estava surpresa com a calma de minha voz. Por dentro, estava me derretendo. Ouviria variações dessas promessas por todo o milênio seguinte, de uma centena de homens diferentes, mas naquela época, tais palavras eram uma novidade deliciosa.

Os lábios de Ariston curvaram-se num sorriso triste.

– Kyriakos deve dizer coisas assim o tempo todo – havia um tom malicioso em sua voz, relembrando-me que, mesmo sendo amigos de longa data, sempre houvera uma rivalidade subjacente à amizade entre os dois.

– Não. Ela faz amor comigo com os olhos.

– Eu quero usar mais que meus olhos.

Naquele momento, de repente entendi o poder que as mulheres têm sobre os homens. Era surpreendente e revigorante. Esqueça as questões de propriedade e política; era no quarto de dormir onde as mulheres mandavam. Com carne e lençóis e suor. Aquela compreensão me preencheu, correndo através de mim com uma excitação mais forte que a produzida por qualquer afrodisíaco. Eu me alimentava dela, desfrutando deste dom recém-descoberto. Acho que foi essa revelação que mais tarde levaria os poderes do inferno a transformarem-me em um súcubo.

Estendi as mãos trêmulas e comecei a tirar sua túnica. Ele ficou imóvel enquanto o despia, mas cada centímetro dele tremia de calor e desejo. Sua respiração estava pesada e acelerada enquanto eu estudava seu corpo, notando tudo o que era semelhante a Kyriakos e o que era diferente. Passei meus dedos por ele, tocando com suavidade a pele bronzeada, os músculos bem definidos, os mamilos. Então minhas mãos desceram, abaixo de seu estômago, fechando-se ao redor da extensão longa e firme que encontrei ali. Ariston emitiu um gemido abafado, mas ainda não se moveu em minha direção. Ele esperava por meu consentimento.

Desviei os olhos de minhas mãos acariciando-o, e olhei-o no rosto. Ele realmente teria feito qualquer coisa por mim. Saber disso aumentava minha ânsia por ele.

– Você pode me fazer o que quiser – eu lhe disse, afinal.

Fiz soar como se fosse uma concessão, mas na verdade eu *queria* que ele fizesse o que quisesse. Minhas palavras quebraram o encanto que nos mantinha separados. Foi como se uma barragem se rompesse. Como exalar depois de prender a respiração por muito tempo. Uma torrente. Uma liberação. Meu corpo quase desabou sobre o dele, como se tivesse esticado e esticado amarras que afinal foram rompidas. Tocá-lo me fez perceber que deveríamos ter feito isso muito tempo antes.

Ele me puxou para um beijo violento, enfiando a língua em minha boca enquanto suas mãos se moviam por trás de mim para agarrar-me as coxas. Em um só movimento, ele me ergueu e pressionou-me de costas contra a parede. Minhas pernas rodearam seus quadris, necessitando-o mais perto de mim, e então, com uma investida violenta, ele entrou. Não sei se eu era apertada demais ou se ele era grande demais, talvez ambos, mas doeu de uma forma deliciosa. Deixei escapar um grito de surpresa, mas ele não parou para saber se estava tudo bem comigo. A paixão o dominara, aquele impulso animal que está encerrado em nosso sangue e que garante a continuidade de nossa espécie. Agora ele se concentrava apenas em seu próprio prazer enquanto entrava em mim, de novo e de novo, mais e mais forte, parecendo nutrir-se de cada gemido e grito que cruzava meus lábios. Eu nunca imaginara poder achar satisfação por meio de sexo violento como aquele, mas eu o fiz, e mais de uma vez. A cada vez, ela vinha como uma imensa onda de sensações que me envolvia, começando em meu íntimo mais profundo e espalhando-se através de meu corpo, estimulando cada nervo, revestindo cada porção de mim até que eu estivesse totalmente saturada. Então a onda explodia em fragmentos cintilantes, deixando-me quente e sensível e sem fôlego. Era como ser estilhaçada e depois reconstruída. Era delicioso. Cada um desses orgasmos parecia estimular Ariston com intensidade cada vez maior, até que ele atingiu seu próprio clímax. Dessa vez, fui eu quem me nutri de seu gozo, cravando as unhas em suas costas com toda a força, prendendo-se a ele, trazendo aquele embate a um final espasmódico e arquejante.

E ainda assim, não foi o final, porque em pouco tempo ele estava pronto de novo. Ele me levou para minha cama e desta vez colocou-me de joelhos, debruçando-se sobre mim por trás.

– Ouvi as mulheres mais velhas dizerem que esta é a melhor posição para conceber uma criança – ele sussurrou.

Tive apenas um momento para pensar naquilo antes que ele me tomasse de novo, ainda rude, exigindo tudo de mim. Pensei em suas palavras enquanto ele me penetrava ritmicamente; talvez fosse ele, afinal, quem me daria um filho, e não Kyriakos. Essa compreensão me fez sentir estranha, ansiosa mas ainda assim arrependida.

Ariston não sentia nenhum arrependimento quando estávamos deitados sobre as cobertas no final da tarde, ambos exauridos, com o sol quente batendo em nós através da janela.

– Talvez o problema esteja em Kyriakos – ele explicou. – Não em você. Com o número de vezes que a tomei hoje, não há forma de não estar grávida. – Ele chupou o lóbulo de minha orelha e me abraçou por trás, deixando as mãos descansarem sobre meus seios. – Eu fiz um filho em você, Letha.

Sua voz era grave e dominadora, como se ele tivesse conseguido algo mais palpável do que sexo. De repente, fiquei imaginando quem, no final das contas, tinha realmente poder no quarto de dormir.

Recostei-me nele, pensando no que havia feito e no que queria fazer agora. Como alguém consegue voltar a ser uma esposa depois de ter sido a deusa de alguém? Nunca cheguei a decidir, porém, pois a próxima coisa que ouvi foi Kyriakos chamando-me da frente da casa, voltando mais cedo do trabalho. Ariston e eu nos sentamos, surpresos. Meus dedos se emaranharam no tecido das cobertas quando tentei tirá-las de cima de mim. Meu vestido. Precisava achar meu vestido. Mas ele não estava ali, percebi. Eu o deixara no outro aposento. Talvez, pensei desesperada, conseguisse pegá-lo antes que Kyriakos nos encontrasse. Talvez eu pudesse mover-me rápido o suficiente.

Mas o fato foi que não pude.

No presente, tudo o que eu disse a Seth foi:

– É, não funcionou. Nem um pouco. Eu o traí.

– Oh – uma pausa. – Por quê?

– Porque eu podia. Foi uma estupidez.

– É por isso que você não marca encontros?

– Tudo que diz respeito àquilo dói demais. Nenhum bem justifica o mal.

– Você não pode saber se o próximo também vai dar errado. As coisas mudam.

– Não para mim. – Fechei os olhos para esconder as lágrimas que brotavam. – Vou dormir agora.

– Tudo bem.

Ele pode ter ido embora ou pode ter ficado. Eu não saberia dizer. Apenas adormeci, perdida no torpor de um sono negro.

Capítulo 15

Às vezes você acorda de um sonho. E às vezes, muito de vez em quando, você acorda em um sonho. Foi o que aconteceu comigo. Abri os olhos, a cabeça latejando, vagamente consciente de algo quente e felpudo em meus braços. O sol brilhante me fez apertar os olhos no começo, mas quando por fim consegui focalizar, percebi que estava olhando direto para as caras de Cady e O'Neill.

Sentei-me de supetão, movimento que minha cabeça não aprovou nem um pouco. Com certeza eu estava enganada. Certamente, não... Mas eles estavam ali. Diante de mim, perto da cama onde estava deitada, havia uma grande escrivaninha de carvalho circundada por quadros de aviso e quadros brancos. Pregados aos quadros de aviso havia recortes de revistas, rostos e mais rostos de pessoas que refletiam cada nuance dos personagens descritos nos livros de Seth. Uma seção estava até mesmo etiquetada NINA CADY, exibindo pelo menos vinte recortes diferentes de loiras esguias com cabelo curto encaracolado, enquanto outra seção, marcada BRYANT O'NEILL, mostrava trintões taciturnos, de cabelos escuros. Alguns dos recortes eram de anúncios que eu reconhecia, embora nunca tivesse notado uma semelhança com os personagens de Seth. Personagens secundários dos livros também tinham espaço nos quadros, embora com menos destaque que os principais.

Notas e palavras rabiscadas enchiam os quadros brancos, a maioria em um fluxograma com uma taquigrafia estranha, que não fazia sentido para mim. *Título provisório: Esperanças Azuis – arrumar depois; adicionar Jonah cap. 7; limpar 3-5; C&O em Tampa ou Nápoles? Checar estatísticas; Don Markos no 8...* As notas seguiam e seguiam. Fiquei olhando fixo para elas, percebendo estar vendo o esqueleto do próximo livro de Seth. Parte de mim sussurrava que eu não devia olhar, que estava estragando alguma coisa, mas o resto de mim estava fascinado demais vendo como um livro e seu mundo vinham à luz.

Por fim, o cheiro de bacon frito desviou minha atenção da escrivaninha de Seth, forçando-me a recordar como viera parar ali. Enchi-me de vergonha, ao lembrar-me como tinha sido idiota com Doug, Roman e até mesmo com Seth, mas minha fome falou mais alto, e adiou meus remorsos por algum tempo. Parecia estranho que sentisse fome depois do que fizera meu estômago sofrer na noite passada, mas como Hugh e seus ferimentos, eu também me recuperava depressa.

Desemaranhando-me das cobertas e do ursinho de pelúcia que sem perceber eu estivera segurando, fui ao banheiro enxaguar a boca e examinar minha aparência: descabelada e com cara de adolescente naquela camiseta. Eu não queria gastar energia mudando de forma, porém, e deixei o banheiro, para seguir o chiado da fritura que tinha como música de fundo "Radar Love", da banda Golden Earring.

Seth estava em uma cozinha moderna e bem-iluminada, cuidando de uma frigideira no fogão. O padrão de cores era vivo e jovial, com o colorido azul-claro das paredes ressaltando os armários e traves de madeira. Ao me ver, ele diminuiu a música e deu-me um olhar solícito. Sua camiseta de hoje exibia Tom e Jerry.

– Bom dia. Como está se sentindo?

– Surpreendentemente bem. – Fui até a mesinha para duas pessoas e me sentei, puxando a camiseta para cobrir minhas coxas. – Até agora, minha cabeça parece ser a única vítima.

– Quer tomar algo para isso?

– Não. Ela vai melhorar – hesitei, detectando algo por entre o cheiro de carne salgada e gordurosa. – Isso é... café?

– Sim. Quer um pouco?

– Normal?

– Sim. – Ele foi até um bule, serviu uma caneca de café fumegante e a trouxe para mim, junto com um conjunto bonitinho de açucareiro e leiteira.

– Achei que você não tomasse isso.

– Não tomo. Mas eu sempre tenho à mão, para o caso de alguma mulher com abstinência de cafeína acordar em minha cama.

– Isso acontece com frequência?

Seth sorriu enigmático e voltou para o fogão.

– Está com fome?

– Faminta.

– Como gosta dos ovos?

– Bem duros.

– Boa escolha. Também quer bacon? Você não é vegetariana ou algo assim?

– Sou uma carnívora autêntica. Quero serviço completo... se não for trabalho demais. – Sentia-me um tanto envergonhada por ele estar me servindo, considerando tudo o que já fizera. Ele não parecia importar-se.

O serviço completo revelou ser muito mais do que eu havia imaginado: ovos, bacon, torradas, dois tipos de geleia, bolo de café e suco de laranja. Comi tudo, pensando na inveja que sentiria Peter, ainda confinado a sua dieta de baixo carboidrato.

– Estou em coma alimentar – disse a Seth depois, ajudando com a louça. – Vou precisar voltar para a cama e dormir para fazer a digestão. Você come assim todos os dias?

– Não. Só quando as supracitadas mulheres estão por aqui. Isso garante que elas não vão embora tão depressa.

– Não é um problema, considerando que isto é tudo o que eu tenho para vestir.

– Não é verdade – ele disse, apontando para a sala. Erguendo os olhos, vi meu vestido, limpo e pendurado em um cabide. A calcinha de tecido delicado que eu usara sob ele estava pendurada ao redor do gancho do cabide. – Na etiqueta dizia lavagem a seco, mas arrisquei colocar no ciclo extrassuave na máquina de lavar. Ele saiu direitinho. Também a, hã, outra coisa.

– Obrigada – respondi, sem saber bem o que achava de ele ter lavado minha roupa de baixo. – Obrigada por tudo, eu realmente estou superagradecida pelo que fez por mim na noite passada... Você deve achar que sou uma doida varrida...

– Não tem problema. – Ele deu de ombros, e relanceou os olhos por um relógio próximo. – Mas vou ter que te deixar em breve. Lembra daquela festa? Começa ao meio-dia. Se quiser, você pode ficar aqui.

Olhei o mesmo relógio.

Onze e quarenta e sete.

– Ao meio-dia! Por que não me acordou mais cedo? Você vai chegar atrasado!

Ele deu de ombros de novo, infinitamente despreocupado.

– Achei que você precisava descansar.

Deixando na pia o pano de prato que tinha nas mãos, corri para a sala e peguei meu vestido.

– Vou chamar um táxi. Vá embora. Não se preocupe comigo.

– Sério, não tem problema – argumentou ele. – Posso lhe dar uma carona para casa ou... bom, se você quiser, pode vir comigo.

Ambos nos imobilizamos, desconfortáveis. Eu não sentia vontade alguma de ir a uma festa de estranhos. O que precisava era ir para casa e fazer um controle de danos com Roman e Doug. Mas... Seth tinha sido tão gentil comigo, e ele já queria desde antes que eu fosse com ele. Será que eu não lhe devia algo? Com certeza poderia fazer isso por ele. Uma festa vespertina não podia durar tanto tempo assim.

– Precisaríamos levar algo? – perguntei, por fim. – Vinho? Um queijo Brie?

Ele sacudiu a cabeça.

– Provavelmente não. É a festa de minha sobrinha de oito anos.

– Ah. Então nada de vinho?

– Não. E acho que de qualquer forma ela gosta mais de Gouda.

Olhei para meu vestido.

– Vou estar arrumada demais. Você não teria algo que eu pudesse colocar por cima disso?

Sete minutos depois, estava sentada no carro de Seth, e rodávamos em direção a Lake Forest Park. Eu usava de novo o vestido de crepe de seda, junto com uma camisa masculina de flanela, com um xadrez em tons de branco, cinza e azul-escuro.

A camisa estava aberta exceto por um par de botões. Eu havia prendido meu cabelo numa trança embutida, em vez de mudar de forma para arrumá-lo, e agora maquiava-me às pressas com os cosméticos que tinha na bolsa, enquanto estávamos a caminho. Suspeitava que estivesse com um visual meio Ginger-Rogers-encontra-Nirvana.

Chegamos à casa de subúrbio onde eu trouxera Seth umas semanas antes. Havia balões cor-de-rosa pendurados da caixa de correio, e uma mãe de *jeans* e moletom dava tchau enquanto uma garotinha entrava na casa. A mãe então voltou para o veículo enorme, capaz de transportar um time de futebol, que estava funcionando no acesso à casa.

– Opa – disse eu, avaliando tudo aquilo. – Nunca estive em nada parecido antes.

– Você deve ter estado quando era criança – observou Seth, estacionando do outro lado da rua.

– Bom, é – menti. – Mas com esta idade é uma experiência diferente.

Fomos até a porta da frente e entramos sem bater. De imediato, quatro vultos femininos pequenos e loiros arremeteram contra ele, agarrando-se a suas pernas e braços, e quase derrubando-o.

– Tio Seth! Tio Seth!

– O tio Seth está aqui!

– Isso é para mim? Isso é para mim?

– Soltem, antes que eu tenha que usar o gás lacrimogêneo – disse-lhes Seth com carinho, removendo uma garotinha que ameaçava arrancar fora seu braço esquerdo.

Uma delas, cheia de cachinhos loiros e com enormes olhos azuis, como as demais, avistou-me.

– Oi, quem é você? – disse ela, desenvolta. Antes que eu pudesse responder, ela disparou para fora do saguão, gritando. – Tio Seth trouxe uma moça!

Seth fez uma careta.

– Aquela é Morgan. Ela tem seis anos. – Ele apontou para um clone dela. – Esta é McKenna, sua gêmea. Esta aqui é Kayla, quatro. Esta aqui... – ele fez uma pausa para erguer a mais alta das quatro, e o movimento a fez gargalhar de alegria – ... é Kendall, a aniversariante. E imagino que Brandy esteja em algum lugar por aqui, mas ela é civilizada demais para me atacar como as outras.

Para além do saguão havia uma sala de estar, e outra garota loira, um pouco mais velha que Kendall, observava-nos, olhando por cima do encosto de um sofá. Crianças variadas, convidados da festa, supus, corriam e gritavam para além dela.

– Estou aqui, tio Seth.

Seth colocou Kendall no chão e desarrumou o cabelo de Brandy, para óbvio desgosto dela. Ela exibia aquela dignidade ultrajada que só alguém na beira da adolescência consegue ter. Morgan voltou logo em seguida puxando uma mulher alta e loira.

– Viu? Viu? – exclamou a garotinha. – Eu te disse.

– Você sempre causa tanto tumulto? – perguntou a mulher, dando um breve abraço em Seth. Ela parecia feliz mas exausta. Eu podia entender por quê.

– Quem me dera. Meus fãs não são nem metade tão vorazes. Andrea, esta é Georgina. Georgina, Andrea. – Apertei a mão dela enquanto uma versão um pouco mais baixa e mais jovem de Seth entrava na sala. – E este é meu irmão, Terry.

– Bem-vinda a nosso caos, Georgina – disse-me Terry depois que fui apresentada. Ele relanceou o olhar por todas as crianças, as dele e as outras, que corriam pela casa. – Não sei se entendo bem o que passou pela cabeça de Seth para trazê-la aqui. Você nunca vai querer voltar.

– Ei – exclamou Kendall para mim. – Esta não é a camisa que demos de presente de Natal ao tio Seth?

Um silêncio incômodo caiu sobre os adultos, enquanto tentávamos olhar para algum outro lugar. Por fim, Andrea limpou a garganta.

– Muito bem, gente – disse ela. – Vamos formar uma fila e começar com as brincadeiras.

Eu já imaginava que uma festa de aniversário de criança fosse uma loucura, mas o que testemunhei naquela tarde ultrapassou minha imaginação. Tão impressionante quanto isso era o jeito que o irmão e a cunhada de Seth tinham para controlar aquela horda de criaturas que berravam e pulavam, e que pareciam estar em todos os lugares da casa ao mesmo tempo. Terry e Andrea lidavam com todas com eficiente bom humor, enquanto Seth e eu fazíamos pouco mais do que assistir, ocasionalmente respondendo perguntas lançadas ao acaso em nossa direção. Só de testemunhar tudo aquilo fiquei aturdida; não conseguia imaginar-me tendo que enfrentar regularmente essa situação. Era fascinante.

A certa altura, enquanto recuperava o fôlego, Terry me viu sozinha e veio conversar.

– Estou feliz por ter vindo – ele disse. – Não sabia que Seth estava saindo com alguém.

– Somos só amigos – esclareci.

– Mesmo assim. É bom vê-lo com alguém de carne e osso. Alguém que ele não criou.

– É verdade que ele quase perdeu seu casamento?

Terry fez uma careta, confirmando.

– Meu padrinho, dá para acreditar? Aparecendo dois minutos antes do início da cerimônia. Estávamos a ponto de começar sem ele.

Eu só pude rir.

Ele sacudiu a cabeça.

– Se você continuar amiga dele, por favor, faça com que ele fique na linha. Meu irmão pode ser brilhante, mas por Deus, ele às vezes precisa de um guardião.

Depois das brincadeiras, veio o bolo, e depois do bolo vieram os presentes. Kendall ergueu o de Seth com ar de conhecedora e o sacudiu.

– Livros – declarou ela.

Brandy, mais velha e portanto a mais calada do grupo, olhou para mim e explicou.

– O tio Seth sempre nos dá livros.

Isso não pareceu perturbar Kendall nem um pouco. Ela abriu o pacote e gritou, deliciada com os três livros de piratas que ele continha.

– Piratas? – perguntei a Seth. – Isso é politicamente correto?

Os olhos dele brilharam.

– Ela quer ser um.

Quando a festa terminou e os pais vieram buscar os convidados, Kendall implorou a Seth que lesse histórias, e eu o segui, a suas sobrinhas e outras pessoas ainda por ali, até a sala de estar, enquanto os pais das meninas tentavam arrumar a cozinha. Seth lia da mesma forma fascinante como fizera durante a noite de autógrafos, e eu me acomodei em uma poltrona, contentando-me em ouvir e observá-lo. Fiquei surpresa quando a figurinha miúda de Kayla subiu por cima de mim e acomodou-se em meu colo.

A caçula da casa, ela sabia gritar como ninguém, mas tinha tendência a falar muito pouco. Ela me estudou com seus grandes olhos, tocou com interesse minha trança embutida e então aconchegou-se a mim para ouvir Seth. Fiquei pensando se podia entender algo do que ele dizia. De qualquer modo, ela era macia e quente e cheirava como uma garotinha. Sem perceber, passei os dedos por seus cabelos finos e claros, e logo comecei a trançá-los como os meus.

Quando Seth terminou uma história, McKenna notou o que eu estava fazendo.

– Eu sou a próxima.

– Não, eu – impôs Kendall, ansiosa. – É o meu aniversário.

Terminei trançando o cabelo das quatro meninas mais novas. Brandy se opôs, tímida. Não querendo quatro cópias de mim, escolhi outros estilos para as garotas, tranças em espinha de peixe e trancinhas pequenas que as deliciaram. Seth continuou a ler, de vez em quando erguendo os olhos para mim e para minha arte.

Quando estávamos prontos para ir embora, eu me sentia drenada física e emocionalmente. As crianças sempre me faziam sentir um pouco melancólica; estar em contato com elas desta forma me deixou numa tristeza que eu não poderia explicar.

Seth despediu-se de seu irmão enquanto eu esperava perto da porta. Enquanto estava ali, notei uma pequena estante perto de mim. Estudando os títulos, apanhei a *Nova Bíblia anotada Burberry: Velho e Novo Testamentos.* Recordando o que Roman havia dito sobre a Bíblia do Rei Tiago ser uma tradução ruim, abri esta outra em Gênesis 6.

As palavras eram quase idênticas, um pouco mais claras e com um som mais moderno aqui e ali, mas sem diferenças no geral. Com uma exceção. No versículo 4, a Bíblia do Rei Tiago dizia: "Havia, naqueles dias, gigantes na terra; e também depois, quando os filhos de Deus se relacionaram com as filhas dos homens...". Esta versão, porém, dizia: "Os Nefilins estavam na terra naqueles dias e também depois, quando os filhos de Deus foram às filhas dos homens...".

Nefilins? Um número sobrescrito aparecia ao lado da palavra, e procurei a nota de rodapé correspondente.

> A palavra "nefilins" é às vezes traduzida como "gigantes" ou "caídos". As fontes variam nas menções a esses descendentes dos anjos, citando-os às vezes simplesmente como vizinhos dos Cananeus e em outras ocasiões como criaturas semelhantes a titãs, reminiscentes dos heróis gregos (Harrington, 2001).

Frustrada, procurei na referência de Harrington na bibliografia do livro, encontrando-a relacionada a *Arcanos e Mitos Bíblicos*, de Robert Harrington. Memorizei o título e o autor, devolvendo a Bíblia a seu lugar na mesma hora em que Seth virou-se para irmos.

Rodávamos calados, o céu ficando cinzento cedo, à medida que o inverno de Seattle se avizinhava. Em geral eu interpretaria o silêncio no carro como incômodo e esquisito, mas pareceu-me confortável, enquanto minha mente refletia sobre a referência aos nefilins. Eu precisava encontrar o livro de Harrington, decidi.

– Eles não tinham sorvete – observou Seth de repente, interrompendo meus pensamentos.

– Hein?

– Terry e Andrea. Eles tinham bolo sem sorvete. Quer tomar um sorvete?

– Não foi açúcar suficiente para você?

– É que eles combinam, só isso.

– Está dez graus lá fora – avisei quando ele estacionou ao lado de uma sorveteria. Sorvete num tempo inclemente me parecia algo estranho. – E está ventando.

– Você está brincando? Em Chicago, um lugar como esse nem estaria aberto nessa época do ano. O tempo está agradável.

Entramos. Seth pediu um cone duplo de chocolate com menta. Pedi algo mais aventureiro, um duplo de *cheesecake* de mirtilo e *mocha* de amêndoa. Sentando-nos a uma mesa junto da janela, tomamos nossos artefatos açucarados ainda em silêncio.

– Você está quieta hoje – disse ele, por fim.

Olhei-o admirada, interrompendo minha dissecção mental dos nefilins.

– É uma mudança.

– O que é?

– Em geral sou eu quem acha que você está quieto demais. Eu tenho que falar e falar para manter as coisas em andamento.

– Já percebi isso... Hã... desculpe, não saiu do jeito que quis dizer. Soou como algo ruim. É uma boa coisa que você fale. Você parece sempre saber a coisa certa para dizer. Exatamente a coisa certa no momento certo.

– Não na noite passada. Eu disse coisas horríveis. Para Doug e para Roman. Eles nunca vão me perdoar – lamentei-me.

– Com certeza vão. Doug é um bom sujeito. Eu não conheço Roman, mas...

– Mas o quê?

Seth de repente pareceu embaraçado.

– Imagino que seja fácil perdoar você.

Olhamos um para o outro por um instante, e o calor subiu a minhas faces. Não do tipo ferver o sangue, ficar nua e pular sobre alguém, mas um calor confortável. Como enrolar-se em um cobertor.

– Isso parece horrível, sabia? – ele disse.

– O quê?

– Essa combinação. – Ele apontou para meu cone.

– Ei, não rejeite antes de provar. Na verdade eles combinam muito bem.

Ele pareceu duvidar.

Deslizei minha cadeira mais para perto dele e ofereci-lhe uma mordida.

– Tente pegar os dois sabores.

Ele se debruçou para provar e conseguir pegar tanto o *cheesecake* de mirtilo como o *mocha* de amêndoa. Infelizmente, um pouco de *cheesecake* de mirtilo escorreu para seu queixo. Por instinto, estendi a mão para impedir que caísse, e o coloquei de volta em sua boca. Da mesma forma automática, ele capturou o bocado fugitivo com a língua, lambendo-o de meus dedos.

Uma explosão de erotismo me percorreu, e olhando-o nos olhos percebi que ele a compartilhara.

– Aqui – apressei-me em dizer, apanhando um guardanapo e ignorando o desejo de colocar meus dedos de volta na boca dele.

Seth limpou o queixo com ele, mas ao menos por uma vez não deixou que a timidez levasse a melhor. Ele ficou onde estava, debruçando-se perto de mim.

– Seu cheiro é muito bom. Como... gardênias.

– Angélica – corrigi-o automaticamente, atordoada por sua proximidade.

– Angélica – ele repetiu. – E incenso, acho. Nunca senti um perfume assim antes. – Ele chegou um pouquinho mais perto.

– É Michael, de Michael Kors. Você consegue em qualquer loja cara de departamentos – quase gemi quando essas palavras deixaram meus lábios nervosos. Que coisa idiota para dizer. Minha agitação me tornava frívola. – Talvez Cady pudesse começar a usá-lo.

Seth estava muito sério.

– Não. Isto é você. Só você. Ele nunca teria exatamente o mesmo aroma em outra pessoa.

Estremeci. Eu usava este perfume porque ele lembrava o que os outros imortais sentiam em minha assinatura única, minha aura. *Isto é você.* Com algumas palavras casuais, era como se Seth tivesse descoberto uma parte secreta de mim, olhado em minha alma.

Ficamos lá sentados, a química agindo entre nós como louca, nenhum dos dois fazendo nada. Eu sabia que ele não tentaria me beijar, como Roman fizera. Seth estava feliz apenas me olhando, fazendo amor comigo com os olhos.

De repente, o vento forçou a porta da sorveteria, escancarando-a enquanto fortes rajadas sopravam para dentro. Mechas de cabelo voaram em meu rosto, e baixei as mãos com força sobre os guardanapos que voavam de nossa mesa. Outros itens no salão tiveram menos sucesso, e guardanapos e pedaços de papel voaram pelo local, enquanto um copo cheio de colheres de plástico caiu do balcão, espalhando pelo piso seu conteúdo. O balconista correu para a porta, lutando contra o vento para fechá-la com o trinco. Quando finalmente conseguiu, ele encarou a porta cheio de ressentimento.

O momento, qualquer que tenha sido, foi destruído. Seth e eu pegamos nossas coisas e partimos em seguida. Pedi-lhe para deixar-me na livraria. Eu torcia para que Doug estivesse lá para que eu pudesse me desculpar, e além disso queria pegar o livro de Harrington.

– Você quer entrar um pouco? Dar um oi para as pessoas? – Por algum motivo eu me sentia relutante em deixar Seth agora, a despeito de tudo o que precisava fazer.

Ele sacudiu a cabeça.

– Desculpe. Tenho que ir. Tenho um compromisso.

– Oh. – Eu me senti meio idiota. Até onde eu sabia, ele podia ter um encontro agora. E por que não teria? Eu não era de modo algum seu único contato social, sobretudo depois de meu blá-blá-blá sobre não querer encontros. Eu era uma tola em ver tanta coisa naquilo que rolara com o sorvete, ainda mais que supostamente eu devia estar maluca por Roman. – Bom, obrigada de novo por tudo. Algum dia vou retribuir.

Ele fez um gesto de deixa pra lá com a mão.

– Não foi nada. Além do mais, você já me pagou, indo à festa.

Agora fui eu quem sacudiu a cabeça.

– Eu não fiz nada lá.

Seth apenas sorriu.

– Vejo você por aí.

Saí do carro e de imediato coloquei a cabeça de novo para dentro dele.

– Ei, eu devia ter perguntado antes isso. Você já autografou meu livro? *O Pacto de Glasgow*?

– Ih... cara. Não. Não acredito que esqueci. Ele ainda está em casa. Vou autografá-lo e então trago. Me desculpa. – Ele parecia sinceramente consternado.

– Tudo bem. Não tem problema. – Eu teria revistado seu apartamento para encontrá-lo.

Nos despedimos de novo, e entrei na livraria. Se me lembrava bem da escala de trabalho, Paige devia ter aberto a loja e Doug estaria lá como gerente da tarde. De fato, ele estava no balcão de atendimento, observando enquanto Tammi ajudava um cliente.

– Oi – disse eu, indo até ele, o desconforto me dominando ao relembrar-me de minhas palavras duras. – Posso falar com você um minuto?

– Não.

Ei. Eu esperara que ele estivesse chateado... mas isto?

– Você precisa ligar primeiro para seu amigo.

– Eu... O quê?

– Aquele cara – explicou Doug. – O cirurgião plástico que sai com você e com Cody.

– Hugh?

– É, esse mesmo. Ele ligou tipo umas cem vezes, deixando mensagens. Ele estava preocupado com você. – Sua expressão ficou ao mesmo tempo suave e irônica, enquanto ele examinava meu conjunto de vestido e camisa de flanela. – E eu também.

Franzi o cenho, incomodada com a urgência de Hugh.

– Tá bem. Vou ligar para ele agora. Vamos conversar mais tarde?

Doug fez que sim com a cabeça, e fiz menção de pegar meu celular, até que me lembrei que o tinha quebrado na noite anterior. Em vez disso fui para a sala dos fundos, sentei na beirada da mesa e liguei para Hugh.

– Alô?

– Hugh?

– Jesus Cristo, Georgina. Por onde você andou?

– Eu, é, em lugar nenhum...

– Estivemos tentando entrar em contato com você toda a noite de ontem e hoje.

– Eu não estava em casa – expliquei. – E meu celular quebrou. Por quê? O que foi? Me diz que não aconteceu de novo.

– Infelizmente. Dessa vez foi outro assassinato, nada de uma surra amigável. Quando não conseguimos falar com você, os vampiros e eu achamos que ele também tinha pegado você, mesmo que Jerome dissesse que podia sentir que você estava bem.

Engoli em seco.

– Quem... quem foi?

– Você está sentada?

– Mais ou menos.

Retesei-me e fiquei preparada para qualquer coisa. Demônio. Duende. Vampiro. Súcubo.

– Lucinda.

Pisquei os olhos.

– O quê? – Todas minhas teorias de um vingador contra o mal se despedaçaram. – Mas isso é impossível. Ela é... é...

– ...um anjo – Hugh concluiu por mim.

Capítulo 16

– Georgina?

– Estou aqui.

– Tremenda encrenca, hein? Acho que isso acaba com a sua teoria do anjo.

– Não tenho tanta certeza.

Minha reação inicial de desânimo estava sendo substituída por uma nova ideia, que vinha infiltrando-se no fundo de minha mente desde que li a passagem bíblica na casa de Terry e Andrea. Eu me perguntava agora com o que exatamente estávamos lidando, se no fim das contas seria de fato um anjo. Recordei as palavras do Gênesis: *Havia, naqueles dias, gigantes na terra... estes eram os valentes que houve na Antiguidade, os varões de fama...*

– O que Jerome disse sobre tudo isso?

– O que você acha? Nada.

– Mas todos os outros estão bem, certo?

– Pelo que sei, sim. O que você vai fazer? Nada idiota, espero.

– Tenho que checar uma coisa.

– Georgina... – alertou Hugh.

– Sim?

– Tenha cuidado. Tudo isso deixou Jerome num mau humor terrível.

– Posso imaginar – respondi, com uma risadinha seca.

Um silêncio desagradável pairou na linha.

– O que é que você não está me contando?

Ele hesitou mais um instante.

– Isso... isso foi uma surpresa pra você, não foi? Isso que aconteceu com Lucinda?

– Claro que sim. Por que não seria?

Outra pausa.

– É que... bom, você tem que concordar que é meio esquisito. Primeiro, Duane...

– Hugh!

– E daí, quer dizer, ninguém conseguia te achar...

– Eu já disse, meu celular quebrou. Você não está falando sério.

– Não, não. É só que... Sei lá. Falo com você mais tarde.

Desliguei.

Lucinda, morta? Lucinda, com sua saia xadrez e seu cabelo chanel? Era impossível. Sentia-me péssima; eu a havia visto no outro dia. Bom, eu a chamei de cadela beata, mas não queria que isso tivesse acontecido com ela. Assim como também não queria que Duane estivesse morto.

Ainda assim, as conexões que Hugh havia traçado eram estranhas, mais estranhas do que eu gostaria de admitir. Eu discuti tanto com Duane como com Lucinda, e os dois morreram logo em seguida. Mas e Hugh? Como ele se encaixava nisso? *Belo amigo. Pelo que ouvi, ele se divertiu muito contando para quem quisesse ouvir sobre sua roupinha com chicote e chifres.* Lembrei-me da alfinetada de Lucinda. Eu de fato tivera um pequeno desentendimento com o duende pouco antes de ele ser atacado. Um desentendimento pequeno e uma agressão pequena, tendo em vista que ele sobrevivera.

Estremeci, sem saber o que isso significava. Doug entrou na sala.

– Conseguiu esclarecer tudo?

– Sim, obrigada. – Ficamos lá, sem jeito, por um instante, até que por fim abri as comportas de meu arrependimento. – Doug, eu...

– Esquece, Kincaid. Não foi nada.

– Eu não devia ter falado o que falei. Eu estava...

– Acabada. Chapada. Bêbada de cair. Acontece.

– Mesmo assim. Eu não tinha o direito. Você estava tentando me ajudar, e eu surtei como uma vaca psicótica.

– Você não surtou tanto assim.

– Mas fui uma vaca, não fui?

– Bom... – Ele disfarçou um sorriso, sem me olhar nos olhos.

– Sinto muito, Doug. Eu sinto muito mesmo.

– Deixa disso. Não vou aguentar tanto sentimentalismo.

Inclinei-me para a frente e apertei de leve seu braço, recostando por um instante a cabeça no ombro dele.

– Você é um cara legal, Doug. Legal de verdade. Um amigo e tanto. E eu sinto muito, sinto por tudo que aconteceu... ou que não aconteceu... entre nós.

– Ei, esquece. Entre amigos não é nada demais, Kincaid. – Uma pausa pesada pairou entre nós; era evidente que ele ainda se sentia pouco à vontade com essa conversa. – Ficou... ficou tudo bem depois? Não vi mais você depois do *show*. Essa roupa que você está usando não me tranquiliza nem um pouco.

– Você nunca vai acreditar de quem é esta camisa – provoquei, logo em seguida contando toda a história de como passei mal na frente de Seth e da festa de aniversário que se seguiu.

Doug ria como um doido quando terminei de contar, mas com uma ponta de alívio.

– Mortensen é um bom sujeito – ele disse por fim, ainda rindo.

– Ele disse o mesmo sobre você.

Doug sorriu.

– Sabe que ele... Puxa vida! Com todos aqueles telefonemas, me esqueci. – Virando-se para a mesa, ele procurou entre papéis e livros, e finalmente me entregou um pequeno envelope branco. – Você recebeu um bilhete. Paige disse que o encontrou na noite passada. Espero que sejam notícias boas.

– É, eu também.

Mas tive minhas dúvidas quando o vi. Peguei-o devagar, como se fosse algo que pudesse me queimar. Papel e letra eram idênticos ao do anterior. Abrindo o envelope, li:

> Então está interessada em anjos caídos, não é? Bom, haverá uma aula prática esta noite. Vai ser bem mais elucidativa do que suas pesquisas recentes, e você nem vai precisar trepar com seu chefe para conseguir ajuda em suas elucubrações. Se bem que assistir você bancando a puta teve lá seus bons momentos.

Ergui os olhos, encontrando o olhar curioso de Doug.

– Sem problemas – disse-lhe, despreocupada, dobrando a nota e guardando-a na bolsa. – Coisa velha.

Pelo que Hugh me contara, Lucinda tinha sido morta na noite anterior, e a nota tinha sido entregue antes disso, segundo Doug. O alerta tinha passado despercebido. Pelo visto, o responsável não conhecia bem meu horário, ou não planejara que eu interferisse. Era mais uma tática de intimidação.

Qualquer que fosse o objetivo de me notificar sobre o que aconteceria com Lucinda, isso não era nada comparado à outra referência que a nota fazia. A ideia de que alguém tivesse me observado fazendo sexo com Warren era de arrepiar.

– O que vai fazer agora? – perguntou Doug.

– Acredite se quiser, preciso achar um livro.

– Você está no lugar certo.

Fomos até o balcão de informações, onde estava Tammi. Era bom ver que Doug a treinava para aquela função; precisaríamos de gente disponível para todas as tarefas quando chegasse a época do Natal.

– Vamos praticar um pouco – disse-lhe eu. – Diga-me onde temos este livro.

Dei-lhe o nome, e ela procurou no computador, franzindo as sobrancelhas com o resultado.

– Não temos. Podemos encomendar para você.

Fechei a cara, entendendo de repente por que as pessoas pareciam tão irritadas quando eu lhes dizia isso.

– Grande – resmunguei. – Onde vou achar esse livro ainda esta noite? – Erik poderia tê-lo, mas já devia estar fechado.

– Detesto fazer essa sugestão – brincou Doug –, mas pode ser que uma biblioteca o tenha.

– Talvez... – Olhei o relógio, sem saber até que horas ficavam abertas as bibliotecas dos arredores.

– Hã, Georgina... – disse Tammi, cautelosa. – Sei de um lugar que tem esse livro. E ainda está aberto.

Surpreendida, virei-me para ela.

– Sério? Onde...? Não. Lá não.

– Desculpa. – Seus olhos azuis imploravam que a perdoasse por tais notícias. – Mas havia três exemplares disponíveis quando eu estava lá. Não devem ter sido vendidos.

Dei um gemido, massageando as têmporas.

– Não posso ir até lá. Doug, você poderia ir a um lugar e me fazer um favor?

– Tenho que fechar a loja – ele me informou. – Que lugar é esse que você está tentando evitar?

– Krystal Starz, o covil da "feiticeira maluca".

– Não iria nem que me pagasse.

– Você poderia me pagar – observou Tammi –, mas também vou fechar a loja. Sc isso facilita as coisas, ela não fica lá o tempo todo.

– É – acrescentou Doug, solícito. – Nenhum gerente fica de serviço o tempo todo. Ela deve ter outros funcionários que se revezam com ela.

– A menos que estejam com falta de pessoal – resmunguei. A ironia da coisa.

Deixei a loja e peguei o carro, para ir até Krystal Starz. Enquanto dirigia, ponderei sobre os dois fragmentos de informação que obtivera naquele dia.

Primeiro, a referência aos nefilins. A Bíblia do Rei Tiago citava os descendentes dos anjos, mencionando até serem fora do comum, mas eu não havia pensado nas possibilidades que os filhos dos anjos podiam oferecer. A nota de rodapé da versão de Terry e Andrea dava apenas um pouco mais de detalhes sobre tais criaturas, mas foi suficiente para acender uma luz em minha cabeça. Quem melhor para atacar tanto anjos como demônios, pensei, do que algum tipo de semideus bastardo?

Claro, a descoberta de todo esse lance dos nefilins foi resultado da sugestão de Erik quanto ao versículo sobre anjos caídos. Eu podia estar entrando por um beco sem saída, e o culpado de verdade talvez fosse um imortal comum, desequilibrado e massacrando integrantes dos dois lados. Afinal de contas, eu ainda não havia riscado Carter da lista de suspeitos, e nem pudera imaginar por que o referido assassino foi até o fim com Duane e Lucinda mas deixou Hugh viver.

O outro fragmento de informação de hoje, o bilhete, não acrescentava muito ao que eu já sabia. Eu o recebera tarde demais para que tivesse alguma utilidade preventiva. E se algum *voyeur* andava me seguindo, eu tampouco podia fazer algo quanto a isso.

Ainda assim, o fato levava a uma questão óbvia: por que essa pessoa me seguia? As evidências indicavam que eu era a única a receber tal atenção, a única a receber bilhetes. E persistia a verdade incômoda: todos com quem me desentendera haviam, logo em seguida, transformado-se em vítimas.

Quando estava quase chegando a Krystal Starz, parei em uma rua deserta. Embora Tammi e Doug não soubessem, eu já tinha uma solução simples para enfrentar Helena. Despindo meu vestido e a camisa de Seth, para que não fossem consumidos, mudei de forma e assumi as feições de uma mulher oriental alta e esguia, com um vestido de linho. Eu às vezes usava este corpo para caçar.

A livraria *new age* estava quieta quando entrei, apenas um ou dois clientes olhando produtos. O mesmo acólito garotão que eu já encontrara estava na registradora e, bênção das bênçãos, eu não via Helena em lugar algum. Mesmo disfarçada, não tinha vontade alguma de enfrentar aquela doida.

Sorrindo para o jovem atrás do balcão, aproximei-me e perguntei onde poderia achar o livro. Devolvendo o sorriso como um idiota, já que eu assumira uma forma bem atraente, ele me levou até uma determinada seção do indecifrável sistema de catalogação, encontrando de imediato o livro. Como Tammi havia dito, a loja tinha três cópias.

Voltamos à registradora para que eu pagasse, e suspirei aliviada, achando que sairia incólume dali. Mas não tive tanta sorte. Lá no fundo, a porta que levava ao auditório abriu-se, e Helena deslizou para fora como se tivesse sido conjurada, trajando um vestido solto de cor fúcsia e carregada com seus habituais cinco quilos de colares. Droga. Era como se a mulher tivesse mesmo um sexto sentido ou algo do gênero.

– Está tudo bem, Roger? – perguntou ao atendente, com a voz rouca que usava em público.

– Sim, sim. – Ele balançou a cabeça, ansioso, parecendo deleitado por ela proferir seu primeiro nome.

Voltando-se para mim, ela me deu um de seus sorrisos de diva.

– Olá, minha querida. Como está hoje?

Recordando-me que esta identidade que eu usava não tinha nenhuma desavença com ela, forcei um sorriso e respondi-lhe com educação.

– Bem, obrigada.

– Imagino que sim – ela me disse, muito séria, enquanto eu pagava ao garoto –, porque posso sentir coisas excelentes em sua aura.

Arregalei os olhos, tentando fingir o assombro de uma pessoa leiga.

– Sério?

Ela assentiu com a cabeça, feliz com a plateia atenta.

– Muito brilhante. Muito forte. Muitas cores. Coisas muito boas estão a sua espera. – Essa previsão era muito diferente da que ela fizera na Emerald City, pensei. Ao ver o livro que eu comprava, ela me olhou com atenção, talvez por ser uma obra densa, repleta de pesquisa, em contraste com a maior parte das bobagens que ela vendia. – Estou surpresa. Eu esperaria que você buscasse leituras sobre como usar melhor seus dons. Maximizar todo seu potencial. Há vários títulos que posso recomendar-lhe, se tiver interesse.

Essa mulher nunca dava um tempo com o papo de vendedora?

– Ah, eu adoraria – respondi, melosa, e apontei para a sacola que agora tinha em mãos –, mas só trouxe dinheiro para comprar isto.

– Entendo – ela disse, com gravidade. – Deixe-me mostrar-lhe alguns livros, de qualquer modo. Assim, você saberá o que comprar da próxima vez que vier.

Dividida, tentei avaliar o que me traria maior incômodo, segui-la ou começar uma desavença em um corpo diferente. Notando a hora em um relógio, vi que a loja fecharia em quinze minutos. Ela não conseguiria gastar muito de meu tempo.

– Tudo bem, eu adoraria.

Toda sorrisos, Helena conduziu-me pela loja, mais uma vítima em sua teia. Como prometido, examinamos livros sobre como usar as partes mais poderosas da aura, outros sobre a energização com cristais, e até um sobre como a visualização poderia ajudar a realizar tudo o que mais queremos. Este último foi tão penoso que desejei usá-lo para bater em minha cabeça e pôr um fim ao sofrimento.

– Não subestime o poder da visualização – ela sussurrou. – Você pode controlar seu próprio destino, estabelecer seu próprio caminho, suas regras e objetivos. Sinto em você um grande potencial, mas seguir esses princípios pode ajudá-la a abrir mais portas, para tudo o que puder lhe proporcionar uma vida mais plena. Carreira, um lar, marido, filhos.

Uma imagem da sobrinha de Seth sentada em meu colo surgiu de repente em minha mente, sem eu querer, e afastei-me abruptamente de Helena. Súcubos não tinham filhos. Com livro ou sem livro, não seria esse meu futuro.

– Preciso ir. Obrigada pela ajuda.

– Não há por quê – respondeu ela, comedida, entregando-me uma lista onde, de modo conveniente, ela assinalara os títulos... e os preços. – E deixe-me dar-lhe alguns folhetos com nossa programação de eventos.

Não terminava nunca. Ela afinal me libertou, quando eu já estava bem carregada de papéis, que despejei na lata de lixo do estacionamento. Deus do céu, eu odiava aquela mulher. Talvez Helena, a trambiqueira cheia de lábia, fosse melhor que Helena, a doida varrida que estivera na Emerald City, mas esse era um páreo difícil. Pelo menos eu tinha conseguido o livro, e era o que importava.

No caminho para casa, parei em um de meus restaurantes chineses favoritos, já de volta a minha forma costumeira. Levei comigo o livro de Harrington, e comi um frango agridoce enquanto lia o verbete sobre os nefilins:

> Os nefilins são mencionados pela primeira vez no Gênesis 6:4, onde às vezes são chamados de "gigantes" ou "caídos". Independentemente do termo usado na tradução, a origem dos nefilins fica clara nessa passagem: são os descendentes semidivinos dos anjos com mulheres humanas. Em Gênesis 6:4, são tratados como "valentes" e "varões de fama". O restante da Bíblia traz poucas referências à ascendência angelical dos nefilins, mas relatos de gigantes e de homens de "grande estatura" aparecem com frequência em outros livros, como Números, Deuteronômio e Josué. Já se especulou que a "violência" que levou ao dilúvio no Gênesis 6 foi na verdade o resultado da influência corruptora dos nefilins sobre a humanidade. Textos apócrifos adicionais, como 1 Enoque, detalham a trajetória dos anjos caídos e suas famílias, descrevendo como os anjos corruptos ensinaram "magias e encanta-

mentos" a suas esposas, enquanto seus filhos estavam à solta no mundo, conduzindo massacres e criando discórdia entre os humanos. Os nefilins, dotados de grandes poderes semelhantes aos dos antigos heróis gregos, eram, no entanto, amaldiçoados por Deus e renegados por seus pais, condenados a vagar sem paz pela terra por toda a vida, até serem finalmente destruídos pelo bem da humanidade.

Ergui os olhos, sem fôlego. Nunca havia ouvido nada assim. Eu acertara ao dizer a Erik que não valia a pena indagar os devotos sobre sua própria história; com certeza, alguém devia ter-me dito isso antes. Descendentes dos anjos. Seriam os nefilins reais? Estariam ainda por aí? Ou estaria eu de fato entrando num beco sem saída, atrás de uma pista equivocada, em vez de concentrar minha busca em imortais de meu calibre ou superiores, como Carter? Afinal, esses nefilins eram meio humanos; não podiam ser assim tão poderosos.

Depois de pagar a conta, fui até meu carro, abrindo meu bolinho da sorte enquanto caminhava. Vazio. Que gracinha. Uma garoa fina pairava no ar à minha volta, e a fadiga infiltrava-se devagar em meu corpo, o que não era surpresa em vista das últimas vinte e quatro horas.

Não consegui achar uma vaga para estacionar quando cheguei a Queen Anne, o que indicava que algum evento esportivo ou *show* ocorria nos arredores. Resmungando, estacionei a vários quarteirões de casa, jurando nunca mais alugar um apartamento sem garagem. O vento que Seth e eu sentíramos mais cedo estava amainando, e isso era normal, já que Seattle não era um lugar muito ventoso. A chuva apertou, porém, piorando meu humor.

Estava a meio caminho de casa quando ouvi passos atrás de mim. Estacando, virei-me para olhar para trás, mas não vi nada além do pavimento molhado, refletindo de forma difusa a iluminação da rua. Não havia ninguém. Voltando a olhar para a frente, comecei a apressar o passo, até que percebi que era melhor ficar invisível. Jerome estava certo, eu pensava demais como uma humana.

Ainda assim, não estava gostando da rua que escolhi para voltar para casa. Eu precisava sair dela e seguir pela própria avenida Queen Anne o resto do caminho.

Havia acabado de virar a esquina de um beco quando alguma coisa golpeou minhas costas com força, empurrando-me uns dois metros para diante e assustando-me tanto que voltei a ficar visível. Tentei me virar para acertar meu agressor, mas outro golpe acertou-me na cabeça, fazendo-me cair de joelhos. A impressão que tinha era de estar sendo atingida por algo com forma de mão e braço, mas o impacto parecia mais com o de um taco de beisebol. De novo meu agressor me golpeou, desta vez nas omoplatas, e gritei na esperança de que alguém me ouvisse. Outra pancada acertou-me a lateral da cabeça, com tal força que caí de costas. Apertei os olhos, tentando ver quem estava fazendo isso, mas tudo que consegui distinguir foi um vulto escuro e disforme, precipitando-se sobre mim, veloz e decidido, e outro golpe atingiu minha mandíbula. Não conseguia escapar àquela investida furiosa, não conseguia lutar contra a dor que caía sobre mim mais forte e espessa que a chuva ao redor.

De repente, uma luz brilhante encheu minha visão, tão brilhante que chegou a doer. E não apenas em mim. Meu agressor recuou, soltando-me, e acima de mim ouvi um grito muito agudo e estranho. Tomada por uma atração irresistível, olhei na direção da luz. Uma dor branca e incandescente queimou meu cérebro quando o fiz, e meus olhos registraram o vulto que vinha em nossa direção: belo e terrível, com todas as cores e nenhuma, luz branca e escuridão, alado e armado com uma espada, feições cambiantes e indistinguíveis. O grito seguinte que ouvi foi o meu próprio, a agonia e êxtase do que acabara de ver flamejando em meus sentidos, muito embora já não o visse mais. Tudo em minha visão se tornou branco e mais branco e ainda mais, até que tudo ficou negro, e eu não podia mais enxergar.

Então, fez-se o silêncio.

Fiquei sentada lá, soluçando, ferida no corpo e no espírito. Passos se aproximaram e senti que alguém se ajoelhava a meu lado. De algum modo, a despeito de minha cegueira, eu sabia que não era meu agressor. Ele já tinha fugido fazia muito tempo.

– Georgina? – perguntou uma voz familiar.

– Carter – exclamei, circundando-o com meus braços.

Capítulo 17

Acordei com o som de Aubrey ronronando em meu ouvido. Pressentindo que eu estava consciente, ela chegou mais perto e lambeu minha face perto do lóbulo da orelha, os bigodes roçando-me a pele com suavidade. Fazia cócegas. Remexendo o corpo, abri os olhos. Para meu espanto, consegui perceber luz, cores e formas, embora borradas e meio distorcidas.

– Posso enxergar – murmurei para Aubrey, tentando sentar-me. Na mesma hora, uma infinidade de dores gritou por todo meu corpo, tornando difícil qualquer movimento. Fiquei deitada em meu sofá, coberta com uma velha manta de crochê.

– É claro que pode – informou-me a voz fria de Jerome. Aubrey escapuliu. – Mas seria bem feito se não pudesse. O que você estava pensando, olhando para um anjo em plena forma?

– Eu não estava – disse-lhe, apertando os olhos para ver seu vulto vestido com roupas escuras, andando de um lado a outro diante de mim. – Pensando, quero dizer.

– Isto está óbvio.

– Acalmem-se – a voz lacônica de Carter soou em algum ponto atrás de mim.

Endireitando-me e olhando ao redor, consegui distinguir sua silhueta indistinta, apoiada em uma parede. Peter, Cody e Hugh também estavam na sala. Como uma reunião rotineira de uma família problemática. Não consegui evitar o riso.

– Que graça, todo mundo junto...

Cody sentou-se perto de mim, suas feições entrando em foco de repente, quando ele se inclinou para olhar meu rosto mais de perto. Com cuidado, ele passou um dedo ao longo de meu malar, franzindo o cenho.

– O que aconteceu?

– Está tão ruim assim? – Fiquei séria de repente.

– Não – ele mentiu. – Hugh estava pior. – O duende fez um som indistinto do outro lado da sala.

– Eu já sei o que aconteceu – atalhou Jerome. Eu não precisava ver com nitidez o rosto do demônio para saber que ele me encarava duro. – O que eu não entendo é *por que* isso aconteceu. Você estava tentando criar uma situação que fosse a mais perigosa possível? "Hum, vejamos... beco escuro, ninguém por perto...", esse tipo de coisa?

– Não – retruquei. – Não estava pensando nada disso. Eu não estava pensando em nada exceto voltar para casa. – Relatei o caso da melhor forma que pude, começando com os passos atrás de mim e terminando com Carter.

Quando cheguei ao fim, Hugh sentou-se em uma poltrona na minha frente, pensativo.

– Pausas, não é?

– O quê?

– A forma como você disse que aconteceu... Você era atingida, pausa, então outro golpe, pausa, e aí outro. Certo?

– É, e daí? Sei lá. Não é como funciona uma briga? Golpear, recuar, preparar para o golpe seguinte? Além disso, foram intervalos de um segundo ou algo assim, não eram pausas para descansar.

– Comigo não houve nada disso. Fui também açoitado. Foi um verdadeiro massacre. Uma saraivada contínua de golpes, desafiando o possível e a compreensão. Foi absolutamente sobrenatural.

– No meu caso também foi – respondi. – Pode acreditar, eu não conseguiria lutar contra aquilo. Não foi um ataque de um simples mortal, se é o que está sugerindo.

Hugh só encolheu os ombros.

Fez-se silêncio, e lancei ao duende um olhar de soslaio, tanto quanto me permitiu minha visão limitada.

– Eles estão se entreolhando de um modo significativo, não estão?

– Quem?

– Carter e Jerome. Posso sentir. – Virei-me para Carter, imaginando se de repente a visita à livraria não fora em vão. – Você lembrou de trazer a sacola de compras que estava comigo?

Indo até a bancada da cozinha, o anjo pegou a sacola e jogou-a para mim. Ainda sem percepção de profundidade, errei e ela bateu no sofá e caiu no chão. O livro escorregou para fora. Jerome agarrou-o de imediato e leu o título.

– Cacete, Georgie. Foi por isso que você saiu percorrendo becos escuros? Isso aqui foi o que quase fez com que fosse morta? Eu lhe disse para desistir de investigar esse caçador de vampiros...

– Ah, qual é! – exclamou Cody, saltando em minha defesa. – Nenhum de nós acredita mais nisso. Sabemos que é um anjo que está fazendo tudo...

– Um anjo? – as palavras do demônio soaram divertidas e até zombeteiras.

– Não foi um mortal que fez isso comigo – concordei, inflamada. – Ou com Hugh. Ou com Lucinda. Ou com Duane. Foi um nefilim.

– Um nefi o quê? – perguntou Hugh, surpreso.

– Não é algum personagem da *Vila Sésamo*? – Peter falou pela primeira vez.

Jerome me encarou em silêncio um instante, e por fim perguntou:

– Quem lhe falou sobre isso? – Sem esperar resposta, ele se virou para o anjo. – Você sabe que não devia...

– Não fui eu – devolveu Carter, com brandura. – Acho que ela descobriu sozinha. Você não tem fé suficiente em seu próprio pessoal.

– Eu descobri sozinha, mas tive ajuda.

Detalhei brevemente o encadeamento de pistas que segui, como uma levara a outra, de Erik até o livro na Krystal Starz.

– Merda – resmungou Jerome, depois de ouvir minha história. – Maldita detetive Nancy Drew.

– Tá legal – disse Peter –, independentemente da caçada instigante, você ainda não disse o que é um nefilópogo.

– Nefilim – eu o corrigi. Hesitante, olhei para Jerome. – Posso?

– Você está pedindo minha permissão? Que peculiar.

Tomando aquilo como consentimento, comecei, insegura:

– Os nefilins são os descendentes de anjos com humanos. Lembram daquela passagem do Gênesis, onde os anjos caíram e tomaram esposas humanas? Os nefilins são o resultado. São seres com certas capacidades, não sei bem quais... força e poder... como os heróis gregos...

– Ou como uma tremenda encrenca – acrescentou Jerome, ácido. – Não esqueça dessa parte.

– Como assim? – perguntou Hugh.

– Bom... – prossegui, quando Jerome não o fez. – O que li foi que costumavam causar discórdia e massacres entre os humanos.

– É, mas este agora não está atrás de humanos – observou Peter.

Carter encolheu os ombros.

– Eles são criaturas imprevisíveis. Não seguem as regras de ninguém, e para ser sincero, não temos nem certeza de quais são as intenções deste. Esse ser está jogando algum jogo, isso é certo, com todos esses ataques aleatórios a imortais, e o bilhete que mandou a Georgina.

– Dois bilhetes – retifiquei. – Recebi outro um pouco antes da morte de Lucinda, mas passei a noite toda com Seth, e não o li até o dia seguinte.

Hugh e os vampiros viraram-se para me encarar.

– Você passou a noite toda com Seth? – perguntou Cody, atônito.

– Qual deles é esse mesmo? – perguntou Hugh.

– O escritor – informou Peter.

O duende me olhou com interesse renovado.

– E o que vocês fizeram "a noite toda", mesmo?

– Poderíamos não discutir a vida amorosa de Georgina neste exato momento, por mais fascinante que seja? – Jerome lançou-me um olhar inquisitivo. – A menos, é claro, que esse tal Seth seja alguém de forte caráter moral e princípios, cuja energia vital você planeja roubar em breve para usufruto da causa maior do mal e de seus objetivos.

– O primeiro está correto, o resto não.

– Maldição. Preciso de um drinque.

– Sirva-se.

Jerome foi até meu bar e inspecionou seu conteúdo.

– Então, como podemos identificar esse nefilim? – perguntou Cody, trazendo-nos de volta ao assunto.

Olhei hesitante para Carter e Jerome. Eu não sabia nada dos detalhes técnicos.

– Vocês não podem – anunciou o anjo, bem-humorado.

– Então eles também podem esconder suas assinaturas. Como os imortais superiores.

Ele acenou com a cabeça, concordando comigo.

– Sim, essas criaturas têm as piores características de ambos os pais. Poder amplo e capacidades pseudoangelicais, mescladas com rebeldia, um amor pelo mundo físico e um péssimo controle de seus impulsos.

– Quanto poder eles têm? – eu quis saber. – São meio-humanos, certo? Então têm metade do poder?

– Esse é o problema. – Jerome parecia muito mais cordial com um copo de gim na mão. – Varia muito, da mesma forma como cada anjo tem um nível de poder diferente. Uma coisa é certa: um nefilim herda muito mais que a metade do poder de seu pai, embora nunca possa excedê-lo. Ainda assim, é muito poder, e é por isso que tenho tentado colocar algum juízo em vocês, para mantê-los a salvo. Um nefilim pode acabar com qualquer um de vocês, fácil, fácil.

– Mas não com um de vocês – Peter fez mais uma afirmação que uma pergunta, a despeito da nota de hesitação em sua voz.

Nem o anjo nem o demônio responderam, e outra peça caiu no lugar para mim.

– É por isso que vocês dois andam por aí mascarando suas assinaturas. Vocês também estão se escondendo dele.

– Estamos apenas tomando as precauções pertinentes – protestou Jerome.

– A criatura fugiu de você – recordei Carter. – Você deve ser mais forte que ela.

– Provavelmente – concordou ele. – Eu estava mais preocupado com você, e por isso não pude senti-la bem. Um anjo em plena forma aterroriza a maioria dos seres, e chega até a matar um mortal, de modo que eu poderia ser mais forte que ela ou não. Difícil dizer.

Não gostei nem um pouco daquela resposta.

– E o que você estava fazendo lá, afinal?

O sorriso sarcástico que era a marca registrada do anjo apareceu.

– O que você acha? Estava seguindo você.

Olhei-o fixamente.

– O quê? Então eu estava certa... Aquele dia na loja de Erik...

– Temo que sim.

– Meu Deus – exclamou Peter, surpreso. – Então você tinha razão, Georgina. Pelo menos sobre ele perseguir você.

Senti-me meio vingada, mesmo que Carter obviamente já não parecesse mais ser o culpado. Hugh estivera certo ao acusar-me de ser tendenciosa. Eu de fato queria que Carter fosse responsável pelos ataques, como uma espécie de retribuição por todas as vezes em que ele zombara de mim. Sua oportuna intervenção no beco só serviu para confundir a opinião que eu agora tinha dele.

– Depois de perceber que aquele primeiro bilhete devia ser desse nefilim – explicou Carter –, achei que seria prudente aparecer por aqui a cada tanto, uma vez que esse ser parece ter um interesse especial por você. Minha intenção era pegá-lo de surpresa, e não ajudá-la, embora eu esteja feliz por tê-lo feito. Além do mais, naquele dia na livraria de Erik...

Ele olhou para Jerome. O demônio ergueu os braços no ar.

– Claro, por que não? Conte-lhes. Conte-lhes tudo. Eles já sabem demais.

– Erik? – incentivei-o.

– Esse ser, esse nefilim... – Carter parou por um instante, pensando. – Essa criatura tem um conhecimento impressionante sobre nós e sobre a comunidade imortal.

– Bom... é como vocês disseram, certo? – perguntou Peter. – Esse nefilim encontra um de nós e começa a segui-lo por todo canto.

– Não. Quero dizer, sim, é possível, mas há evidências de que ele sabe muito mais do que uma simples vigilância poderia lhe fornecer...

– Pelo amor de Deus – cortou Jerome –, se vai contar a eles, conte de uma vez. Pare de dar voltas. – O demônio voltou-se para nós. – Ele quer dizer que esse nefilim tem um informante. Alguém lhe fornece informações sobre a comunidade imortal local.

Cody entendeu a insinuação ao mesmo tempo que eu.

– Você acha que Erik está fazendo isso.

– Ele é o principal suspeito – admitiu Carter, como se pedisse desculpas. – Ele está morando aqui faz décadas, e tem a habilidade de sentir os imortais.

– E pensar que ele falou tão bem de você – murmurei, consternada. – Bom, você está equivocado. Não é ele. Não Erik.

– Não fique ofendida com isso, Georgie. Ele não é nosso único suspeito, só o mais provável.

– E não gosto disso mais do que você – acrescentou o anjo. – Mas não podemos descartar nenhuma possibilidade. Precisamos neutralizar logo a ameaça desse nefilim. A criatura está fora de controle; logo vai envolver alguém externo, e isso sempre é um problema.

– Então por que vocês não nos deixam ajudá-los? – exclamei. – Por que todo esse segredo?

– Você é surda? É para sua própria proteção. A criatura pode fazer picadinho de vocês! – Jerome engoliu o resto de seu gim, agitado.

Eu não caía naquela. Havia mais do que nossa segurança em jogo. Jerome ainda não estava sendo transparente.

– Sim, mas...

– A reunião de comitê está encerrada – ele me interrompeu, gélido. – Vocês todos poderiam dar licença a Georgina e a mim?

Ah, merda. Olhei em desespero para meus amigos, esperando que pudessem ficar e me defender, mas todos caíram fora. Covardes, pensei. Nenhum iria contrariar Jerome quando ele falava daquele jeito. Tá legal, eu também não, se estivesse no lugar deles.

Carter, notei, não se fora. Pelo visto a diretriz não se aplicava a ele.

– Georgie – começou Jerome com cautela, uma vez que os outros já tinham ido embora –, você e eu parecemos estar nos confrontando com muita frequência ultimamente. Não gosto disso.

– Não é bem um confronto – observei, remexendo-me inquieta, relembrando sua exibição de força e a ameaça de me "depositar" em algum lugar. – Só estamos tendo algumas diferenças de opinião ultimamente.

– Diferenças que podem levá-la à morte.

– Jerome, isso não pode estar relacionado apenas a...

– Chega.

Um muro de energia me atingiu, atirando-me de costas no sofá. Era como num daqueles brinquedos de parque de diversão, em que as pessoas ficam de pé ao longo da parede de um recinto circular, que vai girando mais e mais depressa até que a inércia gruda todo mundo à parede. Mover-me tornou-se uma agonia. Até respirar era um sofrimento. Eu me senti como Atlas, carregando o peso do mundo nas costas.

A voz de Jerome ressoou dentro de minha cabeça, e alguma parte mais valente de mim maldisse seus truques de salão, enquanto todo o resto se encolhia de medo.

Preciso que ao menos uma vez você me escute, sem me interromper o tempo todo. Não pode continuar bisbilhotando por aí. Isso chama a atenção para você, e o nefilim já lhe dá muito mais atenção do que eu gostaria. Eu também não preciso e nem quero um súcubo novo. Eu me acostumei a você, Georgina. Não quero perdê-la. No entanto, sou mais leniente com você do que deveria ser. Você consegue se safar com coisas que nenhum outro arquidemônio permitiria. Até agora, não me incomodou fazer suas vontades, mas as coisas podem mudar, sobretudo se continuar com sua insubordinação. Posso fazer com que seja transferida para outro lugar, longe desse confortável arremedo de vida humana que você criou. Ou posso convocar Lilith e relatar seu comportamento direto a ela. Tenho certeza de que ela adoraria que você fizesse uma pequena reciclagem.

Meu coração parou à menção da Rainha dos Súcubos. Eu havia me encontrado com ela uma única vez, na ocasião em que fui recrutada. Tal encontro, assim como ver Carter em toda sua glória angelical, não era uma experiência que eu ansiasse repetir.

Está entendendo?

– S-sim.

Tem certeza?

A pressão aumentou, e tudo o que consegui foi fazer um breve aceno com a cabeça. A prisão psíquica dc repente se desfez, e descaí para a frente, respirando pesado. Ainda podia sentir onde o poder me tocara, como uma versão tátil da imagem que fica gravada depois de um *flash* de câmera fotográfica.

– Estou feliz por você ter entendido, e tenho certeza de que também vai entender se eu não acreditar totalmente em você. Faz parte da natureza de nosso lado.

– É... é nessa parte que você ameaça me depositar em algum lugar?

Ele deu um risinho suave. Ameaçador.

– Não. Pelo menos, não ainda. Francamente, acho que você só precisa de alguma supervisão para ficar longe de problemas. Também não estou muito convencido de que a relação entre você e o nefilim seja apenas fortuita.

Eu tinha uma resposta malcriada na ponta da língua, mas me contive, minha pele ainda ardendo.

– Eu pediria a algum de seus amigos para fazer isso, mas não tenho dúvida de que você poderia enrolar qualquer um deles direitinho. Não, você precisa de uma babá que não ceda, que não caia em seus truques.

– Truques? Então quem? – Por um segundo, meio que pensei que ele estivesse se referindo a si mesmo, até que notei o sorriso presunçoso de Carter. Ah, caramba. – Você não está falando sério.

– Isso vai garantir que você ande na linha, Georgie. E mais, vai mantê-la viva.

– Neste momento, você é praticamente nossa melhor pista – explicou Carter. – Esse nefilim tem algum interesse em você, mesmo que o foco pareça ter mudado um pouco, de mandar bilhetes para agressão.

– Carter estará a postos se o nefilim tentar terminar o que foi interrompido. Ele também pode proteger seu apartamento de olhos curiosos.

– Mas o nefilim vai sentir Carter quando sairmos de casa... – fiz uma tentativa débil.

– Não mais do que você sente agora – lembrou-me Carter. – E estarei invisível. Um fantasma a seu lado. Um anjo sobre seu ombro, se preferir. Você nem vai notar que estou por perto.

– Jerome, por favor, você não pode fazer isso...

– Posso e vou. A menos que, como eu disse, você queira que eu vá bater um papo com Lilith.

Maldito. A ameaça de Lilith era mais forte que qualquer "depósito" em potencial, e ele sabia disso.

– Ótimo. Se não temos mais o que discutir, vou me retirar e deixar que vocês dois se entendam. – Jerome nos olhou, e seus olhos pousaram em mim por um instante. – Ah, a propósito, dê uma olhada no espelho, em algum momento.

Fiz uma careta, lembrando-me da forma como Cody examinara meus ferimentos.

– Obrigada por me lembrar.

– O que quero que se lembre é que você é um súcubo. Esses ferimentos são uma demonstração de que você crê ser humana. Mas não é. Pode ser obrigada a senti-los, mas eles não precisam estar visíveis.

Com isso, o demônio desapareceu num piscar de olhos, deixando atrás de si um leve cheiro de enxofre, que eu suspeitava ser só um truque de cena.

– Então, eu fico com o sofá? – perguntou Carter, animado.

– Vá para o inferno. – Saí da sala para ir examinar meu reflexo.

– Esse não é um jeito legal de tratar seu novo hóspede.

– Eu não pedi que você...

Estaquei no meio do corredor. Eu havia passado as duas últimas semanas suspeitando que Carter fosse um assassino e o autor de outras coisas terríveis; passara o último meio século detestando-o como pessoa. Ainda assim, ele acabava de salvar minha vida, e eu sequer lhe agradecera.

Virei-me para ele, ressabiada com o que tinha que dizer.

– Desculpe-me.

Ele tinha uma expressão parecida à de Jerome quando lhe pedi permissão, mais cedo.

– Sério? Desculpá-la por quê?

– Por não ter agradecido antes por me salvar. Quer dizer, não estou muito satisfeita por você ficar aqui, mas sou grata pelo que fez antes. E desculpe, também, por não ser muito... simpática com você.

A expressão do anjo era indecifrável.

– Estou feliz por ter ajudado.

Sem saber o que mais dizer, virei-me e segui em frente.

– Que vai fazer agora? – perguntou ele.

Detive-me de novo.

– Avaliar os danos e então ir para a cama. Estou cansada. E dolorida.

– Ei, não vamos ter nenhuma festa do pijama, nem pipocas? Não vamos ficar experimentando umas roupas engraçadas?

– Nada pessoal, mas experimentar umas roupas lhe faria bem. Você parece um refugiado. Por que... – engoli com dificuldade e reformulei minhas palavras enquanto o examinava. – Quando vi você lá fora, na rua, você era... você era tão belo. A coisa mais bela que já vi – minha voz saiu num sussurro.

O rosto de Carter ficou sério.

– Jerome também é assim, sabe? Em sua forma real. Igualmente belo. Anjos e demônios têm a mesma origem. Ele parece um clone de John Cusack porque quer.

– Por quê? Por que ele faz isso? E por que você prefere parecer um viciado ou um mendigo?

Os cantos dos lábios do anjo ergueram-se levemente.

– Por que uma mulher que alega querer evitar a atenção de homens virtuosos escolhe uma forma que faz todo mundo a seu redor olhar duas vezes e encará-la?

Engoli em seco de novo, perdida nas profundezas dos olhos dele, mas não da mesma forma como me perdera nos olhos de Roman ou de Seth. Era mais como se o anjo pudesse ver através de mim, através de todas minhas fachadas, até o fundo de minha alma, ou do que restava dela.

Com muito esforço, interrompi a inspeção, e virei-me para ir para meu quarto.

– Ninguém é punido para sempre – ele me disse com suavidade.

– Sério? Não é o que ouvi dizer. Boa noite.

Fui para meu quarto, fechando a porta detrás de mim. Antes que ela se fechasse de todo, ouvi a voz de Carter.

– Então, quem vai fazer o café da manhã?

Capítulo 18

Por volta das dez, na manhã seguinte, o telefone me tirou de um sonho que eu estava tendo sobre águas-vivas e sorvete de menta com chocolate. Rolando na cama, atendi, e nesse processo descobri que sentia muito menos dor que na noite anterior. Poder de cura imortal em ação.

– Alô?

– Oi, é Seth.

Seth! Os eventos do dia anterior de repente me voltaram à mente. A festa de aniversário. O sorvete. O perfume. De novo fiquei imaginando com quem ele fora se encontrar depois de me deixar na livraria.

– Oi – respondi animada, sentando-me. – Como você está?

– Nada mal. Estou, hã, na Emerald City, e não vi você... Disseram-me que era seu dia de folga.

– Sim, amanhã estou de volta.

– Legal. Então, hã, quem sabe você gostaria de fazer algo hoje? Almoçar? Quem sabe um cinema? A menos que tenha outros planos...

– Não... não exatamente... – Mordi meu lábio, calando a aceitação imediata que ameaçava sair.

Eu ainda sentia aquela atração inexplicável, estranha, e uma sensação confortável de familiaridade com Seth. Eu teria gostado de passar mais tempo com ele, mas já tentara equilibrar-me no limite entre a amizade e o namoro com Roman, apenas para que tudo explodisse de volta em minha cara. Seria muito melhor se nunca começasse nada com Seth, a despeito de todo meu desejo. Além do mais, não me esquecera de meu guarda-costas angelical; não queria mesmo arrastá-lo por aí. Melhor manter Carter dentro de casa o máximo possível.

– É que... não estou me sentindo muito bem.

– Sério? Sinto muito.

– É, sabe... só uma sensação de cansaço. – Não era uma mentira completa. – Não estou mesmo a fim de sair hoje.

– Ah. Tudo bem. Precisa de algo? Quer que lhe leve alguma coisa, quem sabe algo para comer?

– Não... não – apressei-me em recusar, afastando uma imagem de Seth dando-me canja de galinha enquanto eu ficava recostada, com um pijama engraçadinho. Jesus. Isso ia ser mais difícil do que eu pensava. – Não quero que você passe o tempo todo tomando conta de mim. Mas obrigada.

– Eu não me importo. Quer dizer, não tem problema.

– Devo estar na livraria amanhã, se não piorar... A gente se vê então. Podemos tomar um café. Ou sei lá, eu tomo café e você pode... não tomar café.

– Ótimo. Eu gostaria muito. Não tomar café, digo. Você se importaria... quer dizer, posso ligar de novo para você mais tarde e saber como está?

– Claro. – Por telefone era seguro.

– O.k. Se precisar de algo antes...

– Eu sei como te encontrar.

Despedimo-nos e desligamos, e saí da cama para ver que travessura Carter haveria aprontado naquela manhã. Encontrei o anjo sentado em um banco, à bancada da cozinha, com uma das mãos dando uma salsicha para Aubrey enquanto com a outra segurava um sanduíche. Um saco enorme do McDonald's estava a seu lado na bancada.

– Fiz o café – disse-me ele, com os olhos em Aubrey.

– Não lhe dê isso – censurei-o. – Faz mal a ela.

– Os gatos não comem ração seca na natureza.

– Aubrey não conseguiria sobreviver na natureza.

Cocei a cabeça dela, mas ela estava mais interessada em lamber a gordura dos lábios. Abrindo o saco, encontrei vários sanduíches e batatas fritas.

– Eu não sabia o que você ia querer – explicou Carter, enquanto eu escolhia um sanduíche de bacon, ovo e queijo.

Dei uma mordida, derretendo-me naquele despropósito, e dando graças por jamais ter de me preocupar com ganho de peso ou taxa de colesterol.

– Ei, espera aí. Você foi mesmo ao McDonald's?

– Fui.

Engoli a comida.

– Você saiu? Neste instante?

– É.

– Que raio de guarda-costas é você? E se o nefilim voltasse e me atacasse?

Ele me olhou e sacudiu os ombros.

– Pra mim você parece estar bem.

– Você não é muito bom nessa coisa.

– Quem era no telefone?

– Seth.

– O escritor?

– É. Queria sair comigo hoje. Falei que não estava bem.

– Pobre sujeito. Você está partindo o coração dele.

– Melhor isso do que outra coisa. – Terminei o sanduíche e parti para um segundo. Aubrey me observava, esperançosa.

– E aí, o que vai fazer hoje?

– Nada. Pelo menos, não vou sair, se é o que quer saber.

– Desse jeito você não vai atrair a atenção do nefilim. – Ele olhou em volta, por meu apartamento, e fez uma careta quando não respondi. – Então vai ser um longo dia. Espero que pelo menos você tenha cabo.

Passamos o resto da manhã ficando mais ou menos fora do caminho um do outro. Deixei-o usar meu *laptop*, e ele se distraiu surfando no eBay. O que poderia estar procurando, eu não tinha ideia. Quanto a mim, fiquei mesmo de pijama, vestindo um roupão por cima e achando que estava bom o suficiente. Tentei ligar para Roman, sabendo que mais cedo ou mais tarde teria que enfrentá-lo, mas só consegui deixar uma mensagem de voz.

Desliguei com um suspiro, optando por acomodar-me no sofá com um livro que Seth recomendara em um de seus *e-mails*.

Quando eu já começava a pensar que me recuperara do café da manhã pesado e precisava de almoço, Carter de repente olhou por cima do *laptop*, como um cão farejando o vento.

– Tenho que ir – disse-me de súbito, pondo-se de pé.

– O quê? Que quer dizer?

– Assinatura do nefilim.

Ergui-me de chofre de minha posição recostada, sentando-me ereta.

– O quê? Onde?

– Não aqui.

E dizendo isso, desapareceu.

Fiquei sentada lá, olhando inquieta ao redor. Antes eu me sentira sufocada por sua presença, mas seu desaparecimento súbito criou um vácuo terrível em minha existência. Estava exposta. Vulnerável. Depois de alguns minutos ele ainda não tinha voltado, e tentei sem sucesso prestar atenção ao livro, desistindo depois de reler a mesma frase cinco vezes.

Ainda a fim de almoçar, pedi uma pizza por telefone, assegurando-me de que haveria o bastante para Carter. Essa não foi uma de minhas melhores ideias, uma vez que implicaria em ter de abrir a porta. Ao fazê-lo, estava pronta para nada menos que um exército de nefilins do lado de fora. Em vez disso, havia apenas um entregador entediado, exigindo 15,07 dólares.

Comi a pizza e tentei ver televisão, sem muito êxito. Voltando minha atenção para o *laptop*, chequei meus *e-mails* e descobri que Seth havia me mandado uma mensagem engraçada, muito mais eloquente que nossa conversa anterior, como sempre. Foi apenas uma distração temporária, e eu estava a ponto de abrir o *kit* de pintura por números quando Carter apareceu de novo em minha sala.

– Mas que droga, onde você estava?

O anjo me olhou com um sorriso calmo e torto.

– Ei, calma aí, você nunca ouviu falar em respeitar os limites em um relacionamento? Estava naquele livro que você descartou tão depressa.

– Pare com isso. Você não pode apenas dizer "assinatura do nefilim" e desaparecer daquele jeito.

– Na verdade eu posso. E preciso. – Ele encontrou a pizza fria em cima da bancada e mordeu um pedaço. Engolindo, continuou: – Este nefilim tem um senso de humor bem esquisito. A cada tanto, a criatura gosta de revelar-se... exibir-se para nós, por assim dizer. Desta vez, foi na parte oeste de Seattle.

– Você pode detectá-la tão longe assim?

– Jerome e eu podemos. Nunca conseguimos agarrar essa coisa, mas de qualquer forma temos que checar. Ela nos faz correr à toa.

As implicações me pareciam evidentes.

– E então você me abandona? E se for uma armadilha? E se a criatura se exibe lá longe e então se materializa aqui, enquanto toda sua atenção está em outro lugar?

– Ela não pode se materializar assim. Os nefilins não se locomovem como os imortais superiores; por sorte, têm as mesmas limitações que vocês. Este de agora teria que pegar um carro e dirigir até aqui, como qualquer um, e isso não seria nada rápido. Você está protegida por quilômetros de trânsito engarrafado.

– Sinistro.

– Como eu disse, são seres imprevisíveis. Gostam de quebrar regras e subverter o *status quo* só para ver o que faremos.

– Sinistro – repeti. – Ele sabe que você está aqui? Que ele está fazendo você largar tudo e ir atrás dele?

– Se estiver perto o suficiente, o nefilim é capaz de sentir o teleporte, mas nada mais que isso. Enquanto estamos mascarados, nossas identidades, poder e tudo o mais ficam ocultos. Assim, se a criatura está à espreita, sabe que dois imortais superiores aparecem para ver como tudo anda, mas é só.

– E ela só observa e espera – concluí. – Coisa mais pervertida. Deus do céu, essas criaturas são um pé no saco.

– Nem me fale. Os nefilins "não se movem suaves pela gentil noite".

A referência poética me surpreendeu.

– Espera aí. Que vai acontecer? Você vai matá-lo... hã, destruí-lo ou algo assim?

Carter entortou a cabeça para mim, curioso.

– Que acha que poderia acontecer? Dez anos e liberdade condicional?

– Eu... não sei. Só achei que... uau. Não sei. Você também está nesse lance de punição? Quer dizer, acho que vocês precisam derrotar o mal o tempo todo, não é?

– Nós punimos, como você diz, quando temos de fazê-lo. Os demônios gostam mais disso do que nós. Na verdade, Nanette até se ofereceu para vir e dar um jeito nesse nefilim – lembrou ele, referindo-se à arquidemônio de Portland. – Mas eu disse a Jerome que eu o ajudaria.

– Jerome não iria querer fazer isso ele mesmo?

– Você iria recusar reforços se lhe oferecessem? – disse ele, respondendo minha pergunta com outra, que na verdade não era resposta alguma. Pensando naquilo, ele riu baixinho. – Mas claro, havia esquecido, Georgina aventura-se onde os anjos temem ir.

– Sim, sim, sei como a citação continua. – Coloquei-me de pé e espreguicei-me. – Bom, se nossa diversão já terminou, acho que vou tomar um banho.

– Uau. A difícil vida de um súcubo. Gostaria de ter um emprego como o seu.

– Ei, nosso lado sempre tem vagas abertas. Você precisaria ser um pouco mais bonito para ser um íncubo, porém. E um pouco mais charmoso.

– Falso. Mulheres mortais adoram cafajestes. Vejo isso o tempo todo.

– *Touché*.

Deixei-o e tomei meu banho, e depois disso finalmente troquei o pijama por *jeans* e camiseta. Voltei para a sala, liguei a televisão e descobri que *Uma aventura na África* estava começando. Carter fechou o *laptop* e assistiu o filme junto comigo. Sempre gostei de Katharine Hepburn, mas não podia deixar de me assombrar com o tédio absoluto daquele dia. Evitar sair não traria benefício algum a longo prazo, já que no dia seguinte teria que arrastar Carter comigo, quando fosse trabalhar. Minha reclusão autoimposta de hoje apenas prolongava o inevitável. Em vista disso, pensei em pôr um fim na tensão do confinamento, perguntando-lhe se não gostaria de sair para jantar depois do filme. Ele pulou em pé antes que eu abrisse a boca, mais uma vez sentindo a assinatura de um nefilim.

– Duas vezes num dia?

– Acontece.

– Onde agora?

– Lynnwood.

– Esse cara anda.

Mas eu estava falando com o nada; Carter já desaparecera. Suspirando, voltei para o filme, sentindo-me um pouco mais tranquila depois da última explicação do anjo. O nefilim estava em Lynnwood, tentando incomodar Jerome e Carter. A hora do *rush* se aproximava depressa, e Lynnwood não ficava nada perto. Nenhum nefilim chegaria aqui antes do anjo. Como observara Carter, por ora eu estava a salvo. Não tinha por que entrar em pânico.

Mesmo assim, quase tive um ataque quando ouvi o telefone tocar, minutos depois. Nervosa, levantei o receptor, imaginando que um nefilim pularia para fora dele.

– Alô?

– Oi. Sou eu de novo.

– Seth. Oi.

– Espero não estar incomodando. Só queria saber como você está...

– Melhor – disse-lhe, com sinceridade. – Gostei de seu *e-mail*.

– Gostou? Legal.

Fez-se nosso silêncio costumeiro.

– Então... conseguiu escrever bastante hoje?

– Na verdade sim. Umas dez páginas. Não parece muito, mas...

Ouvi uma batida na porta, e um calafrio desceu por minha coluna.

– Pode... pode me dar um segundo?

– Claro.

Hesitante, caminhei furtiva até a porta, como um ladrão barato, como se movimentos lentos e arrastados pudessem ser alguma proteção contra uma criatura sobrenatural de poder insano. Chegando à porta, olhei cautelosa pelo olho mágico.

Roman.

Respirando aliviada, abri a porta, resistindo à vontade de envolvê-lo em meus braços.

– Oi.

– Você está falando comigo? – perguntou Seth pelo fone.

– Oi – disse-me Roman, parecendo tão hesitante quanto eu. – Posso... posso entrar?

– É, não, não estou, quer dizer, sim, pode entrar, e sim, estou falando com você agora. – Coloquei-me de lado para que Roman entrasse. – Olha, Seth, posso, hã, ligar de volta para você? Ou melhor... A gente se vê amanhã, pode ser?

– Hã, claro. Está tudo bem?

– Tudo. Obrigada por ligar.

Desligamos, e dei a Roman toda minha atenção.

– Seth Mortensen, escritor famoso?

– Passei meio mal hoje – expliquei, usando a mesma desculpa que dera a Seth. – Ele só queria saber como eu estava.

– Muita consideração da parte dele. – Roman enfiou as mãos nos bolsos e começou a andar de um lado para o outro.

– Somos só amigos.

– Claro que são. Afinal, você não sai com ninguém, não é?

– Roman... – Contive a avalanche de coisas que queria pôr para fora, indo para um terreno mais seguro. – Posso lhe servir algo? Refrigerante? Café?

– Não posso ficar. Estava passando por aqui e recebi seu recado. Só achei que eu... Não sei o que me passou pela cabeça. Foi uma estupidez.

Ele se virou, como se fosse embora, e desesperada agarrei seu braço.

– Espere. Não vá. Por favor.

Ele se voltou para mim, olhando-me de cima, do alto de sua enorme estatura, a face, normalmente bem-humorada, muito séria. Reprimindo minha reação natural a tanta proximidade, surpreendi-me ao ver sua expressão suavizar-se.

– Você não está mesmo bem – observou ele, levemente surpreso.

– P-por que está dizendo isso? – Eu fizera meus hematomas desaparecerem, transformando-me, como Jerome tinha sugerido, e qualquer pontada de dor que sentisse não seria visível.

Devagar, ele estendeu a mão e afagou minha face, os dedos ficando mais decididos.

– Não sei... você está... meio pálida, creio.

Eu ia dizer que não estava usando maquiagem, e então percebi que queria parecer doente.

– Deve ser um resfriado.

Ele abaixou a mão.

– Há algo que eu possa fazer por você? Não gosto... de ver você desse jeito...

Deus do céu, será que eu parecia tão mal assim?

– Estou bem. Só preciso descansar. Olha, sobre aquela noite...

– Sinto muito – ele interrompeu. – Eu não devia ter insistido tanto...

Fiquei olhando, espantada.

– Você não fez nada. Fui eu. Eu é que agi como uma desequilibrada. Fui eu quem não conseguiu lidar com as coisas.

– Não, foi culpa minha. Eu sabia de seus sentimentos quanto a um envolvimento sério, e ainda assim a beijei.

– Eu também o beijei. Não foi esse o problema. O problema foi eu ter surtado. Estava bêbada e agindo como idiota. Não devia ter feito aquilo com você.

– Não tem nenhum problema. Sério. Estou feliz por você estar bem. – Um sorriso tênue iluminou suas feições tão belas, e lembrei-me de Seth dizendo que era fácil me perdoar. – Olha, como nós dois achamos que tivemos a culpa, talvez pudéssemos compensar um ao outro. Podíamos sair nesta semana e...

– Não – a certeza e a calma de minha voz surpreenderam a nós dois.

– Georgina...

– Não. Roman, não vamos mais sair juntos... e não acho que conseguiríamos ser amigos. – Engoli em seco. – Seria melhor nos separarmos de uma vez...

– Georgina – exclamou ele, arregalando os olhos. – Não está falando sério. Você e eu...

– Eu sei. Eu sei. Mas não posso fazer isso. Não agora.

– Você está terminando tudo comigo.

– Bom, nós nunca fomos namorados de verdade...

– O que aconteceu com você? – indagou ele. – O que aconteceu em sua vida que faz com que sinta tanto terror de aproximar-se de outra pessoa? O que faz você fugir desse jeito? Quem a feriu?

– Olha, é complicado. E não interessa. O passado se foi, lembra? Eu simplesmente não posso fazer isso com você, está bem?

– Há outra pessoa? Doug? Ou Seth?

– Não! Não há mais ninguém. Eu só não posso ficar com você.

Continuamos nisso, indo e vindo, dizendo as mesmas coisas de formas diferentes, nossas emoções crescendo e crescendo. Pareceu uma eternidade, mas foram só alguns minutos, ele pressionando e eu recusando. Ele nunca ficou bravo ou exigiu nada, mas sua decepção estava bem evidente, e eu tinha certeza de que ia chorar assim que ele se fosse.

Por fim, olhando as horas, ele passou com tristeza a mão pelo cabelo escuro, os olhos cor de turquesa cheios de remorsos.

– Tenho que ir. Queria conversar mais com você...

– Não. Não acho que devemos. É melhor. Gostei mesmo de termos estado juntos...

Ele deu um riso cruel, dirigindo-se para a porta.

– Não diga isso. Não tente dourar a pílula.

– Roman... – Sentia-me horrível. Fúria e pesar estavam estampados por toda sua face. – Por favor, entenda...

– Vejo você por aí, Georgina. Ou talvez não.

Mal ele bateu a porta, as lágrimas rolaram por minhas faces. Indo para o quarto, estendi-me na cama, pronta para uma bela choradeira, que no fim não veio. Não brotaram mais lágrimas, a despeito da mistura de desespero e de alívio que sentia. Parte de mim queria chamar Roman naquele mesmo instante e fazê-lo voltar; outra parte observava, com frieza, que agora eu tinha motivos claros para um rompimento abrupto com Seth assim que possível, antes que as coisas progredissem.

Bom Deus, por que eu parecia estar sempre magoando as pessoas de quem gostava? O que havia comigo que me fazia repetir e repetir esse ciclo? As feições arrasadas de Roman ainda pairavam em minha mente, mas consolei-me com o fato de que ele não ficara tão traumatizado como Kyriakos. Nem de perto.

A descoberta de meu caso com Ariston levou à condenação de ambas nossas famílias e ao divórcio iminente, associado à perda de meu dote. Creio que eu poderia ter aguentado o desprezo, e mesmo os olhares raivosos. O que não consegui aguentar foi o modo como Kyriakos deixou de se importar com a vida e com tudo. Quase desejei que ele ficasse irado e me insultasse, mas não havia nada assim dentro dele. Nada. Eu o destruíra.

Depois de vários dias de separação, encontrei-o sentado no alto de uma das elevações rochosas que se erguiam na costa, de frente para o mar. Tentei várias vezes começar uma conversa, mas ele não respondia. Ele apenas olhava para a extensão azul, a face morta e sem expressão.

Fiquei ao lado dele, minhas próprias emoções agitando-se dentro de mim. Extasiara-me ser objeto do desejo proibido de Ariston, mas queria ser também alvo do amor de Kyriakos. Pelo visto, não era possível ter ambos.

Estendi a mão para limpar as lágrimas em sua face, e ele a empurrou bruscamente com a sua. Foi o mais perto que ele jamais chegou de me bater.

– Não – gritou ele, dando um salto. – Não me toque nunca mais. Você me enoja.

Eu agora sentia minhas próprias lágrimas, ainda que a fúria dele significasse ao menos que estava vivo.

– Por favor... Foi um equívoco. Não sei o que aconteceu.

Ele deu uma risada cava, um som terrível, sombrio.

– Não sabe? Você parecia saber muito bem naquele momento. Ele também.

– Foi um equívoco.

Ele me deu as costas e caminhou até a borda do penhasco, olhando para o mar. Abriu os braços e inclinou a cabeça para trás, deixando que o vento o soprasse. Gaivotas gritavam por perto.

– O-o que está fazendo?

– Estou voando – disse-me. – Se continuar voando... para além desta borda, serei feliz de novo. Ou ainda melhor, não vou sentir mais nada. Não vou mais pensar em você. Não vou pensar em seu rosto, ou em seus olhos, ou no modo como sorri ou o cheiro que tem. Não vou mais amá-la. Não vou mais sofrer.

Aproximei-me dele, com um certo receio de que minha presença o fizesse atirar-se de lá.

– Pare com isso. Está me assustando. Você não está falando a sério.

– Não estou?

Ele me olhou, e não havia mais fúria ou cinismo. Apenas pesar. Tristeza. Desespero. Uma depressão mais negra que a noite sem lua. Era terrível e assustador. Queria que ele me insultasse de novo, gritasse comigo. Eu teria até permitido que me batesse, se isso ao menos revelasse algum tipo de emoção nele. Não havia nada disso, porém. Apenas trevas.

Ele me deu um sorriso triste, desolado. O sorriso de alguém que já estava morto.

– Eu nunca vou perdoá-la.

– Por favor...

– Você era minha vida, Letha... Mas não é mais. Não mais. Agora não tenho mais vida.

Ele se afastou, e mesmo que aquilo partisse meu coração, suspirei aliviada ao vê-lo afastar-se do rochedo. Quis correr atrás dele, mas em vez disso dei-lhe o espaço de que ele precisava. Sentando-me onde ele estivera, ergui os joelhos e enterrei neles meu rosto, quase desejando estar morta.

– Ele vai voltar, sabe? – disse uma voz atrás de mim, de repente. – A atração é forte demais. E da próxima vez, talvez ele se atire.

Ergui a cabeça bruscamente, sobressaltada. Não havia ouvido ninguém aproximando-se. Não reconheci o homem que agora estava ali parado, algo muito estranho em um vilarejo onde todos se conheciam. Ele era esguio e de aparência bem cuidada, vestido com roupas mais elegantes do que as costumeiras por ali.

– Quem é você?

– Chamam-me Niphon – ele disse, com uma pequena reverência. – E você é Letha, filha de Marthanes e ex-esposa de Kyriakos.

– Ainda sou esposa dele.

– Mas não por muito tempo.

Desviei o rosto.

– O que você quer?

– Quero ajudá-la, Letha. Gostaria de ajudá-la com toda essa confusão que criou para si mesma.

– Ninguém pode me ajudar. Não a menos que possa desfazer o passado.

– Não. Ninguém pode mudar o passado. Mas posso fazer as pessoas esquecerem dele.

Virei-me lentamente para ele, avaliando seus olhos brilhantes e sua vivacidade.

– Deixe de brincadeiras. Não estou para isso.

– Asseguro-lhe, estou falando sério.

Olhando-o, eu de repente soube, de algum modo, que ele dizia a verdade, por mais impossível que fosse de acreditar. Mais tarde eu aprenderia que Niphon era um duende, mas naquele momento eu só percebia que havia algo de estranho nele, um sussurro de poder insinuando que ele de fato podia fazer o que dizia.

– Como?

Os olhos dele brilharam, mais ou menos como brilhavam os de Hugh quando ele estava a ponto de fazer um bom negócio.

– Apagar as lembranças do que você fez não é fácil. E tem um preço.

– Você também pode me fazer esquecer?

– Não, mas posso fazer todos os outros esquecerem. Sua família, seus amigos, a cidade. *Ele*.

– Não sei... Creio que não conseguiria voltar para eles. Mesmo que não se lembrassem, eu ainda me lembraria. Não poderia encarar Kyriakos. A menos... – hesitei, imaginando se não seria melhor nunca mais voltar a ter contato com eles. – Você poderia fazer com que eles se esquecessem por completo de mim? Como se eu nunca tivesse nascido?

A respiração de Niphon ficou rápida e agitada.

– Sim, oh, sim! Mas um favor como esse... Um favor como esse tem um preço ainda maior...

Ele me explicou, então, o que eu deveria dar como pagamento para ser totalmente apagada da mente daqueles que eu conhecera. Minha alma, claro.

Eu a manteria enquanto habitasse a face da Terra, mas seria um empréstimo, por assim dizer. Esse era o preço-padrão para qualquer negociação infernal. Mas o inferno queria mais de mim: meus serviços eternos na corrupção das almas. Passaria o resto de meus dias seduzindo homens, realizando suas fantasias para meu próprio usufruto e daqueles a quem eu servia. Era algo irônico, considerando o que me levara àquele ponto.

Para ajudar-me na tarefa, eu ganharia a habilidade de tomar a forma que quisesse, e também o poder de amplificar meus próprios encantos. E, é claro, eu teria vida eterna. Imortalidade e invulnerabilidade. Para algumas pessoas, só isso já era lucro suficiente.

– Você vai ser boa. Uma das melhores. Posso sentir em você. – Os duendes têm a capacidade de olhar dentro da alma e da natureza de uma pessoa. – A maioria das pessoas acha que o desejo está apenas no corpo, mas está aqui também. – Ele tocou minha testa. – E você nunca vai morrer. Vai permanecer jovem e bela para sempre, até a Terra perecer.

– E depois disso?

Ele sorriu.

– Isso está muito longe, Letha, enquanto a vida de seu marido está em risco agora.

Foi o que me convenceu. Saber que podia salvar Kyriakos e dar-lhe uma nova vida, uma vida livre de mim, onde ele teria mais uma vez a chance de ser feliz. Uma vida onde eu podia dar as costas a minha desgraça e talvez até mesmo receber a punição apropriada. Minha alma, que de qualquer modo eu mal compreendia, parecia um preço pequeno. Concordei com a barganha, primeiro fechando o negócio e depois fazendo um xis, à guisa de assinatura, num documento que não conseguia ler. Niphon me deixou, e voltei à cidade. Tudo foi simples demais.

Quando voltei, foi exatamente como ele prometeu. Meu desejo havia se realizado. Ninguém sabia quem eu era. As pessoas com quem cruzava, que eu havia conhecido por toda minha vida, lançavam-me os olhares reservados aos desconhecidos. Minhas próprias irmãs passaram por mim sem me reconhecer. Eu desejava encontrar Kyriakos, para ver se com ele seria igual, mas não consegui reunir a coragem. Não queria que ele visse minha face nunca mais, mesmo não a reconhecendo. Assim, passei o dia andando de um lado para o outro, tentando aceitar o fato de que para essas pessoas eu não existia mais. Era muito mais difícil do que eu tinha achado. E mais triste.

Ao cair da noite, retirei-me de novo para fora da cidade. Afinal de contas, eu não tinha para onde ir. Sem família nem amigos. Em vez disso, fiquei sentada na escuridão, olhando a lua e as estrelas, perguntando-me o que devia fazer. A resposta não tardou.

Ela pareceu surgir do chão, a princípio não mais que uma sombra, que aos poucos solidificou-se num vulto de mulher. O ar vibrava com o poder a sua volta, e de repente senti-me sufocar. Recuei, o terror dominando cada parte de mim, os pulmões incapazes de encherem-se de ar. O vento soprou de lugar algum, açoitando meu cabelo e aplainando a grama ao meu redor.

Então ela estava diante de mim, e a noite acalmou-se de novo. Lilith. Rainha dos Súcubos. Senhora da Noite. A Primeira Mulher.

Um medo como jamais sentira antes me inundou... e também o desejo. Nunca antes eu me sentira atraída por outra mulher, mas Lilith tinha esse efeito sobre todas as pessoas. Era parte de seu ser. Ninguém podia resistir-lhe.

Naquela noite, ela usava uma silhueta alta e esguia, delgada e adorável. Sua pele tinha a brancura pálida da aristocracia da época, uma alvura nunca alcançada por nós que tínhamos que trabalhar ao ar livre. Seu cabelo tinha o negrume da asa de um corvo, caindo numa cascata refulgente até seus tornozelos. E seus olhos...bem, vou dizer apenas que existe um bom motivo para que os mitos antigos digam que os súcubos têm "olhos flamejantes". Os olhos dela eram belos e mortíferos, prometendo tudo o que você quisesse ou desejasse, bastando permitir que ela o ajudasse. Ainda não consigo lembrar-me de que cor eram, mas naquela noite, não pude afastar deles meu olhar.

– Letha – ela entoou, aproximando-se de mim. O ar tremeluzia ao redor dela, e eu chegava a tremer de tanto desejo. Eu queria correr, mas em vez disso caí de joelhos, tanto por respeito como por incapacidade de ficar em pé. Ela veio até mim e me pegou pelo queixo, de forma que fui obrigada a olhar novamente naqueles olhos. Unhas afiadas e negras cravaram-se pouco a pouco em minha pele, e a sensação era maravilhosa. – Você será minha própria filha, agora, disseminando a discórdia e a paixão pelo resto de seus dias. Você ao mesmo tempo punirá e testará, e será uma criatura tanto de sonho quanto de pesadelo. Os mortais farão qualquer coisa por você, por um único toque seu. Você será amada e desejada até que a Terra vire pó.

Choraminguei com sua proximidade, e ela veio ainda mais perto, erguendo-me de forma que fiquei de pé diante dela. Os lábios gloriosos encontraram-se com os meus, e esse beijo lançou um prazer orgásmico por todo meu corpo. Meus gritos se perderam, abafados por aquele beijo. Fechei os olhos, incapaz de olhar para ela e incapaz de afastar a mirada. Mergulhei naquele êxtase que pulsava e pulsava em meu corpo. E ao mesmo tempo, enquanto deixava que aquela delícia me consumisse, algo mais acontecia.

Minha mortalidade estava sendo removida de mim.

Senti como se desintegrasse, como se me tornasse cinzas no vento. Perguntei-me se era assim que era morrer. Como se você não fosse nada. Acabado. Então, com a mesma rapidez, rejuntei-me de novo, uma vez mais eu mesma. Mas agora podia sentir o poder ardendo dentro de mim, diferente da vida que preenchia os humanos. Minha imortalidade resplandecia como uma estrela na noite, fria e pura. A velhice não mais iria me ameaçar. As doenças não mais me assombrariam. Minha carne não seria mais impelida, de forma passional, pelo percepção de que o tempo era curto, de que devia deixar minha marca no mundo. Que deveria passar meu sangue adiante.

Abri os olhos, e a onda de prazer desapareceu. Lilith também. Eu estava sozinha, de pé na escuridão, trêmula com meu poder recém-descoberto. Junto com aquele poder, eu sentia algo mais: uma comichão na pele. Uma comichão que dizia que minha pele poderia transformar-se no que eu quisesse, com apenas um pensamento. Eu havia renascido. Era agora poderosa.

E tinha fome...

– O que há de errado?

Piscando para conter as lágrimas, ergui os olhos para Carter. Ele estava parado na porta de meu quarto, afastando o cabelo dos olhos, a face preocupada.

– Nada – murmurei, enterrando o rosto no travesseiro. – Nada de nefilim?

– Nada – uma pausa incômoda seguiu-se. – Olha... tem certeza de que está bem? Por que não parece estar.

– Estou bem. Você ouviu o que eu disse?

Mas ele ainda não ia desistir.

– Sei que não somos muito próximos, mas se precisar de alguém para conversar...

– Até parece que você entenderia – zombei, com veneno na voz. – Você nunca teve um coração. Você não sabe como é, então não fique fingindo desse jeito.

– Georgina.

– Vá... embora... por... favor!

Virei-me para meu travesseiro, esperando outro protesto, mas nada veio, Quando arrisquei dar uma espiada, o anjo se fora.

Capítulo 19

Carter trouxe-me narcisos na manhã seguinte. Não fazia ideia de onde ele podia tê-los encontrado nesta época do ano. Talvez tivesse se teleportado para outro continente.

– Para que isso? – perguntei. – Depois de tudo, você não vai começar a dar em cima de mim, vai?

– Para isso, eu traria rosas. – Pela primeira vez desde que o conhecia, o anjo parecia sem jeito. – Não sei. Você parecia chateada na noite passada. Achei... achei que as flores podiam animá-la um pouco.

– Obrigada, é gentileza sua. Sobre ontem à noite... Fui grosseira com você...

– Não se preocupe – ele minimizou. – Nós todos temos momentos de fraqueza. É a forma como nos recuperamos que conta de fato.

Ajeitei os narcisos em um vaso, pensando se os colocaria na bancada. O buquê de Roman, que agora murchava, já estava lá, e os cravos vermelhos que eu trouxera na noite da morte de Duane havia muito tinham sido jogados fora. Não me parecia justo colocar concorrentes ao lado das flores de Roman, e assim ajeitei as de Carter no peitoril de meu quarto.

Depois daquilo, os dias entraram numa rotina confortável. Carter e eu não nos tornamos grandes amigos, mas estabelecemos uma espécie de equilíbrio agradável. Passávamos o tempo juntos, assistíamos a filmes e vez por outra até cozinhávamos. O anjo revelou-se muito hábil na cozinha; eu ainda era inepta.

Na livraria, ele me seguia por toda parte, tão invisível e discreto como prometera. Eu não sabia direito o que ele fazia enquanto eu estava de serviço. Tinha a impressão de que ele vagava pela loja, observando as pessoas. Talvez até olhasse os livros. Eu sabia que ele também passava um bom tempo esperando em minha sala, mesmo quando eu não estava lá, na esperança de que outro bilhete do nefilim aparecesse. Não veio mais nenhum. As aparições ocasionais da assinatura do nefilim continuaram, porém, e Carter desaparecia por algum tempo, sem nem avisar, só indicando seu retorno com um toque rápido e tênue em minha face, ou dizendo algumas palavras rápidas em minha mente.

Também comecei a tomar café com Seth antes de entrar em serviço. Naquele primeiro dia depois de minha folga, ele me esperava com um *mocha* de chocolate branco para mim e, para minha surpresa, também um para ele.

– Bruce fez um descafeinado para mim – explicou.

Havia sido um gesto simpático demais para que o ignorasse, de modo que sentei-me com ele para conversar naquele dia, e no seguinte, e no seguinte. Não passava nem perto de um rompimento abrupto de nossa relação, como pretendera fazer, mas mantive-me bem firme na recusa a qualquer outra tentativa de socializar fora do trabalho. Por sorte, os encontros no café pareciam suficientes para ele, e uma dinâmica interessante logo se estabeleceu.

Ainda deprimida por causa de Roman, eu me movia e reagia com lentidão, falando pouco, envolvida demais em meu sofrimento pessoal. Seth deve ter pressentido um pouco disso, e em vez de deixar que nossas conversas durante o café morressem na praia, ele passou a conduzir a discussão, uma mudança notável para ele. No começo pareceu um pouco forçado, mas quando ele ficou mais à vontade, descobri que de fato podia falar tão bem como escrevia. Fiquei assombrada com a mudança, e gostava demais dos momentos que passávamos juntos, o que aliviava um pouco a dor que sentia por Roman.

Ele é mesmo legal, observou Carter uma manhã, depois que deixei Seth para ir trabalhar no balcão de informações. *Não sei por que você gasta tanto tempo pensando naquele outro cara, quando você tem um como esse aí.*

Não é só o fato de Seth ser legal ou não, retruquei, ainda estranhando a comunicação mente a mente que os imortais superiores tanto usavam. *E não estou procurando um cara novo, de qualquer forma. Além disso, você nem chegou a conhecer Roman. Como pode dar palpite?*

Eu sei que você não o conhecia há tanto tempo assim. Deu mesmo para a coisa se aprofundar entre vocês?

Muito. Ele era bem divertido. E inteligente. E atraente.

Imagino que muitas relações tenham se mantido com muito menos. Mesmo assim, estou apostando em Seth.

Vá embora. Preciso trabalhar.

Anjos. Que sabiam eles?

Enquanto caminhava da livraria de volta para casa, em meu quarto dia de trabalho com Carter, ele perguntou, *Quer ir visitar Erik?*.

Franzi o cenho, pensativa. Naquele dia eu havia trabalhado no primeiro turno, e tinha que voltar de noite para dar a última aula de dança para o pessoal. Tinha duas horas antes disso, e havia imaginado que o anjo e eu daríamos continuidade a nosso hábito recém-adquirido de assistir juntos a filmes antigos.

– O que você tem em mente? – perguntei em voz alta, quando já estávamos a salvo dentro de meu apartamento.

Ele se materializou a meu lado.

– Quero testar as águas em que navegamos. Não houve nenhuma atividade do nefilim nos últimos dias. Nenhum bilhete. Nenhum ataque. Mas nós sabemos que ele ainda está por aí, porque continuo captando suas breves aparições. Por quê? Qual o jogo dele?

Tirei uma latinha de Mountain Dew da geladeira e sentei-me em um banco da cozinha.

– E você ainda não descartou Erik como informante.

– Não, não descartei. Como disse antes, não quero que seja Erik, mas ele deve ser a maior fonte mortal de informação imortal por aqui.

– E – concluí, desanimada –, se ele se comunica com o nefilim, talvez saiba algo sobre seus planos. O que você vai fazer, dar uma dura nele para obter informações? Porque não quero estar por perto para ver isso.

– Eu não ajo dessa forma. Posso saber se as pessoas estão mentindo, mas não sou lá muito bom em... hã, como diria, arrancar informações delas. Como você mesma já observou, não sou exatamente charmoso. Você, no entanto, esbanja charme.

Eu não estava gostando do rumo das coisas.

– O que você quer que eu faça?

– Nada fora do comum, juro. Apenas converse com ele como faria normalmente. Como se continuasse a última conversa entre vocês. Faça alguma alusão aos nefilins, se puder, e veja o que acontece. Ele gosta de você.

– O que você vai fazer?

– Vou estar lá, só que invisível.

– Vamos ter que nos apressar para conseguir voltar para cá a tempo da aula de dança.

– Não. Vou teleportar você.

– Ugh! – Os imortais superiores já haviam feito isso comigo algumas vezes ao longo dos anos. Não era agradável.

– Venha – ele me apressou, percebendo minha relutância. – Você não quer pôr um fim a essa história do nefilim?

– Tudo bem, tudo bem, só me deixe trocar de roupa. Ainda não estou convencida de que no fim não vamos nos atrasar.

Ele fez alguns comentários, ao estilo de Jerome, quanto a minha mania de arrumar-me à velha moda, mas ignorei-o. Quando estava pronta, ficamos os dois invisíveis, e ele me pegou pelos pulsos. Tive a sensação, por apenas um milissegundo, de que um vento soprava por mim, e então estávamos em um canto da loja de Erik. Uma leve onda de náusea, como a que se segue a uma bebedeira pesada, percorreu-me e se desfez depressa.

Não vendo ninguém, nem mesmo Erik, fiquei visível.

– Olá?

Poucos instantes depois, o velho proprietário apontou a cabeça na porta que dava para os fundos.

– Senhorita Kincaid, minha nossa. Não ouvi quando entrou. É um prazer vê-la de novo.

– Da mesma forma – dei-lhe um sorriso campeão de súcubo.

– Está elegante esta noite – disse-me ele, olhando meu vestido. – Alguma ocasião especial?

– Vou dançar depois de sair daqui. Na verdade, não posso ficar muito tempo.

– Sim, é claro. Tem tempo para um chá?

Hesitei por um momento, e em minha cabeça Carter se manifestou: *Sim.*

– Sim.

Erik foi esquentar água, e eu liberei a mesa, ambos assumindo nossos papéis habituais. Quando ele voltou com o chá, disse-me que era outro de seus chás herbais, desta vez chamado Claridade.

Dei-lhe os parabéns pelo chá, sorrindo todo o tempo, fazendo meu melhor para ser encantadora. Ainda falei sobre outras coisas antes de finalmente mergulhar de cabeça no objetivo de minha missão.

– Queria agradecer-lhe por sua ajuda, da outra vez, com a referência das escrituras – expliquei. – Ajudou-me a entender toda aquela história dos anjos caídos, mas confesso que... ela me levou em uma direção estranha.

– Oh? – Suas sobrancelhas grisalhas espessas ergueram-se enquanto ele erguia a xícara até os lábios.

Acenei com a cabeça.

– Junto com a menção à queda dos anjos... também eram mencionados aqueles que se casavam e geravam descendentes. Que geravam os nefilins.

Caramba, você não perde tempo, observou Carter, seco.

O velho acenou com a cabeça enquanto eu falava, como se aquela fosse uma observação perfeitamente comum.

– Sim, sim. Um tópico fascinante, os nefilins. Um tema bem controvertido entre os estudiosos da Bíblia.

– Como assim?

– Bom, alguns religiosos não gostam de admitir que os anjos, que são o sagrado do sagrado, pudessem entregar-se a atividades tão mundanas, sejam caídos ou não. Mais inaceitável ainda seria que esses bastardos semidivinos ainda estivessem neste mundo. Isso deixa furiosos muitos dos fiéis.

– Mas é verdade, então? Que os nefilins estejam por aí?

Erik me deu um de seus sorrisos sagazes.

– Mais uma vez você me surpreende com perguntas cujas respostas deveria saber.

Viu? É isso que ele faz comigo também. Ele foge à questão.

Você e Jerome fazem isso o tempo todo conosco, devolvi ao anjo.

A Erik, respondi:

– Bom, como eu já disse, meu conhecimento é bem limitado. – Ele apenas deu uma risadinha, e forcei a barra. – E então? Eles estão ou não estão por aí?

– Você parece alguém que está em busca de extraterrestres, senhorita Kincaid. É irônico, uma vez que alguns teóricos da conspiração afirmam que avistamentos de alienígenas são na verdade avistamentos de nefilins, e vice-versa. Mas para tranquilizá-la, ou talvez não, sim, eles de fato estão por aí.

– Os alienígenas ou os nefilins? – brinquei, tentando manter o tom ameno da conversa, embora eu soubesse que ele se referia aos nefilins. Eu já sabia que eles existiam, mas ficava satisfeita em ouvi-lo confirmar isso tão prontamente. Com certeza, se ele quisesse ocultar que era aliado de um nefilim, ele teria sido mais evasivo.

– Ambos, na verdade, se você passar tempo suficiente em meu antigo local de trabalho.

Dei uma risada, recordando que a Krystal Starz de fato oferecia obras sobre como se comunicar com seres do espaço sideral.

– Eu havia me esquecido disso. Aliás, tive algumas desavenças com sua antiga chefe, recentemente.

Os olhos de Erik ficaram atentos.

– Teve? O quc aconteceu?

– Nada de mais. Apenas diferenças profissionais, creio. Tirei dela algumas de suas funcionárias, Tammi e Janice. Helena não ficou muito feliz.

– Não. Imagino que não tenha ficado. Ela fez alguma coisa?

– Ela apareceu onde eu trabalho e aprontou um escândalo, e fez algumas predições soturnas e sombrias. Nada importante.

– Ela é uma mulher interessante – ele observou.

– E como. – Percebi que havíamos nos desviado do assunto, e meio que esperei que Carter me censurasse por isso. Ele não o fez. – E então, você sabe se há como detectar um nefilim? Prever o que ele fará a seguir?

Erik me deu um olhar estranho, e não respondeu de imediato. Senti meu estômago se contrair. Talvez ele soubesse algo mais sobre nosso nefilim. Eu esperava que não.

– Na verdade não – ele respondeu, por fim. – Identificar imortais não é tão fácil.

– Mas pode ser feito.

– Sim, é claro, mas alguns conseguem se esconder melhor que outros. Os nefilins em especial têm motivos para ficarem ocultos, já que são perseguidos o tempo todo.

– Mesmo quando não causam problemas? – perguntei, surpresa. Nem Carter nem Jerome haviam dito isso.

– Mesmo assim.

– Isso é meio triste.

Lembrei-me do que havia lido no livro de Harrington, recordando que tanto o céu quanto o inferno tinham rejeitado os nefilins. Talvez eu também ficasse puta da vida se fosse comigo, pronta para causar muitos problemas e mostrar aos dois lados que eu não endossava suas políticas.

Erik não tinha muito mais a dizer sobre os nefilins, e a conversa se afastou mais e mais do tema. Para minha surpresa, uma hora se passou, e eu teria esperado que Carter já tivesse me interrompido. Alegando meus próprios motivos, pedi desculpas a Erik, e disse-lhe que precisava ir embora. Comprei um pouco de seu chá, como de costume, e ele me disse para voltar quando quisesse, também como de costume.

Quando cheguei à porta, ele me chamou, hesitante.

– Senhorita Kincaid? Sobre os nefilins...

Um calafrio me percorreu. Ele de fato sabia de alguma coisa. Maldição.

– Lembre-se, eles são imortais. Estão por aí faz muito tempo, mas ao contrário dos outros imortais, eles não tem uma agenda ou uma missão divina a cumprir. Muitos tentam apenas levar uma vida útil e até mesmo comum.

Enquanto deixava a loja, fiquei pensando nessa informação tão peculiar, e imaginei um nefilim indo trabalhar todos os dias. Era difícil justapor essa cena com as imagens horríveis que eu vinha concebendo.

A noite já caíra havia muito, e o estacionamento estava vazio. Ficando invisível, esperei que Carter nos levasse embora. E esperei. E esperei.

– E aí? Por que a demora? – murmurei.

Sem resposta.

– Carter?

Sem resposta.

Então saquei: Carter havia me abandonado, para ir em outra caçada ao nefilim. Eu estava sozinha. Grande. Que devia fazer? Não tinha meu carro e, a despeito de o anjo garantir que eu estava a salvo enquanto ele fazia esse tipo de coisa, sentia-me inquieta parada ali sozinha no escuro. Entrei de novo na loja, visível. Erik ergueu os olhos, surpreso.

– Você se importa se eu esperar aqui dentro por uma carona?

– De forma alguma.

É claro, agora eu tinha que conseguir uma carona. Segurando meu celular novo, fiquei pensando para quem ligar. Cody seria a escolha ideal, mas ele morava bem ao sul da livraria, e eu estava ao norte. Ele já devia estar a caminho para a aula de dança, e vir até aqui faria apenas com que nós dois no atrasássemos. Eu precisava de alguém que vivesse ali perto, mas não conhecia ninguém, exceto... bom, Seth morava no Distrito da Universidade. Não era longe demais de Lake City. A parte complicada era se ele estaria em sua casa ou ainda em Queen Anne.

Tomei uma decisão e liguei para o celular dele.

– Alô?

– Aqui é Georgina. Onde você está?

– Hã, em casa...

– Ótimo. Você se importaria em me dar uma carona?

Quinze minutos mais tarde, Seth chegou à livraria de Erik. Eu meio que esperara que Carter já tivesse voltado por aquela altura, mas nem sinal dele. Agradecendo a Seth, entrei em seu carro.

– Fico realmente grata por isso. Minha carona me deixou na mão.

– Sem problema – ele hesitou e me olhou de soslaio. – Você está linda.

– Obrigada. – Eu vestia um vestido vermelho sem mangas, com um *top* semelhante a um *corset*.

– Mas combinaria muito bem com uma camisa de flanela.

Levei um instante para lembrar da combinação de roupas que usara para ir à casa de seu irmão, e outro momento mais para lembrar que ainda não lhe devolvera a camisa.

– Desculpe-me – disse-lhe, depois de comentar o fato com ele. – Vou devolvê-la logo.

– Não tem problema. Afinal, ainda estou mantendo seu livro como refém. Nada mais justo. Sinta-se à vontade para usá-la um pouco mais, assim ela fica com seu cheiro e o daquele perfume.

Ele se calou de repente, e parecia temeroso por ter falado demais, o que talvez fosse verdade. Eu quis fazer graça com o comentário, para diminuir um pouco o constrangimento dele, mas em vez disso, tudo que eu podia imaginar era Seth segurando a camisa de flanela contra o rosto, inspirando fundo porque ela tinha meu cheiro. A imagem era tão sensual, tão provocante, que virei para o outro lado, olhando pela janela para ocultar o que sentia e a respiração que ficara pesada.

Que vagabunda sem-vergonha eu era, decidi enquanto o resto da viagem transcorria em silêncio mortal. Chorando por Roman num minuto, querendo pular na cama com Seth no próximo. Eu era volúvel. Emitia sinais confusos para os homens, flertando com um após o outro, chamando com uma das mãos e afastando com a outra. Eu tinha de reconhecer, a energia de Martin estava terminando rápido, e a maioria dos homens já começava a parecer apetitosa, mas ainda assim... Eu não tinha nenhuma decência. Já nem sabia quem ou o que eu queria.

Quando Seth estacionou na Emerald City, mas se recusou a entrar comigo, senti-me culpada, sabendo que ele achava que eu achava que ele devia ser um pervertido ou algo assim, por causa do lance do perfume. Eu não podia deixar a coisa daquele jeito, não suportaria a ideia de ele se sentir mal por minha culpa. Sobretudo porque o comentário do perfume me excitara. Eu tinha que consertar a situação.

Inclinei-me para ele, torcendo para que o *top* de *corset* fizesse metade do trabalho de amenizar a situação.

– Lembra-se daquela cena em *A Casa de Vidro*, em que O'Neill leva a garçonete para casa?

Ele ergueu uma sobrancelha.

– Hã, eu escrevi aquela cena.

– Se me lembro bem, ele não diz alguma coisa sobre deixar sozinha uma mulher com um vestido decotado?

Seth me encarou, com expressão indecifrável. Por fim, um sorriso não-tão-aturdido-assim surgiu em seu rosto.

– Ele diz: "Um homem que deixa sozinha uma mulher com um vestido desses não é um homem de verdade. Uma mulher com um vestido assim não quer ficar sozinha".

Devolvi seu olhar de um modo significativo.

– Então?

– Então, o quê?

– Não me force a soletrar. Estou com este vestido, e não quero ficar sozinha. Entre comigo. Você me deve uma dança, sabia?

– E você sabe que eu não danço.

– Você acha que isso deteria O'Neill?

– Eu acho que O'Neill às vezes exagera. Ele não sabe onde estão seus limites.

Sacudi a cabeça, exasperada, e dei-lhe as costas.

– Espera – chamou Seth. – Eu também vou.

– Essa foi por pouco, hein? – comentou Cody mais tarde, quando chegamos, quase correndo, ao café da livraria que já estava fechada.

Dei-lhe um breve abraço, e ele e Seth acenaram cordialmente um para o outro, antes que o escritor se misturasse com o pessoal da livraria.

– É uma longa história.

– Isso é verdade? – sussurrou Cody em minha orelha, debruçando-se sobre mim. – Carter está por aqui neste instante?

– Na verdade não. Ele estava, mas de repente desapareceu. Foi por isso que me atrasei. Tive que chamar Seth para me apanhar.

A expressão séria do jovem vampiro suavizou-se.

– Estou certo de que foi um grande sacrifício para vocês dois.

Ignorando a alfinetada, reuni as tropas para dar início à aula. Como já havíamos notado na aula anterior, a maioria deles estava tão pronta como jamais ficaria. Não ensinamos nada novo, preferindo em vez disso revisar técnicas já dadas, certificando-nos de que os aspectos básicos estavam bem sólidos. Seth, como havia afirmado, não dançou. Dessa vez teve mais dificuldade para resistir, porém, pois boa parte do pessoal já o conhecia bem, agora. Várias mulheres o chamaram. Ele continuou obstinado.

– Ele vai dançar se você o convidar – disse Cody, a certa altura.

– Duvido. Ele recusou a noite toda.

– É, mas você é persuasiva.

– Carter insinuou a mesma coisa. Não sei quando foi que ganhei essa reputação como Miss Simpatia.

– Vá lá e convide-o.

Revirando os olhos, fui até Seth, notando seu olhar, já em mim.

– Tudo bem, Mortensen, última chance. Está pronto para passar de *voyeur* a exibicionista?

Ele entortou a cabeça, olhando-me com curiosidade.

– Ainda estamos falando de dança?

– Bom, isso depende, acho. Uma vez ouvi alguém dizer que os homens dançam do mesmo jeito que fazem sexo. Assim, se você quer que todo mundo aqui pense que você é o tipo de cara que só fica sentado e...

Ele ficou de pé.

– Vamos dançar.

Fomos para a pista e, a despeito da declaração decidida, o nervosismo dele transparecia, alto e claro. A palma de sua mão transpirava contra a minha, a outra mão quase hesitando em apoiar-se em meu quadril.

– A sua mão engole toda a minha – provoquei-o com suavidade, acomodando minha mão na dele. – Apenas relaxe. Escute a música e conte as batidas. Observe meus pés.

Enquanto nos movíamos, tive a impressão de que ele já havia aprendido os passos básicos antes. Ele não teve dificuldade em relembrar o padrão. Seu problema era coordenar os pés com a música, um comportamento que para mim era instintivo. Eu percebia que ele de fato contava as batidas mentalmente, fazendo força para sincronizar os pés. Assim, ele passava mais tempo olhando para baixo do que para mim.

– Você vai vir conosco quando formos dançar fora? – perguntei, só para manter uma conversa.

– Desculpe. Não posso falar e contar ao mesmo tempo.

– Ah, tudo bem. – Fiz o melhor que pude para esconder um sorriso.

Continuamos assim, em silêncio, até a aula terminar. Não se tornou um processo natural para Seth, mas ele não perdeu nenhum passo, prestando atenção a eles com uma determinação e diligência constantes, suando profusamente o tempo todo. Tão próxima a ele, pude sentir de novo, no ar entre nós, algo parecido com a estática, intenso e elétrico.

Fiz o circuito pelo salão junto com Cody ao final, despedindo-me de todo mundo. Seth foi um dos últimos a partir, juntando-se a Cody e a mim quando fomos para a porta dos fundos.

– Você fez um bom trabalho – disse-lhe Cody.

– Obrigado. Minha reputação estava em jogo. – Seth voltou-se para mim. – Espero ter-me redimido na comparação dança-sexo.

– Creio que deve haver uma ou duas semelhanças notáveis – observei, mantendo uma cara séria.

– Uma ou duas? Que tal a atenção aos detalhes, a dedicação total, muita transpiração e uma determinação obsessiva em fazer a coisa, e fazê-la bem?

– Eu pensava mais no fato de você não falar durante o sexo. – Maldoso, talvez, mas não pude resistir.

– Bom, minha boca tem coisas melhores para fazer.

Engoli com dificuldade, minha própria boca seca.

– Ainda estamos falando sobre dança?

Seth nos deu boa-noite e se foi.

Observei-o afastar-se, melancólica.

– Alguém mais aqui acha que vai desmaiar?

– Eu com certeza – disse a voz jovial de Carter, a nossas costas.

Cody e eu demos um pulo.

– Cristo – exclamei. – Há quanto tempo você voltou?

– Não temos tempo para conversa mole. Segurem-se, crianças.

Depois de olhar de relance a nossa volta, assegurando-se de estarmos sozinhos, o anjo de repente agarrou nossos pulsos. Senti aquela sensação nauseante de velocidade de novo, e quando dei por mim estávamos em uma sala de estar decorada com muita elegância. Eu nunca havia estado ali antes, mas era lindo. A mobília de couro que adornava a sala combinava entre si, quadros de aparência cara pendiam das paredes. Opulência. Estilo. Esplendor.

O único problema era que o lugar todo havia sido destruído. Rasgões cortavam o mobiliário chique, as mesas jaziam de pernas para o ar, e os quadros estavam todos tortos ou danificados ou ambos. Em uma parede, um imenso símbolo que eu não reconhecia tinha sido pichado com *spray*: um círculo com uma linha cruzando-o na vertical e outra diagonal, cruzando-o em ângulo da esquerda para a direita. Todo aquele *glamour* misturado com tal profanação deixou-me totalmente atônita.

– Bem-vindos ao Château Jerome – anunciou Carter.

Capítulo 20

– Perdão pelo transporte abrupto – prosseguiu Carter. – Jerome começou a ficar histérico por eu tê-la deixado sozinha tanto tempo.

– Eu nunca "fiquei histérico" em minha vida, hã, existência, hã, sei lá – comentou Jerome, vindo para a sala. Observando-o, eu podia crer em suas palavras. Vestido da mesma forma impecável de sempre, ele tinha um martíni na mão e parecia bem à vontade em meio ao caos.

– Belo lugar – disse-lhe eu, ainda passada com semelhante estrago causado a tanta beleza. – Brigou com o decorador?

Os olhos do demônio brilharam, divertindo-se com minha piada.

– Como eu amo tê-la por perto, Georgie. – Ele bebericou o drinque. – Sim, precisa de uma ajeitada agora, mas sem problema. Tudo vai se arrumar. Além do mais, tenho outros lugares para onde ir.

Jerome sempre foi muito reservado quanto ao local onde residia, e eu suspeitava que apenas a intervenção de Carter permitia-nos estar ali naquele instante. O demônio jamais teria nos convidado. Indo até uma ampla janela saliente de três faces, contemplei uma vista magnífica do lago Washington, com as luzes de Seattle reluzindo mais além. Pelo ângulo de visão, eu apostaria que estávamos em Medina, um dos subúrbios mais caros do lado leste da cidade. Só o melhor para Jerome.

– Então, o que aconteceu? – perguntei por fim, quando ficou claro que ninguém pretendia abordar o assunto. – Isso aqui foi um ataque de nefilim ou foi só uma festa que saiu de controle? Sério, se foi esta última, vou ficar muito puta por ninguém ter convidado a gente.

– Fique tranquila – disse-me Carter, sorrindo. – Nosso amigo nefilim deu uma ajeitada na decoração, e fez o favor de revelar-nos sua assinatura quando terminou. Foi por isso que eu a abandonei na livraria de Erik. Teria dado algum aviso, mas quando senti o que estava acontecendo aqui... – Ele deu um olhar significativo para Jerome. O demônio fez pouco-caso ao responder.

– Você o quê? Achou que eu estava em perigo? Você sabe que isso não é possível.

Carter discordou, com um som indistinto.

– É? E como você chama isso? – Ele indicou com a cabeça o símbolo pintado a *spray*.

– Pichação – respondeu Jerome, desinteressado. – Não significa nada.

Afastei-me da janela deslumbrante e de sua vista caríssima, examinando o símbolo de alto a baixo. Nunca havia visto nada parecido, embora estivesse familiarizada com uma quantidade enorme de signos e marcas, de todos os tipos de lugares e épocas.

– Deve significar alguma coisa – contrapus. – Parece ter sido muito trabalho por nada. Ele podia só ter escrito "você fede", ou algo assim.

– Talvez isso esteja em algum outro aposento – sugeriu Cody.

– Uma tirada digna de Georgie. Você não está aprendendo só a dançar.

Ignorando a tentativa do demônio de mudar de assunto, voltei-me para Carter em busca de respostas.

– O que é isso? Você deve saber o que significa.

O anjo me examinou por um instante, inquisitivo, e me dei conta de que nunca antes havia pedido sua ajuda, de verdade. Até nosso recente período de convivência forçada, a maioria de nossas interações havia sido de antagonismo declarado.

– É um aviso – disse ele, devagar, sem olhar para seu colega demoníaco. – Um aviso de desastre iminente. A pior parte de uma batalha está para começar.

Jerome perdeu o controle que mantivera tão bem até então. Bateu o copo com força em uma mesa fora de prumo, seu rosto ficando vermelho.

– Por Cristo, Carter! Você está louco?

– Não faz diferença, e você sabe. Tudo vai vir à tona de qualquer maneira.

– Não – sibilou o demônio, gélido –, nem tudo.

– Então conte você a eles. – Carter apontou o símbolo com um gesto amplo. – Você explica, e garante que eu não fale demais.

Jerome olhou duro para ele, e ambos trocaram seu olhar habitual. Eu havia visto isso acontecer vezes sem conta, mas pensando bem, tinha certeza de nunca tê-los visto desentendendo-se daquele jeito.

– O significado pode ter sido esse no passado – admitiu Jerome, por fim, respirando fundo no esforço de acalmar-se. – Mas já não é. Como eu disse, agora não significa nada. Um rabisco arcaico. Um encantamento que já não tem qualquer poder, pois ninguém mais acredita nele.

– Então por que se dar ao trabalho de usá-lo? – pensei em voz alta. – Outra amostra do bizarro senso de humor do nefilim?

– Algo assim. É para nos lembrar com quem estamos lidando. Como se fosse possível que me esquecesse. – Erguendo de novo seu martíni, Jerome terminou-o de um só gole. Com um suspiro, e parecendo de repente cansado, ele relanceou os olhos para Carter. – Pode contar-lhes sobre os outros, se quiser.

A face do anjo demonstrou alguma surpresa com a concessão. Ele olhou de novo a parede danificada.

– Este símbolo é o segundo de uma série de três. O primeiro é a declaração de guerra, algo para intimidar seu inimigo com o que está por vir. É parecido com este, mas sem a diagonal. O último símbolo representa a vitória. Tem duas diagonais, e é exibido depois da derrota do inimigo.

Segui a direção de seu olhar.

– Ei, espera aí. Se este é o segundo, isso significa que vocês já viram o primeiro?

Jerome saiu da sala e voltou um momento depois, entregando-me um pedaço de papel.

– Você não é a única que recebe bilhetes de amor, Georgie.

Eu o abri. O papel era do mesmo tipo usado em meus bilhetes. Desenhado nele, com uma grossa linha preta, havia uma cópia do símbolo da parede de Jerome, sem a linha diagonal. O primeiro símbolo, a declaração, segundo Carter.

– Quando você recebeu isto?

– Um pouco antes da morte de Duane.

Pensei no que acontecera semanas antes.

– Foi por isso que você não insistiu muito comigo quando ele morreu. Você já tinha uma boa ideia de quem seria o responsável.

O demônio deu de ombros como resposta.

– Espera um minuto, então – exclamou Cody, aproximando-se para olhar o bilhete por cima de meu ombro. – Se este é o primeiro aviso... Você está dizendo que tudo que aconteceu, com Duane, Hugh, Lucinda, Georgina... foi parte da "intimidação"? – O vampiro ficou incrédulo quando nenhum dos imortais superiores respondeu. – O que mais pode acontecer? O que é essa "pior parte"? Quer dizer, ele já atacou ou matou, quantos, quatro imortais?

– Quatro imortais *inferiores* – informei, entendendo de repente. Meu olhar ficou indo e vindo entre Jerome e Carter. – Certo?

O anjo me deu um sorrisinho tenso.

– Certo. Vocês foram o aquecimento antes do grande golpe. – Ele lançou a Jerome outro olhar penetrante.

– Pare com isso – o demônio retrucou. – Não sou o alvo aqui.

– Não é? Ninguém pichou isso em minha parede.

– Ninguém sabe onde você vive.

– Você também não está exatamente nas páginas amarelas. O alvo aqui é você.

– Essa é uma questão retórica. Essa criatura não pode me atingir.

– Você não pode ter certeza...

– Eu sei disso, e você sabe também. Não há possibilidade alguma de que a criatura seja mais forte que eu.

– No fim das contas, nós precisamos de reforços. Chame Nanette...

– Ah, sim! – Jerome deu uma risada áspera. – Ninguém vai notar se eu arrastá-la de Portland para cá. Tem ideia da bandeira que isso ia dar? As pessoas começariam a perceber, e a fazer perguntas...

– E daí que fizessem? Não tem problema nenhum...

– É fácil para *você* falar. O que sabe sobre...

– Por favor. Sei o suficiente para saber que você está sendo paranoico demais sobre...

Os dois ficaram algum tempo nessa troca, com Jerome negando enfaticamente que houvesse algum problema, Carter afirmando que precisavam tomar as devidas precauções. Como já disse, nunca havia visto os dois desentendendo-se de forma tão escancarada. Eu não estava gostando, sobretudo quando suas vozes começaram a aumentar em volume. Não queria estar por perto se eles começassem a trocar socos ou exibições de força, pois já tivera demonstrações demais de seu poder nas últimas semanas. Lentamente, recuei da sala para um corredor próximo. Cody entendeu o que eu fazia, e me seguiu.

– Detesto quando mamãe e papai brigam – comentei enquanto nos afastávamos do bate-boca divino, procurando um local mais seguro. Olhando pelas portas, vi um banheiro, um quarto de dormir e um quarto de hóspedes. Por algum motivo, eu não achava que o demônio recebesse muitos hóspedes para passar a noite.

– Isto parece promissor – observou Cody quando entramos em uma sala de televisão.

Mais poltronas de couro cercavam uma enorme tela de plasma, absurdamente fina, pendurada na parede. Havia alto-falantes esguios e bonitos em pontos estratégicos à nossa volta, e uma enorme estante de vidro exibia centenas de DVDs. Como os outros aposentos, este havia sido arruinado. Suspirando, deixei-me cair em uma das poltronas estripadas, enquanto Cody inspecionava o sistema de som.

– O que você acha disso tudo? – perguntei-lhe. – Das novidades recentes, digo, não deste equipamento.

– O que há para achar? Para mim parece bem claro. Esse tal nefilim primeiro treina com imortais inferiores e então decide atacar os superiores. Doentio e pervertido, mas é assim que as coisas são. O lado bom é que agora talvez estejamos a salvo. Sem ofensa a Jerome ou Carter.

– Não sei – recostei a cabeça, pensando. – Algo ainda não está certo para mim. Tem alguma coisa faltando. Escute só esses dois. Por que Jerome está sendo tão idiota quanto a tudo isso? Por que ele não dá ouvidos a Carter?

O vampiro jovem desviou os olhos dos filmes que estava examinando e me deu um sorriso malicioso.

– Nunca achei que veria você defendendo Carter. Vocês devem ter ficado bem amiguinhos nesta última semana.

– Não tenha nenhum delírio romântico – alertei-o. – Sabe Deus que já tenho coisa demais em meu prato. É só que, sei lá, Carter não é tão mau como eu pensava.

– Ele é um anjo. De mau ele não tem nada.

– Você sabe o que eu quero dizer, e você tem que reconhecer que ele tem razão. Jerome devia tomar as medidas apropriadas. Essa criatura arrasou com este lugar e deixou avisos, sejam eles encantamentos obsoletos ou não. Por que Jerome está tão convencido de estar a salvo?

– Porque ele acha que é mais forte que a criatura.

– Mas como pode ter certeza? Nenhum deles conseguiu sentir esse ser por completo. Nem mesmo Carter, na noite em que me salvou.

– Jerome não parece ser o tipo de pessoa que descarta as coisas sem um motivo. Se ele diz que é mais forte, então eu... puta merda. Olha isso... – seu tom sério dissolveu-se em uma risada.

Levantando-me, fui até ele e ajoelhei-me a seu lado.

– O quê?

Ele indicou a última fileira de DVDs. Li os títulos. *Alta-fidelidade. Minha vida é um desastre. Digam o que quiserem. Matador em conflito.* Todos filmes de John Cusack.

– Eu sabia – murmurei, pensando na coincidência da semelhança do demônio com o ator. – Eu sabia que ele era fã. Ele sempre negou.

– Espere até eu contar a Peter e Hugh – disse Cody, deliciado. Ele tirou da estante *Minha vida é um desastre*. – Este é o melhor.

Tirei *Quero ser John Malkovich*, esquecendo minha tensão por um instante.

– Sem chance. É este aqui.

– Esse é esquisito demais.

Olhei para a tela de plasma, com um enorme rasgão atravessando sua superfície.

– Eu sugeriria que fizéssemos uma sessão pipoca para resolver a questão, mas por algum motivo acho que ninguém vai assistir a nada aqui, por algum tempo.

Cody acompanhou meu olhar e fez uma careta diante do massacre.

– Que desperdício. Esse nefilim é um bastardo de verdade.

– Sem dúvida – concordei, ficando em pé. – Não espanta que...

Fiquei paralisada. Tudo ficou paralisado. *Um bastardo de verdade.*

– Georgina? – perguntou Cody, curioso. – Você está bem?

Fechei os olhos, com vertigem.

– Ah, meu Deus – *um bastardo de verdade.*

Pensei então sobre toda a cadeia de eventos relacionados ao nefilim, como desde o primeiro momento Jerome tinha tentado nos manter afastados. Ostensivamente, suas ações visavam manter-nos a salvo, mas não havia qualquer motivo para que não nos explicasse sobre o nefilim, e não correríamos nenhum perigo real se conhecêssemos a real natureza de nosso adversário. Ainda assim Jerome calara-se sobre ele, enfurecendo-se de forma irracional quando algum de nós chegava perto demais da verdade. Quando Cody propôs pela primeira vez a teoria do "anjo renegado", eu tinha atribuído o segredo à vergonha que o outro lado sentiria. Só que não era o lado deles que tinha algo a esconder. Era o nosso.

Clic, clic. Uma vez que começaram a cair, as pedras de dominó tombaram uma atrás da outra muito rápido. Pensei no livro de Harrington: *os anjos corruptos ensinaram "magias e encantamentos" a suas esposas, enquanto seus filhos estavam à solta...* Encantamentos. Como aquele, já obsoleto, na parede de Jerome. *É para nos lembrar com quem estamos lidando. Como se fosse possível que me esquecesse*, dissera ele de forma casual.

Carter havia me contado que os demônios costumavam caçar os nefilins. Nanette quisera vir ajudar, mas Jerome não permitiu, minimizando assim o número de envolvidos. Mas tinha mantido Carter à mão, porém. *Jerome não iria querer fazer isso ele mesmo?*, perguntara eu, mas o anjo evitara responder.

As pedras de dominó continuaram caindo. *Um nefilim herda muito mais que a metade do poder de seu pai, embora nunca possa excedê-lo.* Palavras de Jerome na semana passada, também ditas casualmente, logo depois do ataque a mim. Poucos minutos atrás eu me surpreendera com sua confiança quanto a ser mais forte que o nefilim, perguntando-me como ele podia estar tão certo. Mas é claro que ele estava. A genética divina já havia ditado seus parâmetros.

– Georgina? Onde está indo? – exclamou Cody quando saí correndo da sala, de volta para a discussão ainda acalorada na outra ponta do corredor.

– Olha aqui – Carter dizia –, não vai machucar ninguém se só...

– Ele é seu – gritei para Jerome, tentando dar-lhe um olhar superior, o que era difícil uma vez que ele era mais alto que eu. – O nefilim é seu.

– Meu problema?

– Não! Você sabe o que quero dizer. Seu filho... ou filha... ou o que for.

O silêncio caiu, e Jerome olhou-me com seus olhos negros penetrantes, que iam direto ao fundo de minha alma. Esperei ser lançada através da sala a qualquer momento. Em vez disso, tudo o que ele perguntou foi:

– E daí?

Surpreendida pela resposta branda, engoli em seco.

– Daí que... que... Por que você não nos contou, simplesmente? Desde que tudo começou? Por que tanto segredo?

– Como talvez você possa imaginar, não é um tópico que eu goste de discutir. E ao contrário da crença popular, sinto ter direito a alguma privacidade.

– Sim, mas... – Agora que tudo estava às claras, eu não sabia o que dizer ou pensar ou fazer. – Que vai acontecer? O que você vai fazer?

– O mesmo que tenho planejado desde o começo. Vamos encontrar essa criatura e destruí-la.

– Mas ela... ou ele... é seu... sua...

Eu, que observara com tanta inveja a crescente gravidez de Paige e o bando de sobrinhas de Seth, não podia sequer conceber semelhante calma ao anunciar o assassinato de seu próprio descendente.

– Isso não importa – disse o demônio. – Essa criatura é um risco, um perigo para todos nós. Minha conexão com ela é irrelevante.

– Você se refere a ela o tempo todo como "criatura". Você está tão indiferente que não pode... chamá-la pelo nome, ou pelo sexo a que pertence? Aliás, é um filho ou uma filha?

Ele hesitou por um instante, e percebi um leve traço de desconforto por trás da máscara de impassibilidade.

– Eu não sei.

Olhei-o fixamente.

– O quê?

– Eu não estava lá quando a criatura nasceu. Quando descobri que ela... minha mulher... estava grávida, eu parti. Sabia o que iria acontecer. Eu não era o primeiro, e nem seria o último, a ter uma esposa mortal. Por aquela altura, muitos nefilins haviam nascido e sido destruídos. Todos sabíamos do que eles eram capazes. A coisa certa a fazer seria destruí-lo ao nascer – ele se interrompeu, uma vez mais sem qualquer expressão. – Não pude fazê-lo. Eu parti, de modo que não teria de lidar com a situação, e não teria de fazer aquela escolha. Foi a saída de um covarde.

– Você voltou... a vê-la de novo? Sua esposa?

– Não.

Sem saber o que dizer, fiquei imaginando como ela teria sido. Eu mal compreendia Jerome agora, como um demônio, quanto mais como teria sido antes da queda. Ele quase nunca demonstrava qualquer tipo de emoção ou afeição por alguém; não podia imaginar que tipo de mulher teria conseguido conquistá-lo de modo que ele virasse suas costas para tudo que lhe era sagrado. E ainda assim, a despeito daquele amor, ele a deixara para nunca mais voltar a vê-la. Ela já estava morta havia milênios, agora. Ele partira para salvar o filho deles; e agora, uma vez mais, via-se com a vida dele nas mãos. Tudo aquilo era de partir o coração, e eu queria fazer algo, abraçar o demônio, talvez, mas eu sabia que ele não me agradeceria pela solidariedade. Ele já estava constrangido demais por termos descoberto tudo.

– Então você nunca viu seu filho? Como pode ter certeza de que este nefilim é ele?

– A assinatura. Quando a sinto, sinto metade de minha própria aura e metade... da dela. Nenhuma outra criatura poderia ter tal combinação.

– E você sente a mesma assinatura todas as vezes?

– Sim.

– Uau. E ainda assim você não sabe mais nada sobre a criatura.

– Correto. Como já disse, eu parti muito antes que ela nascesse.

– Então... então faz sentido que você de fato seja um alvo – disse-lhe eu, indicando a parede. – Independentemente de tudo, o nefilim tem um motivo especial para estar puto com você.

– Obrigado pelo apoio incondicional.

– Eu não falei com essa intenção. Só quis dizer... o nefilim já tem suas boas razões para estar bravo. Todos os odeiam e tentam matá-los. E esse em particular... bom, as pessoas gastam milhares de dólares em terapia para superar experiências ruins com seus pais. Imagine os tipos de neuroses que se desenvolvem ao longo de milhares de anos.

– Você está sugerindo uma sessão de aconselhamento familiar, Georgie?

– Não... não, é claro que não. Se bem que... não sei. Você já tentou conversar com essa criatura? Argumentar? – Lembrei-me do comentário de Erik, de que os nefilins só queriam ser deixados em paz. – Talvez vocês pudessem entrar num acordo.

– Muito bem, essa conversa está ficando cada vez mais absurda, se é que isso é possível. – Jerome virou-se para Carter. – Quer levá-los para casa agora?

– Vou ficar com você – afirmou o anjo, seco.

– Ah, pelo amor de Cristo, achei que já tínhamos resolvido isso...

– Ele está certo – palpitei. – A fase do aquecimento terminou. Estou segura agora.

– Nós não sabemos...

– E além do mais, a questão não era tanto que Carter me protegesse, mas que me impedisse de descobrir a verdade sobre seus problemas familiares. Agora é tarde demais, e estou cansada de ter alguém comigo o tempo todo. Você fica com ele, e todos vamos dormir mais tranquilos, mesmo que seja excesso de precaução.

– Colocado de forma muito eloquente – riu Carter.

Jerome ainda protestou, e nós discutimos ainda mais algum tempo sobre isso, mas no final, a decisão ficou nas mãos de Carter. Jerome não tinha poder para dar-lhe ordens; na verdade, se Carter quisesse seguir o demônio indefinidamente, não havia nada que Jerome pudesse fazer, não de fato. Eles não iriam travar uma batalha épica entre si, a despeito do quão aborrecidos parecessem no momento.

Carter concordou em teleportar-nos de volta, embora eu suspeitasse de que era muito mais para garantir que Cody e eu não pudéssemos encontrar de novo o apartamento de Jerome. Depois de levar o vampiro para casa, Carter me transportou para minha sala de estar, hesitando antes de desaparecer de novo.

– Creio que é melhor assim, que eu fique com Jerome – disse-me. – Sei que o nefilim não pode ser mais forte que ele, mas ainda assim há algo estranho acontecendo. Também não estou convencido de que você esteja fora de perigo, mas o que quer que esteja acontecendo com você é algo bem diferente. – Ele deu de ombros. – Não sei. Há uma porção de dificuldades por aqui; gostaria que Jerome nos deixasse conseguir alguma ajuda externa. Não demais, claro. Só alguma ajuda. Qualquer uma.

– Não se preocupe – garanti-lhe. – Eu me viro. Você não pode estar em todos os lugares ao mesmo tempo.

– Está aí uma verdade. Quando tudo isso terminar, vou ter que perguntar a esse nefilim como é que ele consegue.

– Você não pode perguntar aos mortos.

– Não – ele concordou, com amargura. – Não posso.

Ele se virou, como se fosse partir.

– É algo muito estranho... – comecei, devagar. – A ideia de que Jerome possa ter amado alguém. E que tenha caído por causa disso.

Ele me deu um daqueles sorrisos astutos, assustadores.

– O amor não faz os anjos caírem, Georgina. No máximo, pode ter o efeito oposto.

– Como assim? Se Jerome se apaixonar de novo, pode voltar a ser um anjo?

– Não, não. Não é tão simples assim. – Vendo meu olhar confuso, ele riu e apertou de leve meu ombro. – Cuide-se, Filha de Lilith. Chame se precisar de ajuda.

– Eu o farei – assegurei-lhe, quando ele sumiu no ar. Na verdade não era assim tão fácil entrar em contato com imortais superiores. Jerome podia sentir se eu estivesse ferida, mas era bem mais difícil contatá-lo para um bate-papo informal.

Fui para a cama logo depois, fatigada por tudo que havia acontecido, cansada demais para preocupar-me com algum ataque de nefilim durante o sono. No dia seguinte eu daria o expediente de fechamento da loja, e seria o último dia antes da folga de dois dias. Eu precisaria desse descanso.

Acordei mais tarde na manhã seguinte, ainda viva. Indo para a livraria, encontrei-me com Seth, munido de seu *laptop*, pronto para passar outro dia escrevendo. A lembrança da aula de dança com ele colocou de lado minhas preocupações com o nefilim, por algum tempo.

– Trouxe meu livro? – perguntei, enquanto ele segurava a porta aberta para mim.

– Não. Trouxe minha camisa?

– Não. Mas eu gosto da camiseta que você está usando hoje. – Sua camiseta temática daquele dia exibia o logotipo do musical *Les Miserables.* – Minha música favorita de todos os tempos vem dessa obra.

– Sério? – perguntou ele. – E qual é?

– "I Dreamed a Dream".

– É uma música deprimente. Não admira que você não queira ter um relacionamento.

– E qual é a sua favorita, então? – Eu havia feito minha pergunta-padrão a Roman, mas não a Seth.

– "Ultraviolet", do U2. Conhece?

Encostamos no balcão do *espresso*. Bruce estava lá, e começou a fazer meu *mocha* antes mesmo que eu pedisse.

– Conheço outras músicas deles, mas não essa. Sobre o que é?

– Amor, é claro. Como todas as boas músicas. A dor do amor, justaposta a seu poder de redenção. Um pouco mais otimista que a sua.

Lembrei-me do comentário de Carter na noite passada. *O amor não faz os anjos caírem.*

Seth e eu nos sentamos, e a conversa agora fluía com facilidade entre nós. Era difícil acreditar que já existira algum desconforto. Ele estava bem à vontade.

Por fim, sabendo que em algum momento eu precisaria trabalhar, fiz o esforço de afastar-me para dar uma olhada no resto do pessoal e então fui para minha sala. Mas eu planejava apenas checar meus *e-mails*; sentia-me sociável hoje, e queria ficar na área de atendimento. Joguei a bolsa na mesa e comecei a sentar-me na cadeira, quando vi sobre ela um envelope branco muito familiar, com meu nome.

Prendi a respiração. E eu que pensava estar fora de alcance do radar do nefilim! Tremendo, peguei o envelope, abrindo-o com dedos desajeitados.

> Sentiu minha falta? Imagino que tenha estado bem ocupada com seus amigos imortais, tentando se assegurar de que todos estão seguros e sob controle. E imagino que você tenha andado ocupada também com sua vida pessoal tão fascinante, sem um segundo sequer para pensar em mim. Isso é crueldade, em vista de tudo o que fiz por você.
>
> Fico pensando, porém, se você se preocupa tanto com os mortais que estão em sua vida quanto com os imortais. Afinal, as mortes deles são tão menos significativas... O que são cinquenta anos comparados aos séculos de um imortal? Nem vale a pena preocupar-se com os mortais, e ainda assim você parece se importar muito com eles. Mas você se preocupa de verdade? Ou eles são só uma diversão para os longos séculos de sua própria existência? E esse seu namorado? É um outro brinquedo, um simples passatempo? Ele significa mesmo alguma coisa para você?
>
> Vamos descobrir. Você vai me convencer de que ele significa algo. Hoje. Você tem até o final de seu expediente para garantir a segurança dele. Você conhece as regras: mantenha-o em locais seguros, mantenha-o entre outras pessoas etc. etc. Estarei com você, vigiando.

Convença-me de que realmente gosta dele, e eu o pouparei. Faça-me acreditar. Se falhar, ou se envolver algum de seus contatos imortais, medida de segurança alguma será suficiente para salvá-lo.

Deixei cair o bilhete, com as mãos geladas. Que merda de jogo era esse? Não fazia sentido. O nefilim me dizia, de uma vez só, para proteger alguém, e logo em seguida insinuava que não ia adiantar nada, pois não havia forma de proteção. Era algo idiota, ele fazia mais marolas, provocando uma situação só para ver o que eu faria. Olhando ao redor com inquietação, fiquei pensando: será que o nefilim estaria por aqui agora? Estaria o rabugento descendente de Jerome espreitando invisível a meu lado, degustando minha angústia? Que deveria eu fazer?

Por fim, e talvez mais importante, quem diabos era meu namorado, afinal?

Capítulo 21

Eu não tinha nenhum namorado. A despeito de todas as dúvidas em meu mundo, era a única coisa de que eu tinha certeza absoluta. Infelizmente, esse nefilim parecia ter uma visão muito mais otimista de minha vida amorosa.

– Não sei de quem você está falando – gritei para a sala vazia. – Está me ouvindo, seu filho da puta? Não faço a mínima ideia de quem você está falando!

Ninguém respondeu.

Paige, passando pelo corredor um pouco depois, colocou a cabeça para dentro.

– Você me chamou?

– Não – resmunguei. Ela usava um vestido que ficava bem justo sobre sua barriga proeminente. Isso não ajudou muito meu humor. – Só estava falando comigo mesma.

Fechei a porta depois que ela saiu.

Meu impulso imediato foi pedir ajuda. Carter. Jerome. Alguém. Qualquer um. Eu não poderia dar conta disso sozinha.

Se falhar, ou se envolver algum de seus contatos imortais, medida de segurança alguma será suficiente para salvá-lo.

Maldição. Eu nem sabia a quem ele se referia. Freneticamente, tentei imaginar quem, entre os mortais que conhecia, poderia ter sido tomado pelo nefilim como algo mais. Como se já não fosse difícil o suficiente sendo meus amigos.

De modo surpreendente – ou talvez não – meus pensamentos desviaram-se de imediato para Seth. Pensei sobre nossa recente conexão. Controlada e recatada, com certeza, mas ainda quente. Ainda certa e natural. Ainda me fazendo prender a respiração, quando por acaso nos tocávamos.

Não, isso era uma bobagem. Meu fascínio por ele era superficial. Seus livros me faziam venerá-lo como um herói, e nossa amizade tinha vindo no rebote da relação com Roman. Qualquer quedinha ou atração fortuita que ele sentisse por mim iria desaparecer depressa. Ele não dera qualquer indicação de sentimentos mais-do-que-amizade, e meu distanciamento tinha que estar surtindo efeito. Além do mais, ele estava sempre desaparecendo para encontros misteriosos, provavelmente com alguma garota sobre a qual era tímido demais para me falar. Era presunção minha sequer pensar em incluí-lo na categoria de namorado.

Ainda assim... saberia o nefilim de tudo isso? Quem podia saber no que o filho da mãe estava pensando? Se ele tivesse observado minhas conversas com Seth no café, ele podia supor qualquer coisa. O medo me sufocou, fazendo com que quisesse subir correndo para ver se estava tudo bem com Seth. Mas não. Seria perda de tempo, ao menos por enquanto. Ele estava escrevendo, em público, cercado de pessoas. O nefilim não o atacaria nesse cenário.

Quem mais, então? Talvez Warren? O nefilim *voyeur* nos havia observado fazendo sexo. Se aquilo não contasse como algum tipo de relacionamento, não sei o que contaria. Claro, o nefilim também teria reparado que Warren e eu quase nunca interagíamos de qualquer outra forma íntima. Pobre Warren. Fazer sexo comigo já estava acabando com ele; seria uma crueldade sem tamanho se ele se tornasse um alvo para o senso de humor degenerado do nefilim. Por sorte, eu havia visto Warren vindo para a livraria hoje. Ele estava ocupado em sua sala, mas talvez isso contasse como se estivesse a salvo. Ele podia estar sozinho, mas qualquer grito por um ataque de nefilim chamaria a atenção de imediato.

Doug? Ele e eu sempre tivéramos um flerte bem animado. Com certeza alguém poderia considerar suas paqueras esporádicas como um indicativo de algo além de amizade. Nas últimas semanas, porém, não havíamos conversado muito um com o outro. Eu tinha estado distraída demais com os ataques do nefilim. Com eles, e com Roman.

Ah, Roman. Aí estava, a possibilidade que andava rondando no fundo de minha mente. A realidade que estivera evitando porque significava ter contato com ele, quebrar o silêncio que eu tanto tentava manter. Eu não sabia o que havia entre nós, além de uma atração abrasadora e um ocasional impulso de solidariedade. Eu não sabia se era amor, ou começo de amor, ou o que fosse. Mas sabia que gostava dele. Muito. Sentia sua falta. Cortar o contato totalmente tinha sido a forma mais fácil de recuperar-me, de superar meu anseio e seguir em frente. Eu tinha medo do que podia acontecer se reatasse o contato.

Mas ainda assim... justamente por gostar dele, não podia permitir que esse nefilim o atacasse. Não podia arriscar a vida de Roman nessa história, pois ele de fato era o candidato mais provável. Metade do pessoal da livraria ainda achava que estávamos juntos; por que o nefilim não acharia? Sobretudo tendo em vista como estivéramos agarrados em várias de nossas saídas. Qualquer nefilim que estivesse nos perseguindo teria bons motivos para ver naquilo uma ligação amorosa. Prendendo a respiração, peguei o celular e liguei para ele. Sem resposta.

– Merda – praguejei, ouvindo a sua mensagem gravada.

– Oi, Roman, sou eu. Sei que eu não ia, hã, ligar mais para você, mas tem uma coisa... e preciso mesmo falar com você. O mais rápido possível. É bem esquisito, mas também é bem importante. Por favor, me ligue. – Deixei tanto o número de meu celular como o da livraria.

Desliguei e então sentei e fiquei pensando. Que faria agora? Num impulso, olhei para a lista de telefones dos funcionários e liguei para a casa de Doug. Era o dia de folga dele.

Sem resposta, como Roman. Onde estavam todos?

Desviando a atenção de volta para Roman, tentei imaginar onde ele estaria. O mais provável era que estivesse trabalhando. Infelizmente, eu não sabia onde era. Que pseudonamorada mais negligente eu era. Ele tinha dito que dava aulas numa faculdade pública. Ele se referia a ela o tempo todo, mas dizia sempre "a escola" ou "o colégio". Ele nunca mencionou seu nome.

Liguei o computador e fiz uma busca pelas faculdades públicas locais. Quando a busca revelou vários resultados somente na cidade de Seattle, praguejei de novo. Havia outras fora da cidade também, nos subúrbios e nas cidades vizinhas. Todas eram possibilidades. Imprimi uma lista de todas, com os números de telefone, e guardei a folha impressa na bolsa. Eu precisava sair daqui, precisava sair a campo para fazer minha busca.

Abri a porta da sala para sair e estremeci. Outro bilhete, com a mesma letra, estava pregado na porta. Olhei ao redor, no corredor das salas, meio que esperando ver algo. Nada. Arranquei o bilhete e o abri.

Você está perdendo tempo e homens. Já perdeu o escritor. É melhor apressar-se com essa caça ao tesouro.

– Caça ao tesouro, essa é boa – murmurei, amassando o bilhete. – Você é mesmo um babaca.

Mas... o que ele queria dizer sobre perder o escritor? Seth? Minha pulsação acelerou-se e corri até o café, recebendo alguns olhares espantados pelo caminho.

Nada de Seth. Seu canto estava vazio.

– Onde está Seth? – perguntei a Bruce. – Ele estava aqui.

– Ele estava – disse o barista. – Então de repente juntou as coisas e foi embora.

– Obrigada.

Eu precisava mesmo cair fora dali. Encontrei Paige na seção de novidades.

– Acho que preciso ir para casa – disse-lhe. – Estou ficando com enxaqueca.

Ela pareceu ficar surpresa. Eu tinha o melhor histórico de comparecimento ao trabalho dentre todos os funcionários. Nunca faltara por motivo de saúde. E justamente por isso ela não podia me dizer que não. Eu era uma trabalhadora que não abusava do sistema.

Depois que ela garantiu que eu podia ir, acrescentei:

– Talvez você possa chamar Doug para me cobrir. – Isso mataria dois pássaros com uma pedrada só.

– Talvez – ela disse. – Mas tenho certeza de que podemos dar conta. Warren e eu estaremos aqui o dia todo.

– Ele vai ficar aqui o dia todo?

Quando ela confirmou que sim, ele ficaria, senti algum alívio. Certo. Risquei-o de minha lista.

Caminhei até meu apartamento, e enquanto isso liguei para o celular de Seth.

– Onde você está? – perguntei.

– Em casa. Eu tinha esquecido algumas anotações de que preciso.

Em casa? Sozinho?

– Quer tomar café da manhã comigo? – perguntei de repente, precisando tirá-lo de lá.

– É quase uma da tarde.

– Um *brunch*? Almoço?

– Você não está trabalhando?

– Pedi folga por doença

– Você está passando mal?

– Não. Só encontre-me – dei-lhe um endereço e desliguei.

Enquanto dirigia para o lugar marcado, tentei o celular de Roman de novo. Caixa postal. Peguei a lista dos números de telefone das faculdades públicas e comecei pela primeira.

Que saco. Primeiro, eu tinha que falar com Informações, e tentar achar o departamento certo. A maior parte das faculdades públicas nem tinha departamento de linguística, embora quase todas tivessem ao menos um curso introdutório, ministrado por meio de alguma área relacionada, como antropologia ou ciências humanas.

Consegui riscar três faculdades antes de chegar a Capitol Hill. Dei um suspiro de alívio, ao ver que Seth esperava do lado de fora do lugar que eu indicara. Depois que estacionei e paguei o parquímetro, fui até ele, tentando sorrir de um jeito que parecesse normal.

Pelo visto não funcionou.

– O que está errado?

– Nada, nada – proclamei, animada. Animada demais.

O olhar dele sugeria descrença, mas ele pôs isso de lado.

– Vamos comer aqui?

– Sim. Mas primeiro temos que falar com Doug.

– Doug? – A confusão de Seth aumentou.

Levei-o para o prédio de apartamentos ao lado, e subimos até o andar de Doug. Do apartamento saía uma música alta, o que tomei como um bom sinal. Tive de bater na porta três vezes antes que atendessem.

Não era Doug. Era o cara com quem ele dividia o apartamento. Parecia chapado.

– Doug está?

Ele piscou os olhos para mim e esfregou o cabelo longo e despenteado.

– Doug? – perguntou.

– É, Doug Sato.

– Ah, Doug. É.

– É, ele está?

– Não, cara. Ele... – O sujeito apertou os olhos. Deus do céu, alguém podia ficar alto tão cedo assim no dia? Eu não tinha feito aquilo nem na década de 1960. – Ele está ensaiando.

– Onde? Onde eles ensaiam?

O cara ficou me olhando fixo.

– Onde eles ensaiam? – repeti.

– Cara, sabia que você tem, tipo assim, os peitos mais perfeitos que eu já vi? Eles são... poesia pura. São de verdade?

Cerrei os dentes.

– Onde... Doug... ensaia?

Ele tirou os olhos de meus peitos, com relutância.

– Na parte oeste de Seattle. Em Alki.

– Sabe o endereço?

– É em... Califórnia e Alaska. – ele piscou os olhos de novo. – Ei. Califórnia e Alaska. Sacou?

– O endereço?

– É uma casa verde. Não tem como errar.

Não conseguimos mais nenhuma informação, e Seth e eu partimos. Fomos para o restaurante que eu havia indicado.

– Poesia – pensou ele pelo caminho, divertindo-se. – Como um poema de e. e. cummings, eu diria.

Eu estava preocupada demais para processar o que ele dizia, minha mente correndo. Nem mesmo os waffles com morangos puderam evitar que continuasse preocupada com esta caça ao tesouro idiota. Seth tentou manter a conversa, mas minhas respostas eram vagas e distraídas, e minha mente não estava presente durante a refeição. Quando terminamos, tentei ligar para Roman de novo, sem sucesso, e então voltei-me para Seth.

– Você vai voltar para a livraria?

Ele fez que não com a cabeça

– Não. Vou voltar para casa. Percebi que preciso de muito mais pesquisa para escrever essa cena. É mais fácil em casa.

O pânico me percorreu.

– Para casa? Mas... – Que podia eu argumentar? Dizer-lhe que se ele ficasse em sua casa correria o risco de ser atacado por uma criatura sociopata e sobrenatural?

– Fique comigo – falei abruptamente. – Me acompanhe enquanto vou aos lugares onde preciso ir.

Sua complacência educada finalmente terminou.

– Georgina, o que está acontecendo? Você pede folga por doença quando não está doente. Você está agitada por causa de algo, muito agitada. Me diga o que é. Há algo errado com Doug?

Fechei os olhos por um segundo, desejando que tudo isso terminasse. Desejando estar em algum outro lugar. Ou ser alguma outra pessoa. Seth devia achar que eu tinha perdido o juízo.

– Não posso dizer-lhe o que há de errado, apenas que sim, há algo errado. Não posso explicar mais, você vai ter que aceitar. – Então, hesitante, estendi a mão e apertei a dele, fitando-o com olhos de súplica. – Por favor. Fique comigo.

Ele segurou minha mão com mais força, e deu um passo para a frente, o rosto preocupado e penalizado. Por um instante, esqueci-me do nefilim. Que importavam os outros homens quando Seth me olhava daquele jeito? Tive o impulso de abraçá-lo e sentir seus braços ao meu redor.

Quase ri. Quem eu estava enganando? Não tinha que me preocupar com a eventualidade de seduzi-lo. Era eu quem estava sendo fisgada. Era eu quem corria o perigo de ficar envolvida nessa relação. Precisava parar de adiar o "rompimento abrupto" com ele.

Afastei-me dele e baixei os olhos.

– Obrigada.

Ele se ofereceu para me levar em seu carro até a parte oeste de Seattle, deixando-me livre para continuar ligando para faculdades. Eu quase havia terminado quando alcançamos o cruzamento de Alaska e Califórnia. Ele diminuiu a velocidade, e ambos olhamos ao redor, procurando uma casa verde.

Não tem como errar. Que indicação mais idiota. O que podia ser considerado verde? Vi uma casa cinza-esverdeada, uma casa verde-floresta e uma cor que podia ser verde ou azul. Algumas casas tinham acabamento verde, portas verdes ou...

– Opa – disse Seth.

Havia uma casinha caindo aos pedaços, pintada em um tom elétrico de verde-limão, quase escondida entre duas casas muito mais bonitas.

– Não tem como errar – murmurei.

Estacionamos e caminhamos até lá. Enquanto o fazíamos, o som da banda de Doug emanava alto e claro da garagem. Quando chegamos à porta aberta, vi a Admissão Noturna em toda sua glória, Doug cantando com sua voz incrível. Ele se interrompeu de repente ao ver-me.

– Kincaid?

Seus colegas de banda olharam intrigados quando ele deu um salto e veio correndo até mim. Seth afastou-se alguns passos com discrição, examinando algumas moitas próximas de hortênsias.

– O que está fazendo aqui? – perguntou Doug, não ofendido, mas espantado.

– Eu pedi folga – disse, de um jeito tolo. E agora, que devia fazer?

– Você está doente?

– Não. Eu... tinha algumas coisas para fazer. Ainda tenho. Mas estou... estou preocupada por ter saído. Quanto tempo mais você vai ficar aqui? Você poderia me substituir depois do ensaio?

– Você veio me pedir para cobri-la? Por que pediu folga? Você vai finalmente fugir com Mortensen?

– Eu... não. Não posso explicar. Só me prometa que, depois daqui, você vai até a loja, ver se eles precisam de ajuda.

Ele me olhava do jeito que Seth tinha me olhado por toda a tarde. Um olhar que parecia sugerir que eu precisava de um calmante.

– Kincaid... você está me assustando...

Olhei para ele com a mesma expressão maliciosa que eu usara com Seth. O carisma de súcubo em ação.

– Por favor. Você ainda está me devendo, lembra-se?

Seus olhos escuros franziram-se, numa consternação compreensível.

– Tá legal – por fim ele disse. – Mas não posso ir a não ser daqui a algumas horas.

– Está tudo bem. Apenas vá direto daqui para lá. Sem paradas. E não... não lhes diga que me viu. Em teoria estou doente. Invente algum motivo para ir.

Ele sacudiu a cabeça, exasperado, e eu lhe agradeci com um abraço rápido. Quando Seth e eu partimos, vi Doug olhando-o de forma indagadora. Seth encolheu os ombros, respondendo com perplexidade compartilhada à pergunta silenciosa do outro homem.

Fiz mais alguns telefonemas enquanto íamos embora, terminando minha lista de escolas e deixando ainda mais uma mensagem desesperada para Roman.

– E agora? – perguntou Seth quando fiquei em silêncio. Difícil dizer o que ele estava achando de meu cerco fechado tanto a Roman quanto a Doug.

– Eu... eu não sei.

Eu tinha chegado ao fim de minhas opções. Sabia onde estavam todos, menos Roman, e não tinha como contatá-lo. O tempo estava passando. Não sabia onde ele vivia. Eu achava que ele havia mencionado Madrona uma vez, mas era uma área imensa. Nem pensar em bater de porta em porta. O nefilim dissera que eu tinha até o final de meu expediente. Embora tivesse saído mais cedo, eu supunha que isso ainda queria dizer nove da noite. Tinha ainda três horas.

– Acho que vou pegar meu carro e voltar para casa.

Seth deixou-me no restaurante e depois me seguiu de volta para Queen Anne. Um farol fechado o deteve, e cheguei a meu apartamento um minuto antes dele. Em minha porta havia outro bilhete.

> Muito bom. Você provavelmente vai acabar enlouquecendo todos esses homens com seu comportamento errático, mas admiro seu empenho. Só falta um. Fico imaginando o quão rápidos são de fato os pés de seu dançarino.

Eu estava amassando o bilhete quando Seth chegou. Tirei a chave da bolsa e tentei colocá-la na fechadura. Minhas mãos tremiam tanto que não consegui fazê-lo. Ele pegou a chave de mim e abriu a porta.

Entramos, e colapsei no sofá. Aubrey deslizou de trás dele e pulou em meu colo. Seth sentou-se perto de mim, examinando meu apartamento, inclusive a coleção de seus livros, em posição de destaque na estante nova. Ele então voltou para mim seu olhar preocupado.

– Georgina... que posso fazer?

Sacudi a cabeça, sentindo-me indefesa e derrotada.

– Nada. Só estou feliz por você estar aqui.

– Eu... – ele hesitou. – Detesto dizer-lhe isso, mas vou ter que sair daqui a pouco. Tenho um compromisso com alguém.

Ergui os olhos, alarmada. Mais um daqueles encontros misteriosos. Por um instante, a curiosidade tomou o lugar do medo. Eu não podia perguntar-lhe se ele iria encontrar alguma mulher. Pelo menos ele havia dito que encontraria *alguém*. Ele não estaria sozinho.

– Você vai estar... nesse compromisso... por algum tempo, então?

Ele concordou com a cabeça.

– Posso voltar mais tarde, se você quiser. Ou... talvez eu possa cancelar.

– Não, não, não se preocupe. – Por aquela altura, tudo teria terminado.

Ele ficou um pouco mais, tentando manter uma conversa na qual eu não conseguia participar. Quando ele finalmente ficou em pé para ir embora, pude ver como estava apreensivo e me senti muito mal por tê-lo envolvido nisso.

– Amanhã, tudo vai estar resolvido – eu lhe disse. – Portanto, não se preocupe. Vou estar de volta ao normal. Prometo.

– Tudo bem. Se precisar de alguma coisa, avise. Pode me chamar, o que quer que seja. Caso contrário... bom, vejo você na livraria.

– Não. Amanhã estarei de folga.

– Ah, puxa. Você se importaria se eu lhe fizesse uma visita?

– Claro, sem problema. – Eu teria concordado com qualquer coisa. Estava cansada demais para conseguir manter a noção de distanciamento. Iria me preocupar com aquilo mais tarde. Sério. Uma coisa por vez.

Ele partiu com relutância, sem dúvida perplexo por eu ter-lhe dito que passasse bastante tempo com quem quer que ele fosse se encontrar. Quanto a mim, fiquei andando de um lado para o outro em meu apartamento, sem saber o que fazer. Talvez eu não estivesse conseguindo contatar Roman porque o nefilim já o tinha encontrado. Isso não seria nem um pouco justo, pois eu não tivera nem a chance de alertá-lo, mas esse nefilim não parecia de fato ser do tipo que se preocupava com o certo e o errado.

Numa inspiração súbita, liguei para o serviço de informações da companhia telefônica, percebendo que eu havia esquecido do jeito mais óbvio de localizá-lo. Mas não fez diferença. Seu telefone não estava na lista.

Duas horas antes do final de meu turno, deixei outro recado para Roman.

– Por favor, por favor, *por favor*, me ligue – implorei. – Mesmo que esteja furioso com o que aconteceu. Apenas me diga que está tudo bem com você.

Nenhum retorno. As oito horas da noite passaram. Faltando uma hora, deixei mais um recado. Podia sentir a histeria instalando-se. Meu Deus, que iria fazer? Tudo o que fiz foi ficar andando de um lado para o outro, pensando se já poderia ligar para Roman uma vez mais.

Cinco minutos antes das nove, num frenesi total, peguei a bolsa, desesperada para sair de meu apartamento e fazer algo. Qualquer coisa. O tempo estava quase acabando.

O que aconteceria? Como saberia se havia conseguido superar todos os obstáculos colocados pelo nefilim? Quando visse o assassinato de Roman estampado nos jornais do dia seguinte? Haveria outro bilhete? Ou talvez o envio de algum presentinho macabro? E se o nefilim não tivesse se referido a nenhuma das pessoas que eu havia levado em conta? E se fosse alguém completamente fora do...

Abri a porta para sair e soltei uma exclamação.

– Roman!

Ele estava ali parado, em posição de bater na porta, parecendo tão surpreso em me ver quanto eu em vê-lo.

Deixei a bolsa cair e corri para ele, jogando-me sobre ele num abraço violento que quase o derrubou.

– Ah, meu Deus – disse em seu ombro. – Estou tão feliz em vê-lo.

– Parece que sim – respondeu ele, afastando-se um pouco para me olhar, com preocupação em seus olhos turquesa. – Minha nossa, Georgina, o que há de errado? Recebi tipo umas oitenta mensagens suas...

– Eu sei, eu sei – disse-lhe, ainda sem largá-lo. Vê-lo havia agitado todos os antigos sentimentos que me davam náusea e que achava estarem enterrados. Ele tinha uma aparência tão atraente. O cheiro dele era tão bom.

– Eu sinto muito... É só que achei que algo tinha lhe acontecido...

Eu o abracei de novo, olhando meu relógio de pulso enquanto o fazia. Nove horas. Meu expediente havia terminado, e também o jogo ridículo do nefilim.

– Está tudo bem. – Ele me deu palmadinhas desajeitadas nas costas. – O que está acontecendo?

– Não posso dizer – minha voz tremia.

Ele abriu a boca para protestar, mas então reconsiderou.

– Tá legal. Vamos devagar. Você está pálida. Vamos sair para comer algo. Então você pode me explicar tudo.

Claro, ia ser uma conversa bem divertida.

– Não. Não podemos fazer isso...

– Qual é! Não é possível que você me deixe todas aquelas mensagens desesperadas e depois comece a jogar esse joguinho de "precisamos de uma distância". Falando sério, Georgina. Você está acabada. Está tremendo. Eu não deixaria você sozinha de modo algum se a encontrasse desse jeito, ainda mais depois daqueles telefonemas.

– Não. Não. Não vamos sair. – Sentei-me no sofá, precisando deixá-lo partir, relutando em fazê-lo. – Vamos ficar aqui.

Ainda parecendo angustiado, Roman foi pegar para mim um copo d'água, e então sentou-se a meu lado, segurando minha mão. À medida que o tempo passou, acalmei-me, escutando enquanto Roman falava de coisas inconsequentes, num esforço para fazer-me sentir melhor.

De sua parte, ele foi muito gentil quanto a meus telefonemas enlouquecidos. Continuou tentando extrair uma explicação, mas quando me mantive evasiva, dizendo apenas que tinha motivos para me preocupar com ele, Roman parou de insistir... por ora. Continuou me animando, contando-me coisas engraçadas e fazendo seus solilóquios políticos de costume, queixando-se das regras irracionais e da hipocrisia dos poderes constituídos.

Mais tarde, eu já estava tranquila de novo, restando apenas o constrangimento pela forma como agira. Maldição, eu odiava aquele nefilim.

– Está ficando tarde. Você vai ficar bem se eu for embora? – ele perguntou, de pé comigo, junto à janela de minha sala, que dava vista para a avenida Queen Anne.

– Provavelmente melhor do que se você ficar.

– Bom, isso é uma questão de opinião – ele riu, correndo a mão sobre meu cabelo.

– Obrigada por vir. Eu sei... eu sei que isso parece uma loucura, mas vai ter que confiar em mim.

Ele deu de ombros.

– Eu na verdade não tenho escolha. Além do mais... é bom saber que você estava preocupada comigo.

– É claro que estava. Como não estaria?

– Não sei. Você não é fácil de decifrar. Eu não conseguia saber se você gostava mesmo de mim... ou se eu era apenas um passatempo. Uma diversão.

Algo em suas palavras disparou um alarme em minha cabeça, algo a que eu deveria ter prestado atenção. Em vez disso, fiquei ainda mais envolvida na proximidade repentina dele, em como sua mão corria por minha face, indo para meu pescoço e para meu ombro. Ele tinha dedos longos e sensuais. Dedos que podiam fazer coisas muito boas em muitos lugares bons.

– Eu gosto de você, Roman. Mesmo que não acredite em mais nada que eu lhe digo, acredite nisso.

Ele então sorriu, um sorriso tão pleno e maravilhoso que fez meu coração derreter. Meu Deus, como eu sentira falta daquele sorriso e de seu charme divertido e leve. Movendo a mão de volta para meu pescoço, ele me puxou para si, e percebi que iria beijar-me de novo.

– Não... não... não faça isso – murmurei, contorcendo-me para desvencilhar-me de suas mãos.

Ele desistiu de beijar-me, ainda me segurando enquanto soltava a respiração, a decepção estampada em sua face.

– Ainda preocupada com aquilo?

– Você não pode entender. Desculpe. Eu não posso...

– Georgina, nada traumático aconteceu da última vez em que nos beijamos. Quer dizer, fora sua reação.

– Eu sei, mas não é tão simples assim.

– Nada aconteceu – ele repetiu, com uma dureza nada familiar em sua voz.

– Eu sei, mas...

Meu queixo ficou caído no meio da frase quando repassei suas palavras. *Nada aconteceu*. Não, algo havia acontecido naquela noite do *show*, quando nos beijamos no corredor dos fundos. Eu havia visto Roman cambalear por causa do beijo. Mas eu... o que me acontecera? O que havia sentido? Nada. Um beijo intenso como aquele, um beijo com alguém forte, um beijo com alguém que eu desejava tanto devia ter desencadeado algo. Mesmo com alguém que cedia tão pouca energia como Warren, um beijo intenso teria despertado meu instinto de súcubo e começado a estabelecer uma conexão entre nós, mesmo que houvesse uma transferência pouco significativa. Beijar Roman daquele jeito, sobretudo quando ele teve uma reação tão evidente, deveria ter resultado em algum tipo de sensação de minha parte. Mas não houvera nada. Absolutamente nada.

Àquela altura, eu havia atribuído isso ao excesso de álcool. Mas isso era ridículo. O tempo todo eu costumava beber antes de conseguir uma dose. O álcool podia embaralhar meus sentidos, como obviamente fizera naquela noite, mas intoxicação alguma seria intensa o suficiente para ofuscar por completo a sensação de transferência de energia. Nada o faria. Eu havia ficado bêbada demais para perceber a verdade. Com ou sem álcool, eu sempre sentiria algo durante um contato físico sexual ou íntimo, a menos...

A menos que eu estivesse com outro imortal.

Afastei-me bruscamente de Roman, fazendo-o soltar-me. Ele demonstrou surpresa, que foi substituída por uma compreensão imediata. Aqueles olhos belos faiscaram, perigosos, quando ele riu.

– Você demorou para entender.

Capítulo 22

– Você fingiu... fingiu ser afetado por mim – percebi, o choque fazendo minhas palavras saírem tensas e hesitantes.

Ainda rindo, ele deu um passo em minha direção, e eu me encolhi, tentando enlouquecida encontrar para onde fugir, escapar de meu próprio apartamento. Momentos antes ele parecia seguro e convidativo, mas agora parecia fechado e abafado. O apartamento era pequeno demais, a porta distante demais. Eu não podia respirar. A expressão divertida da face de Roman deu lugar ao espanto.

– Qual o problema? Do que você tem medo?

– Do que você acha que tenho medo?

– De mim? – Ele piscou os olhos.

– Sim, de você. Você mata imortais.

– Bom, sim – ele admitiu. – Mas nunca iria feri-la. Nunca. Você sabe disso, não é? – Não respondi. – Não é?

Recuei ainda mais, mas não tinha para onde ir. Na posição em que estava, só podia continuar afastando-me para o quarto, não para a porta da frente. Isso não seria nada útil.

Roman ainda estava passado com minha reação.

– Vamos lá, não posso acreditar nisso. Eu nunca lhe faria nada. Estou meio apaixonado por você. Diabos, você faz ideia de como conseguiu atrapalhar toda essa operação?

– Eu? O que foi que fiz?

– O que fez? Você roubou meu coração, eis o que fez. Aquele dia, quando você me chamou na livraria, não acreditei na minha sorte. Eu tinha observado você a semana inteira, sabe, tentando descobrir seus hábitos. Meu

Deus, nunca vou esquecer do primeiro dia em que a vi. Que exuberante você estava. Como estava bela. Eu teria ido aos confins da Terra por você, naquele momento e lugar. E mais tarde... quando você não quis sair comigo depois da noite de autógrafos, eu não podia crer. Originalmente você seria meu primeiro alvo, sabe? Mas não consegui fazê-lo. Não depois que conversei com você. Não depois de perceber o que você é.

Engoli em seco, curiosa a despeito de mim mesma.

– O que... o que eu sou?

Ele deu um passo em minha direção, um meio-sorriso triste em seu rosto tão belo.

– Um súcubo que não quer ser súcubo. Um súcubo que quer ser humano.

– Não, isso não é verdade...

– É claro que é. Você é como eu. Não joga pelas regras. Você está cansada do sistema. Não deixa que a forcem a desempenhar o papel que criaram para você. Deus do céu, eu não podia acreditar, enquanto observava você. Quanto mais parecia interessar-se por mim, mais você tentava se afastar. Você acha que isso é normal para um súcubo? Era a coisa mais incrível que eu já tinha visto, para não dizer a mais frustrante. Foi por isso que finalmente resolvi desafiá-la hoje. Eu não podia decidir se você havia se afastado de mim para meu próprio bem ou se apenas estava interessada em alguém novo, como Mortensen.

– Espera aí, foi por isso que você inventou aquele joguinho estúpido de hoje? Só para satisfazer a droga do seu ego?

Roman deu de ombros, impotente, ainda parecendo satisfeito consigo mesmo.

– Parece algo tão frívolo quando você coloca desse jeito. Quero dizer, tudo bem, isso é bem idiota. E talvez um pouco infantil. Mas eu tinha que saber para onde se voltava sua afeição. Não imagina como foi tocante ver você tão preocupada comigo, isso sem mencionar que fui o primeiro que você tentou achar. Isso foi o melhor: tive prioridade sobre os outros.

Quase protestei que minha primeira preocupação foi com Seth, tendo ligado para Roman só porque achei que Seth já estava seguro. Por sorte, tive juízo suficiente para ficar de boca fechada. Era melhor deixar que Roman achasse que tinha provado sua hipótese.

– Você tem problemas – disse eu em vez disso, talvez com alguma imprudência. – Manipulando-me dessa forma. A mim e aos outros imortais.

– Talvez. E peço desculpas por qualquer incômodo que tenha lhe causado. Mas os outros? – Ele sacudiu a cabeça. – Bem feito para eles. Eles precisavam, Georgina. Quer dizer, você não fica puta? Com o que lhe fizeram? É evidente que não está satisfeita com sua sina, mas acha que os caras que decidem vão deixar você mudar alguma coisa? Não. Do mesmo jeito que eles nunca vão dar nenhuma chance a mim ou a minha raça. O sistema está corrompido. Eles estão presos nessa merda de mentalidade de "isto é do bem" e "isto é do mal". Não existe uma zona cinza. Não há possibilidade de mudança. É por isso que eu saio por aí fazendo o que faço. Eles precisam de um chacoalhão. Precisam saber que não são o princípio e o fim do pecado e da salvação. Alguns de nós ainda estão lutando.

– Sai por aí... Com que frequência você faz isso? Esse lance de matar?

– Ah, não é sempre. A cada vinte ou cinquenta anos, ou algo assim, às vezes um século. Fazer isso parece que me purifica por algum tempo, mas aí, à medida que o tempo passa, começo de novo a ficar puto com todo o sistema e procuro uma outra área, com uma outra comunidade de imortais.

– É sempre o mesmo padrão? – Lembrei-me dos símbolos de Jerome. – A fase de alerta... e então a fase do ataque principal?

Roman animou-se.

– Ora, ora, então andou fazendo seu dever de casa. Sim, em geral funciona assim. Costumo acabar com alguns imortais inferiores primeiro. São alvos fáceis, mesmo que eu me sinta um pouco culpado por isso. Na verdade, eles são vítimas do sistema, assim como você e eu somos. Mas mexer com eles assusta os imortais superiores, e então o cenário está montado para a atração principal.

– Jerome – afirmei, sombria.

– Quem?

– Jerome... o arquidemônio local – hesitei. – Seu pai.

– Ah, ele.

– Que tipo de reação é essa? Você parece achar que ele não é grande coisa.

– No esquema maior das coisas, ele não é.

– É, mas ele é seu pai...

– E daí? A relação entre nós, ou falta de, não muda em nada as coisas.

Jerome dissera quase a mesma coisa sobre Roman. Confusa, sentei-me no braço de uma poltrona próxima, uma vez que, pelo visto, minha destruição iminente no fim das contas não era tão iminente assim.

– Mas ele não é... não é o alvo de verdade, o imortal superior que você quer matar?

Roman sacudiu a cabeça, e sua expressão ficou séria.

– Não. Não é assim que o padrão funciona. Depois dos imortais inferiores, eu me concentro no figurão local. O verdadeiro manda-chuva na região.

Isso costuma abalar mais as pessoas. Tem um efeito psicológico melhor, sabe? Se posso pegar o chefão, então eles sabem que ninguém está seguro.

– Então devia ser Jerome.

– Não, não é ele – ele me contradisse, com paciência. – Arquidemônio ou não, meu ilustre pai não é a fonte máxima de poder por aqui. Que fique bem claro; sinto uma tremenda satisfação por estar mijando no território dele, por assim dizer, mas ele é café pequeno perto de outro cara por aqui. Você talvez não o conheça. Duvido que houvesse algum motivo para você conviver com ele ou algo assim.

Mais forte que Jerome? Só poderia ser...

– Carter. Você vai atrás de Carter.

– É assim que ele se chama? O anjo local?

– Ele é mais forte que Jerome?

– Bem mais. – Roman me deu um olhar cheio de curiosidade. – Você o conhece?

– Eu já... ouvi falar dele – menti. – Como você disse, eu não convivo com ele nem nada parecido.

Na verdade, minha mente estava a mil. Carter era o alvo? O suave e sarcástico Carter? Não dava para crer que fosse mais poderoso que Jerome, mas até aí eu não sabia quase nada sobre ele. Não sabia sequer o que ele fazia, e qual era seu trabalho ou sua missão em Seattle. Mesmo assim, algo ficava muito claro para mim, e pelo visto só para mim: se o anjo de fato era mais poderoso que Jerome, então Roman não poderia fazer-lhe mal algum, não se fosse verdadeira a regra de que o poder de um nefilim não podia superar a força de seu pai. Tecnicamente, Roman não seria capaz de ferir nem o anjo nem o demônio.

Preferi não dizer nada sobre isso, porém, ou sobre o fato de conhecer Carter melhor do que Roman achava. Quanto mais equivocado estivesse, mais chance teríamos de fazer algo para detê-lo.

– Que bom. Não acho que um súcubo poderia fazer amizade com um anjo, mas com você nunca se sabe. Você tem uma língua afiada, mas ainda assim consegue reunir uma legião de admiradores. – Relaxando um pouco, Roman apoiou-se numa parede e cruzou os braços. – Só Deus sabe como tive que mudar meus planos para evitar atingir seus amigos.

A fúria ajudou-me a superar o medo.

– Ah, é mesmo? E quanto a Hugh?

– Qual deles é esse?

– O duende.

– Ah, sim. Bom, eu tinha que dar um exemplo, não? Então passei-lhe um corretivo. Ele tinha sido impertinente com você. Mas não o matei. – Ele me deu um olhar que achei que ele pretendia que fosse reconfortante. – Fiz isso por você.

Fiquei em silêncio. Lembrei-me da aparência de Hugh no hospital. Impertinente?

– E quanto aos outros? – ele continuou. – Aquele anjo chato? O vampiro que a ameaçou? Eu queria quebrar o pescoço dele naquela mesma hora. Eu a livrei deles, e não precisava ter feito isso.

Senti-me mal. Eu não queria mortes em minhas mãos.

– Muita consideração de sua parte.

– Puxa vida, vê se me entende. Eu precisava fazer alguma coisa e, bom, depois que conheci seu amigo vampiro na aula de dança, não fui capaz de fazer nada contra ele. Você me colocou numa situação delicada. Eu estava ficando sem vítimas.

– Desculpe o incômodo – retruquei, minha ira avolumando-se ante aquela exibição patética de compaixão. – Foi por isso que você pegou leve comigo naquela noite?

– O que você quer dizer? – Ele franziu o cenho.

– Você sabe o que quero dizer! – Relembrando o ataque que sofrera, fazia todo o sentido. Ele acontecera logo depois de minha visita à Krystal Starz, um dia depois que fugi de Roman no concerto. Uma desculpa perfeita para ele ficar furioso e querer uma retaliação. – Lembra-se? No dia seguinte ao *show* de Doug? Depois que estive com Seth?

A compreensão apareceu nas feições de Roman.

– Ah. Aquilo.

– É tudo o que tem a dizer?

– Foi um tanto imaturo, admito, mas você não pode me culpar. Não foi fácil ver você se derretendo com Mortensen depois de surtar comigo daquele jeito. Eu havia visto você ir para a casa dele na noite anterior. Precisava fazer alguma coisa.

Dei um pulo de onde estava sentada, a velha apreensão retornando.

– Precisava fazer alguma coisa? Como me dar uma tremenda surra em um beco?

Roman ergueu uma sobrancelha.

– Do que você está falando? Já lhe disse que jamais lhe faria mal.

– Então do que *você* está falando?

– Estou falando daquela sorveteria. Eu estava seguindo vocês naquele dia, e quando vi a intimidade entre vocês durante a sobremesa, fiquei com ciúmes e abri a porta com um golpe de vento. Foi imaturidade, como eu disse.

– Eu me lembro daquilo... – Calei-me, relembrando como a porta da lanchonete abrira-se de repente, permitindo que o vento de fora trouxesse o caos para o interior do pequeno recinto. Ventos como aquele não são normais por aqui, mas ainda assim eu nunca suspeitara de alguma influência sobrenatural. Ele estava certo; havia sido imaturidade.

– Então, de que beco você estava falando? – indagou ele.

Fui trazida de volta de minhas lembranças.

– Mais tarde... naquela noite. Eu saí para fazer algumas coisas, e você... ou alguém... atacou-me a caminho da casa.

A face de Roman ficou rígida, os olhos endurecendo, como aço esverdeado.

– Conte-me. Conte tudo. Exatamente como foi.

Eu o fiz, relatando a pista que me levou ao livro de Harrington, a ida subsequente à Krystal Starz, e a caminhada de volta para casa, no escuro. Editei a parte sobre meu salvador, porém. Não queria que Roman soubesse que eu conhecia Carter mais do que de vista, pois o nefilim poderia achar que eu seria um obstáculo a seus planos. Quanto mais ele achasse que eu não tinha interesse no anjo, mais provável seria que eu conseguisse detectar algum tipo de aviso.

Fechando os olhos, Roman apoiou a cabeça na parede quando terminei, suspirando. De repente, ele pareceu menos um assassino perigoso e mais uma versão cansada do homem que eu conhecera e quase amara.

– Eu sabia. Sabia que não interferência era coisa demais para pedir.

– O que... o que você quer dizer? – Uma sensação estranha desceu por minha espinha.

– Nada. Esqueça. Olha, eu lamento muito por isso. Eu devia ter tomado precauções de antemão para protegê-la. Eu também sabia... Lembra-se que vim aqui no dia seguinte, quando você rompeu tudo entre nós? Percebi que você estava ferida, apesar de sua mudança de forma. Também percebi que os ferimentos tinham origem sobrenatural, mas nunca suspeitei... Achei que tivesse sido algum outro imortal, de seu próprio círculo, com quem você tivesse se desentendido. Havia em você um tipo de efeito residual... Traços tênues do poder de outra pessoa... como um demônio...

– Mas isso não seria... ah. Foi algo que aconteceu com Jerome.

– Papai querido de novo? Não me diga que... Não me diga que ele a feriu também. – O breve lapso de suavidade de Roman chegou ao fim, substituído por algo mais sinistro.

– Não, não – apressei-me em dizer, lembrando-me do golpe psíquico de Jerome, prendendo-me ao sofá. – Não foi nada disso. Foi mais como uma exibição de poder, e seus efeitos marginais me atingiram. Não foi ele quem me feriu. Ele nunca me machucou.

– Ótimo. Veja bem, ainda não estou nada satisfeito com o que aconteceu no beco, mas vou ter uma conversinha com quem foi responsável por isso, e garantir que não vai acontecer nunca mais. Quando a vi naquele dia, quase decidi acabar com todos os imortais da área. A ideia de que alguém a ferisse... – Ele se aproximou mais e mais de mim. Hesitante, apertou meu braço. Eu não sabia se me encolhia ou se estendia a mão para tocá-lo. Não sabia como conciliar minha antiga atração com esse novo terror. – Você não tem ideia do quanto gosto de você, Georgina.

– Então como... No beco...

Antes que eu pudesse seguir aquele pensamento até o fim, outra ideia aflorou de repente, no rastro das palavras de Roman. *Quando a vi naquele dia.* Ele tinha me visitado um dia depois do ataque, e havia aparecido enquanto Carter investigava a assinatura de um nefilim. Mas isso era impossível. Não consegui lembrar-me onde ocorrera aquela assinatura em particular, mas não havia sido perto de casa. Roman não poderia ter se exibido para Carter e vindo tão depressa até meu apartamento.

Sabia que não interferência era coisa demais para pedir. Vou ter uma conversinha com quem foi responsável por isso.

Entendi então por que Roman achava que poderia derrotar Carter, por que ter menos poder que o anjo não lhe causava preocupação. A descoberta caiu dentro de mim como chumbo, pesado e gélido. Não sei que expressão terá transparecido em minha face, mas o rosto de Roman de repente suavizou-se apiedado.

– Qual o problema?

– Quantos? – sussurrei-lhe.

– Quantos o quê?

– Quantos nefilins existem na cidade?

Capítulo 23

– Dois – disse ele, depois de um momento de hesitação. – Só dois.

– Só dois – repeti, sem expressão, pensando, *ah, merda.* – Incluindo você?

– Sim.

Massageei as têmporas, pensando em como poderia avisar Jerome e Carter de que estávamos às voltas com dois nefilins. Ninguém havia mencionado essa possibilidade.

– Alguém devia ter sabido – murmurei, mais para mim mesma que para Roman. – Alguém devia ter sentido... deviam existir duas assinaturas diferentes de nefilins. Era assim que Jerome sabia quem você era. Você tem uma assinatura única, que ninguém mais tem.

– Ninguém mais – Roman concordou com um sorriso irônico –, exceto minha irmã.

Ah, merda.

– Jerome não mencionou mais de um... ah. – Pisquei os olhos, numa compreensão súbita. Jerome, por sua própria admissão, não havia testemunhado o nascimento. – Gêmeos? Ou... mais? – O arquidemônio poderia ser pai de quíntuplos, até onde eu sabia.

Roman sacudiu a cabeça, ainda divertindo-se com minhas deduções.

– Só gêmeos. Apenas nós dois.

– Então é uma ação familiar? Vocês dois viajam juntos, indo de cidade em cidade, instaurando o caos...

– Nada tão glamoroso, meu amor. Em geral sou só eu. Minha irmã tenta ser discreta; ela passa mais tempo em seu trabalho e vivendo sua vida. Ela não costuma se envolver em grandes maquinações.

– Então como você a trouxe para esta? – De novo, pensei sobre as palavras de Erik, como a maioria dos nefilins preferia ser deixada em paz.

– Ela mora aqui em Seattle. Estamos no território dela, e eu a convenci a participar da batalha final comigo. Ela não estava nada interessada no lance dos imortais inferiores.

– Exceto ao me espancar – observei.

– Sinto muito quanto a isso. Acho que você a irritou.

– Eu sequer a conheço – exclamei, imaginando o que era pior: um nefilim apaixonado por mim ou um nefilim rancoroso.

Ele apenas sorriu.

– Eu não estaria tão certo assim. – Ele estendeu a mão para me tocar, de forma quase casual, e eu recuei, fazendo seu sorriso desaparecer. – Qual o problema agora?

– Como assim? Você acha que simplesmente despeja tudo isso em cima de mim, e então pensa que as coisas vão ficar às mil maravilhas entre nós?

– Bom, por que não? Falando sério, que preocupação resta para você? – Abri a boca para protestar, mas ele continuou antes que eu falasse: – Já lhe disse, não vou ferir nem você nem nenhum de seus amigos. A única pessoa que sobrou em minha lista é alguém que você não conhece e com a qual nem se preocupa. Só isso. Fim da história.

– Ah, é? O que vai acontecer então? Depois que você matar Carter?

Ele deu de ombros.

– Então vou embora. Vou encontrar algum outro lugar onde ficar por uns tempos. Quem sabe dar aulas de novo. – Ele se inclinou para a frente, sustentando meu olhar no seu. – Você poderia vir comigo, sabe?

– O quê?

– Pense nisso – ele falava ansioso, a agitação aumentando a cada palavra. – Você e eu. Você poderia se estabelecer em algum lugar e fazer todas as coisas de que gosta, ler seus livros, dançar, sem as intrigas imortais para dificultar sua vida.

Fiz pouco-caso daquilo.

– Sem chance. Não posso deixar de ser um súcubo. Ainda precisaria de sexo para viver.

– Sim, sim, sei que você teria que atacar algumas vítimas ocasionais, mas pense nos intervalos entre elas. Você e eu, juntos. Estar com alguém que você sabe que não vai poder ferir. Estar com alguém apenas por prazer, não por sobrevivência. Sem superiores para atormentá-la com o cumprimento de cotas.

Seth me veio à mente então, parte de mim divagando sobre como seria estar com ele "apenas por prazer".

Vaguei de volta à dura realidade.

– Não posso fugir desse jeito – respondi a Roman. – Tenho trabalho a fazer em Seattle, e há pessoas a quem devo prestar contas. Eles não me deixariam partir.

Segurando meu rosto nas mãos, ele sussurrou:

– Georgina, Georgina. Posso protegê-la deles. Tenho o poder para escondê-la. Pode viver sua própria vida. Chega de obedecer à burocracia lá de cima. Podemos ser livres.

Aqueles olhos hipnóticos me fisgaram como um peixe num anzol. Por séculos, eu vivera a imortalidade numa solidão dolorosa, de uma relação de curto prazo a outra, cortando qualquer conexão que se aprofundasse demais. Agora, Roman estava aqui. Ele me atraía, e eu não precisava afastá-lo. Não poderia feri-lo pelo contato físico. Podíamos ficar juntos. Acordar juntos. Viver juntos nossa eternidade. Jamais teria de ficar sozinha de novo.

Um anseio brotou dentro de mim. Eu queria aquilo. Ah, meu Deus, como queria. Não queria ter de ouvir Jerome censurando-me por minha política de sedução de "só tranqueiras, sempre". Eu queria voltar para casa e contar a alguém sobre meu dia. Queria sair para dançar nos fins de semana. Queria sair de férias com alguém. Queria alguém para me abraçar quando estivesse contrariada, quando os altos e baixos do mundo me tirassem do sério.

Eu queria alguém para amar.

As palavras dele queimavam através de mim, cravando-se em meu coração. Eu sabia, porém, que eram apenas isto: palavras. A Eternidade é um longo tempo; não poderíamos nos esconder para sempre. No fim, seríamos achados, ou quando Roman finalmente fosse destruído em uma de suas missões de "protesto", eu ficaria exposta e teria de responder a uma hoste de demônios furiosos. Ele me oferecia um sonho de criança, uma fantasia irreal com uma fuga efêmera e condenada.

Além do mais, fugir com Roman significava aceitar o desfecho de seu plano insano. Pela lógica, eu entendia sua angústia e seu desejo de revidar. Mesmo que sua irmã me odiasse, por algum motivo inexplicável, eu lamentava por ela, que desejava apenas viver uma vida comum. Ao longo dos anos, eu vira massacres e derramamento de sangue, a extinção de populações inteiras de pessoas cujos nomes e culturas ninguém mais se lembra nos dias de hoje. Ter de conviver com isso, vezes sem conta através dos longos milênios, ter de fugir sempre, escondendo-se por um mero acidente no nascimento... sim, talvez eu também ficasse emputecida.

Mas ainda assim eu não podia ver nisso motivo suficiente para o assassinato a esmo de imortais, simplesmente para "deixar clara sua opinião". O fato de que eu conhecia pessoalmente esses imortais tornava a coisa pior. A atitude de Carter ainda me perturbava, sim, mas ele salvara minha vida, e os dias que passei com ele não foram insuportáveis. Na verdade, Roman deveria louvar o anjo. A maior queixa do nefilim era que os imortais ficavam presos a conjuntos arcaicos de regras e de funções, mas Carter rompera com o modelo: um anjo que escolhera a amizade com seus inimigos hipotéticos. Ele e Jerome eram um exemplo do estilo de vida não conformista e rebelde que Roman defendia.

Uma pena que isso não parecesse ser suficiente para dissuadir o nefilim. Perguntei-me se eu conseguiria.

– Não – disse-lhe. – Não posso fazer isso. E você também não precisa fazê-lo.

– Fazer o quê?

– Todo esse plano. Matar Carter. Deixe-o ir. A violência só resulta em mais violência, não em paz.

– Sinto muito, meu amor. Não posso. Não existe paz para minha raça.

Estendi a mão e toquei sua face.

– Você me chama assim, mas você realmente quer dizer isso? Você me ama?

Ele prendeu a respiração, e de repente percebi que talvez estivesse tão hipnotizado por meus olhos quanto eu pelos dele.

– Sim. Amo.

– Então faça isto por mim, se me ama. Desista e vá embora. Saia de Seattle. Eu... eu vou com você se você for.

Eu não havia percebido que ia dizer aquilo até que as palavras escaparam de meus lábios. Fugirmos juntos poderia ser uma fantasia infantil, é verdade, mas valeria a pena se pudesse evitar o que estava por vir.

– Está falando sério?

– Sim. Contanto que possa me manter a salvo.

– Posso mantê-la a salvo, mas...

Ele se afastou de mim e começou a andar pela sala, passando a mão pelo cabelo, consternado.

– Eu não posso desistir – disse-me por fim. – Eu faria por você quase qualquer coisa no mundo, mas não isto. Não pode imaginar como as coisas têm sido para mim. Você acha que a imortalidade é cruel com você? Imagine como é estar sempre fugindo, sempre vigiando suas costas. Para mim, fixar-me em algum lugar é tão difícil como para você. Graças a Deus por minha irmã. Ela é a única pessoa que tenho, o único esteio em minha vida. A única pessoa que já amei... ao menos até você.

– Ela pode vir conosco...

Ele fechou os olhos.

– Georgina, quando minha mãe ainda estava viva, milênios atrás, vivíamos em um acampamento com alguns dos outros nefilins e suas mães. Estávamos sempre fugindo, sempre tentando estar adiante daqueles que nos perseguiam. Uma noite... Nunca vou esquecer. Eles nos acharam, e eu juro, o próprio Armagedom não poderia ser mais terrível. Nem sei quem fez aquilo, se foram anjos, demônios ou o quê. Quero dizer, no fim das contas, eles são todos iguais. Belos e terríveis.

– Sim – sussurrei. – Eu já os vi.

– Então você sabe do que são capazes. Eles apareceram e simplesmente mataram todo mundo. Não importava quem. Crianças nefilins. Humanos. Todos eram considerados um risco.

– Mas vocês escaparam?

– Sim. Tivemos sorte. A maioria não teve. – Ele se virou para olhar-me. Sua dor fazia meus olhos arderem. – Você entende agora? Entende por que tenho que fazer isso?

– Você só leva adiante o banho de sangue.

– Eu sei, Georgina. Pelo amor de Cristo, eu sei. Mas não tenho escolha.

Vi então em sua face que ele odiava ser parte daquele banho de sangue, parte do mesmo comportamento destrutivo que assombrara sua infância. Mas também vi que ele estava preso àquilo de forma irremediável. Ele não podia fugir. Ele já havia vivido tanto, muito mais do que eu. Os anos de medo e ódio e sangue o haviam deformado. Ele precisava jogar este jogo.

Luto todos os dias para não deixar que meu passado me domine. Às vezes eu ganho, às vezes quem ganha é ele.

– Não tenho escolha – repetiu ele, com expressão desesperada. – Mas você tem. Ainda quero que venha comigo quando eu terminar.

Uma escolha. Sim, eu tinha uma escolha. Uma escolha entre ele e Carter. Ou não tinha? Haveria algo que eu pudesse fazer, a essa altura, para salvar Carter? Será que eu queria salvá-lo? Pelo que sabia, Carter havia massacrado incontáveis crianças nefilins ao longo dos anos, em nome do bem. Talvez ele merecesse a punição que Roman queria infligir-lhe. O que eram o bem e o mal, senão categorias estúpidas? Categorias estúpidas que limitavam as pessoas, punindo-as ou recompensando-as com base nas respostas delas a suas próprias naturezas, naturezas sobre as quais elas não tinham na verdade qualquer controle.

Roman tinha razão. O sistema estava corrompido. Eu só não sabia o que fazer quanto a isso.

O que eu precisava era de tempo. Tempo para pensar sobre tudo isso, tempo para imaginar um meio de salvar tanto o anjo como o nefilim, se tal façanha fosse possível. Eu não sabia como ganhar tal tempo, porém, não com Roman ali parado, me olhando, inflamado com sua ideia romântica de uma fuga a dois.

Tempo. Eu precisava de tempo e não fazia ideia de como consegui-lo. Eu não tinha poderes que me ajudassem numa situação como aquela. Se Roman decidisse que eu era uma ameaça, eu seria incapaz de lutar contra ele. *Um nefilim pode acabar com qualquer um de vocês, fácil, fácil.* Eu não podia fazer negociações e contratos divinos, como Hugh, e não tinha reflexos e força sobre-humanos como Cody e Peter. Eu era um súcubo. Eu mudava de forma e fazia sexo com homens. E era isso.

E era isso...

Capítulo 24

– E aí? – Roman perguntou com suavidade. – O que você acha? Você vai comigo?

– Eu não sei – respondi, de olhos baixos. – Tenho medo – havia uma nota trêmula em minha voz.

Ele virou minha face para a dele, e sua preocupação era evidente.

– Medo de quê?

Olhei para ele através de meus cílios. Era um gesto tímido, vulnerável até. Difícil de resistir. Esperava que fosse.

– Medo... deles. Eu quero... mas acho que nunca... nunca poderemos estar livres. Você não pode se esconder deles, Roman. Não para sempre.

– Nós podemos – ele murmurou, envolvendo-me com seus braços, seu coração abrindo-se para meu medo. Não apresentei resistência alguma, deixando que ele pressionasse seu corpo contra o meu. – Eu lhe disse. Posso protegê-la. Vou encontrar o anjo amanhã, e partiremos no dia seguinte. É muito fácil.

– Roman... – Ergui o olhar para ele, meus olhos bem abertos, como alguém dominado por uma forte emoção. Esperança, talvez. Paixão. Admiração. Vi minha expressão espelhada na dele, e quando ele se curvou para beijar-me, desta vez não o impedi, e até retribuí o beijo. Fazia muito tempo que eu não beijava apenas por beijar, pela sensação da língua dele penetrando com suavidade em minha boca, os lábios acariciando os meus enquanto suas mãos me apertavam firmes contra ele.

Eu poderia ficar beijando daquele jeito para sempre, apenas saboreando a sensação física, desprovida de qualquer alimentação de súcubo. Era magnífico, até mesmo embriagante. Não havia medo. Roman queria mais que beijar, porém, e quando me fez deitar no carpete de minha sala, tampouco o detive.

O ardor e o desejo que enchiam seu corpo estavam evidentes. Ele, contudo, movia-se sobre mim de forma cuidadosa e lenta, demonstrando um controle que me surpreendeu e impressionou. Eu já tinha ido para a cama com tantos homens que cediam de imediato a suas próprias necessidades, que chegava a ser espantoso ter alguém que parecia preocupar-se com minha satisfação.

Eu não estava reclamando.

Ele manteve seu corpo colado ao meu, sem nenhum espaço entre nós enquanto continuava a me beijar. Então passou de minha boca para minha orelha, traçando um caminho com a língua e os lábios antes de visar meu pescoço. O pescoço sempre tinha sido uma de minhas zonas mais erógenas, e soltei a respiração de forma trêmula, enquanto uma língua hábil passava devagar pela pele sensível, fazendo-me ficar arrepiada. Arqueei o corpo contra o dele, informando-o de que poderia acelerar as coisas, se quisesse, mas ele parecia não ter pressa alguma.

Ele foi descendo, descendo, beijando meus seios por cima da seda delicada de minha blusa, até o tecido ficar molhado e colado a meus mamilos. Sentei-me, para que ele pudesse tirar minha blusa. Já que fazia isso, ele tirou também minha saia, e fiquei só de calcinha. Ainda com a atenção voltada para meus peitos, porém, ele continuou a beijá-los e a tocá-los, alternando beijos suaves e leves com outros violentos, e com mordidas que ameaçavam deixar manchas roxas. Por fim, ele deslizou mais para baixo, passando a língua pela pele lisa de minha barriga, e detendo-se ao finalmente chegar a minhas coxas.

Enquanto isso, eu estava em frangalhos, ansiosa e desesperada para também tocar seu corpo. Mas quando tentei fazê-lo, com suavidade ele empurrou meus pulsos para o chão.

– Ainda não – repreendeu-me.

Devia estar tudo bem, já que parecia-me que eu tinha um objetivo com tudo aquilo. Ganhar tempo, não era? É, era isso mesmo. Eu estava dando um tempo até conseguir bolar algum plano. Um plano no qual pensaria... mais tarde.

– Magenta – ele comentou, passando os dedos por minha calcinha. Era delicada, pouco mais que alguns retalhos de renda e um tecido muito fino. – Quem teria imaginado?

– Quase nunca uso roupas em tons de rosa e magenta – admiti –, mas por alguma razão adoro lingerie dessas cores. E preta, é claro.

– Combina com você. Você pode fazê-las por transformação a qualquer hora, certo?

– Certo, por quê?

Ele estendeu a mão e, num movimento destro, arrancou-a.

– Porque ela está me atrapalhando.

Curvando-se, ele abriu minhas coxas e enterrou o rosto entre elas. Sua língua moveu-se devagar ao longo da borda de meus lábios, e então projetou-se para a frente, para acariciar meu clitóris quente e inchado. Gemendo, ergui os quadris e apertei-me contra ele, tentando satisfazer mais minha ansiedade ardente. Uma vez mais, ele me empurrou de volta para o chão, indo devagar, rodeando-me com sua língua, provocando, levando-me a um prazer mais e mais intenso. Cada vez que eu achava que iria gozar, ele recuava e passava a língua mais embaixo, chegando a introduzi-la onde eu estava ficando cada vez mais úmida.

Quando ele finalmente me deixou gozar, eu o fiz em alto e bom som, quase em convulsões, enquanto ele me prendia contra o chão e continuava a sugar e a me saborear durante meus espasmos. Por essa altura, eu estava tão sensível e sem fôlego que seu toque era quase insuportável. Ouvi-me implorando que parasse, até quando ele me fez gozar de novo.

Interrompendo-se, ele me soltou e se afastou, observando enquanto os deliciosos espasmos de meu corpo iam se abrandando. Nós dois tiramos suas roupas em cerca de dois segundos, e ele estendeu seu corpo sobre o meu, pressionando pele nua contra pele nua. Quando minhas mãos deslizaram para baixo, segurando e acariciando sua ereção, ele suspirou com uma satisfação palpável.

– Ah, meu Deus, Georgina – ele arfou, seu olhos nos meus. – Ah, meu Deus. Você não tem ideia do quanto desejo você.

Será que não tinha?

Guiei-o até mim, deslizando-o para dentro. Meu corpo abriu-se para ele, recebendo-o como se fosse uma parte de mim que faltava, e ele se moveu para dentro e para fora com investidas longas e controladas, observando meu rosto e avaliando como cada ângulo e cada movimento me afetavam.

Estou ganhando tempo, pensei com astúcia, mas quando ele prendeu meus pulsos no chão, reivindicando a posse de meu corpo a cada estocada, eu soube que mentia para mim mesma. Eu estava fazendo mais do que ganhar tempo para poder avisar Jerome e Carter. Estava fazendo aquilo por mim. Era algo egoísta. Eu tinha desejado Roman sem cessar pelas últimas semanas, e agora eu o tinha. Não apenas isso, mas era exatamente como ele dissera: não uma questão de sobrevivência, mas apenas prazer. Eu já fizera sexo com outros imortais antes, mas não recentemente. Eu havia esquecido como era não ter os pensamentos de outra pessoa na cabeça, e simplesmente desfrutar de minhas próprias sensações.

Nós nos movíamos com um ritmo cheio de prática, como se nossos corpos fizessem isso juntos o tempo todo. Suas investidas tornaram-se mais selvagens, menos precisas. Ele me penetrava com forca cada vez maior, e com mais ferocidade, como se quisesse me atravessar. Alguém fazia muito barulho, e percebi desde muito longe que era eu. Eu estava perdendo o contato com o que havia ao meu redor, e a coerência de meus pensamentos. Havia apenas a resposta de meu corpo, o acúmulo de uma energia que me consumia e me fazia arder em chamas, e ainda me fazia querer mais. Eu ansiava chegar ao ápice, e incentivei-o, erguendo o corpo de encontro ao seu e contraindo os músculos ao redor dele.

Ele arquejou ao me sentir mais apertada. Em seus olhos ardia uma paixão quase primitiva.

– Quero ver você gozar de novo – ele arfou. – Goze para mim.

Por algum motivo, só foi necessária aquela ordem para que eu chegasse lá, para lançar-me no êxtase vertiginoso. Gritei mais alto, minha garganta rouca já fazia muito tempo.

Qualquer que fosse a expressão em meu rosto, foi suficiente para também fazê-lo gozar. Nenhum som saiu quando seus lábios se abriram, mas ele fechou os olhos e permaneceu dentro de mim depois de uma última investida, estremecendo de prazer.

Quando terminou, seu corpo ainda trêmulo com a força do orgasmo, ele rolou de cima de mim e ficou deitado de costas, transpirando e satisfeito. Voltei-me para ele, apoiando a mão espalmada em seu peito, admirando os músculos definidos e o bronzeado de seu corpo.

– Você é lindo – disse-lhe, tomando um mamilo entre meus lábios.

– Você também não é de se jogar fora – ele murmurou, afagando-me o cabelo. O suor escorria por meu corpo também, deixando alguns cachos úmidos e mais encaracolados que o normal. – Essa é você? Sua forma verdadeira?

Sacudi a cabeça, surpresa com a questão. Meus lábios subiram até seu pescoço.

– Depois de me tornar um súcubo, eu só usei aquele corpo uma vez. Faz muito tempo. – Parando no meio de um beijo, perguntei: – Você quer algo diferente? Posso ser o que quiser que eu seja, sabe?

Ele sorriu, exibindo seus dentes bem brancos.

– Uma das vantagens de amar um súcubo, sem dúvida. – Sentando-se, ele me puxou para seus braços, e então se levantou, meio desequilibrado pelo peso adicional. – Mas não. Pergunte-me daqui a um século, e talvez eu tenha uma resposta diferente. Por agora, tenho muita coisa que aprender sobre esse corpo aí.

Ele me carregou para meu quarto, onde fizemos amor de uma maneira mais lenta, e um pouco mais civilizada, nossos corpos entrelaçando-se um no outro como tiras de fogo líquido. Com os instintos animais já meio satisfeitos, nós nos demoramos um pouco mais, explorando as distintas formas como nossos corpos reagiam. Passamos a maior parte da noite num ciclo de padrão definido: lento e terno, rápido e furioso, descansa, repete. Fiquei exausta em algum momento por volta das três da manhã, e finalmente cedi ao sono, apoiando a cabeça em seu peito e ignorando as preocupações insistentes no fundo de minha mente.

Acordei algumas horas mais tarde, sentando-me bem ereta de repente, quando os eventos da noite se abateram sobre mim com nitidez. Eu havia adormecido nos braços de um nefilim. Não poderia haver situação mais vulnerável. E, no entanto, ali estava eu, ainda viva. Roman estava deitado a meu lado, aconchegado e quentinho, com Aubrey a seus pés. Ambos me olharam com olhos sonolentos e semicerrados, intrigados com meu movimento repentino.

– Algum problema? – ele perguntou, contendo um bocejo.

– N-nada – garanti-lhe. Terminado o momento de paixão, percebi que era capaz de pensar com um pouco mais de clareza. Que havia feito? Dormir com Roman podia ter me dado algum tempo, mas eu não estava mais perto de achar uma saída para essa situação maluca.

Deitada ali, podia ver os narcisos de Carter, e eles me fizeram tomar uma decisão. As flores em si desempenharam apenas um papel pequeno, mas alguma coisa nelas me fez perceber que eu não podia ficar sentada impassível e permitir que Roman matasse Carter. Eu tinha de agir, a despeito do risco, a despeito da possibilidade de não dar certo. *Nós todos temos momentos de fraqueza. É a forma como nos recuperamos que conta de fato.*

Não tinha a ver com amar o nefilim e odiar o anjo, nenhuma das duas, aliás, uma verdade absoluta. Isto dizia respeito muito mais a mim, ao tipo de pessoa que eu era. Havia passado séculos causando mal aos homens para minha própria sobrevivência, às vezes de maneira devastadora, mas eu não podia tomar parte de um assassinato premeditado, não importava o quão nobre fosse o motivo. Eu não havia chegado àquele estágio da vida. Ainda não.

Pisquei os olhos para conter as lágrimas repentinas, intimidada pelo que teria de fazer. O que teria de fazer a Roman.

– Então volte a dormir – ele murmurou, passando a mão por meu corpo, da cintura à coxa.

Sim, eu sabia o que fazer. Era um plano arriscado, nada sólido, mas não podia pensar em mais nada para tirar proveito do atual estado de espírito de Roman, relaxado e desatento.

– Não posso – expliquei, começando a sair da cama. – Tenho que ir trabalhar.

Os olhos dele se arregalaram.

– O quê? Quando?

– Vou abrir a loja. Tenho que estar lá em meia hora.

Ele se sentou, decepcionado.

– Você trabalha o dia todo?

– Sim.

– Ainda tem mais algumas coisas que eu queria fazer com você – ele resmungou, deslizando um braço ao redor de minha cintura para me puxar de volta, enquanto envolvia um seio com a mão.

Recostei-me nele, fingindo ter sido tomada pelo tesão. Tá bom, eu não estava bem fingindo.

– Humm. – Voltei meu rosto para o dele, encostando meus lábios nos seus. – Talvez possa ligar e dizer que não estou bem... Não que eles vão acreditar. Eu nunca fico doente, e eles sabem disso.

– Fodam-se eles – ele resmungou, empurrando-me para trás na cama, suas mãos cada vez mais ousadas. – Fodam-se eles e aí eu posso foder você de novo.

– Então me deixe levantar – eu ri. – Desse jeito não posso ligar.

Ele me soltou com relutância, e deslizei da cama, sorrindo-lhe. Ele me observava faminto, como um gato avaliando sua presa. Sendo sincera, gostei.

O desejo muito depressa se converteu em apreensão, quando fui para a sala e peguei meu telefone sem fio. Deixara todas as portas abertas, e agia da forma mais normal e relaxada possível, para não dar a Roman nenhum motivo de alarme. Sabendo que ele provavelmente podia me ouvir, ensaiei mentalmente as palavras, enquanto discava o número do celular de Jerome.

Não foi surpresa alguma, porém, que o demônio não atendesse. Maldito. Qual a vantagem de nosso vínculo se eu não podia usá-lo quando necessário? Já tendo previsto isso, tentei minha próxima opção: Hugh. Se caísse em sua caixa postal, eu estaria ferrada. Não poderia levar adiante meu plano se tivesse que ligar para seu consultório e abrir caminho por entre seu exército de secretárias.

– Hugh Mitchell falando.

– Oi, Doug, é Georgina.

Uma pausa.

– Você acabou de me chamar de Doug?

– Olha, não vou poder ir trabalhar hoje. Acho que peguei aquele vírus que anda por aí.

Roman saiu do quarto, e sorri para ele enquanto ia até a geladeira. Enquanto isso, Hugh tentava entender o que não dava para entender.

– Hã, Georgina... acho que você discou o número errado.

– Não, estou falando sério, Doug, por isso não venha com brincadeirinhas. Não posso ir trabalhar, está bem?

Silêncio total.

– Georgina, você está bem? – perguntou Hugh, por fim.

– Não. Eu já lhe disse. Olha, pode contar ao resto do pessoal?

– Georgina, o que está acontecendo...

– Bom, tenho certeza de que você vai pensar em algo – continuei –, mas vai ter que ser sem mim. Vou tentar aparecer amanhã.

Desliguei e olhei para Roman, enquanto sacudia a cabeça.

– O Doug tinha que estar por lá. Ele não acreditou numa palavra.

– Ele a conhece bem demais, hein? – perguntou ele, tomando um copo de suco de laranja.

– É, mas ele vai segurar minha onda, apesar de reclamar. Ele é um cara legal.

Joguei o telefone sobre o sofá e fui para perto de Roman. Hora de mais distração. Eu duvidava que Hugh entendesse totalmente a situação, mas ele ia supor que algo não estava bem. Como eu já percebera no passado, ninguém vivia tanto tempo como um imortal se fosse idiota. Ele suspeitaria de algo, e eu esperava que fosse atrás de Jerome. Meu trabalho agora era manter o nefilim ocupado até que a cavalaria chegasse.

– Então, o que era mesmo que você queria fazer comigo? – ronronei.

Na verdade eram inúmeras coisas. Nós nos atracamos em meu quarto, e descobri que ficar à espera de que Hugh fizesse alguma coisa não era nem de perto tão difícil como eu temera. Algumas pontadas de culpa me incomodavam por estar usufruindo tanto de Roman, sobretudo agora que eu já tomara a decisão e pedira ajuda. Ele havia assassinado um número incalculável de imortais, e tinha planos para um quase amigo. Ainda assim, não podia evitar meus sentimentos. Eu sentia atração por ele, e já não era de agora, e ele era bom na cama, bom de verdade.

– A eternidade não parece tão ruim com você em meus braços – ele murmurou mais tarde, afagando meu cabelo enquanto eu estava aconchegada nele.

Virando meu rosto para o dele, vi uma expressão sombria em seus olhos.

– O que há de errado?

– Georgina... você... você realmente quer que eu deixe esse anjo em paz?

– Sim – exclamei, depois de um instante de surpresa. – Não quero que você machuque mais ninguém.

Ele me examinou por um bom tempo antes de falar.

– Na noite passada, quando você me perguntou, não achei que poderia. Não achei que pudesse desistir. Agora... depois de estar com você... Ter estado assim... A coisa toda parece mesquinha. Bom, talvez mesquinha não seja a palavra certa. Quero dizer, o que eles nos fizeram foi terrível... Mas talvez, quando vou atrás deles, eu esteja permitindo que vençam. Eu me torno o que eles dizem que sou. Deixo que continuem ditando os parâmetros de minha vida. Estou me conformando com o não conformismo, creio, e deixando passar o que é realmente importante. Como amar e ser amado.

– O-o que você está dizendo?

Ele pousou a mão em minha face.

– Estou dizendo que vou fazer isso, amor. O passado não vai governar meu presente. Por você, irei embora. Você e eu. Vamos embora hoje e vamos deixar tudo isso para trás. Vamos arranjar um lar em algum lugar e começar uma vida juntos. Podemos ir para Las Vegas.

Enrijeci-me em seus braços, meus olhos arregalando-se. Ah, meu Deus.

Uma batida na porta soou, e quase pulei três metros. Apenas quarenta minutos haviam se passado. *Não, não,* pensei. Era cedo demais. Sobretudo em vista dessa reviravolta inesperada. Hugh não podia ter agido tão rápido. Eu não sabia o que fazer.

Roman ergueu uma sobrancelha, mais curioso do que outra coisa.

– Esperando alguém?

Sacudi a cabeça, tentando disfarçar que meu coração havia disparado.

– Doug sempre ameaçou vir me pegar – brinquei. – Espero que ele não tenha finalmente decidido colocar isso em prática.

Saindo da cama, fui até meu armário, forçando cada nervo do corpo a parecer despreocupado. Vesti um quimono vermelho, passei a mão pelo cabelo despenteado, e fui para a sala, tentando não respirar rápido demais uma vez que saí das vistas de Roman. *Ah, meu Deus,* pensei, chegando à porta. *Que vou fazer agora? Que vou fazer...*

– Seth?

O escritor estava parado do lado de fora, com uma embalagem de uma padaria na mão, seu rosto exprimindo tanto espanto quanto sem dúvida o meu exprimia. Vi seus olhos medirem-me velozes de alto a baixo, e de repente me dei conta de como era curto meu roupão, e como era reveladora a seda justa. Seus olhos fixaram-se em meu rosto, e ele engoliu em seco.

– Oi, eu... Quer dizer...

Um de meus vizinhos passou, parando e encarando ao me ver com aquele roupão.

– Entre – disse a Seth com uma careta, fechando a porta detrás dele. Tendo achado que toparia com uma tropa de imortais, eu agora estava mais confusa do que nunca.

– Desculpa – ele conseguiu dizer por fim, tentando não permitir que seus olhos descessem para meu corpo. – Espero não ter acordado você...

– Não, não, não tem problema...

Claro que foi esse momento que Roman escolheu para aparecer, vindo pelo corredor, desde meu quarto, apenas de cueca samba-canção.

– Então o quê... Ah, oi, como vai? É Seth, certo?

– Certo – disse Seth, sem expressão, olhando de mim para Roman e então de novo para mim. Diante daquele olhar, eu não me importava com nefilins, imortais ou com salvar Carter. Tudo em que podia pensar era no que Seth devia estar achando daquilo. Pobre Seth, que não havia feito nada senão ser simpático comigo, desde que eu o conhecera, e que no entanto apenas conseguia ser ferido por minha insensibilidade, uma vez após a outra, e isso sem mencionar uma sequência de situações infelizes. Eu não sabia o que dizer; sentia-me tão mortificada quanto ele parecia estar. Não queria que ele me visse assim, com todas minhas mentiras e inconsistências vindo à luz.

– Esse é o café da manhã? – perguntou o nefilim, animado. Era o único à vontade.

– Hã? – Seth ainda parecia chocado demais para falar. – Ah, sim. Ele colocou a caixa sobre minha mesinha de café. – Fiquem com ele. É um bolo de café, e folhados doces. Eu... bom, eu vou... já vou indo. Sinto muito por incomodá-la. Sinto mesmo. Eu sabia que era seu dia de folga e pensei que podíamos... sei lá. Você disse ontem... Bom, foi bobagem minha. Eu devia ter ligado. Foi uma idiotice. Desculpe.

Ele começou a se virar para ir, mas o dano estava feito. De todos os cenários possíveis, tinha que ser neste que Seth, o caladão, escolheu começar a falar sem parar. *Eu sabia que era seu dia de folga.* Merda. Roman virou-se para mim, a incredulidade de sua face transformando-se em fúria, diante de meus olhos.

– Quem? – ele disse, mal conseguindo falar de tanta fúria. – Quem você avisou? Quem foi, porra?

Dei um passo para trás

– Seth, saia da...

Tarde demais. Uma onda de energia, parecida com a que Jerome usara para me atingir, atingiu a Seth e a mim, jogando-nos contra a parede da sala.

Roman veio até nós, olhando-me enfurecido, seus olhos como chamas azuis.

– Para quem você ligou? – ele rugiu. Não respondi. – Tem alguma ideia do que fez?

Dando-nos as costas, ele pegou meu telefone e discou.

– Preciso que você venha para cá, agora... Sim, sim, estou pouco me lixando. Largue tudo. – Ele deu meu endereço e desligou. Eu não precisava perguntar para quem ele tinha ligado. Eu sabia. O outro nefilim. Sua irmã.

Passando a mão pelo cabelo, Roman andava frenético de um lado a outro, em minha sala.

– Merda. *Merda.* Você pode ter estragado tudo! – ele gritou para mim. – Você está entendendo? Está entendendo, sua vaca mentirosa? Como você pôde fazer isso comigo?

Não respondi. Eu não podia. Qualquer movimento, até falar, era difícil demais naquela rede psíquica. Eu não podia nem olhar para Seth. Só Deus sabia o que ele estava pensando disso tudo.

Dez minutos depois, ouvi outra batida. Se eu ainda tivesse direito a algum tipo de favor divino, seriam Jerome e Carter, prontos para virem em meu socorro. Com certeza até mesmo um súcubo devia merecer uma atenção de vez em quando, pensei, enquanto observava Roman abrir a porta.

Helena entrou. Ai, caramba.

– Já era hora – disse Roman, áspero, batendo a porta detrás dela.

– O que está acontecendo... – ela se interrompeu, e seus olhos se arregalaram ao ver Seth e eu. Virando-se para Roman, ela o examinou e a sua samba-canção, de alto a baixo. – Pelo amor de Deus, o que você fez agora?

– Alguém está a caminho – sibilou ele, ignorando a pergunta. – Neste instante.

– Quem? – perguntou ela, as mãos nos quadris. Não havia rouquidão em sua voz agora, e ela parecia bastante competente. Se já não estivesse totalmente muda, eu teria perdido a fala ao vê-la daquele jeito.

– Não sei – admitiu ele. – Provavelmente nosso digníssimo pai. *Ela* avisou alguém.

Helena virou-se e veio para o meu lado. O terror penetrou em meus ossos, quando percebi o perigo que corria. Helena era o outro nefilim. Helena, a louca trapaceira. Helena, a quem eu insultara tantas vezes, zombando dela pelas costas e roubando suas funcionárias. O olhar em sua face revelava que ela estava levando tudo isso em conta enquanto me olhava com superioridade.

– Abaixe o campo de energia – ordenou ela a Roman, e logo em seguida Seth e eu cambaleamos para a frente, arfando, quando a força nos libertou. – Ele está correto? Você avisou nosso pai?

– Eu... não avisei... ninguém...

– Ela está mentindo – observou Roman, com tranquilidade. – Para quem você ligou, Georgina?

Quando não respondi, ela se aproximou e me esbofeteou com força, e o impacto fez um *créc* alto. Havia uma estranha familiaridade naquilo, mas não era de estranhar. Fora Helena quem me surrara aquela noite na rua. Percebi que ela devia saber que era eu, quando fui à Krystal Starz, a despeito do disfarce. Ao reconhecer minha assinatura, ela preferiu brincar comigo, despejando todo aquele papo sobre um belo futuro enquanto me empurrava nomes de livros e workshops.

– Você sempre é difícil, não é? – disse ela, com superioridade. – Por anos tenho aguentado você e outros como você, que zombam de meu estilo de vida e de meus ensinamentos. Eu devia ter tomado uma providência quanto a você, muito tempo atrás.

– Por quê? – indaguei, recuperando o controle sobre minha voz. – Por que faz isso? Justo você, que sabe a verdade sobre anjos e demônios... por que você fomenta essa besteira *new age*?

Ela me olhou, cáustica.

– Será besteira mesmo? Será besteira encorajar as pessoas a tomarem o controle de suas vidas, a verem a si mesmas como fonte de poder, em vez de se entregarem à culpa sobre o que é certo e o que é errado? – Quando a resposta não veio, ela continuou. – Ensino as pessoas a encontrarem seu próprio poder. Ensino-as a deixarem de lado as noções de pecado e de salvação, a encontrarem a felicidade agora, *neste* mundo. De fato, uma parte disso é... puro enfeite, para criar admiração e assombro, mas o que importa, se os fins são alcançados? As pessoas saem de minha aulas sentindo-se como deuses e deusas. Elas encontram isso dentro de si, em vez de venderem-se para alguma instituição indiferente e hipócrita.

Eu não conseguia nem começar a esboçar uma resposta, e ocorreu-me que Helena e Roman pensavam exatamente da mesma forma, ambos insatisfeitos com o sistema que os havia gerado, cada um rebelando-se a seu modo.

– Sei o que você pensa de mim. Ouvi o que disse sobre mim. Vi quando jogou fora o material que lhe dei naquela noite, sem dúvida pensando que eu era só alguma maluca tagarela *new age*. E ainda assim... para alguém com tamanha confiança e arrogância, tão crítica, tão dona da verdade, você é uma das pessoas mais infelizes que já conheci. Você odeia o jogo, mas toma parte nele. Você o joga, e você o defende porque não tem coragem de assumir uma atitude diferente. – Ela balançou a cabeça, com um risinho sarcástico. – Eu não precisaria ser vidente para fazer-lhe qualquer daquelas predições. Você tem um dom, mas desperdiça-o. Está desperdiçando sua vida, e vai passá-la infeliz e sozinha.

– Não posso mudar o que sou – respondi-lhe com raiva, magoada por suas palavras.

– Falou como uma escrava do sistema.

– Foda-se – retruquei. Ter o orgulho e autoimagem destruídos muitas vezes deixa a pessoa num estado de fúria irracional, independentemente da argumentação ser ou não pertinente. – Melhor ter sossego como escravo do que ser um bastardo divino aberrante. Não espanta que sua raça esteja sendo caçada até a extinção.

Ela me bateu de novo, desta vez acrescentando ao golpe a força de nefilim, como naquela noite no beco. Doeu. Muito.

– Sua cadelinha. Você não faz a menor ideia do que está dizendo.

Ela se moveu para me atingir de novo, mas foi impedida quando Seth de repente se interpôs em seu caminho, diante de mim.

– Pare – exclamou ele. – Parem com isso, todos...

Uma explosão de energia, não sei se de Roman ou de Helena, jogou Seth através da sala, até a outra parede. Eu me retesei toda.

– Como ousa – começou Helena, seus olhos azuis faiscando de fúria. – Você, um mortal, que não faz ideia de quem está...

Eu estava em movimento antes que as palavras tivessem saído de sua boca. Ver Seth sendo agredido desencadeou algo dentro de mim, uma resposta irada que eu sabia ser inútil, mas que não podia evitar. Saltei sobre Helena, tomando a primeira forma que me veio à mente, sem dúvida por ter visto Aubrey mais cedo: um tigre.

A transformação levou apenas um segundo, mas doeu como o diabo, enquanto meu corpo humano se expandia, e os pés e mãos se transformavam em patas robustas, com garras. Eu contava com o elemento surpresa, mas só por um instante, quando choquei-me com ela, lançando ao chão seu corpo esguio.

Minha vitória durou pouco. Antes que pudesse cravar os dentes em seu pescoço, uma força igual à de um furacão me arrancou de cima dela, arremessando-me contra o armário de louças. O impacto foi dez vezes mais forte que aquele que mais cedo nos prendera, a Seth e a mim, contra a parede. A dor fez com que eu voltasse a minha forma normal, enquanto vidros e cristais se partiam detrás de mim, os estilhaços voando ao meu redor e cortando-me a pele.

Movi-me de novo, frenética, ciente da futilidade mas precisando fazer algo, envolvida demais no calor da batalha. Desta vez, arremeti contra Roman, forçando meu corpo a tomar a forma de... bem, e nem sabia do quê. Não tinha nenhuma forma específica em mente, apenas características: garras, presas, escamas, músculos. Forte. Grande. Perigoso. Uma criatura de pesadelo, um verdadeiro demônio do inferno.

Não cheguei nem perto de tocar o nefilim, porém. Um deles, ou ambos, adivinhou o que eu faria, e me pegou ainda no ar, atirando-me para trás. Dessa vez aterrissei perto de Seth, seus olhos arregalados observando-me com horror e espanto. Raios de energia me acertaram, fazendo-me gritar de dor, destroçando cada nervo dentro de mim. A epiderme espessa de minha nova forma protegeu-me por um curto instante, e então a dor e a exaustão me fizeram perder o controle das transformações. Voltei ao meu delicado corpo humano bem na hora em que outra rede energética me prendeu no lugar, garantindo que eu não poderia mais me mexer.

As mudanças de forma de meu ataque haviam durado um minuto, e agora eu me sentia completamente drenada e acabada, minha reserva de energia de Martin Miller esgotada por fim. Minha bravura dera nisso. *Um nefilim pode acabar com qualquer um de vocês, fácil, fácil.*

– Você foi muito valente, Georgina – riu Roman, limpando o suor da testa. Ele também usara bastante energia, mas tinha muito mais que eu para gastar. – Valente, mas tola. – Aproximando-se, ele me olhou de alto a baixo e balançou a cabeça com um divertimento amargo. – Você não sabe racionar sua energia. Está esgotada.

– Roman... Eu sinto muito, mesmo...

Eu não precisava que ele me dissesse como estava baixa minha energia. Eu podia sentir. Não estava só baixa, eu estava vazia. Estava a zero, por assim dizer. Ao olhar minhas mãos, vi que minha aparência bruxuleava, tremulando quase como uma miragem de calor. Isso era ruim. Usar um corpo por muito tempo, mesmo que não seja o original, fica entranhado em você depois de alguns anos, e já havia quinze que usava este. Era como uma segunda natureza para mim. Eu pensava nele como meu próprio; era a ele que eu sempre voltava, sem nem pensar. Ainda assim, eu agora lutava para mantê-lo, e para não voltar ao corpo em que nascera. Isso era ruim. Muito ruim..

– Sente muito? – perguntou Roman, e vi em sua face a forma terrível como o havia magoado. – Você não pode sequer começar a imaginar...

Todos sentimos ao mesmo tempo. Roman e Helena viraram-se para trocar olhares alarmados, e então a porta de minha sala explodiu para dentro. A força que me prendia desapareceu quando os nefilins redirecionaram seu poderio para o apocalipse que estava chegando.

Uma luz brilhante jorrou para dentro, tão brilhante que machucava. Uma luz familiar. O mesmo vulto terrível que eu vira no beco surgiu uma vez mais, só que desta vez havia dois deles. Imagens especulares. Indistinguíveis. Eu não sabia quem era quem, mas lembrei-me das palavras casuais de Carter, uma semana antes: *Um anjo em plena forma aterroriza a maioria dos seres, e chega até a matar um mortal...*

– Seth – sussurrei, desviando minha atenção daquele espetáculo glorioso para olhar o escritor. Ele o contemplava, olhos castanhos arregalados de assombro e medo, fascinado por toda sua glória. – Não olhe para eles. – Com a energia esvaindo-se, ergui minha mão tremeluzente e voltei seu rosto para o meu. – Seth, não olhe para eles. Olhe para mim. Só para mim.

Em algum lugar por ali alguém gritou. O mundo desmoronava.

– Georgina... – murmurou Seth, tocando minha face com ternura. – O que está acontecendo com você?

Concentrando toda minha vontade, forcei meu corpo a manter a forma com a qual ele me conhecera. Era uma batalha perdida. Que estava chegando ao fim. Daquele jeito, eu não sobreviveria muito. Seth aproximou-se mais de mim, e desviei a atenção dos sons do caos e destruição que retumbavam ao redor, e focalizei toda minha percepção, o mundo todo, em seu rosto.

Eu havia dito que Roman era belo, mas ele não era nada, absolutamente nada, comparado a Seth naquele momento. Seth, com aqueles olhos castanhos cheios de curiosidade, de longos cílios, e com a bondade que se manifestava em todas suas ações. Seth, com seu cabelo despenteado e barba por fazer emoldurando uma face que não podia esconder sua natureza, a força de seu caráter resplandecendo sobre mim, sua alma como um farol numa noite de nevoeiro.

– Seth – sussurrei. – Seth.

Ele se inclinou para mim, deixando-me puxá-lo mais e mais para perto, e enquanto o céu e o inferno se digladiavam a nossa volta, eu o beijei.

Capítulo 25

Às vezes você acorda de um sonho. Às vezes você acorda em um sonho. E às vezes, muito de vez em quando, você acorda no sonho de outra pessoa.

"Se ele quisesse me levar e me transformar em sua escrava sexual, eu iria, desde que conseguisse cópias das provas finais de seus livros, antes de todo mundo."

As primeiras palavras que eu dissera a Seth ao discutir com tanta paixão seu trabalho. A impressão inicial que Seth tivera de mim. A cabeça bem erguida, o cabelo jogado por sobre o ombro. Um comentário divertido sempre pronto. Elegância nos momentos difíceis. Uma segurança no convívio social que o introvertido Seth jamais teria, mas invejava. *Como ela consegue? Sem parar um segundo?* Mais tarde, minha confusa explicação da regra das cinco páginas, um hábito bobo que ele achou encantador. Alguém mais que apreciava literatura, encarando-a como um vinho fino. *Inteligente e profunda. E linda.* Sim, linda. Eu me vi agora como Seth havia me visto naquela noite: a saia curta, o *top* roxo sensual, brilhante como a plumagem de uma ave. Como alguma criatura exótica, totalmente deslocada na paisagem árida da livraria.

Tudo isso estava em Seth, o histórico de seu crescente sentimento por mim mesclando-se ao presente, e eu bebi tudo isso.

Não apenas linda. *Sexy.* Sensual. Uma deusa em carne e osso, cada um de seus movimentos sugerindo novas paixões. A alça do vestido deslizando de meu ombro. Discretas gotas de suor em meu decote. Em pé em sua cozinha, usando só aquela camiseta ridícula do Black Sabbath. *Sem nada por baixo. Como seria despertar com ela a meu lado, de cabelos revoltos e indomada?*

Tudo isso derramou-se em mim. Mais e mais.

Ele ficava me observando na livraria. Adorava ver-me interagindo com os clientes. Adorava o modo como eu parecia saber algo sobre tudo. Os diálogos inteligentes que ele criava para seus personagens vindo sem hesitação a meus lábios. *Incrível. Nunca havia encontrado ninguém que falasse daquele jeito na vida real.* Minha negociação com o dono da loja de livros usados. Um carisma que envolvera o tímido e calado Seth, fazendo-me brilhar a seus olhos. Fazendo-o sentir-se mais confiante.

Seus sentimentos ainda corriam através de mim. Eu nunca havia sentido nada assim. Claro, havia sentido atração e afeto em minhas vítimas, mas nunca tanto amor, não dirigido a mim.

Seth achava que eu era *sexy*, sim. Ele me desejava. Mas o desejo bruto estava justaposto a algo mais suave. Algo mais doce. Kayla sentada em meu colo, a cabecinha loira apoiada em meu peito enquanto eu lhe trançava o cabelo. Um breve lampejo daquela visão, enquanto por um momento ele imaginava sua própria filha em meu colo. *Intensa e mordaz por um lado, suave e vulnerável por outro.* Minha embriaguez em seu apartamento. O ímpeto de proteger-me quando ele me levou para a cama, observando-me horas depois que eu adormecera. Eu não caíra em seu conceito por minha fraqueza, pelo lapso de controle e julgamento. Foi como se eu baixasse as barreiras para ele, um sinal de imperfeição que só aumentou seu amor.

Mais e mais eu bebi, incapaz de parar, em meu estado de desespero e fraqueza.

"Por que ela não sai com ninguém?" Seth perguntara a Cody. Cody? Sim, lá estava, no fundo da mente de Seth. Uma lembrança. Cody dando a Seth aulas secretas de dança, nenhum deles me contando, em vez disso inventando desculpas vagas para explicar por que sempre tinham que ir "a algum lugar". Seth, empenhando-se em fazer seus pés obedecerem, para que ele pudesse dançar comigo e estar mais perto de mim. *"Ela tem medo"*, respondeu o vampiro. *"Ela acha que o amor provoca dor."*

O amor provoca dor.

Sim, Seth me amava. Não era a paixão passageira que eu havia imaginado. Nem a atração passageira que pensava ter dissuadido. Era mais, muito mais. Eu encarnava tudo o que ele imaginava em uma mulher: humor, beleza, inteligência, bondade, força, carisma, sexualidade, compaixão... Sua alma parecia ter reconhecido a minha, ter sido arrastada incontrolavelmente para mim. Ele me amava com uma profundidade de sentimento que eu não poderia avaliar, embora tivesse tentado, juro. E eu queria. Queria sentir tudo aquilo, embeber-me naquela chama que havia dentro dele. Consumi-la. Arder com ela.

Georgina!

Em algum lugar muito distante, alguém me chamou, mas eu estava ocupada demais dentro de Seth. Ocupada absorvendo aquela força que havia em seu interior, aquela força amalgamada a seus sentimentos por mim. Sentimentos despertados, e até amplificados, ao nos beijarmos. Lábios macios e ansiosos. Famintos. Exigentes.

Georgina!

Eu queria me tornar uma só com Seth. Precisava disso. Precisava que ele me preenchesse... física, mental e espiritualmente. Havia algo ali... algo oculto dentro dele, que eu não conseguia alcançar, pairando lá no fundo. Uma informação sedutora que eu já deveria ter reconhecido. *Você é minha vida.* Eu precisava seguir adiante, em busca de mais. Descobrir o que estava escondido de mim. Aquele beijo era minha salvação, minha conexão com algo maior que eu, algo pelo qual eu estivera ansiando toda minha vida, mas que nunca soubera. Eu não podia parar. Não podia parar de beijar Seth. Não podia parar. Não podia...

– Georgina! Pare!

Mãos fortes me separaram de Seth, como se arrancassem carne de meu próprio corpo. Gritei em agonia quando a conexão foi rompida, resistindo às mãos que me puxavam e me seguravam. Tentei arranhar meu captor, precisando encontrar o segredo que espreitava por trás daquele beijo, desejando a completude daquela união com Seth...

Seth.

Minhas mãos descaíram, e pisquei os olhos, trazendo o mundo de volta ao foco. Realidade. Eu já não estava dentro da cabeça de Seth; ainda estava em meu apartamento. Uma sensação de solidez instalou-se em mim, e não tive de olhar para baixo para saber que meu corpo se estabilizara, minha forma voltando à de uma mulher baixa e esguia, com cabelo castanho-claro. A jovem que eu fora tanto tempo atrás ficou de novo enterrada dentro de mim, e se dependesse de mim jamais afloraria de novo. A força vital de Seth agora me preenchia, quase transbordando.

– Georgina – murmurou Hugh atrás de mim, suas mãos soltando meus braços. – Cristo do céu, você me assustou.

Olhando do outro lado da sala, vi Carter, mal-ajambrado como sempre, inclinado sobre o corpo de Seth.

– Ah, meu Deus. – Dei um salto e fui na direção deles, ajoelhando-me ao lado do anjo. Seth estava estendido no chão, pálido, a pele úmida e gelada. – Ah, Deus. Deus. Deus. Ele está...?

– Ele está vivo – disse-me Carter. – Por pouco.

Afagando a face de Seth, senti a fina penugem da barba loiro-avermelhada que apontava, as lágrimas enchendo meus olhos. Sua respiração era rasa e irregular.

– Eu não pretendia isso. Não queria ter-lhe tirado tanto...

– Você fez o que tinha de fazer. Você estava muito mal, podia ter morrido.

– E agora é Seth quem talvez...

Carter fez que não com a cabeça.

– Não, ele não vai morrer. Vai precisar de algum tempo para recuperar-se, mas vai conseguir.

Afastei a mão, com um certo receio de que meu toque pudesse causar ainda mais mal a Seth. Olhando ao redor, percebi o estado em que se encontrava meu apartamento. Parecia pior que o de Jerome. Louças e vidros estilhaçados. Mesas quebradas. Cadeiras e sofá virados. A estante capenga finalmente em pedaços. Na cozinha, Aubrey estava agachada sob a mesa, tentando entender o que estava ocorrendo. Eu também tentava. Os nefilins não estavam à vista. O que havia acontecido? Será que eu tinha perdido o espetáculo? A épica batalha divina do século, e eu a perdera por um beijo? Tudo bem, tinha sido um beijo bom de verdade, mas ainda assim...

– Onde estão os outros?

– Jerome está lá fora, fazendo, hã, controle de danos com os vizinhos.

– Isso não soa bem.

– Procedimento-padrão. Batalhas sobrenaturais não são lá muito silenciosas, você sabe. Ele vai apagar lembranças em algumas mentes, garantir que ninguém vai notificar nenhuma autoridade.

Engoli com dificuldade, receosa de fazer a pergunta seguinte.

– E quanto... quanto aos nefilins?

Carter me estudou, seus olhos cinzentos fixos em mim, sérios, por um longo tempo.

– Eu sei, eu sei – disse eu por fim, baixando os olhos, incapaz de devolver-lhe o olhar. – Não existe dez anos e liberdade condicional, certo? Vocês os destruíram.

– Destruímos... um deles.

Ergui os olhos, alarmada.

– O quê? E quanto ao outro?

– Ele fugiu.

Ele. Minhas lágrimas iminentes brotaram agora; não conseguia controlá-las. *Por você, irei embora.*

– Como?

Carter pousou a mão na testa de Seth, como se verificasse seus sinais vitais, e então virou-se para mim.

– Tudo aconteceu depressa demais. Ele se mascarou e ficou invisível na confusão, enquanto cuidávamos da outra. E francamente... – O anjo olhou para a porta da sala, fechada, e então para Hugh e para mim.

– O quê? – sussurrei.

– Não estou... não estou totalmente convencido de que Jerome não o deixou fugir. Ele não esperava que fossem dois. Eu também não, embora pensando bem devesse ter imaginado isso. Depois de matar a primeira... – Carter encolheu os ombros. – Não sei. É difícil de dizer o que aconteceu.

– Então ele vai voltar – me dei conta, medo e alívio mesclando-se em mim de um modo estranho, com a ideia de que Roman escapara. – Ele vai voltar... e não vai estar nada feliz comigo.

– Não acho que será um problema – observou o anjo. Com suavidade, ele ergueu Seth e o levou até meu sofá virado. Num instante, o sofá virou-se por conta própria, sem que ninguém o tocasse, e endireitou-se. Carter deitou Seth nele e continuou falando. – O outro nefilim levou uma surra e tanto. Foi bem violento, mesmo. Não posso acreditar que tenha restado energia para que ele conseguisse se esconder de nós; ainda fico esperando senti-lo de novo a qualquer momento. Se for inteligente, neste momento ele está correndo para longe de nós o mais rápido que puder, para sair de nosso alcance, do alcance de qualquer imortal, para poder baixar seus escudos e descansar.

– E depois disso? – perguntou Hugh.

– Ele está em mau estado. Vai levar muito tempo para recuperar-se. Quando o fizer, vai saber que não terá nenhum reforço se voltar para cá.

– Ele ainda pode voltar para acabar comigo – comentei, estremecendo, ao lembrar da ira de Roman contra mim, no final. Era duro acreditar que estivéramos nos braços um do outro, dominados pela paixão, menos de vinte e quatro horas antes.

– Ele poderia acabar com você – concordou Carter. – Mas não pode acabar comigo. Ou com Jerome. E com certeza não pode enfrentar a nós dois. Foi o que decidiu tudo, no final. Eles não esperavam que nós dois estivéssemos juntos. Ele vai pensar nisso antes de voltar à carga por aqui, mesmo que você sozinha não seja ameaça para ele.

Não achei aquilo nada tranquilizador. Pensei em Roman, exuberante e rebelde, sempre ansioso para provar algo contra o sistema. Aquele tipo de personalidade prestava-se muito bem à vingança. Eu o havia enganado, fiz amor com ele e então o traí, resultando no fracasso de seus planos e na aniquilação de sua irmã. *Graças a Deus por minha irmã. Ela é a única pessoa que tenho, o único esteio em minha vida.*

Ele poderia dar um tempo, como sugeriu Carter, mas não muito. Disso eu tinha certeza.

– Ele vai voltar – sussurrei, mais para mim. – Algum dia ele vai voltar.

Carter me deu um olhar firme.

– Quando acontecer, cuidaremos dele.

A porta da sala abriu-se, e Jerome entrou. Ele estava todo arrumadinho, e nada indicaria que ele acabava de travar uma batalha apocalíptica com seus próprios filhos.

– Já fez todo o trabalho doméstico? – perguntou Carter.

– Sim. – Os olhos do demônio desviaram-se para Seth. – Ele está vivo?

– Sim.

Anjo e demônio olharam-se fixamente nos olhos então, e um momento tenso de silêncio palpável pairou entre eles.

– Isso é surpreendente – murmurou Jerome, por fim. – Eu podia ter jurado que ele estava morto. Bem. *Milagres* acontecem todo dia. Suponho que teremos que fazer uma limpeza nele agora.

– Do que você está falando? – Coloquei-me de pé.

– É bom tê-la de volta entre nós, Georgie. Você está com uma aparência adorável, aliás.

Olhei duro para ele, irritada com sua piada, sabendo que era a energia de Seth que agora me dava o *glamour* de súcubo.

– O que você quer dizer com ter que fazer "uma limpeza"?

– O que você acha? Não podemos deixar que ele se vá desse jeito, depois de tudo o que viu. Vou diminuir um pouco a afeição que ele sente por você, aproveitando que estou nessa; ele é um risco para você.

– O quê? Não. Você não pode fazer isso.

Jerome suspirou, fazendo cara de alguém que sofreu muito, por muito tempo.

– Georgina, você não percebe a que ele acaba de ser exposto? Suas lembranças têm de ser removidas. Não podemos deixar que ele saiba sobre nós.

– Quanto de mim você vai tirar dele? – Fragmentos das lembranças de Seth... minhas lembranças, agora... cintilavam como joias em minha mente.

– O suficiente para que ele só se lembre de conhecê-la de vista. Nestas últimas semanas, você foi mais negligente que nunca com seu trabalho. – Não me parecia que aquilo fosse culpa de Seth, de modo algum; Roman tinha contribuído muito. – Vocês dois vão ficar bem melhor se ele encontrar por aí alguma mulher humana com quem ocupar a cabeça, em vez de você.

Você não quer se destacar de alguma forma? A provocação de Carter, feita uma eternidade atrás, soava num sussurro em minha cabeça.

– Você não precisa fazer isso. Não tem que me remover junto com o resto.

– Já que vou estar lá, é melhor limpá-la também. Ele não tem como continuar com sua vida normal depois de ter sido exposto a seres dos reinos divinos. Até você tem de concordar com isso.

– Alguns mortais sabem a nosso respeito – argumentei. – Como Erik. Erik sabe, e não conta a ninguém.

Inclusive, percebi de repente, Erik também havia mantido segredo sobre Helena. Ele descobrira a verdade depois de trabalhar com ela por anos, mas nunca a revelou por completo, dando-me apenas pistas.

– Erik é um caso especial. Ele tem um dom. Um mortal comum como este aqui não poderia lidar com isso. – Jerome foi até o sofá, e olhou Seth sem interesse. – É melhor assim.

– Não. Por favor – exclamei, correndo até Jerome e puxando sua manga. – Por favor, não faça isso.

O arquidemônio voltou para mim seus olhos escuros e frios, atônito por eu ter ousado agarrá-lo daquele jeito. Entendi, então, encolhendo-me sob aquele olhar, que algo em nossa relação cordial e indulgente havia mudado para sempre. Algo pequeno, mas ainda assim importante. Eu não sabia o que provocara a mudança. Talvez tivesse sido Seth. Ou talvez Roman. Talvez tivesse sido algo completamente diferente. Tudo o que eu sabia era que acontecera.

– Por favor – implorei, ignorando o quão desesperada devia parecer. – Por favor não o faça. Não me tire dele... da mente dele desse jeito. Farei qualquer coisa que você quiser. Qualquer coisa. – Passei a mão pelos olhos, tentando parecer calma e controlada, e sabendo que não conseguia.

Uma sobrancelha ergueu-se de leve na face de Jerome, o único sinal de que eu despertara seu interesse. O termo "pacto com o demônio" não surgiu à toa; poucos demônios conseguem resistir a uma barganha.

– O que você poderia me oferecer? O lance do sexo só funcionava com meu filho, então nem pense em sugerir.

– Sim – concordei, minha voz ficando mais firme à medida que eu seguia em frente. – Funcionou com ele. Ele funciona com qualquer tipo de homem. Eu sou boa, Jerome. Melhor do que você imagina. Por que você acha que sou o único súcubo nesta cidade? É porque sou um dos melhores. Antes de entrar nessa fase de desânimo... esta, sei lá, esta apatia que já faz um tempo que estou sentindo, eu conseguia ganhar qualquer homem que quisesse. E não só por sua força e sua energia vital. Podia manipulá-los. Forçá-los a fazer tudo o que eu pedisse, convencê-los a praticar pecados que sequer sonhariam antes de me conhecerem. E eles faziam. Faziam, e curtiam fazer.

– Continue.

Respirei fundo.

– Você está cansado de minha política "só tranqueiras, sempre", certo? De minha negligência? Bom, eu posso mudar isso. Posso aumentar seu rebanho, a números que você jamais sonhou. Já fiz isso antes. Tudo que tem a fazer é deixar Seth ir. Deixe-o manter intactas suas memórias. Todas elas.

Jerome me estudou por um instante, sua mente trabalhando.

– Todo o "rebanho" no mundo não vai adiantar nada, se ele sair por aí tagarelando sobre o que viu.

– Então vamos primeiro ver como ele lida com isso. Quando ele se recuperar e acordar, vamos conversar com ele. Se parecer que não vai aguentar bem tudo isso... Bom, então você pode apagar suas lembranças.

– Quem vai decidir se ele pode aguentar ou não?

Hesitei, não desejando que aquela decisão ficasse nas mãos do demônio.

– Carter. Ele consegue saber se alguém fala a verdade ou não. – Olhei para o anjo. – Você poderia dizer se é seguro, não é? Se é seguro ele saber... sobre nós?

Carter me deu um olhar estranho, que não consegui interpretar.

– Sim – ele admitiu por fim.

– E quanto a você? – perguntou Jerome. – Você vai manter sua palavra, mesmo que Carter decida que não é seguro?

Aquela era difícil. Meu palpite era que Jerome não ia negociar esse ponto, mas eu estava disposta a arriscar, tamanha a confiança que depositava na capacidade de Seth de assimilar a atividade imortal. Abri a boca, prestes a aceitar, quando vi de rabo de olho Hugh fazendo-me que não com a cabeça. Franzindo o cenho, ele bateu com o dedo no relógio, e movendo a boca como se dissesse algo, que a princípio não entendi.

Então a ficha caiu. Tempo. Eu já ouvira o duende falando sobre seu trabalho, o suficiente para conhecer as regras da negociação: nunca faça com um demônio um trato por prazo indeterminado.

– Se Seth mantiver sua memória, vou ter uma atuação exemplar como súcubo por um século. Se ela tiver de ser apagada, vou fazê-lo por... por um terço disso.

– Metade – rebateu Jerome. – Não somos mortais. Mesmo um século não é nada em face da eternidade.

– Metade – concordei, cordata –, mas nada além do que a sobrevivência exige. Não vou fazer isso todos os dias, se é o que está planejando. Vou pegar só as doses que precisar, mas elas vão ser fortes. Bem fortes, repletas de pecado. Com homens de boa índole, a cada, hã... quatro a seis semanas.

– Quero mais do que isso. Créditos extras. A cada duas semanas, quer você precise, quer não.

Fechei os olhos, incapaz de continuar resistindo.

– A cada duas semanas.

– Muito bem – disse Jerome, com uma nota de aviso na voz. – Mas você vai se ater a este acordo a menos que *eu*, e não você, decida terminá-lo por qualquer motivo. Você não vai poder escapar de nosso trato.

– Eu sei. Eu sei, e aceito.

– Aperte aqui, então.

Ele estendeu a mão para mim. Sem hesitar, aceitei-a, e a força crepitou por um instante a nossa volta.

O demônio deu um sorrisinho contido.

– Negócio fechado.

Capítulo 26

– Por que esse baixo astral, Kincaid?

Ergui os olhos do monitor do computador no balcão de informações e vi Doug apoiado nele com displicência.

– Baixo astral?

– Sim. A expressão do seu rosto é a mais triste que eu já vi. Corta o coração.

– Oh. Desculpe. Acho que é só cansaço.

– Bom, então cai fora. Seu horário já terminou.

Olhando para baixo, vi a hora no computador. Cinco e sete.

– Acho que sim.

Ele me olhou desconfiado enquanto eu me levantava desanimada da cadeira, e saía de detrás do balcão.

– Tem certeza de que está bem?

– Tenho. Já disse, só estou cansada. A gente se vê.

Comecei a afastar-me

– Ah, ei, Kincaid?

– Sim?

– Você tem amizade com Mortensen, não tem?

– Mais ou menos – concordei, cautelosa.

– Sabe o que aconteceu com ele? Ele costumava vir todo dia, e agora faz uma semana que sumiu. Paige está histérica. Ela acha que ele se aborreceu conosco, ou algo assim.

– Não sei. Não somos tão amigos assim. Desculpe. – Encolhi os ombros. – Talvez esteja doente. Ou viajando.

– Talvez.

Deixei a loja, saindo para a noite fria de outono. A sexta-feira atraía para Queen Anne gente às pencas, por conta da ampla oferta de atividades e vida noturna. Ignorando a agitação, perdida em meus próprios pensamentos, caminhei até meu carro, estacionado a uma quadra de distância. Imediatamente, uma ave de rapina num Honda vermelho deteve-se, ligando o pisca, percebendo que a minha vaga estava para ser liberada.

– Está pronta para isso? – perguntou Carter, materializando-se no assento do passageiro.

Coloquei o cinto de segurança.

– Tanto quanto posso estar.

Rodamos até o Distrito da Universidade em silêncio, uma centena de perguntas em minha mente. Desde que ele levara Seth de meu apartamento, na semana anterior, o anjo dissera que não me preocupasse, que ele ia cuidar da recuperação do escritor. Continuei preocupada do mesmo jeito, é claro, tanto com Seth como com o acordo que fizera com Jerome. Eu estava prestes a me transformar na maior fonte de caos e tentação em Seattle; mesmo o espetacular currículo de Hugh já não pareceria tão bom... hã, mau. Eu seria muito mais escrava do que Helena me acusara de ser. Essa ideia me fazia passar mal.

– Vou estar com você – disse-me Carter, tranquilizador, ao chegarmos à porta de Seth, minutos depois. O anjo tremulou um instante em minha visão, e percebi que ele ficara invisível aos olhos mortais, mas não para mim.

– O que ele sabe?

– Não muito. Ele tem conseguido ficar desperto mais e mais nestes últimos dois dias, e contei-lhe alguma coisa, mas na verdade... acho que está esperando que você venha.

Suspirando, concordei com a cabeça e olhei para a porta. De repente senti-me incapaz de me mexer.

– Você vai conseguir – disse Carter, com suavidade.

Acenando a cabeça de novo, girei a maçaneta e entrei. O apartamento de Seth parecia igual a quando eu estivera aqui pela última vez, a cozinha ainda viva e jovial, a sala repleta de caixas de livros ainda não desempacotados. Do quarto vinha um som baixo de música. Imaginei que fosse U2, mas não reconheci a canção. Indo na direção do som, cheguei ao quarto de Seth, parando à porta, com receio de transpô-la.

Ele estava na cama, meio sentado, apoiado com travesseiros. Tinha nas mãos *O Livro Verde das Fadas,* e parecia já haver lido um terço dele. Ele ergueu os olhos a minha aproximação, e quase desabei de alívio ao ver que sua aparência estava muito melhor. A cor voltara e seus olhos estavam brilhantes e alertas.

Só a barba parecia descuidada, suponho que como resultado de ele ter passado uma semana sem barbear-se. Aquilo respondia a minha pergunta sobre ele manter a barba curta e rala de propósito ou não.

Ele pegou um controle remoto na mesa de cabeceira e desligou a música.

– Oi.

– Oi.

Dei alguns passos para dentro do quarto, temerosa de aproximar-me mais.

– Quer se sentar? – ele perguntou.

– Claro. – Os rostos de Cady e O'Neill seguiam-me desde o quadro de avisos, enquanto eu trazia uma cadeira para perto de Seth. Sentei-me, olhei para ele e então desviei o olhar, incapaz de lidar com a profundidade daqueles olhos cor de âmbar depois do que vira em sua mente.

O velho silêncio caiu entre nós, o progresso que fizéramos na conversação agora esquecido. Seth não tomou a iniciativa desta vez. Como Carter havia dito, o escritor estava esperando por mim. Voltei a olhá-lo, forçando-me a enfrentar seu olhar. Eu tinha de fazer isso. Tinha que dar explicações, mas relutava em fazê-lo. Era irônico, pensei. Eu, que metade do tempo não sabia quando calar a boca. Eu, que tinha a fama de sempre ter algo espirituoso já pronto.

Sabendo que mais fácil não ficaria, respirei fundo e falei tudo, consciente do peso do paraíso que deixara para trás e do inferno que acabava de consentir que se estendesse diante de mim.

– A verdade é... a verdade é que não trabalho realmente na livraria. Quer dizer, trabalho, mas esse não é de fato o motivo para eu estar na cidade, meu real propósito. A verdade é que sou um súcubo, e sei que você já deve ter ouvido falar de nós antes... Ou acha que ouviu falar, mas duvido que o que ouviu seja correto...

Fui em frente. Contei-lhe. Contei-lhe tudo. As regras do modo de vida de um súcubo, minha insatisfação com a situação, por que eu não saía com as pessoas de que gostava. Contei-lhe sobre os outros imortais, anjos e demônios caminhando entre nós. Falei-lhe até mesmo sobre os nefilins, dando a entender que a presença de Roman em meu apartamento fora parte de um ardil meu, mas de forma geral passei por alto pelas circunstâncias embaraçosas em que Seth nos encontrara. Falei e falei, metade do tempo sem nem mesmo saber o que estava dizendo. Só sabia que tinha que continuar falando, continuar tentando explicar a Seth algo que desafiava a explicação.

Afinal terminei, exaurindo o fluxo de minhas palavras.

– Então. Acho que é tudo. Você pode acreditar ou não, mas as forças do bem e do mal, ao menos como os humanos as percebem, estão vivas e atuantes no mundo, e eu sou uma delas. Esta cidade está cheia de agentes e entidades sobrenaturais, só que os humanos não percebem. Quem sabe na verdade isso seja algo bom. De outro modo, se soubessem demais sobre nós, eles poderiam descobrir como são patéticas e ferradas nossas vidas.

Calei-me, achando que, se não tivesse visto o que viu, Seth provavelmente acharia que eu era maluca. Droga, mesmo depois daquilo tudo, de qualquer forma ele ia achar que eu era. Ele teria motivos. Seus olhos castanhos avaliaram em silêncio a mim e a minhas palavras, e uma umidade incômoda brotou em meus olhos. Desviei o olhar para disfarçar, piscando depressa. Um súcubo podia ser acusado de fazer todo tipo de coisa estranha com homens mortais, mas com certeza chorar não era uma delas.

– Você disse... disse que já foi humana – ele pronunciava as palavras sem jeito, sem dúvida tentando assimilar os conceitos de mortal e imortal. – Então como... como se tornou um súcubo?

Devolvi-lhe o olhar. Não poderia recusar-lhe nada naquele instante, por mais doloroso que fosse.

– Fiz uma barganha. Já lhe contei que eu era casada... e que havia traído meu marido. As consequências disso foram... desagradáveis. Dei minha vida, e virei um súcubo, em troca da reparação do mal que havia causado.

– Você comprometeu-se pela eternidade para consertar um único erro? – Seth franziu o cenho. – Não parece proporcional.

Dei de ombros, desconfortável demais com o assunto. Eu nunca falara disso a ninguém.

– Não sei. Está feito.

– Tudo bem. – Ele se acomodou melhor na cama, e o leve sussurro do tecido era o único som entre nós. – Bom, obrigado por contar-me.

Eu podia reconhecer uma dispensada quando ouvia uma, e aquela cravou-se em mim como uma lâmina. Então era isso. Fim. Seth tinha acabado comigo. Havíamos terminado. Depois de tudo o que eu lhe dissera, não havia como as coisas voltarem a ser como antes, mas falando sério, não seria melhor assim?

Coloquei-me de pé apressada, de súbito não desejando ficar ali nem um momento mais.

– Tá. Tudo bem. – Fui em direção à porta, parando de repente para voltar a olhá-lo. – Seth?

– Sim?

– Você entende? O porquê de eu ter feito isso? O motivo de não podermos... por que temos de... – não pude concluir a ideia. – É impossível. Eu queria que fosse diferente...

– Sim – respondeu ele, baixinho.

Virando-me, saí correndo do apartamento, indo até meu carro. Quando entrei nele, escondi a face na direção, soluçando incontrolavelmente. Depois de alguns instantes, braços gentis me envolveram, e virei-me para Carter, chorando de encontro a seu peito. Eu já ouvira relatos de pessoas que tinham tido encontros com anjos, testemunhas que falavam da paz e beleza que sentiram em momentos assim. Eu nunca tinha pensado muito nisso, mas à medida que os minutos passavam, a dor terrível em meu peito diminuiu, e acalmei-me, por fim erguendo a cabeça para olhar o anjo.

– Agora ele me odeia – solucei. – Seth me odeia.

– Por que diz isso?

– Depois de tudo que lhe contei...

– Desconfio que ele esteja perturbado e confuso, sim, mas não acho que ele a odeie. Um amor como aquele não se transforma em ódio com tanta facilidade, embora reconheça que às vezes os dois podem se entrelaçar.

Dei uma fungada.

– Você sentiu? O amor dele?

– Não da mesma forma como você. Mas eu o senti.

– Nunca senti nada como aquilo. Eu não conseguiria sentir nada igual. Eu gosto dele, gosto muito dele. Talvez até o ame também, mas não do mesmo jeito como ele me ama. Eu não mereço todo aquele amor.

Carter estalou a língua baixinho, repreendendo-me.

– Ninguém está além de ser amado.

– Nem mesmo alguém que acaba de concordar em passar o próximo século causando o mal a humanos, corrompendo almas e levando-os à tentação e ao desespero? Você deve me odiar por causa disso. Até eu me odeio.

O anjo me observou, sua expressão firme e calma.

– Então por que você concordou?

Apoiei a cabeça no encosto do assento.

– Porque não pude suportar a ideia de que eu... daquele amor sendo apagado de sua cabeça... de que não fosse lembrado.

– Irônico, hein?

Virei-me para ele, já não me surpreendendo com mais nada.

– O quanto você sabe sobre mim?

– O suficiente. Sei o que obteve em troca de tornar-se um súcubo.

– Naquele momento achei que era a coisa certa a fazer... – murmurei, os olhos de minha mente voltando-se para um tempo e um lugar tão longínquos, para outro homem. – Ele estava tão triste, com tanta raiva de mim... ele não poderia ir em frente, sabendo o que havia feito. Eu apenas queria sumir para sempre de sua memória. Achei que teria sido melhor se ele... se todo mundo... esquecesse de mim. Esquecesse que eu havia existido.

– E hoje você pensa diferente?

Sacudi a cabeça.

– Eu o vi... anos depois, quando ele já era um velho. Mudei para a forma em que ele me havia conhecido... foi a última vez que usei aquela face... e então me aproximei dele. Ele nem me olhou, porém. Não fazia a mínima ideia de quem eu era. Do tempo que havíamos passado juntos. O amor que sentira por mim. Tudo se fora. Para sempre. Isso me matou. Depois disso senti-me como uma morta-viva.

– Não poderia deixar que acontecesse – continuei. – Não de novo. Não com Seth, depois de ver o que ele sentia por mim. Mesmo se esse amor foi arruinado... destruído pelas coisas que ele agora sabe sobre mim. Mesmo que ele nunca mais fale comigo de novo. Ainda é melhor que o amor que nunca existiu.

– O amor raramente é perfeito – observou Carter. – Os humanos iludem-se achando que deve ser. É a imperfeição que torna perfeito o amor.

– Sem charadas, por favor – disse-lhe, sentindo-me cansada de súbito. – Acabo de perder a única pessoa que poderia ter amado depois de tantos anos. Amado de verdade, a sério. Não apenas uma simples excitação, como com Roman. Seth... Seth tinha tudo. Paixão. Compromisso. Amizade.

Prossegui.

– Não apenas isso, mas concordei em "voltar à ativa" como súcubo. – Fechei os olhos, engolindo a bile em minha garganta. Pensei em todos os homens bons no mundo, homens como Doug e Bruce. Eu não queria causar sua derrocada. – Eu realmente odeio isso, Carter. Você não faz ideia de como odeio, não faz ideia de como desejo não fazer mais isso. Mas vale a pena. Vale a pena se Seth puder manter suas lembranças.

Olhei hesitante para o anjo.

– Ele vai mantê-las, não é? – Carter fez que sim com a cabeça, e soltei a respiração, aliviada. – Que bom. Ao menos há uma ponta de esperança em tudo isso.

– É claro que há. Sempre há esperança.

– Não para mim.

– Sempre há esperança – ele repetiu com mais firmeza, com uma nota autoritária na voz que me surpreendeu. – Ninguém está além da esperança.

Eu podia sentir as lágrimas brotando de novo em meus olhos. Meu Deus. Parecia que ultimamente eu chorava o tempo todo.

– Mas, e quanto a um súcubo?

– Sobretudo um súcubo.

Ele me envolveu nos braços de novo, e mais uma vez dei vazão ao pranto, uma alma amaldiçoada tendo um instante de alívio no abraço de uma criatura celestial. Fiquei pensando se o que ele dizia era verdade, se seria possível ainda haver esperança para mim, mas então me lembrei de algo que me fez rir e engasgar ao mesmo tempo. Os anjos nunca mentem.

Epílogo

– Casey faltou por motivo de saúde – disse-me Paige apressada, vestindo seu casaco. – Assim, acho que você vai ter que cobri-la nas caixas registradoras.

– Sem problema. – Apoiei-me na parede da sala dela. – Isso mantém as coisas sempre interessantes, sabe?

Ela me deu um sorriso rápido.

– Agradeço de verdade por ter vindo assim, tão em cima da hora. – Ela deu palmadinhas na barriga, distraída. – Tenho certeza de que não é nada, mas senti essa dorzinha o dia todo...

– Está tudo bem. Vá. Você tem que se cuidar. Tem que cuidar de você e do bebê.

Ela sorriu de novo para mim, pegando a bolsa e indo para a porta.

– Doug está se escondendo em algum lugar por aí, e se precisar de ajuda, peça a ele. Hum... havia outra coisa que eu precisava lhe dizer... Ah, sim. Tem algo para você em sua sala. Deixei sobre sua cadeira.

Senti um frio na barriga com aquelas palavras.

– O-o que é?

– Você vai ter que ver. Preciso ir.

Segui Paige para fora de sua sala e entrei hesitante na minha. A última coisa deixada em minha cadeira tinha sido um envelope de Roman, uma peça a mais em seu jogo pervertido de amor e ódio. *Ah, Deus*, pensei. *Eu sabia que não ia ser tão fácil como Carter dissera. Roman está de volta, e vai começar tudo de novo, esperando que eu...*

Olhei fixamente, contendo uma exclamação. Sobre minha cadeira estava *O Pacto de Glasgow*.

Devagar, peguei o livro como se fosse uma porcelana delicada. Era minha cópia, a que entregara a Seth para que a autografasse, mais de um mês atrás. Eu tinha esquecido dela. Abrindo-o, vi caírem algumas pétalas de rosa. Havia apenas um punhado delas, mas eram mais preciosas para mim do que qualquer um dos buquês que recebera naquele mês. Tentando recolhê-las, li:

> Para Tétis,
>
> Com grande atraso, eu sei, mas com frequência as coisas que mais desejamos só vêm depois de muita paciência e empenho. Creio que é uma verdade humana. Até Peleu sabia disso.
>
> Seth

– Ele voltou, sabia?

– Hã? – Ergui os olhos da dedicatória enigmática e vi Doug apoiado no batente da porta.

Ele indicou meu livro com a cabeça.

– Mortensen. Ele está lá em cima, no café, de novo, digitando como sempre.

Fechei o livro, segurando-o firme com as duas mãos.

– Doug... mitologia grega anda afiada?

– Não me ofenda, Kincaid – bufou ele.

– Tétis e Peleu... Eles eram os pais de Aquiles, não é?

– De fato, eram – ele me disse, orgulhoso com o conhecimento que tinha em sua área de especialidade.

Quanto a mim, estava confusa. Não havia entendido a dedicatória, e nem o motivo pelo qual Seth fazia aquela referência ao maior guerreiro da guerra de Troia.

– Você conhece o resto da história?– perguntou Doug, ansioso.

– O quê? Que Aquiles era um psicopata problemático? É, tô sabendo.

– Bom, é, isso aí todo mundo sabe. Mas estou falando da parte mais interessante. Sobre Tétis e Peleu. – Fiz que não com a cabeça, e ele continuou, num tom professoral. – Tétis era uma ninfa do mar, e Peleu era um mortal que a amava. Só que, quando ele chegou nela para cortejá-la, ela literalmente virou um bicho.

– Como assim?

– Ela podia mudar de forma.

– O quê? – Quase derrubei o livro.

Doug assentiu com a cabeça.

– Ele chegou nela, e ela se transformou num monte de coisas horríveis, para aterrorizá-lo. Animais selvagens, forças da natureza, monstros, de tudo.

– O que... o que ele fez?

– Ele aguentou firme. Agarrou-a e não a soltou, enquanto ela passava por transformações horríveis. Não importava o que ela virasse, ele continuava agarrado a ela.

– E então? – eu mal conseguia ouvir minha própria voz.

– Ela finalmente se transformou em uma mulher e permaneceu como mulher. Eles então se casaram.

Eu havia parado de respirar mais ou menos desde a hora em que ouvira que ela mudava de forma. Ainda abraçada ao livro, fiquei com os olhos perdidos no espaço, um imenso sentimento alado crescendo em meu peito.

– Você está bem, Kincaid? Jesus Cristo, você tem andado esquisita.

Pisquei os olhos, retornando à realidade. O sentimento em meu peito aflorou, lançando-se em um voo glorioso. Voltei a respirar.

– É, me desculpe. É que tenho muita coisa na cabeça. – Forçando um tom leve, acrescentei: – Vou fazer o possível para não ser esquisita demais daqui em diante.

Doug pareceu aliviado.

– Vindo de você, pode ser quase impossível, mas sempre há esperança.

– Sim – concordei, sorrindo. – Sempre há esperança.

Agradecimentos

Antes de mais nada, tenho que agradecer a todos os amigos e familiares que me deram apoio e amor o tempo todo, durante minhas aventuras literárias. Em particular, este livro nunca poderia ter sido escrito sem meu marido, Michael. Considerando a frequência com que falávamos, em nossa casa, sobre Georgina e suas neuroses, é como se você estivesse casado também com ela. Eu te amo.

Minha gratidão deve ir também para o Original Richelle Fan Club: Michael, David, Christina e Marcee. Vocês aceitaram com diligência cada página que eu lhes impingi e atenderam fielmente a meus pedidos de retorno instantâneo. Seu entusiasmo e encorajamento me fizeram seguir em frente. Não se preocupem. *Harbinger* vai ser publicado um dia. Palavra. Estou falando sério.

Por fim, preciso agradecer publicamente à equipe literária e editorial que me manteve nos trilhos: Kate McKean, Jim McCarthy e John Scognamiglio. Muito obrigada pelas orientações e conselhos.

Este livro foi composto em Garamond
para a Editora Planeta do Brasil
em agosto de 2010